Hayakawa Mystery World

喝采

藤田宜永

早川書房

喝采

装幀／ハヤカワ・デザイン

登場人物

浜崎順一郎……………………私立探偵
浜崎耕吉………………………順一郎の父
中西栄子………………………女子大生
神納絵里香……………………バンプ女優
古谷野徹………………………《東京日々タイムス》記者。順一郎の先輩
斉田重蔵………………………日新映画の元社長
綾乃……………………………重蔵の妻
竜一……………………………重蔵の息子
福森里美………………………絵里香のライバル女優。現在は歌手
南浦清吾………………………映画監督。里美の元夫
大貫祥子………………………元スクリプター。バー〈シネフィル〉のママ
衣袋益三………………………コミックバンド〈ベンピーズ〉の元リーダー
式近司…………………………〈ベンピーズ〉のピアニスト
馬場幸作………………………馬場商事の社長
島影夕子………………………女スリ
松浦和美………………………中西栄子の友人
津島哲治郎……………………同信銀行副頭取
津島……………………………同頭取。哲治郎の兄
蟻村貢…………………………同有楽町支店副支店長
大林久雄………………………元行員
梶源一…………………………梶商工代表
渡貞夫…………………………元帝都灯心会系暴力団にいた金貸し
関尾敏和………………………帝都灯心会下部組織の若い幹部
山瀬民雄………………………人形店の主人。里美のファン
黒柳……………………………四谷署刑事
榊原……………………………四谷署刑事課の警部
市ノ瀬…………………………警視庁捜査一課刑事
内村……………………………警視庁捜査一課刑事

（序章）

私が私立探偵になったのは一九七一年（昭和四十六年）の秋、三十一歳の時である。好きで探偵になったわけではなかった。もっと金が儲かり、自分の欲望を満たせることをやりたかった。しかし、運命を変える出来事が、その年に起こった。警察を辞め、探偵事務所を開いていた父、耕吉《こうきち》が、五十九歳の若さで急死したのだ。

それまで私はブローカーだった。主に不動産を手がけていた。どんと金の入ることもあれば、ころりと人に騙されることもあった。そんな胡散臭い商売から足を洗い、親父の事務所を引き継いだのは、親父に対する恩返しの気持ちからである。

だが、いつかは、儲かりもしない探偵稼業にオサラバしたいとも思っていた。

山中に眠っていると言われている埋蔵金を掘り当てに行こうかとさえ考えたくらいである。『宝島』の主人公ジム少年になれるような、そんな夢を抱いたのには理由があった。六三年、私が二十三歳の時、東京都中央区新川の工事現場から小判がざくざく出てきた。私は悪仲間と、現場に無断で入り、土を掘り返した。だが、靴とズボンを汚しただけで、二朱金すら見つけ出すことはできなかった。その後、日本の至るところに埋蔵金が隠されていることを知り、真面目に小判が出てきそうな場所を調べた。江戸時代の武将がタイムスリップして権利を主張するはずはないのだから、拾得物は、いずれは発見者のものになると考えたのである。しかし、〝ここ掘れワンワン〟をやるにも資金がいる。資金集めがうまくいかなかったので、本格的に動き出すことはできなかった。

親父の事務所を継いだ後も、根拠なき自信と飽くなき野心が胸の底に燻《くすぶ》っていて、埋蔵金を掘り出す夢を捨ててはいなかった。

三十を超えても、そんな幼稚なことを考えていた私を或る事件が変えた。探偵になった翌年、七二年の秋に、その事件は起こった。

留守電もファックスもまったく普及しておらず、パソコンも携帯もスマホもなかった。街の至る所に監視カメラが設置されているようなこともなく、個人情報保護法も存在していない時代の話である。今にして思えば、パソコンや携帯のような便利なものがあったら、簡単に調べのついたこともあった。しかし、なくてよかった場合もあった。

ドアにいくつもの鍵をつければ泥棒からは身を守りやすくなる。しかし、火事になったら逃げ遅れるかもしれない。便利と不便は、常にそのような関係にあるものだ。

その年は、今でも人の記憶に残っている話題性の強い事件や出来事が世間を騒がせていた。

一月にはグアム島で発見された元日本兵の横井庄一さんが〝恥ずかしながら〟故国の土を踏んだ。日本中の人間がテレビに釘付けになった浅間山荘事件が起こったのは二月である。五月には沖縄返還、九月にはミュンヘン・オリンピックの開催中に、パレスチナゲリラが選手村を襲撃し、イスラエル選手団の十一名を殺害した。

しかし、私はと言えば、幸せからも不幸からも遠く、大きな事件に関わることもなく、人生の節目になることも起こらずに秋を迎えた。

幕開けは、或る小さな異変を私が見つけたことだった。後に起こる事件には直接関係はない。しかし、その日が、親父の命日だったことを考えると、それからの私の生き方に多大な影響を及ぼした騒ぎだったのかもしれない。

（一）

七二年、十月一日は親父の一周忌だった。私は、喪服も着ずに、ひとりで墓参りに出かけた。

本来なら、親族に声をかけ、坊さんの読経を、うたた寝しないように気をつけながら拝聴し、焼香した後は、参列者と会食するのが、慣わしだが、珍しく仕事が立て込み、予定が立てられなかった。おまけに、昨日まで名古屋に足止めを食らっていた。依頼人の逃げた女房を捜し出すのにえらく時間がかかったのだ。下手をしたら、その日もまだ東京に戻れずにいたかもしれなかった。

そんなこんなで、面倒な儀式を避けることができたわけだ。ひとりだから、喪服を着るのも止めにした。

親父は一九一二年に生まれた。年号が明治から大正に変わった年である。

生きていれば還暦を迎え、赤いチャンチャンコを着ていたかもしれない。いや、親父の性格を思い返してみると、そんな習慣を素直に喜びはしなかったろう。それに、私もそういう祝い方はしなかった気がする。

墓参りをすませた私は小平霊園を後にし、新宿を目指した。

ドライブにはもってこいの秋日和だった。日曜日とあって、我が物顔で走るトラックもダンプも極めて少なく、歩道を歩く人たちの足取りも心なしかのんびりしていた。

私は、窓から吹き込む風に頬をさらし、気持ちよくハンドルを握っていた。

私の乗っている車は、一九六九年の十月に発売された、〝ベレG〟という愛称で知られているいすゞベレット1600GT・R。不動産ブローカー時代に購入したものである。色は黒。排気量は大したことはないが、回転数を三千五百ぐらいに上げた辺りから走りが頼もしくなる。

ラジオからガロの『学生街の喫茶店』が流れていた。学生運動が下火になったことを象徴するような曲である。

一昨年は、ビートルズが解散し、日本では去年、ザ・タイガースが活動を止めた。そして、モービル石油の〝気楽にいこうよ〟というCMが人気を博した。

時代が確実に変わろうとしているのは、私も肌で感じ取っていた。

新宿に近づくにつれて、道が少しずつ混み始めた。

前を走る車は、公道を教習所のコースと勘違いしているくらいに遅かった。

よく見ると、緑と黄色の二色刷りのステッカーが貼られていた。思い出した。その日から、免許を取得して一年未満のドライバーは、このマークを貼らなければならないことになったのだ。

初心者の車を抜き、しばらく走ると、また同じマークを貼った車に前を塞がれた。図々しいことに、その車は追い越し車線をたらたら走っていた。しかも車種は〝ケンとメリー〟のCMが話題を呼んでいるスカイラインだった。

免許取り立ての人間が乗る車ではないだろうが。私は舌打ちして、クラクションを鳴らした。

しかし、車は走行車線に戻る気配すら見せなかった。

内抜きをかけ、運転者を目の端で睨んだ。ハンドルを握っていたのは老人だった。そして、助手席には白髪の老女が座っていた。

老人ではしかたがない。親父の命日だということが、私の気持ちを優しくさせた。

私は軽く老女に手を振った。老女が品のいい笑みを返してきた。

あっと言う間にスクリーンから消えてしまいそうな若いモデルに、ケンとメリーの役をやらせるよりも、こういう老人カップルを使う方が〝愛のスカイライン〟の宣伝になる気がした。愛の旅を持続させるのは至難の業なのだから。私はそんな愚にもつかないことを考えながらアクセルを踏んだ。

新宿に着いた私はデパートに寄った。

滅多に買い物をしない私だが、同じネクタイを締め回しているわけにもいかない。

ネクタイを三本買い、下りのエスカレーターに乗った時だった。

「泥棒!!」私の太い声がデパートに響き渡った。

階下は婦人服売り場。秋のセールが催されていたのだろう、女たちがバーゲン品に群がっていた。彼女たちが買い物の手を休め、一斉に私に目を向けた。

「紺のブレザーの人、バッグが……」

私は、ショートカットの若い女を指さしながら、エスカレーターを駆け降りた。途中で背広姿の男にぶつかった。

私はがっしりした躰をし、肩幅も広い。ぶつかった男に謝りの言葉を投げかけながら、エスカレーターを下りた。

紺のブレザーの女の後ろに立っていた黒っぽい服装の女が、客の間をすり抜けて遠ざかってゆく。女は階段の方に姿を消した。

追った。下のフロアーまで探しにいった。しかし、問題の女を見つけることはできなかった。

私は上の階に戻った。紺のブレザーの女が、バッグの中を覗き込んでいた。

二十歳そこそこの若い女で、目のくりっとした可愛い子だった。チェック柄の茶色いミニスカートを穿いていた。

私はニュートラ・ファッションの女に訊いた。「被害は?」

「財布が……」女の声がかすかに震えていた。

時すでに遅し。犯人はもうデパートを出てしまっているだろう。それでも、私は売り子に言った。

警備員に連絡を取り、手配するようにと。

「後ろに立っていた黒い服の女に気づきませんでしたか?」私は女に訊いた。

「え? ああ……そんな人がいました」女は気もそぞろだった。「香水が強いから気になったんです」

「香水の種類、分かります?」

「シャネルのナンバー5です」

「鼻がいいんですね」

「知り合いの小母さんが使ってますから。私、あのニオイ嫌いです」

やがて警備員がやってきた。事の次第を詳しく話した。

エスカレーターに乗ってすぐのことである。階下を見るともなしに見ていた。その時、長い髪の女の手が、被害者のバッグの中に入るのを偶然目撃したのだ。

「女は肌色の手袋をはめていた気がするな」私が言った。

「こんなに暖かいのに手袋ですか」警備員が訝《いぶか》った。

「不自然だけど、堂々としていれば気にする人間はいないでしょう。みんな買い物に夢中なんだから。あの女はプロだと思うね」

野次馬が私たちを遠巻きにしていた。しかし、中にはまったく興味を示さず、服を選んでいる女もいた。それもひとりやふたりではなかった。

自分を着飾るという欲望の他に、何も考えていない女はいつの世にもいるものだ。

デパートの人間がふたりやってきた。男の方も女の方もスーツ姿だった。

坂井《さかい》と名乗った男の社員が、被害者に名刺を渡した。「お怪我はありませんか?」

女は俯いたまま首を横に振った。

「お話は事務所でお伺いします」坂井はそう言ってから、女の社員に目で合図した。

被害者が私に目を向けた。「ありがとうございました」

「役に立てなくてすみません。もう少し早く気づいてたら」

私の笑顔にも、女は表情を和らげず、一礼すると、肩を落として去っていった。

坂井が私にも名刺を出した。

「浜崎順一郎《はまざきじゅんいちろう》と言います」私も彼に名刺を渡した。

「探偵さんですか？」

名刺から目を逸らさないまま、坂井がつぶやくように言った。先ほどよりも表情が硬くなった。まずい相手にぶつかったものだと言外に言っているようにしか思えない。

「以前、スーパーマーケットで万引き探しをやったこともありますよ」私が言った。

「そうですか」目を上げた坂井が私を見つめた。

私は薄汚れたサファリジャケットにジーパン姿だった。ラフな格好をした、がたいの大きな男が探偵だと聞いて、金を要求されるか、調査させろとでも言ってくる。そんな不安が、清潔そうな身なりをした男の脳裏をよぎったのは明らかである。

探偵は、不動産ブローカーよりも、少しは品のいい仕事のはずだが、世間はそう見ていないのだ。

「事務所で詳しくお話ししましょうか」私は嫌味たらしく笑った。

「それには及びません。後のことは私たちで処置いたしますから。お話だけ、ここで伺えれば、それでもう十分です」

私はもう一度、何があったかを口にした。

「女の顔、見ましたか？」坂井に訊かれた。

「いや。覚えているのは、小太りで髪が長かったことぐらいです。髪はカツラかもしれませんが。犯人の動きや雰囲気からすると、被害者のような二十代でないのは間違いないでしょう。おそらく三十代から四十代……。でも、はっきりしませんね。アフリカには、視力が八・〇なんていう人がざらにいるそうです。私の視力もそれぐらいあったら、もっと詳しく特徴を見て取れたかもしれないけど」

私は軽く肩をすくめて見せた。

「お忙しいところ、ご迷惑をおかけしました」坂井は、冗談に笑顔のひとつも見せなかった。

「何かあったら、電話をください。協力は惜しみませんから」

深々と頭を下げていた坂井に、そう言い残して、私はデパートを出た。

交番勤務から警視庁捜査一課の警部にまで昇進した親父の命日に、デパートで「泥棒」と叫ぶことになった。私の片頬がゆるんだ。

（二）

事件のあったデパートからは、予想通り、何の連絡もなく、時がすぎていった。

十六日の朝刊に女スリが捕まった記事が載っていた。目撃した女かもしれないと犯人の写真を見たが、違うようである。捕まった女は六十をすぎていた。上手に化けていたとしても、私の見た女はそこまでの歳ではなかった。

社会面のトップは、岡山で起こった現金輸送車襲撃事件だった。三人組が銀行を出た直後の現金輸送車を止め、金を奪おうとした。しかし、犯人のひとりが転倒し、その場で御用となった。現行犯逮捕されたのは、負債を抱えた運送会社の社長で、共犯者は弟と息子。両方とも自首し、事件はあっけなく幕を閉じた。

去年の六月下旬に、有楽町で起こった同じ種類の事件を思い出した。犯行が行われた朝、私は有楽町駅近くの喫茶店にいた。或るブローカーが持ってきた土地取引の話を、眉唾だと感じながら聞いていた。

事件は目の前の有楽町ビルの前で起こった。黒っぽい服装の、顔にすっぽり仮面を被った男が、ガードマンを現金輸送車の横っ腹に押しつけ、拳銃を突きつけていた。他のガードマンと運転手は、そのせいで身動きが取れない。その間に、同じ仮面を被った男がふたり、ジュラルミンケースを現金輸送車から下ろし、間近に停めてあった黒いワゴン車の荷台に積み込んだ。拳銃を握った男は、ガードマンを殴りつけると、助手席に飛び乗った。車が急発進した。ガードマンが後を追ったが、ワゴン車は猛スピードで日比谷通りに向かって走り去った。

所要時間はおそらく五分もなかったろう。

「仮面ライダーだね、ママ」少年の興奮した声がした。

その声を聞くまで、私は、犯人たちが被っていた仮面が、子供たちに超人気のあるテレビドラマのヒーローのものだとは分からなかった。

俺も仮面ライダーに化けて現金輸送車でも狙うしかないか、とその時自分を笑った。当時の私は借金だらけだったのである。

ちょうど給料日の朝で、現金輸送車には約二億一千万の金が積まれていたという。

〝仮面ライダー、現金輸送車を襲う〟

しばらく、世間はその話題で持ちきりだったが、犯人はいまだ捕まっていない。

新聞から目を離した私は、再び夢想した。埋蔵金のことではない。

私が目撃した事件は、内部の人間が絡んでいるに違いない。どうせ、人のことを嗅ぎ回るのだったら、ああいう派手な事件を扱い、犯人を捕らえてみたいものだと思ったのだ。

新聞を畳むと、新品の鉛筆を小刀で削り始めた。暇な時は、よく鉛筆を削るのである。

ほのかな木の香りと芯の匂いが漂ってきた。人の皮膚を傷つけることができるくらいに尖った鉛筆を眺めた。小さな満足感が胸にたゆたった。

そんなことで、心が十全に満たされるはずもないが、とりあえず、気持ちがよくなったのだ。

ノックの音がした。私は鉛筆を筆立てに放り込み、ネクタイを締め直し、玄関に向かった。

「どうぞ」

入ってきたのは若い女だった。

「何かご用ですか？」

私は意外そうな顔をした。アスファルト・ジャングルに迷い込んできた子兎のようにしか思えなかったからだ。

「お願いしたいことがありまして……」女はおずおずとそう言って、俯いた。

「まあ、入ってください」

女を通した私は、名刺入れとノート、それから、今しがた削ったばかりの鉛筆を手にして来客用のソファーに場所を移した。

女がソファーに浅く腰を下ろした。私は名刺を女の前に置いた。

女はちらりと名刺に目を落としてから名を名乗った。女は中西栄子《なかにしえいこ》と言った。

「学生さん？」私は中西栄子に訊いた。

「ええ。共進学院に通ってます」

「それで、私に頼みたいこととは……」

「母を探してほしいんです」

小鳥が餌をついばむような、ちまちましたしゃべり方である。

私は煙草に火をつけ、ゆっくりと躰を背もたれに倒した。「お母さんをね……」

依頼人が顔を上げ、きっとした目で私を睨んだ。「やる気がないんでしたら、そう言ってください。他の探偵社に行きますから」

「ちょっと待って」私は眉をゆるめ、腰を上げようとした依頼人を止めた。「お話を聞く前に、どうしてうちにきたのか教えてくれないかな」

中西栄子は、灰色のスーツにブラウス姿だった。面接試験でも受けにきたような格好である。フリンジのついたバックスキンのショルダーバッグだけが、面接には不向きな持ち物だった。髪はウルフカット。化粧は薄かった。

私の事務所は、西大久保一丁目（今の歌舞伎町二丁目）のホテル街にある。六〇年代の初めに建った、四階建ての古いマンションで、まともなサラリーマンなんかひとりも住んではいない。得体のしれない連中がしょっちゅう、うろうろしているし、禿爺さんを愛人にして貢がせている女が、ベランダに派手な下着を干しているようなマンションである。誇れることと言えば、エレベーターが設置されていることと、暴力団の事務所がないことぐらいだ。私の事務所兼住まいは最上階にある。

近くにはストリップ劇場、トルコ風呂、キャバレーと〝殿方の楽園〟が軒を連ねている。昼間でも、値段を表示した看板のネオンを点している連れ込み宿があり、その狭い通りに入ってくるアベックは大概、間口の狭い門を潜って〝ご休憩〟することに相場は決まっている。

都内にはごまんと探偵社があって、電話の職業欄に広告を出している事務所の責任者の大半は女である。中にはホステスの源氏名みたいな名前の者もいるので、つい噴き出してしまった。名前を出している女が実質的な所長なのかどうかは知る由もないが、ともかく、女所長がやたらに多いことに、事務所を引き継いでから気づいたのだ。

女の依頼人、しかも素人娘が、なぜ、歓楽街の裏手にある、日の当たらないマンションを事務所にしている探偵のところにやってきたのか解せなかった。

「客を選ぶんですか？　だったら、私、本当に……」腰を浮かせ気味だった依頼人が本気で立ち上がった。

「簡単に引き受ける探偵の方が怪しいと思いませんか？」

栄子はきゅっと唇を引き、私を真っ直ぐに見つめた。私は薄く微笑み、栄子を見返した。

栄子が屈服したような表情を浮かべた。「神納絵里香《かのうえりか》って女優、ご存じですか？」

「神納絵里香？　知ってるよ。彼女の映画をちゃんと観たことはないけど」

　バンプ（妖婦）女優と言われ、扇情的な格好で盗賊や忍者の役で人気を博した役者である。しかし、吉永小百合クラスの女優ではないので、それだけのことだったら、よく覚えていることはなかったろう。

　神納絵里香は、所属していた日新映画の社長の愛人でもあり、社長ともめた際、鈍器で社長を殴打し逮捕され、週刊誌を賑わせた。そして、その少し前にも、社長には内緒で付き合っていた俳優が、ビルから飛び降り自殺している。

　私は、依頼人をしげしげと見つめた。衣服に隠された裸を透視するかのような目つきで。

　ふっくらとした頬。唇は赤ん坊のようなあどけなさが残っていた。かぎ鼻が気になるが、長い睫《まつげ》に守られた目は愛くるしい。着痩せしているのか、トリンプ社のガードルで腹を締め上げているのかは分からないがスタイルもいい。男を悩殺するだけの豊かな胸の持ち主でもある。

「あなたの母親が神納絵里香さんなの？」

「そうです。本名は持田《もちだ》利恵子《りえこ》です」

「お母さん、なかなか綺麗な人だよね。でも、君の方がもっと素敵かな」

「綺麗と素敵は違います」

　青臭い物言いに、私は小さくうなずいた。学生だということに嘘はなさそうだ。

「中西さんは、綺麗と言われるのと素敵って言われるのとどっちが好み？」

「そんなことどうでもいいでしょう」女の眉がつり上がった。

「ごめん、余計なことだったね。もう一度座ってくれないか」

　栄子は言われた通りにした。

「煙草、吸います？」私が訊いた。

「ええ。でも、ハイライトはちょっと」栄子はバッグの中からセブンスターを取り出した。

私がライターで火をつけてやった。

「中西という苗字はお父さんの……」

「そうです。お母さんが今、何をしてるか知りませんけど、てっとり早い仕事は水商売でしょう。新宿で働いてるとは限らないですけど、こういう場所に事務所を持っている人だったら、そういう世界に詳しいんじゃないかと思って、ここに来たんです」

「ちょっとした冒険だったかな」

「全然。私、夜の歌舞伎町で踊ったり、飲んだりしてますから」

服装からすると意外だったが、女は男よりも数段多面的な生き物だから、あり得るだろう。

私はノートを開いた。「お母さんのこと、詳しく教えてくれないか」

「その前に料金のことを聞きたいんですけど」

「基本料金は一万円。日当は五千円。経費は別途にいただきますが」

「もっと安くなりません？」

「学割だと、そうだね……。一週間、二万円だな。金は一週間後に支払ってくれればいいです」

大卒の初任給が五万四千円ほどで、サラリーマンの平均年収が百万を超えたぐらい。学生にとって二万は大きな金額だ。もっともホステスのアルバイトをやれば、この子なら、一週間も働けば、それぐらいは稼げるだろうが。

「分かりました。それでお願いします」

「失礼だけど、本当に払える？」

「心配してくださるんだったら、もっと安くしてください」

私は黙って首を横に振り、削ったばかりの鉛筆を手に取った。

栄子は山梨県甲府市の出身だが、生まれたのは静岡県浜松市だという。両親は向こうで一緒になり、母親は十八で、栄子を産んだが、翌年に家出した。栄子が四歳になった年に、父親が甲府に引っ越した。現在、父親はそこで梱包の会社を経営している。栄子は先月、二十一歳になったという。

「……これは後で知ったことですが、お母さん、男と浜松を逃げ出したらしいんです」

「なるほど。今の話からすると、君には、お母さんの記憶はないんだね」

「ありません。一緒に撮った写真だって、父が焼き捨ててしまったらしくて一枚も残ってません」栄子が覗き込むような態度で私を見た。

「お母さんの顔、覚えてますか？」

「何となく」

栄子はバッグから、封筒を取り出した。中身は、神納絵里香のブロマイドだった。モノクロである。

「ブロマイド屋で見つけたものです」

彫りの深いバタ臭い顔である。高い鼻だがかぎ鼻ではない。大きく分けるとソフィア・ローレンタイプ。だが、眉の濃さはエリザベス・テーラーに似ている。胸の谷間を強調したルーズなドレス姿だった。栄子とはあまり似ていない。濃い眉を除くと。

私は煙草を消した。「どうして、今頃になって、君をないがしろにして男と逃げたお母さんを捜す気になったの？」

「十日ほど前、神納絵里香に似た女を見たって、映画研究会に入ってるクラスメートが言ってるのを耳にしたんです。周りにいた人は誰も神納絵里香なんて女優を知りませんでした。私、自分の母親だってことを隠して、彼にどこで見たのか訊きました。紀伊國屋書店の並びに〈カトレア〉って喫茶店があるのをご存じですか？」

「うん」

「そこで、男の人と話してたそうです」

「似た人を見ただけじゃないの？」

「その可能性はあります。昔よりも太っていて、随分感じが変わっていたから初めは人違いじゃないかって思ったそうですから。でも、よく見ると、やっぱりそうだったとも言ってるんです」

「銀幕から消えてかなり経っているのに、よくそのクラスメートは、彼女だと分かったね」

栄子は照れくさそうに笑っただけで、すぐには口を開かなかった。

「何か言いにくいことでも？」

「その人、子供の頃、私のお母さんを見て、その……」

「マスターベーションしてた？」

「そこまでは知りません」栄子が目を逸らした。「お風呂屋さんに置いてあった映画雑誌で初めて見て、興奮したとは言ってましたけど」

「〈カトレア〉にいた女の髪型とか服装を、あなたのクラスメートは覚えてた？」

「チャイナ服みたいなワンピースを着てたそうです。化粧も濃かったから、彼の推測だと、バーとかクラブのママでもやってるんじゃないかって言うんです」

「一緒にいた男は中国人だったかな」

「相手の男については何も言ってませんでした」私の冗談に栄子はまた怒ったようだった。

私はため息をついた。〈カトレア〉という喫茶店の支配人かウェートレスに訊いてはみるが、常連でなければ、手がかりはつかめないだろう。一週間、四六時中、その喫茶店でコーヒーを飲み続けているわけにもいかないし。

「他に参考になることはない？」

栄子は目を伏せ、首を横に振った。

「正直に言って、一週間で、あなたのお母さんを見つけるのは不可能に近い。人違いだったかもしれないし。私に渡す二万円で、素敵な服でも買った方がいいと思うけど。いろんな店で、バーゲンセールをやってるみたいだよ」

栄子は私の言ったことを無視した。「ともかく、やってみてください」

私は目の端で栄子を見た。「お母さんを見たという人が出てきただけで、急に捜し出したくなったっていうんだね」

「私を産んだ人ですから。母が神納絵里香という女優だってお父さんが教えてくれたのは、小学生に上がってからです。こっそり、お母さんの写真が出てる雑誌を見ました。色気むんむんで気持ちが悪かった。私は誰にもそのことを言わなかったんですけど、知ってる子がいて、裸女優の娘だってからかわれ、嫌な思いもしました。だから、ずっと会いたくなかった。でも、高校に入ってから、考え方がちょっと変わったんです」

「どう変わったの？」

「カマトトぶった女よりも、躰を張って生きてる女の方が格好いいって思えるようになったんです」

私は腰を上げ、窓辺に立った。若い男女が通りを歩いていた。男の少し後ろを歩いている女は俯き加減だった。連れ込み宿で〝休憩〟するアベックに違いない。果たして、ふたりは紫色の看板の建つ、狭い入り口に吸い込まれていった。

「考え方が変わったのは、君が恋をしたからかな」

「なぜ、そんなことまで分かるんです？」栄子の声色が変わった。

「君よりもちょっとだけ長く生きてるからだよ」

「その人、演劇部の部長で、アングラが大好きだったんです。一緒にデモにも出ました」

既成のものをぶっ壊すことに情熱を燃やすことを覚えたせいで、〝裸女優〟の母親に温かい気持ちを持てるようになったということらしい。

「母はバンプ女優でしたよね。でも、そのことが却って誇りに思えるようになったんです。清純派の女優なんて気持ちが悪い」栄子は吐き捨てるように言った。「私、お父さんのこと大好きだけど、恋をして男と逃げたお母さんを格好いいと思うようになっちゃった。だから、私、お母さんに会ってみたくなったの」

話の途中から、言葉がくだけた。

私は栄子に顔を向けた。「やってみましょう。不可能が可能になるのは楽しいもんね。一点突破、全面展開とはいかないだろうけど」

「見つけ出す方法あります？」

「これからじっくり考えるよ。で、君にはどうやって連絡を取ったらいい？　電話、持ってる？」

「持ってません。アパートにもないから、私の方から毎日何度か、浜崎さんに繋がるまで電話を入れます」

「何かあったら、君のアパートに行くよ」

「来てもいいですけど、男性は入れません。女性専用のアパートで、大家がうるさいんです。大家さん、ジーパン穿いてるだけで不良だって思うような人ですから」

「じゃ、君のアパートを訪ねる時は女装してゆくよ」

栄子がくすりと笑った。しかし、それは一瞬のことで、すぐに真顔に戻った。「お母さんが見つかっても、私が探してるって言わないでください」

「どうして？」

「負い目を感じてるはずだから、私に会いたくないかもしれないでしょう？　お母さんの居場所が分かったら、私にまず知らせてください」

「分かった。で、会う時は、私についてきてほしい？」

「もちろんです。私はひとりじゃ、とても会えません」

私は契約書を取り出した。契約書と言っても簡単なものである。

栄子は、必要事項を書き、サインをした。

栄子の住まいは高田馬場。英米文学を専攻しているという。

「サリンジャーとかいう作家の『ライ麦……』」

「『ライ麦畑でつかまえて』ですか？」

「それ、それ。そういうのを原書で読んでるの？」

「読みましたけど、私、ローレンス・ダレルってイギリスの作家が好きなんです」

初めて聞く名前だった。私は肩をすくめただけで、それ以上、何も言わなかった。

栄子は私の名刺をバッグにしまうと立ち上がった。口許が少し柔らかくなった。「ほっとしました」

「何が？」

「浜崎さん、いい人そうだから」

ちまちまとした話し方でそう言うと、栄子は事務所を出ていった。

私は窓から栄子を見ていた。路地を出たところに陽が射していた。日だまりの中で、栄子は立ち止まり、マンションの方に目を向けた。

軽く手を上げてみたが、栄子は気づかずに、コマ劇場の方に去っていった。

私は冷蔵庫からバヤリースオレンジを取り出し、喉を潤した。それから《東京日々タイムス》に電話を入れ、古谷野《こやの》徹《とおる》を呼び出した。

古谷野は大学の先輩で、芸能記者をやっている。学生の頃からの麻雀仲間でもある。

「よう。今夜は時間取れるぜ」電話口に出た古谷野は端っから麻雀の誘いだと決め込んでいた。

「古谷野さんには、かなり貸してるんですけどね」

「だから、今夜……」

「今日は仕事で電話しました。早急に調べてもらいたいことがあるんです」

「特ダネになるような話かい？」

「母子慕情ってコラムにはなるかも」

「何じゃい、そりゃ」

私は詳しく事の次第を話した。

「神納絵里香に隠し子がいた？　そんな話、初めて聞いたよ。いてもおかしくはないけど、ニュース価値はなさそうだな」

「今夜までに、彼女のことを調べてくれませんか」

「借金棒引きにしてくれるか」

「先輩、甘いな。半分ぐらいは免除してあげてもいいですけど」

「麻雀も辛いが、金にも厳しい奴だな」

「飲み代ぐらいはもちますよ」

「何を調べたらいいのか詳しく教えてくれ。ノートするから」

私は頭に浮かんだことを、すべて古谷野に伝えた。そして、資料となるような記事が社に保管されていたら複写してほしいとも頼んだ。

（三）

古谷野徹が事務所にやってきたのは午後八時を回った頃だった。

黒いズボンに派手なカーキ色のジャケットを着、ライトグリーンのシャツにペイズリー柄のネクタイをゆるく締めている。歳は三十七。大学に八年もいて結局は卒業できなかった男である。学生の頃から、《東京日々タイムス》で〝坊や〟をやっていて、そのまま社員になった。

一昨年、妻に逃げられ、今は中野のマンションでひとり暮らしをしている。

小柄で太り肉《じし》。元々目つきがよくない上に、度入りのサングラスをかけている。鼻の穴がやたらと大きい。思い切り鼻から息を吸い込んだら、周りの人間が酸欠を起こすかもしれないくらいである。

「北島三郎よりも大きいだろう？」と冗談を飛ばし、わざとホステスに顔を近づけ、隙を見て唇を奪うような男である。唇は薄く、おしゃべり。だが、大事なことは決して漏らさない。縮れ毛の長髪だが、佐藤蛾次郎よりは男前である。

　私は冷蔵庫から缶ビールを二缶取り出し、そのひとつを古谷野の前に置いた。前の年にアルミ缶に変わったアサヒビールの製品である。

「瓶ビールないのかよ。俺はキリンの瓶ビールが好きだって知ってるだろうが」

「後でもっといい酒をたっぷり飲ませますよ」

　古谷野は鞄を膝の上に置いた。医者が持っているような鞄である。缶ピーと共に資料がテーブルに置かれた。

　私は資料を手に取った。

　神納絵里香、一九三三年（昭和八年）生まれ。現在三十九歳になっている。静岡県浜松市出身。五五年、錦糸町のバーに勤めていた時に、日新映画にスカウトされる。翌年、『恋愛指南』で、当時の売れっ子俳優、駒村真一《こまむらしんいち》の相手役に抜擢され、肉体美を披露。一躍人気女優になる。翌年、『女豹マリア』で初主演。その後も、ハードボイルドタッチの映画で次々と主役を務める。売りは、ベッドシーンを含むお色気だった。

　六〇年、磯野信夫《いそののぶお》という大部屋の役者との関係がスキャンダルとなった。記事が掲載されてすぐに、磯野はビルから飛び降り自殺した。享年三十三。彼は遺書を残していた。神納が、日新映画の社長、斉田重蔵《さいたじゅうぞう》の愛人であることを暴露した遺書だった。それを磯野の親族が週刊誌に持ち込み、はたまた絵里香はマスコミの餌食になり、悪女のイメージが決定的なものになった。

　斉田重蔵は、あっさりと絵里香との関係を認めた。その直後、神納は、当時住んでいた渋谷区原宿町（今の神宮前）の高級アパートで、重蔵をブロンズの像で殴るという事件を起こした。逮捕されたが、重蔵が被害届を出さなかったこともあり、起訴はされなかった。しかし、その事件がきっかけで日新映画を解雇される。当時は映画会社の協定があったから、神納絵里香を雇う会社はなく、そのまま映画界から姿を消した。

協定のせいで干されたのは神納絵里香だけではない。田宮次郎も山本富士子も同じ憂き目にあっている。

私が資料を読んでいる間、古谷野は窓辺に立って缶ビールを飲んでいた。

その後、週刊誌が二度ばかり神納絵里香について報じていた。

大阪のキャバレーに勤めているというものと、千葉の栄町のトルコで目撃したというものだった。

いずれも信憑性のない記事に思えた。

日新映画は、社長の放漫経営が原因で、六二年に倒産している。

「眺めがいい部屋だな」古谷野が窓に顔を擦りつけるようにして口を開いた。「萩原健一のまがい物みたいな兄ちゃんが、松原智恵子のような女としけこんだぜ」

「他人がやりにいくのを見て、何が面白いですか？」

「若手の俳優や歌手もだな、この辺の連れ込みを使うことがあるんだ。お前、そういう奴が温泉マークに入るのを見たら、俺に知らせてくれ。謝礼、払うから」

私は古谷野の戯れ言を無視した。「神納絵里香のことを古谷野さんよりもよく知ってる先輩が社にいるんじゃないですか？」

「キャップがよく知ってたよ。奴の話によるとだな、神納は嫌われ者で、敵も多かったそうだ」

「たとえば」

「日新映画のもうひとりの看板スターを覚えてるだろう？」

「福森里美《ふくもりさとみ》？」

「ああ」

福森里美もバンプ女優で、神納絵里香と人気を二分していた。

「あのふたり、犬猿の仲だったらしい。神納は、福森里美の座る座布団にオシッコを引っかけておいたという噂もあるくらいだ」

「まさに、犬や猿がやりそうなことだな。で、何で福森里美は干されたんですか？」

「斉田社長が回した役を拒否し、クビになったんだ」

解雇された福森里美もまた他の映画会社では働けなくなり消えていったということらしい。

「福森里美は今、どうしてるか分かります？」

「歌も歌えるからドサ回りの歌手をしてるって噂は聞いたことがあるが、詳しいことは分からんな」

「福森里美についてもう少し調べてみてください」

「そんな回りくどいことしてる時間ないだろうが」古谷野は手帳を取り出し、意味ありげに微笑んだ。

「実は、親しかった人間がいなかったわけじゃないんだ」

「それを早く言って下さいよ。で、誰なんです？」

「借金棒引きしてくれるだろう」

私は目を細めて古谷野を睨んだ。「ネタの価値は俺が決めます」

「嫌な目だな」古谷野が肩で笑った。「元デカの息子だけのことはある」

「いいから早く教えてくださいよ」

古谷野がソファーに戻ってきて、手帳を開いた。「高松祥子《たかまつしょうこ》って女が、日新映画でスクリプターをやっていた」

「スクリプター？」

「記録係だよ。記録係の役目はとても大事なんだ。撮影の全行程に付き合い、カットをすべて記録する仕事だから。NGの場面も控えるんだよ。それに俳優の台詞《せりふ》だけじゃなくて仕草とか衣装までスケッチしたりもするしね」

「で、その高松祥子は、今は他の映画会社に移ってるんですか？」

「いや。バーテンダーと結婚して、赤坂でバーを開いてるそうだ。今は大貫《おおぬき》って名前に変わってるが」そう言ってから古谷野がバーの名前を告げた。

「場所、分かってますよね」

「うん」

「さっそく行ってみましょう」

「借金棒引きだぜ」

私はうなずいた。古谷野は強気の打ち手である。麻雀は強気でないと勝てないが、古谷野はすぐに熱くなるから、私にとってはカモなのだ。借金を棒引きにしても、すぐに取り戻せるだろう。

缶ビール一杯ぐらいなら平気でハンドルを握る私だが、その後のことを考えてタクシーで赤坂に向かうことにした。

私は鞄の中身をあらためた。

「何が入ってるんだい?」古谷野が訊いた。

「探偵の七つ道具ですよ」

リモコンのついたポータブルカセットテープレコーダー、小型カメラ、軍手などが入っていて、必要に応じて持ち歩く。

私と古谷野は路地を抜け、ゆるやかな坂を下って、コマ劇場の方に向かった。空車がなかなか来なかった。

歌舞伎町は殷賑《いんしん》を極めていた。

〈スカーレット〉〈女王蜂〉〈不夜城〉といった大きなクラブが軒を連ねている。〈女王蜂〉と〈不夜城〉が開いてもう十年は経っているはずだ。

私たちは、バーブ佐竹のヒット曲じゃないが、〝ネオン川〟を泳ぐようにして風林会館の方に歩を進めた。地回りのヤクザの湿った目が、私たちをじっと見つめていた。

区役所通りでタクシーを拾った。

私は煙草に火をつけた。「日新観光って会社がありますよね」

「斉田の会社だよ。日新映画が潰れても、奴の資産が減ったわけじゃない」

「千葉にある日新カントリークラブの経営者、斉田って言ったが、下の名前は重蔵じゃなかった」

「息子の経営になってるんだろうよ。斉田は三度結婚してる。三度目の相手は、十五歳ほど年下の女優だよ。しかし、さすがに不動産ブローカーだっただけあって、そっちの方には詳しいな」

赤坂見附に着くと、外堀通りを右折した。赤坂東急ホテル、ホテル・ニュージャパンをすぎ、日枝神社のお膝元にある、パリのカフェを真似たようなガラス張りの喫茶店の前でタクシーを降りた。喫茶店と言っても明け方までやっている店で、近くのキャバレーやクラブのホステスや芸能人が溜まる店である。

外堀通りを渡り、裏道に入った。デヴィ夫人が働いていたクラブ〈コパ・カバーナ〉のある通りである。

高松祥子が働いているというバー〈シネフィル〉は〈コパ・カバーナ〉の並びの雑居ビルにあった。私は、ビルの写真を撮った。フラッシュが光ったものだから、通行人や、近くに停まっていた大型乗用車の運転手の鋭い視線を感じた。近くには、政治家が密談しそうな料亭もある。歌舞伎町とは違って赤坂は隠然とした繁華街なのだ。

エレベーターで五階に上がる。バー〈シネフィル〉の木製のドアもフィルムに収めた。そんな写真は何の役にも立たない。だが、依頼人にきちんと調査している証明にはなる。

細長いカウンターだけの店で、ジャズが流れていた。黒い壁一杯に、額縁に納まった映画のポスターが貼られていた。いや、ポスターではなかった。チラシだった。

『OK牧場の決斗』の中ではカーク・ダグラスとバート・ランカスターが取っ組み合っていた。オードリー・ヘプバーンの『麗しのサブリナ』のチラシはモノクロで、福岡東宝劇場のものだった。他にもヒッチコックの『北北西に進路を取れ』、アラン・ドロンの『太陽がいっぱい』などが目に留まった。

　男の客がふたり、カウンターの奥の席で飲んでいた。田中角栄首相の〝日本列島改造論〟について熱心に話していた。このバーの雰囲気にはそぐわない話題だが、永田町が近いのだから不思議ではない。
　四十五、六の痩せた男と、男よりも少し若く見える女がカウンターの中に入っていた。
　このふたりが、おそらく大貫夫妻だろう。

「いらっしゃいませ」

　髪を短くし、男と同じように黒いチョッキを着た女が、にこやかに微笑んだ。

　結婚していることを知らなかったらレズだと誤解したかもしれない。もっとも、両刀使いの可能性はあるが。

　古谷野はジョニ黒をストレートで頼んだ。酒屋で買っても一万円近くする酒である。

　ビールよりも高い酒を飲ませるとは言ったが……。私は横目で古谷野を見てから、同じものを注文した。私だけが安い酒を頼むわけにもいかない。

　曲が変わり、女のハスキーな声が店内を満たした。

「ジュリー・ロンドンの『クライ・ミー・ア・リバー』。いいね」古谷野が、そう言って女に微笑みかけた。

「この店、初めてですよね」

「ええ」古谷野が缶ピーを口にくわえた。

　女が火をつけた。

「あなたは日新映画にいた高松祥子さんですよね」

　奥にいた男が私たちの方にちらりと目を向けた。古谷野は、キャップの名前を出し、彼の紹介だと告げた。

「山室《やまむろ》さん、お元気ですか。最近、お見えになってないんですよ」

「元々、飲み歩く男じゃないから」

「そうですね。お酒、あまり強くないですものね」

「あなたも何か飲みます？」私が言った。

「ありがとうございます。それじゃ、ビールをいただきます」

酒の用意ができると、私たちは軽く乾杯をした。

古谷野は祥子に名刺を渡してから、私の方に目を向け小声で言った。「この男は、私立探偵で、神納絵里香の行方を捜してるんだ」

「神納絵里香さん」祥子が目を瞬かせた。

「浜崎順一郎と申します」私も名刺を取り出した。「実は、彼女の娘が母親を捜してまして」

祥子はさらに驚いた顔をした。「絵里ちゃんに子供がいたなんて初耳です」

私は、中西栄子が話したことを祥子に教えた。「今、彼女がどこで何をしてるかご存じないですか？」

「一連の事件のことはご存じですよね」

「ええ」

「あの事件の後は、私、絵里ちゃんには一度も会ってません。日新映画で働いてる時はよく一緒に飲んでたんですけど」

私も煙草を取り出した。「お友達だったあなたにこんなことを言うのも何ですが、あまり評判のいい女優じゃなかったようですね」

「ええ。でも、言われているほど嫌な人じゃなかったです。酒癖は悪かったけど。本当は気が弱くて、男に引っ張られるタイプなんです」そこまで言って、祥子はしめやかな調子でこう言った。「そう、絵里ちゃんに子供がねえ」

「二十一歳の綺麗なお嬢さんですよ」

「絵里ちゃんの娘だったら、綺麗で当たり前だわね」

私はにやりとした。「そうとは限らないでしょう。美男美女の娘がブスのこともよくありますよ」

「確かに」

古谷野がグラスを空けた。「噂も聞いてないですか？」

「この店には、福森里美さんがよく来るんですよ。この間、何かの拍子に絵里ちゃんの話になったけど、彼女も行方は知らないって言ってました」

「あなたのお友達と犬猿の仲だった看板女優が、この店に来てるんですか。不思議なもんですね」古谷野がつぶやくようにそう言ってから、お替わりを頼んだ。

二杯目のジョニ黒をテーブルに置くと、祥子が遠くを見つめるような目をした。「あのふたりはライバルで確かに仲はよくなかったけど、今は、私もそうですけど、福森さんも、あの頃が懐かしいだけです。どんどん日本映画界が衰退していってるでしょう？　私、それがすごく寂しくて」

私は祥子を真っ直ぐに見た。「ライバル女優がいがみ合ってた頃の方が活気があったということですね」

「その通りです。俳優さんは我が儘だったし、金の使い方も激しかった。常識外れの世界だったけど、それがまた力になっていた気がします」

私はうなずきながら、グラスを口に運んだ。

六〇年代の半ば頃から、映画は斜陽産業になった。日活は次々と小屋を手放し、七〇年に入ると本社の入っていた日活国際会館（跡地には今、ペニンシュラ東京が建っている）を三菱地所に売却した。それでも日活はロマンポルノで何とか持ち直したが、大映は倒産した。

不動産ブローカーをやっていた頃、映画会社が所有している土地の売り買いに陰で動いていた人物がいたことを思い出した。

私の子供の頃は、東京の至るところに映画館があった。金のなかった私は、よくこっそり潜り込んで観たものである。小屋の人間も子供たちには甘く、見て見ぬ振りをしてくれた。

「自殺した磯野さんに会ったことはあります？」

私の質問に祥子は首を横に振った。「社長の他に付き合ってる男がいることは知ってましたけど、誰だかは分かってませんでした。その人と一緒に浜松から出てきたことだって、週刊誌で読むまで知らなかったもの」

私もグラスを空けた。「高松さん、いや、大貫さんの他に、神納さんが親しくしていた人がいたら教えてくれませんか」

祥子は口許をゆるめた。「一番は何と言っても斉田社長ですよ」

「他には？」

「そうね。こんなこと、今だから言えるけど、絵里ちゃん、南浦《みなみうら》って監督にちょっと気があったみたい」

「え？　南浦って言えば……」グラスを宙に浮かせたまま、古谷野が口をはさんだ。

「そう。福森さんの旦那だった人」

「南浦清吾《せいご》って監督ですね」私が念のために訊いた。

「ええ。十二月に封切り予定の『最高の人』って映画の監督さんです」

新聞の文化面で、南浦監督のインタビューを読んだのは、数日前のことだった。

十一年振りにメガホンを取るという。配給会社は大手の関大映画だった。

古谷野が吸っていた煙草を消した。「業界から消えたと思ってた監督のカムバックに映画担当の記者も驚いてたよ」

「その監督、福森さんの旦那だったとおっしゃってましたよね。ということは離婚したってことですね」

「離婚して三年ぐらい経つって、福森さん自身が言ってました」

私もお替わりを頼んだ。二杯目の酒を舐めてから質問に戻った。

「福森さんと別れた後、神納さんとくっついた可能性は？」

「それは、絶対にないですよ。絵里ちゃん、監督にモーションかけたけど、相手にされなかったって笑ってたし、今の話、まだ日新映画にいた頃のことですからね。南浦さん、福森さんにベタ惚れでしたもの」

奥にいた客が腰を上げた。

「また来るよ」客のひとりが祥子に軽く手を上げそう言った。

勘定を払う様子はない。ツケで飲んでいるらしい。

客を見送った後、祥子は私たちに夫を紹介した。名前は静夫《しずお》と言った。名前通りの静かな夫だった。面長で、首も長薯《ながいも》のように細かった。

「素敵な店ですね」私が言った。

「ありがとうございます」静夫は目尻に控えめな笑みを浮かべ、礼を言うと、帰った客のグラスを洗い始めた。

私は後ろを振り返った。「よくこれだけのチラシを集めましたね」

「彼のコレクションなんです」祥子の声が弾んだ。

ヴォーカル曲に変わって、トランペットの乾いた音が流れた。マイルス・デイビスの『死刑台のエレベーター』のテーマ曲だった。

その映画のチラシも飾ってあった。

ドアが開いた。祥子の目つきが変わった。

「今晩は」静夫が落ち着いた口調で客を迎えた。

「私が来るのが分かってたのかしら」女は、ハスキーな声でそう言いながら、私たちの後ろをすり抜け、ほぼ真ん中のスツールを引いた。

これまで一度も背中を丸めたことがないかのような姿勢のいい女だった。身長は百七十センチはありそうだ。

古谷野は、解けた靴紐のようなだらしない笑みを口許に浮かべて女を見つめていた。

一瞬、私は誰だか分からなかった。十年以上前に、スクリーンで見た福森里美とは随分違っていた。しかし、本物を見るのは初めてだが、バンプ女優と言われ、扇情的な格好をしていた時よりも、いい女に思えた。彼女の正確な歳は分からないが、私よりも、少なくとも六、七歳上のはずだが、若々しい。

紫色のパンタロンに黒いジージャンを羽織っていた。中に赤いタートルネックのセーターを着ていた。派手な赤ではなく、落ち着きのある色合いのものだった。長い黒髪を真ん中で分けている。

ダウンライトの灯りが、彼女の横顔を浮かび上がらせていた。彫りの深い小顔。額が綺麗な弧を描いていた。目は輪郭からはみ出してしまうほど大きいが、目許の辺りが凛としていて鼻は小さかった。鼻の頭が少し上を向いている。前歯はやや反り気味。鼻とのバランスを考えると、口は少し大きすぎた。気にくわないものには容赦なく嚙みつきそうな雰囲気を宿した口である。それが却って魅力的だった。

黒い革のハンドバッグを開けた福森里美は、煙草とライターを取り出した。ライターは金のダンヒル。かなり使い込んだライターに思えた。それはバッグも同じだった。日新映画の看板女優だった頃に、男から貢がせたものを今も使っている。そんな気がした。歌手としてドサ回りをしているとしたら、裕福な暮らしをしているはずはない。

煙草は去年、発売されたミスター・スリムだった。その名の通り、長さが十センチもある細長い煙草である。細い煙草から煙りが上がった。やさ男を弄ぶような吸い方である。

静夫は注文を訊かずに、カクテルを作り始めた。

マイルス・デイビスの熱くて乾いた音に、シェーカーがリズミカルに振られる音が重なった。ほどなくグラスに酒が注がれた。抜けるような青い色のカクテルだった。

私は、そのカクテルの名前を知らなかった。

福森里美は、一度も私たちの方に目を向けない。それが却って、意識していることの表れに思えた。

私はグラスを空けると、名刺を用意してから立ち上がった。

古谷野があっけに取られたような顔で私を見ていた。祥子の視線が落ち着きを失った。静夫の表情は変わらず、マイルス・デイビスのトランペットのようにクールである。

私は福森里美の席に歩み寄り、斜め後ろに立った。それでも、彼女は私の方に視線を向けない。軽く髪を指で撫で上げてから、また煙草を吸った。

スポットライトに絡んだ煙りが、静かに下りてきて、私を包み込んでいった。

（四）

福森里美は私を無視して、煙草を吸い続けていた。

祥子が我慢できなくなったのだろう。福森里美に話しかけようとした。私は右手を軽く上げて、それを制した。そして、スカイブルーのカクテルの横に、そっと名刺を置いた。

「自己紹介させていただきます。新宿で探偵事務所を開いている浜崎順一郎と申します」

福森里美が、煙草を指にはさんだ手でグラスを持ち上げた。グラスの中から鳩でも出せそうなくらい滑らかな動きだった。

「酒を引っかけられないうちに失せて」

「そうなったら青い海に溺れそうですね」

福森里美は、小馬鹿にしたように肩で笑った。「キザで安っぽい台詞。粋がって見せる相手を間違えてるわよ」

「里美さん、浜崎さんは……」祥子が割って入った。

「この人、私のファンなの？」

「残念ながら違います」私が答えた。「実は、福森さんにお伺いしたいことがあって、お待ちしてました」

いけしゃあしゃあと私は嘘をついた。

里美がやっと私の名刺に視線を落とした。

「探偵に嗅ぎ回られるようなことはしてないけど」

「神納絵里香さんについて、知っていることを教えていただきたいんです」

里美の眉が険しくなった。しかし、それは一瞬のことだった。彼女は大声で笑い出した。

「私に、神納絵里香のことを訊きたいですって。昔だったら、私、あなたを殴ってたわね」

「日新映画が潰れて久しい。古戦場すら跡形もなく消えてしまってますよ」

私が話している間に、曲が終わった。

「あなたの台詞、音楽がかかってないと聞けやしない。マスター、もう一度同じ曲をかけてくれない？」

静夫は黙って、里美に言われた通りにした。

「隣に座ってもよろしいですか？」

里美が私の方に首を巡らせ、ねめるように私を見つめた。

「あなた、いくつ」

「三十二です。座っていいですか？」

里美は小さくうなずき、グラスを空けた。そして、お替わりを頼んだ。

私は、里美の背中を回り、奥のスツールに腰を下ろした。

里美が怪訝《けげん》な顔をした。「何でわざわざそっちに座るの？」

「癖なんです」

「右の横顔に自信あるのね。そういうナルシストの男優を知ってるわ」

私は曖昧に笑っただけでそれには答えなかった。

後ろを気にせずに、できるだけ全体を見通せる場所に身を置く癖は少年の頃に身についたものである。周りに注意を払っていないと襲われる危険があったのだ。子供の頃の癖が自然に消えるには、私はまだ若すぎる。

「何て名前のカクテルなんですか？」私は静夫に訊いた。

「スカイダイビングです。五年ほど前に、日本人のバーテンダーが考案したラムベースのカクテルです」

私も飲んでみることにした。

古谷野の視線を感じた。私は、来るな、と目で合図を送った。芸能記者は、落ちぶれた女優の神経に障るに決まっている。

深いブルーのカクテルが、それぞれの前に置かれた。私はグラスを里美の方に軽く上げてから飲んでみた。やや甘口だが、口当たりのいい酒だった。調子に乗って何杯も飲んだら悪酔いしそうである。

マイルス・デイビスのトランペットの音は色にたとえるとモノクロ。そこにスカイブルーの液体が流し込まれた。しかし、デイビスのトランペットは、青空に負けるほどヤワではなかった。

「スカイダイビングって格好いいわよね」里美がぽつりと言った。

「どういうところがです？」

「限界まで落下して、素早く飛翔するところよ」

「試されたことは？」

「あるけど、パラシュートが開かなかった」そう言って、瓶からシャンパンが噴き出したような笑い声を上げた。

里美は、人生のスカイダイビングのことを言ったらしい。私は、それ以上、そのことには触れずに、煙草に火をつけた。

「絵里香のことで、私に訊きたいことがあったんじゃないの」里美が先に口を開いた。

私は、絵里香の娘に頼まれて、母親を捜しているのだと教えた。

里美の表情に変化はなかった。

「彼女に子供がいるって噂、耳にしたことはなかったですか？」

「聞いたことないわ。私、あの人と付き合いなかったもの」

「敵同士は相手の動向が気になるから、案外よく知ってることもある」

輪郭からはみ出しそうな目に怒りが波打った。「絵里香が私の敵だったなんて誰が言ったの？　あの程度の役者、私の敵じゃなかったわよ。台詞もまともに言えない女優と比べられるだけでも不愉快ね」

「失礼しました。でも、世間じゃ、おふたりはいつも比べられてた」

「絵里香が社長の女だったから、そうなったのよ」

私はちらりと祥子を見た。「スクリプターだった祥子さんが、神納さんと親しかったことは、先ほど聞きましたが、他に神納さんと付き合ってた人を知りませんか。斉田社長の女だとも知らずに、近づいた男優とか監督とかがいたでしょう？」

里美が現れなかったら、祥子にぶつけていた質問を口にした。

「いたみたいね。だけど、私がそんなことといちいち覚えてるわけないでしょう？」里美は祥子に目を向けた。「あなた、誰か覚えてる？」

「そうねえ」祥子が考え込んだ。「〈ベンピーズ〉ってコミックバンドのリーダーだった衣袋益三《いぶくろますぞう》と仲が良かったのは、里美さんも知ってるでしょう」

里美がうなずいた。「そうだったわね」

「でも、男と女の関係はなかったと思う。衣袋さん、絵里ちゃんにとって、お父さんみたいな存在だったから」

父親みたいな存在だった男なら、絵里香が映画界から追放されてからも、付き合いがあってもおかしくない。しかし、すこぶるつきの情報ではない。〈ベンピーズ〉は今も売れに売れているコミックバンドだが、リーダーの衣袋益三は、三、四年前に病死している。死因は腸閉塞だった。〝これぞ、芸人魂〟とかなんとか週刊誌が書きたてたので記憶に残っていたのだ。

彼の関係者に当たってみる必要はあるだろうが、当人が死亡しているから、有力な手掛かりが摑める可能性は低いだろう。

「絵里香の娘っていくつ？」里美が訊いてきた。

私は、さらに詳しく中西栄子から聞いたことを話した。

「絵里香、娘に会いたがらないかもしれないわね」

「どうしてそう思うんです？」

「不幸な生活を送ってる姿を、娘に見られたくないって、私だったら思うもの」

「そうかもしれませんが、娘の方は覚悟ができてるみたいです。おそらく、母親がトルコ嬢になっていても、娘の方は平気でしょう」

「ふーん。変わった娘ね」里美の言葉に刺《とげ》があった。

「福森さんにお子さんは？」

「いないわ。いなくてよかったって思ってる。意味、分かるでしょう？」

私は肩をすくめて見せただけで、何も言わなかった。

「あなた、三十二にしては老けてるわね」

「生き急いだからでしょう」

　里美が見下したような視線を向けた。「あなたみたいな役者を何人も見てきたわ」

「老け役が上手な役者ってそんなにいましたっけ」

「違うわよ。子役の時は初々しく、十代で頂点に登りつめ、二十代から坂を転がり落ち、三十代には、世俗の垢にまみれすぎて魅力を失って、ちょい役しか回ってこない。生き急いだ役者は大概、そんな道を歩んでる」

「人生のスカイダイビングに失敗したバンプ女優と気が合いそうな気がしてきましたよ」

　そう言った瞬間、里美の右手が上がった。危うく平手打ちを食らいそうになったが、寸前で彼女の手首を押さえることができた。

　目と目があった。私は里美の手首を握ったままでいた。

　里美の口許に笑みがさした。「放してくださらない？」

　私は言われた通りにした。隙ができた。里美の平手が私の頰を張った。

　里美のイヤリングが、地震にあったシャンデリアのように揺れている。

　祥子は口を半開きにして私の方を見ていた。古谷野が肩を縮めて笑っている。冷静な静夫も、拭いていたグラスを宙に浮かせたまま動きを止めた。

　ドアの外で、階段を下りてゆくヒールの音がし、女の笑い声がそれに重なった。その声が、沈黙を一層深いものにした。

　里美は何事もなかったかのようにカクテルを飲み干すと、腰を上げた。

「また来るわね。彼の飲み代、私につけておいて」

「ありがとうございました」祥子が心ここにあらずといった体で言った。

　背中をピンと伸ばした里美は、颯爽と店を出ていった。まるで舞台の袖に消える役者のようだった。

マイルス・デイビスのトランペットはとっくに終わっていて、静かなバラードが流れていた。

寸劇は終わった。どこにでもある寸劇ではなかったが、目新しいものでもない。鼻っ柱の強い女と小生意気な若造の、ちょっとしたいざこざにすぎなかった。

「そろそろ俺たちも消えますか」私が古谷野に言った。

「福森さん、かなり酔ってたようです。ごめんなさい」祥子が謝った。

「あなたが謝ることはないですよ」

「これに懲りずにまた来てください」

「福森さんによろしく」私はにっと笑った。

「日新映画で働いてた時を思い出してしまいました。喧嘩は日常茶飯事でしたから」祥子は安堵の色を頰に浮かべ、懐かしそうにそう言った。

「福森里美も酒乱なんだね」古谷野が口をはさんだ。

「酔うには酔いますが、今夜みたいなことは初めてです」

里美は私の飲み代を払うと言ったから、祥子はなかなか金を受け取らなかった。だが、最後には根負けして受け取った。

バーを出た私と古谷野は表通りを目指した。飲み屋街の裏道には酔客とホステスが目立つ。まるで深海魚の群れのようである。

「古谷野さん、余計なこと書かないでくださいよ」

「書きたいね。短い記事だったら受けそうだから。だけどお前の飲み代を払おうとした気っ風のいい女だから、今回は止めておくよ」

「死んだ衣袋益三の住まいや事務所、メンバーの情報をください」

「お前の頼みは何だって聞いてやるよ」

表通りに出た。古谷野がタクシーを拾った。私を新宿で下ろして家に戻るという。

「お前の女のタイプ、俺には大体分かる」古谷野が煙草に火をつけながら言った。「福森里美のような気の強いのがいいんだよな」

「古谷野さんとは趣味が違います」

「俺は楚々とした女じゃなきゃ駄目だな。殴ってきたら殴り返しちまう男だから」

「楚々とした女が豹変した時、どんなに恐いか、奥さんで体験してるのにね」

「うるせえよ」

確かに、福森里美はタイプの女だが、前のめりになって追いかけ回す気はなかった。堅牢なダムは正攻法では崩せない。小さな穴が開けば、ゆっくりと自壊してゆくものだ。しかし一旦、崩れたら、人家を押し流すような勢いで迫ってきそうだ。その激しさを受け止められる自信はまるでなかった。

(五)

電話が鳴っている。枕許の時計を見ると、九時少し前だった。

事務所とプライベートルームの電話が同時に鳴るので、けたたましさは半端ではない。カーテンの透き間から弱い光が漏れていた。私は上半身を起こし、受話器を耳に当てた。相手は中西栄子だった。

「おはようございます。調査の方はいかがですか?」

小鳥が餌をついばむような、ちまちましたしゃべり方で、いきなり、調査の進捗状況を訊かれた。健康的な生き方をしている人間にとっては、朝に相応しい話し方だろうが、私にとっては鬱陶しいだけだった。しかし、依頼人の電話には愛想良くでるように心がけている。

「おはよう。君は早起きなんだね」

「これから授業ですから、その前にお電話しておこうと思って」

「昨日の今日だから、まだこれと言った進展はないよ。これから、〈カトレア〉に行ってくるつもりです」

「じゃ夕方、また電話します。それでは」

電話を切った私は、生あくびを噛み殺しながら洗面所に向かった。

私の事務所兼住まいの間取りは以下の通りである。

玄関ドアを開けると三和土《たたき》があり、その正面がキッチン。キッチンは来訪者に見えないようにカーテンで仕切られている。左手が六畳の部屋。そこをプライベートルームにしている。右側には狭くて短い廊下があり、その奥が事務所。広さは十畳ほどだ。廊下の右側にドアが三つある。トイレとバスルーム。それに三畳ほどの部屋。納戸代わりに使っているその部屋には、親父の遺品や調査資料も入っている。きちんと整理したいと常々思っているのだが、ずっと手を付けずに放ってある。

〈カトレア〉では支配人やウェートレスに質問をぶつけてみたが、何の成果も挙げられなかった。

〈ベンピーズ〉について古谷野に電話を入れたが、コミックバンドは香港にロケに出かけていて、週が変わらないと帰国しないという。正露丸のコマーシャルか、と冗談を言ったら、映画のロケだと古谷野は笑いもせずに答えた。

その日も翌日も、水商売の人間が動き出しそうな時間に〈カトレア〉に行った。しかし、神納絵里香らしき女には出会えなかった。

栄子のクラスメートが神納絵里香を見たという情報は確かなものではない。その上、絵里香の消息を知っていそうな人物の見当もつかない。これではお手上げである。

栄子からは毎日電話がかかってきた。

十八日の夜、調査したことを初めて詳しく依頼人に教えた。

「……〈ベンピーズ〉のメンバーが帰国するのを待つしかない。今のところは」

「それだとお約束の一週間を越えてしまいます」栄子はしゅんとした声で言った。

「料金はそのままでいいよ。〈ベンピーズ〉のメンバーから有力な情報が得られなかったら、それで一旦、打ち切りにしましょう」

栄子は一瞬黙ってから、私の提案を呑んだ。

風呂にゆっくりと浸かってから、テレビを視るともなしに視ていた。

ＮＥＴ（今のテレ朝）の23時ショーでは〝ミス・ブスコンテスト〟をやっていた。悪夢を見そうな気がしたので、チャンネルを替えた。11ＰＭでは〝結構ケだらけ　女だらケ〟というタイトルの番組を放送していた。神楽坂の芸者や日劇のダンサーが出演していた。

深夜番組はどんどん過激になっている。まるでＰＴＡのやり玉に挙がることを期待しているみたいな番組ばかりだ。〝過激派〟は学生だけではないということだ。

考えようによっては、これは健康な国の証である。不健康な国はすべてを管理したがり、猥雑なものを排除し、ラジオ体操を奨励する。当然、煙草も敵になる。そうやって純粋、純血を推し進めた国があったではないか。統制の取れたナチスドイツで格好良かったものは、軍服とサイドカーとワルサーＰ38という拳銃だけである。

午前零時半少し前に、11ＰＭが終わった。その直後、ドアがノックされた。

パジャマの上にガウンを羽織って、玄関ドアの前に立った。古いマンションだからドアスコープはついていない。代わりに小窓がある。被いを開けた。

迫力満点の目が迫ってきた。これが刑務所の独房だったら、小窓を開けた私が刑務官だが、里美の目つきの方が刑務官らしかった。

私はドアチェーンを外した。里美は旅行鞄を手にしていた。

「もうパジャマ姿なのね」

「真面目な暮らしをしてますから」

「入っていい？」

「どうぞ」

私は里美を客用のソファーに座らせた。

「旅行に出てたんですか？　それとも家賃が払えなくなった？」

里美はそれには答えず、脚を組み、煙草に火をつけた。

「何か飲みます？」

「何を飲んでたの？」

「ウイスキー」

「ストレートにして」

私は角瓶とタンブラーを持って、里美の正面に腰を下ろした。そして、酒を注いでやった。

「一泊だったら泊めてあげますよ。木賃宿よりもましでしょう？」私は酒を口に運んだ。

里美が鞄に目を落とした。「衣装が入ってるのよ。さっきまで、この近くのキャバレーに出てたの」

「マネージャーはいないんですか？」

「いたけど、この間辞めたの」

「何ていう店？」

「〈チェリー〉よ。知ってる？」

私は黙ってうなずいた。この辺りでは二流だと言われているキャバレーである。私は入ったことはないが。

「で、ご用は？」

「お詫びにきたの。ひどいアバズレだと思ったでしょうね」

「全然。むしろ、可愛い人だなって思いましたね」

「あなた、本当に生意気ね」

「仕事の帰りだったら、お疲れでしょう。シャワーでも浴びますか」

「あなた、私を誘ってるの？」里美は食ってかからんばかりの勢いで怒った。「私、軽い男は相手にしないの」

私は口許に笑みを浮かべ、里美から目を離さずに煙草に火をつけた。

里美はグラスをぐいと空けると腰を上げた。「来るんじゃなかった」

私は軽く肩をすくめてみせた。

「あなた、馬鹿ね。私、耳寄りな話を持ってきてあげたのに。お休み」

私は弾かれたように立ち上がり、狭い廊下で、里美の肩に手をかけた。里美は邪険な手つきで払いのけた。

「神納絵里香に関することなんですね」

「そうよ」里美が歌うような調子で言った。

「教えてください」

里美が首を私の方に巡らせた。「あなた、絵里香を見つけたらいくらもらえるの？」

「依頼人は学生ですよ。たかが知れてます」

「だからいくらだって訊いてるの」

「二万」

「明日、〈チェリー〉に来てちょうだい」

「あなたの素敵な歌を聴きに？」

「絵里香が銀座のビルに入ってゆくのを見たっていうギタリストがいるの」

「銀座のどの辺のビルですか？」

「説明してあげたいけど、私にはよく分からなかった。だから、あなたが直接、聞けばいいと思って」

「ありがとう」

「これで借りは返したわよ。私の最終ステージは十時半よ」

里美はそう言い残して、部屋を出ていった。

（六）

住まいが繁華街にあるのも考えものである。きらびやかな店に入っても、昼間、陽射しに晒《さら》された薄汚れた外観や、酒屋が出入りしている様子などの舞台裏を見てしまっているものだから、日常と非日常の境目が曖昧になり、さして感興をそそられないのである。

〈チェリー〉は風林会館の裏手にある。私の事務所兼住まいから二百メートルほどしか離れていない。グランド・キャバレーと言っていいのだろうが、馬鹿でかくはなかった。バンドが演奏し、ミラーボールが回る中、客とホステスが躰を寄せ合って踊っていた。

桜が描かれた絨毯《じゅうたん》が敷き詰められた部分に、紫色のボックスシートが、ほどよい間隔で並べられていた。

二流だと聞いていたが、店は小綺麗だった。

長いつけ睫の、ヤマアラシみたいな顔の女が席についた。ラメの入った朱色のドレス姿だった。最近、太ったせいで、サイズが合わなくなったかどうかは分からないが、腹の辺りがぽっこりしていた。

私は水割りを頼んだ。女も同じものにした。ここの払いを、経費として栄子には回せないだろう。気に入った女の舞台を見にきたと思って、自腹を切ることにした。

「お客さん、この店、初めてですか？」

「うん」

「どこかで会ってる気がするんですけど」

「君はこの近所に住んでるんだね」

「何で分かるんです？」

「すぐそこの産婦人科から出てきたのを何度か見たから」

「いやだあ」女が口許に手を当てた。「そんなとこ何で見てたんです」

「綺麗だから目に留まったんだよ」

女が満更でもない顔をした。

私は天井を見上げた。言ったことは口から出任せだった。それがぴたりと当たっただけである。

その一言で、女はすっかり打ち解けた。話題はもっぱら近所のことだった。或る連れ込み宿の名前を出して、そこでよくエロ映画の撮影が行われていると教えてくれた。美容院は大久保通りを越えたところの店が、安くて親切だそうである。どれもこれも、私には何の役にも立たない情報だったが、暇つぶしにはなった。

バンド演奏が一旦終わり、踊っていた客とホステスが席に戻った。店内が暗くなった。

「今宵も、キャバレー〈チェリー〉をご贔屓にしていただき、ありがとうございます」

司会者の姿はなく、声だけが店内に流れた。

「いよいよ、福森里美さんの最終ステージであります。盛大な拍手をもってお迎えください。ザ・グレイテスト・エンタテイナー・オブ・ザ・ワールド　サトミ・フクモリ」

陰の司会者が場を盛りあげた。

「里美」客から声がかかった。

右手にスポットライトが当たった。その輪の中に里美がいた。ロングドレスの裾を軽く上げて、階段を上った里美がステージの真ん中に立った。そして『枯葉』を英語で歌い始めた。

びっくりするほど歌がうまかった。

里美はそれから二曲ほどスタンダードナンバーを歌った。しゃべりはなかった。

四曲目からがらりと曲を変えた。

ペギー葉山のヒット曲『南国土佐を後にして』だった。

曲が変われば店の雰囲気も変わった。拍手の量が、それまでとは違った。スタンダードジャズは〈チェリー〉の客には受けないようだ。大半は、妖艶な演技をしていた頃の里美のファンで、近づきがたかった女優が、躰の線を強調したドレスを着て、手の届くところに存在していることに満足しているのだろう。ここに『女豹マリア』で人気の座を得た絵里香が加われば、キャバレー〈チェリー〉が、サファリパークさながらの活況を呈するに違いない。

『南国土佐を後にして』を歌い終わった里美は拍手喝采を浴びた。

里美は客席に向かって、右から左へとくまなく頭を下げた。

「今夜も私の歌を聴いていただきありがとうございました。〈チェリー〉のお客様は心温かい方ばかり。心から感謝しています」

里美がもう一度頭を下げた時、ふらふらとひとりの男がステージに近づいた。背中の曲がった老人だった。

「軍歌、歌ってくれ。わしはジャズは好かん」

ふたりの従業員が老人の前に立ちはだかった。

「ご希望の曲をおっしゃって」里美は優しく応じた。

「『同期の桜』じゃ」

里美がバンドに合図を送った。

前奏が流れた。老人が里美に敬礼し、里美と一緒に歌い出した。不思議と座が和んだ。

日本が戦争に負けて二十七年の月日が流れている。ビートルズ旋風が巻き起こり、男の子の髪が長くなり、ユニセックスの服も珍しくなくなった。マイカーが増え、カラーテレビも普及しつつある。民主主義が、戦後を支える思想となり、片脚をなくした傷痍軍人が、ほどこしを求めている姿は街頭から消えた。しかし、軍歌は生きている。

　意外だった。二流のキャバレーで歌わなければ食っていけないまでに落ちぶれた銀幕のスターに、軍歌が妙に似合っているのだった。直立不動で歌う里美からは頽廃と切なさがにじみ出ていて、勇ましい曲が、滅びたものへの挽歌のように聞こえた。

　歌い終えた里美は、一礼するとステージの袖に消えた。

「里美を呼べよ」そんな酔客の声が聞こえた。

　従業員が私のところにやってきた。「福森さんが、楽屋へおいでくださるようにと」

　私は支払いを先にすませることにした。

「お客さん、芸能界の人？」〝ヤマアラシ〟の目つきが変わった。「私、モデルをやってたこともあるの。ヌードモデルじゃないわよ。歌だって歌えるし」

　私はそれには答えず煙草に火をつけ、会計を待った。

「ね、ちょっと折り入って相談あるんですけど。昼間、会ってくれません？」

　請求書がやってきた。私は金を払った。

「俺の知ってるモデルに君にそっくりの女がいるんだ。だから、似てる人間はいらない。新しい個性を探してるから」

　私はいかにも残念そうな顔を作って、席を離れた。

　狭い楽屋は煙草の煙りでもうもうとしていた。壁にかかっている踊り子のものらしい衣装が一日で黄ばんでしまいそうだ。里美は大きな鏡の前で化粧を落としていた。バンドマンの蝶ネクタイは、すべてだらしなく胸から下がっていた。

　私は、彼女の歌を褒めた。里美は礼を言って、帰りじたくを始めた。

支配人がやってきて、里美に客の相手をしてくれと頼んだ。

「今夜は駄目。人と会う約束があるの」

「ちょっと顔を出すだけでいいんだけど」

「体調が悪いって断って」

けんもほろろにそう言われた支配人は溜息をもらし、楽屋を出ていった。

「菅《すが》ちゃん、彼に、絵里香をどこで見たか教えてあげて」

エレキギターをケースに収めていた男が、私の方に目を向けた。くしゃくしゃっとした顔の小柄な男だった。歳は四十ぐらい。

私はギタリストに名刺を渡し、名乗った。

「菅山《すがやま》です。里美ちゃんから聞いたよ。絵里香に子供がいたんだってね」

「ええ」

私は上着の懐から、銀座の住宅地図の一部を取り出した。本体は大きくて嵩張るので、必要な部分を切り取ってきた。それを菅山に見せた。

「銀座のどの辺で、彼女を見たんですか？」

菅山が住宅地図に目を落とした。「日航ホテルはどこかな？」

「ここです」私が指さした。

「銀座電話局（現在のNTT銀座ビル）……」菅山の指が左に曲がった。そして、次の角を右に折れた。「このビルだよ」

そこには百瀬《ももせ》ビルと書かれてあった。

私服に着替えた里美が地図を覗き込んだ。

「確かに絵里香だったの？」

「かなり容姿も雰囲気も変わってたけど確かだよ」

「菅ちゃんが言うんだったら間違いないわね。私、行くね。浜崎さん、絵里香が見つかったら奢ってね」

「連絡先を教えてくれます？」

里美は電話番号を口答で告げた。私はメモした。

「でも、家にいることは滅多にないわよ」

「繋がるまでかけますよ」

「お疲れ様でした」

里美はバンドの連中に声をかけて姿を消した。

「菅山さんと神納さんは……」

「映画で一緒に働いたことが二回ばかりあったんだ。彼女が歌姫をやってる時のバックバンドだったから」そこまで言って菅山が、含み笑いを浮かべた。「絵里香は口パクだったけどね。それでもレコードを二枚出してるんだ」

「社長のおかげですか？」

「察しがいいね。真面目に歌の勉強してる人間が馬鹿みたいだよね。レコーディングにも付き合った。だから、絵里香のことはよく覚えてる」

「で、銀座で彼女を見たのはいつ頃ですか？」

「九月に入ってすぐだったと思う」

「ビルの外で会ったんですか、それとも中で？」

「外だよ」菅山が二枚目の住宅地図を開いた。「ここに歯医者があるでしょう。ここで治療を受けて、外堀通りに出た」

菅山が治療を受けたという歯科医は、外堀通りと並木通りの間のビルの中にあった。菅山は歯医者を出ると、表通りに向かった。通りを渡った角が銀座電話局である。

「信号待ちしている女がいた。サングラスをかけてたけど、横顔に見覚えがあった。神納絵里香に似てるなって思ったけど、自信はなかった。彼女、右肩にバッグをかけてたんだけど、ふと見ると、右手の薬指のところに大きな黒子《ほくろ》があった。それで分かったんだよ。あんなところに黒子のある女はそうはいないからね。信号が変わると、彼女、横断歩道を渡り始めた。俺は後を追いかけ、電話局の前で声をかけたんだ」

「で、相手は？」

菅山は力なく笑い、首を横に振った。「人違いですって言って、去っていったよ」

「じゃ、どうして彼女の入ったビルが分かったんですか？」

「近くの喫茶店で人に会う予定だったけど、治療が早く終わったから時間が余ってた。だから、絵里香が消えた路地の角まで走り、建物の陰から覗いてみたら、絵里香が、そのビルに入ってゆくところだった。彼女は三階に用があったらしい。エレベーターが三階で停まってたからね」

「神納さんは、昔の仲間に会いたくなかったのかな」

「ファンだという人間に声をかけられても同じ態度を取った気がするな。俺の顔なんかロクに見もしないで、即座に〝人違いです〟と答えたからね。あの子、いろいろあったでしょう。だから、過去を抹殺したいんじゃないかな」

「昔の彼女とどれぐらい変わってました？」

「頬がふっくらとして太ってたね。鼻がかなり違ってた。昔よりも小さくて低くなってた。整形したんだよ」

「髪型は？」

「ロングヘアーで、少し染めてたよ」

「人違いの可能性は絶対にないんですね」

「あれは神納絵里香だよ」菅山はきっぱりと言い切った。

「整形したとして、指の黒子は取らなかったんですかね」

「あの黒子は絶対、取らないね。これは芸術家に向いてる黒子だって自慢してたから」

菅山の証言には信憑性が感じられた。しかし、一緒に仕事をしていた人間ですらすぐには分からなかったのに、栄子のクラスメートは気づいた。ファンだった彼は、穴が開くほどスターの写真を見たから分かったのだろうか。

「福森さんとも、昔から仕事をしてたんですか？」

「彼女も三枚ほどシングルを出している。その時のレコーディングにも付き合ってるから。里ちゃんの歌、聞いたでしょう？　あの子は上手だよ。時々、音がシャープするんだけど、それがまた独特の雰囲気を作ってる。声の質が、ちあきなおみに似てる。そう思わない？」

「気づきませんでしたけど、歌は本当にうまいですね。で、何がきっかけで、福森さんと絵里香さんの話題になったんですか？」

「昨日の休憩の時に、里ちゃんが、絵里香に子供がいたらしいって言ったんだよ。それで、銀座でのことを思い出した。里ちゃん、あなたのことを話して、ビルの場所を訊いてきた。教えてやったけど、女って地理が苦手だろう？　だから、直接、教えてあげてほしいって言われたんだ」

「彼女から場所を聞いていたら、戸越銀座をうろうろすることになったかもしれませんね」

菅山が肩で笑った。

「神納さんが芸能界から姿を消した後の噂を耳にしたことはないですか？」

「一度だけあったな。喧嘩別れしたはずの斉田社長とバーで飲んでるのを見たって言ってた仲間がいたよ」

「それはいつ頃のことですか？」

「はっきりとは覚えてないな。かなり前のことだから」

バンドの連中が次々と消えていく。

菅山が腕時計に目を落とした。「そろそろいいかい。深夜は六本木の絨毯バーに出るんだよ」

「お忙しいんですね」

「掛け持ちしなきゃ食っていけないからね」

私はもう一度礼を言い、楽屋を後にした。

（七）

灰白色の雲が空一面を被っている冴えない日だった。いずれ雨が降り出しそうな気配である。

午後四時すぎに、私は銀座の駐車場に車を入れた。

百瀬ビルの建つ裏通りは、コリドー街と外堀通りの間にあった。通りには、狭い路地があり、そこには飲食店が軒を連ねていた（現在、この路地は消滅している）。或る料理屋の主人が玄関の掃き掃除を始めた。それを野良猫がじっと見つめていた。

百瀬ビルに入っている事務所は、名前を見て何の商売かすぐに分かるものは極めて少なかった。A宣伝工藝社とB宝飾以外は、C商事とかD産業ばかりである。

三階には馬場《ばば》商事と梶《かじ》商工という会社が入っていた。エレベーターで三階を目指した。

エレベーターの前の梶商工のブザーを押したが鳴らなかった。ドアノブを回してみたが鍵がかかっていた。営業していないらしい。左奥のドアには、プレートが外された跡が残っていた。念のためにそのドアのノブも回してみた。開いた。中はがらんとしていて埃臭かった。

残るは裏通り沿いの部屋を使っている馬場商事だけとなった。

ドアの向こうから電話で話をしている声が聞こえた。

「〈加賀山カントリークラブ〉の会員権ですが……」

私はブザーを押し、ドアを開けた。

四人の男が働いていた。受話器を耳に当てている男以外が、私をじっと見つめた。

「何か？」入口に近いところに座っていた男が私に訊いた。

「ここはゴルフ会員権の販売会社なんですか？」

「そうですけど」男が怪訝な顔をして私を見つめた。

「責任者の方はいらっしゃいますか？」

「どんなご用件でしょうか？」

「人を捜してるんですが、お宅のお客さんらしいんです。昔、映画女優だった人なんですが」

奥のドアが開き、ぱりっとした灰色のスーツ姿の男が顔を出した。髪をきちんと七三に分け、黒縁の眼鏡をかけている。赤ん坊をおぶって、と誰も頼みそうもない撫で肩。NHKのアナウンサーになったら成功したに違いないアクのない美男だった。

「あなたが責任者ですか？」

「社長の馬場です」

アナウンサーには成れない甲高い声だった。

「私、新宿で探偵をやっている浜崎と申します。ここに元女優の神納絵里香さんがよく現れると聞きまして」

わざと手札を開陳し、社員たちの反応を見た。表情を変化させた者はひとりもいなかった。神納絵里香という女優のことすら知らない。そんな顔ばかりだった。

「神納絵里香って日新映画の女優だった人ですね」社長が言った。

「神納さん、ここにゴルフ会員権のことで相談に見えたんですね」私は、疑問が一気に解けたような安堵の笑みを浮かべてみせた。「神納さんが、このビルの三階の事務所に用があったことまでは摑んだんですが、それ以上のことは分からなかった。でも、この階で営業しているのはお宅だけだし、神納さんがゴルフ会員権のことでここに寄ったというのは自然な感じがしますね」

私は背の低いスチール製の棚の後ろを通って社長に近づいた。そして、彼に名刺を渡した。社長室の壁の一部が分厚い磨りガラスになっていた。人影がぼんやりと映っていた。来客中らしい。

「お手間は取らせません。神納さんのことを少しお伺いしたいんですが？」

社長は社員たちの方に目を向けた。「神納絵里香って名前の女性客はいたか？」

「その名前は使ってないはずです」私は彼女の本名を告げた。

「持田利恵子さんって客に心当たりがある者がいるか？」

質問された社員たちは、社長の顔を見ているだけだった。

「篠山《しのやま》君、君の客には女性が多いが、どうだ？」

「そういう名前のお客様を担当したことはありません」

他の社員も篠山と同じ答えを口にした。様子がおかしく思える人間はひとりもいなかった。

「九月の初めにこのビルの、この階に入ったのは分かってるんです。その頃、この階にある他の事務所は営業してました？」

「いや、してないですよ」

「相談に来るだけの人の中には名前を言わない人もいます」少し髪を長くした若い男が口をはさんだ。

社長が私の方に目を向けた。「もしもうちを訪ねてこられた方だとしても、探偵に顧客のプライバシーを話すことは絶対にありません」

私は黙ってうなずいた。

馬場は表情のない男だった。名前の彫られていない判子のように摑み所のない人物に思えた。年格好も判断がつきかねた。四十代にも見えるし、五十代の可能性もある。見た目とはまったく違う、もうひとつの顔を持っていそうな気がしないでもなかった。

「社長のお名刺、いただけませんか」

社長は渋々名刺を取り出した。男のフルネームは馬場幸作《こうさく》だった。

私は神納絵里香を捜している理由を教えた。話を終えると、それまで黙って聞いていた馬場が言った。

「私も神納絵里香さんに会ってみたいですよ。でも、ここにいらっしゃったことはないようですね」

「このビルを扱ってる不動産屋を教えてください」

「どうしてそんなことを？」

「空き室を見にきたのかもしれないじゃないですか」

「なるほど。しかし、私があなたにそんな情報を渡さなければならない義理はないと思いますが」

「確かに。口が堅いのはひとつの財産ですね。他を当たってみましょう」

私はあっさりと引き、馬場商事を後にした。

働いている人間はまともそうで、社員たちは途中から私のことなど気にせずに仕事を始めた。いかがわしい会社には思えなかった。

ただ馬場幸作の態度だけが気に入らない。来客中なのに、〝昔の映画女優〟の話をした途端、社長室から出てきたのが不自然である。社長だけが知っていることがあるのかもしれない。

馬場の行動を探ってみることにした。百瀬ビルを扱っている不動産屋は、いつでも見つけ出せる。

私は地下駐車場から車を出し、裏通りの入口、銀座電話局が斜め前方に見えるところに停めた。百瀬ビルから出た馬場が、どの道を通るかは分からない。数寄屋橋の方に向かうこともできるし、コリドー街に出る可能性もある。

私は車を離れ、裏通りの角に立った。

馬場に地下鉄を利用されたら、車を放置して尾行するしかないだろう。車をレッカー車に持っていかれたこともあるし、駐車違反の罰金も何度も支払わされている。人海戦術など夢のまた夢である。アルバイトを雇う余裕もないのだから。

辺りが夜の色に染まり始めた。家路につく会社員たちと、これから出勤というホステスたちが、すれ違う時間帯である。

探偵の仕事の大半は待つこと。付け待ちしているタクシーと同じなのだ。探偵になって約一年。まだ待つことに慣れていない。歩哨の経験でもあれば、心を虚しくして、ただ立っていることに専念できるのかもしれないが。

ビルに出入りする人間が数名いた。しかし、女はひとりもおらず、馬場らしき人間の姿もなかった。煙草がなくなった。それでも我慢して待った。

街灯の光を受けて、百瀬ビルから出てきた男の影が路上に映った。午後七時を少しすぎた頃だった。馬場幸作は数寄屋橋の方に歩き始めた。地下鉄に乗る気なのか。私は舌打ちした。しかし、そうではなかった。馬場はしばらく歩いてから、右に姿を消した。そこは駐車場だった。裏通りは数寄屋橋から一方通行である。私の車の目の前に出てくるはずだ。そして、左に曲がる。私の車が停まっている通りも一方通行だからである。

馬場の車は赤いアルファロメオだった。

アルファロメオは外堀通りを左に曲がった。そして、数寄屋橋の交差点も左折した。距離を置いて尾行した。アルファロメオは半蔵門から新宿通りに入った。

新宿に向かうのかと思ったが四谷三丁目の交差点を信濃町の方に曲がった。そして、左門町の交差点を再度左折。目的地は近いようだ。単に、妻の手料理の待つ自宅に戻るだけかもしれないし、愛人の部屋でネクタイをゆるめるにすぎないのかもしれない。それはそれでしかたがないことだ。空振りにいちいち意気消沈していたら、野球選手同様、この仕事はやっていられない。

百メートルほど先でアルファロメオは右側の路肩に停車した。その通りも一通だった。

車から降りた馬場は通りを渡り、目の前の建物の中に消えた。私も右の路肩に車を移動させ、寺の脇でエンジンを切った。

アルファロメオが停まっている脇も寺だった。この界隈、左門町、須賀町、若葉町にはやたらと寺が多い。

馬場の入った建物は小振りのマンションだった。古いマンションではない。建ってまだ間もないようだ。以前は墓場で、いまだ人骨が地中に眠っているかもしれない。

管理人室はなかった。エレベーターは五階で停まっていた。郵便ポストに出ている名前を調べた。ワンフロアーに二世帯しか入っていないマンションだった。馬場という名前は見当たらない。五階には葉山《はやま》と木村《きむら》という名前の人間が住んでいるようだ。

エレベーターが降りてくるのが目に留まった。訪ね人が不在だったら、馬場は引き返してくるだろう。私は念のためにマンションを出た。車まで戻ることも考えたが、私の懸念が的中したら、馬場に後ろ姿を見られてしまうかもしれない。

私はアルファロメオの向こうに見える寺に入った。そして、境内脇のケヤキの陰に身を潜めた。果たして、マンションから出てきたのは馬場だった。馬場がポケットからキーホルダーを取り出した時である。タクシーがマンションの前で停まった。馬場が後ろを振り返った。

降りてきたのはサングラスをかけた女だった。

「お出かけでしたか」馬場が丁寧な口調で訊いた。

女がサングラスを外し、街灯の灯りを頼りに腕時計を見た。「八時までにはまだだいぶあるじゃない」

背筋が痺れた。神納絵里香かもしれない。当たっているかどうかは分からないが、菅山の情報のおかげで、勘を働かせることができたのだ。

馬場は女の後について、再びマンションに消えた。

少し間を置いてから、私もマンションに戻った。エレベーターが上がっていくところだった。私は階段を駆け上った。

四階をすぎた辺りで、走るのを止めた。そして、壁伝いにそろりそろりと上階を目指した。階段の踊り場にもドアがついていた。ドアを開けて様子を窺うのは危険だ。鍵穴はフロアーが覗けるようなものではなかった。

ドアに耳を当てた。鍵が開けられる音が聞こえ、やがて、廊下に音を響かせて、ドアが閉まった。私は五階のフロアーに立った。表札を見た。階段のドアを背にして、左が木村という人物の住まいだった。奥が葉山。エレベーターは右側にあり、木村の部屋の正面に位置している。

木村家のドアに耳を当てた。かすかに男と女の話し声が聞こえた。葉山の家からは何の音も聞こえてこない。

一階に戻った私は、マンションの周りを調べた。路地からやっとマンションの五階を見上げることができた。部屋の位置からすると、電気が灯っているのが木村宅らしい。葉山宅と思える窓に灯りはなかった。

私は車に戻った。煙草がないので、灰皿からシケモクを取り出し、火をつけた。

先ほど見た女は神納絵里香に似ているが、確証はない。それでも、栄子に約束した通り、彼女にまず知らせるべきだろう。しかし、馬場には、娘が探していることを話している。木村宅に入った女が絵里香だったら、娘のことはすでに耳に入っているはずだ。

ともかく、馬場がマンションを去るまで車の中で待機することにした。

ラジオをつけた。歌謡曲が流れてきた。平浩二の『バス・ストップ』を聴きながら、マンションの入口を見ていた。曲が、ちあきなおみの『喝采』に変わった。確かに里美の声にどことなく似ている。

マンションから人が出てきた。私は『喝采』の途中でラジオを消した。アルファロメオが吹けのいいエキゾースト音を残して走り去った。

私は再びマンションに入った。そして、木村という表札の郵便箱を開けようとした。が、鍵がかかっていた。五階に上がり、木村家のブザーを押した。返事はなかった。ドアスコープから来訪者を覗き見ているのだろう。

「私、探偵の浜崎と言うものです。すでにお話は馬場さんから聞いていると思いますが、あなたのお嬢さんが……」

ドアが開いた。眉がしっかりとした化粧の濃い女が私をじっと見つめた。ショートカットだった。菅山が見た絵里香の髪は長かったが、カツラをつけていたのかもしれない。バンプ女優だったとは思えないほど太っていた。鼻はブロマイドで見たものよりも小さい。右手の薬指を見ようとしたが、見えなかった。

しかし、間違いなく神納絵里香だった。

「どうぞ」

落ち着いた声でそう言うと、目の前の磨りガラスの嵌《はま》った白いドアを開けた。

広いリビングはまるで骨董屋のようだった。ゴブラン織りのソファー。猫脚の肘掛け椅子。西洋人形が何体も、キャビネットの上で脚をぶらぶらさせている。黄色い花を左手に持ち、テーブルに右手を預けた裸婦像が目に飛び込んできた。ルネ・マグリットのリトグラフのようである。四チャンネル式のステレオはパイオニア製だった。テレビはリモコン付きの二〇型のカラーである。テレビの上に陶器の花瓶が載っていたが、花は飾られていなかった。

クリスタル製と思える灰皿には、種類の違う煙草の吸い殻が何本も入っていた。口紅がついている煙草は少なかった。紅のついていない煙草は二、三服吸って消したものばかりだった。絵里香よりも馬場の方が苛立っていたようだ。

ヘネシーの瓶とブランデーグラスがふたつ、灰皿を挟んで置かれていた。

私にソファーを勧めた絵里香は、新しいグラスを用意し、そこに琥珀色の液体を軽く注いだ。右手の薬指に大きな黒子があった。

絵里香は右斜め前の肘掛け椅子に深々と腰を下ろした。白いパンタロンにフリルのついた長目のセーター姿だった。セーターは半袖で、その下に花柄のブラウスを着ていた。

鼻を治したせいだろう、バンプ女優だった頃よりも優しい顔に変わっていた。

「娘が私をねえ」薄い唇に笑みを溜め、絵里香が天井に目を向けた。

「なかなか綺麗なお嬢さんですよ。頭もいいし」

「何か魂胆があるのね」絵里香は投げやりな調子で言った。

「私が、ということですか、それとも、お嬢さんが……」

絵里香が鼻で笑った。「両方よ。今頃になって突然、会いたいなんて変でしょう?」

「大人になって、お母さんの生き方を理解できるようになったそうです」

右眉が軽く吊り上がった。「裸女優が母親だってことが気にならないってこと?」

「それどころか尊敬するようになったようです」

「尊敬?」頭の天辺から出たような声だった。

「アングラ芝居が持てはやされる時代。過激なものが受けるんですよ」私はグラスを手にした。

「あの子、今、どうしてるの?」

「大学の英文科の学生です。ローレンス・ダレルという作家が好きだそうですが、ご存じですか?」

絵里香が首を横に振った。モーパッサンと言っても同じ反応をしたかもしれない。

「失礼ですが、姓が木村に変わったのは……」

「再婚したのよ。夫は死んだけど」

暮らしぶりが良さそうなのは、死んだ夫が財産を残したからなのか。

「お嬢さんに会っていただけますね」

「元のハズはどうしてるのかしら」

私は栄子に教えられたことを告げた。

「私、二度と神納絵里香と呼ばれたくないの。私の中では神納絵里香はとっくに死んでます」

私は絵里香から目を離さずにうなずいた。「らしいですね」

「雰囲気、変わったでしょう?」

「ええ」

「相手が娘でも、過去をほじくり返すようだったら会いたくないわ」

「そう伝えましょう」

絵里香がマルボロに火をつけた。「あなたも吸うんだったらどうぞ」

「一本いただけます?」

「どうぞ」私の前にパッケージが置かれた。

私は一本取り出し火をつけた。絵里香はその様子をまじまじと見つめていた。

「仕事にありついていない探偵に思えるでしょうね」

「私を捜すのに、あの子はいくら払ったの」

「そういうことは会った時にお嬢さんから聞いてください」

「娘の暮らしぶりはどう?」

「お母さんほどではないようですが、お父さんが事業で成功したらしく、充実した学園生活を送ってるみたいです」

「でも、やっぱり、よく分からない。今頃になってどうして、探偵まで雇って私を捜す気になったのかしら」

私は灰皿に目を落とし、低い声で言った。「タイミングが悪いんですか?」

「え? どういうこと」

「馬場さん、慌ててここに飛んできたみたいですから」

絵里香が声にして笑った。「ゲスの勘ぐりってやつよ、それは。今日、ゴルフの会員権の売買のことで、ここに来る予定だったの。自慢する気はないですけど、私ひとりで法人会員ぐらいの会員権を持ってます」

「馬場さんは、あなたのことは知らないって言ってたんですがね」

「それは当然でしょう？　大事な客のことを探偵に話します？」

「お嬢さんに会ってみたいというお気持ちはおありなんでしょう？」

絵里香はゆっくりと首を横に振った。「冷たい母親だと思うでしょうけど、私、本当は子供が嫌いなの。だから、別に会いたいとは思いません」

「それでも、向こうの望みを叶えることぐらいはできるんじゃないんですか？」

絵里香が大きな溜息をついた。「分かったわよ。会えばいいんでしょう」

「その返事が聞ければ、私も一安心です」

絵里香が躰を起こし、私を睨んだ。そして、薄い唇を捲《まく》るようにして言った。

「あなたは来ないで。娘にだけなら会います」

「必ず会っていただけますか」

「もちろんよ」

「ではそのようにお嬢さんに伝えます。で、いつどこで会いますか？」

「そうね」絵里香が少し考え込んだ。「明日の午後六時に、ここに来て欲しいと伝えて」

「分かりました。念のために電話番号をお嬢さんに教えておきたいんですが」

絵里香は番号を口にしてから、こう言った。

「これ以上、私たちに関わらないでくださるわね」

「私の仕事は、あなたを見つけ出すことで、その後のことは関係ない」私は煙草をゆっくりと消し、煙草の礼を言ってから腰を上げた。

外に出ると細かな雨が降っていた。

何となくすっきりしなかった。別れて久しい子供に、愛情の欠片《かけら》も感じない親はいないわけではない。しかし、それにしても、絵里香は淡々としすぎている。子供の名前すら一度も口にしなかった。不思議な気がしてならない。

車のエンジンをかけようとした時、タクシーが通りすぎた。タクシーは絵里香のマンションの前で停まった。中折れ帽を被り、レインコートの襟《えり》を立てた男が、雨を気にする様子もなくマンションに入っていった。若い男ではなさそうだが、年格好ははっきりしなかった。人相も分からなかった。絵里香を訪ねてきた人物とは限らないが、ちょっと気になった。

スタートした私の車は、空になったタクシーの真後ろについた。タクシーは次の角を左に曲がり、そのまま新宿通りに出た。タクシー会社の名前と車の番号を暗記した。

事務所に戻ると、栄子の電話を待った。一時間も経たないうちに電話が鳴った。

「君の電話を待ってたよ」

「お母さんが見つかったんですか？」

「ああ」

「住所を教えてください」

「君に謝らなければならないことがある。私は、お母さんに会った」

栄子が黙ってしまった。

「大丈夫だよ。君には会うって言ってた。ただし、一対一で会いたいそうだ」

栄子の沈黙は続いた。

「栄子さん、どうかしたの？」

「何だか私……」声がかすかに震えていた。

再会がいよいよ現実になると分かったことで、急に不安になったようだ。結婚式の前日に、花嫁が結婚を躊躇《ためら》う気分になるのと似ているかもしれない。

「お母さんのマンションまで一緒に行ってあげる。私は外で待ってるけど」

「お母さん、どこに住んでるんですか？」

私は住所と電話番号を教え、今は木村という姓だと告げた。

「ひとりで行くかい？」

「いえ、それは……」

私は、四谷三丁目の地下鉄乗り場の横にある喫茶店の名前を教えた。

「五時半に、そこで待ってる」

「よろしくお願いします」

「一週間かからなかったから、経費込みで一万五千円でいいよ。明日持ってきてくれ。代わりに報告書を渡すから」

「はい」栄子は放心したような声で答え、電話を切った……。

翌日の午後五時すぎに事務所を出た。絵里香のマンションの近くには喫茶店はなさそうだ。私は車を使うことにした。車は絵里香のマンション近くに停めておいた。

昨夜用意した簡単な報告書と領収書を持って、指定した喫茶店で栄子を待った。

不思議なことが起こった。待てど暮らせど、栄子は現れなかった。待つこと二時間。

いざとなったら怖じ気づいたのか。それとも不測の事態が起こったのか。喫茶店の電話番号は私も知らなかったので教えていない。しかし、番号案内で訊けば分かるはずだ。

腑に落ちない。

私は絵里香に電話を入れた。誰も出ない。待ちくたびれて外出したのだろうか。

いずれにせよ、絵里香に事情を伝えておく必要がある。私は、絵里香宛てのメモを書き、絵里香のマンションに向かった。

マンションは静まり返っていた。絵里香の部屋のドアの向こうからかすかにテレビの音がした。ブザーを何度か鳴らしたが応答はない。ドアノブを回してみた。開いた。

居間のドアが半開きになっていた。

目に飛び込んできたのは脚だった。床に人が倒れている。私は慌てて靴を脱ぎ、居間に飛び込んだ。

（八）

リビングに倒れている女に近づいた。顔が若干左を向き、左手が肘掛け椅子の方に伸びていた。

神納絵里香だった。

しゃがみ込み、彼女の脈を取った。すでに事切れているようだ。躰はやや冷たく、潤いを失ってている。顎から首の辺りの皮膚が心なしか硬い。素人だからよく分からないが、死後硬直が始まりかけているのかもしれない。脚や腕に薄い紅色に染まっている箇所が見られた。死斑だろう。

私は昭和二十年三月十日の東京大空襲を経験している。B29が焼夷弾を落とし、機銃掃射も行われた。

私は運良く生き残ったが、至る所に死体が転がっていた。丸焼けの死体を跨ぐようにして歩いた。腐乱死体の横に、力尽きて座り込んでしまったこともあった。

あの時目にした死体とは比べようもないくらい、神納絵里香の躰には損傷がなく、死に顔は眠っているみたいに穏やかだった。

テレビ画面に目をやった。流れていたのは『仮面ライダー』だった。絵里香が視ていたのだろうか。いや、点けっぱなしにしているうちに、子供たちに人気のある番組が始まったのだろう。

部屋は乱れていた。

絵里香の伸びた左手の先の椅子はひっくり返り、テーブルが斜めになっている。テーブルの上に置かれていたであろう花瓶が床に転がり、絨毯が濡れていた。

花瓶に茎の部分を残した花が二輪、絵里香と同じように床に横たわっている。花びらが幾重にも重なり、円を描いた薄紅色の花だった。ダリアのようである。切られた茎の部分も散らばり、テーブルには新聞紙が敷かれ、その上に同じダリアが数本載っていた。花鋏と灰皿、そして煙草とライターが辛うじて、テーブルからの落下を免れていた。

ダリアを活けようとしていた時に、何かが起こったのだろうか。

心臓マヒ？　私はもう一度、腰を屈めて絵里香の死体を見つめた。かすかに甘いニオイがした。死臭ではない。青酸カリのような毒物を摂取した死体は、そんなニオイがすると聞いたことがあるが、嗅いだことのない私には即断することはできなかった。

部屋の乱れは、突然病魔に襲われ、七転八倒した跡なのか。それとも誰かと争ったことを裏付けるものなのか。このことも私には何とも言えない。

私は警察に通報する前、ざっと部屋を調べてみることにした。その日、軍手は用意していなかった。ハンカチを取り出した。ソファーの足許にグラスが見つかった。テーブルから転げ落ちたものだろう。グラスの周りも濡れていた。ニオイを嗅いだ。無臭だった。水を飲んでいたのか。

象嵌《ぞうがん》細工《ざいく》が施されたウォルナット材のサイドボードの引き出しを開けた。レコード針やライターなどの小物が収められているだけで、引っかき回された跡はない。他の引き出しからも、気になるものは見つからなかった。

他の部屋に移った。キッチンは片付いていた。ゴミ箱には、特に注目するものは入っていなかった。野菜屑の上に茶かすが捨てられていた。誰かと日本茶を飲んでいたのだろうか。

ダイニングも整然としていた。寝室の広さはリビングとほぼ同じだった。三、四人でくんずほぐれつ、乱交パーティーをやっても十分な大きさがある。寝室の奥にドアがあった。衣装部屋だった。寝室の引き出しも調べた。鍵がかかっているものもあった。開けてみたくなったが、そんなことをしている時間はない。押入の奥にダイヤル式の金庫が隠されていた。開けられた様子はなく、ひとりで持ち上げられるような軽いものではなかった。

リビングに戻ると、ハンカチで受話器を握り、ペンでダイヤルを回した。

私は、玄関のドアを大きく開いて警察を待った。その時、三和土に何かが落ちているのに気づいた。長さが五センチほどのわらだった。

洒落《しゃれ》た住まいには馴染まないものである。わら縄で縛った小荷物でも解いたのだろうか。

五分も経たないうちに、刑事たちがやってきた。四谷署は目と鼻の先にある。

四人の刑事のうちひとりは鑑識だった。殺人事件だとはっきりしていたら、この倍も三倍も警官がやってきて辺りは騒然となっていたはずだ。

私は、エレベーターの脇で事情聴取を受けることになった。リビングでフラッシュが光った。

私を聴取したのは、月面のクレーターのようなニキビ跡が残っている中年の刑事だった。短くて分け目のない髪を額の方に垂らしている。黒光りしている髪からはマンダムの香りがした。眼光が鋭く、並びの悪い歯の一部は金歯だった。名前は黒柳《くろやなぎ》と言った。

私も名前を告げ、名刺を差し出した。

「探偵ねえ」黒柳の唇がかすかにゆるんだ。好意を感じさせる笑みではなかった。

「どうしておたくが、遺体を発見することになったんですか?」

「神納絵里香って女優を知ってますか?」

黒柳が怪訝な顔をした。「知ってますが、それが何か?」

「亡くなったのは彼女です。今は木村と名乗っているようですが」

私は、依頼人の素性や名前を伏せたまま、調査内容を簡単に教え、遺体を発見するに至るまでの経緯を話した。

リビングにいた刑事のひとりが黒柳を呼んで耳打ちした。

私のところに戻ってきた黒柳が言った。「詳しいこと、署で伺えますか?」

私は黙ってうなずいた。

車に戻り、覆面パトカーについて四谷署に向かった。署内に入ると、二階の廊下に置いてある長椅子で待つように言われた。すぐに聴取は始まらなかった。三十分以上待たされた。

午後九時すぎ、黒柳がやってきて、私を取調室に連れていった。すぐにまた聴取が始まると思ったが違った。

さらに待ってろと言うのだ。殺人の疑いが濃厚になったのだろう。

「すみません。お腹が空いたんですけど」私が、出ていこうとした黒柳の背中に声をかけた。

「出前を頼みましょう。何がいいですか？」

「何でも」

「ラーメンでは？」

「結構です」

黒柳が取調室を出ていった。ややあってラーメンと茶が運ばれてきた。茶を飲み、煙草を吸い、部屋を動物園の檻の中を動き回る熊のように歩き回ったり、鉄格子の嵌った窓の外を見たりして暇を潰した。

黒柳が再び取調室に入ってきたのは二時間後、午後十一時を少し回った時刻だった。

黒柳はひとりではなかった。こめかみの部分に白いものが目立つ、小柄な男と一緒だった。榊原《さかきばら》と名乗った。署の捜査一課の警部だった。顔がやや色黒で、使い古した革靴のように皮膚がよれていた。縁なしの丸い眼鏡をかけていて、小学校の校長先生のような男である。

私は、先ほどと同じように依頼人の名前を伏せたまま、さらに詳しく、絵里香の死体を発見するまでのことを、彼らの質問に従って話した。

途中で依頼人の名前を教えろと黒柳が迫ってきたが、私は応じなかった。

「何でそんなに頑固なんだ？　依頼人の名前を教えないと、面倒なことになるよ」

空き巣が居直り強盗に豹変するみたいに、黒柳の言葉遣いが変わった。

「人の秘密を扱う人間は、漫才師みたいにぺらぺらしゃべるようだったら商売にならない」

「四谷三丁目の〈シャルマン〉って喫茶店にいたのは、午後五時半頃からなんだね」黒柳が口早に言った。

「狭い喫茶店に二時間もいたんですよ。ウェートレスやマスターが私を忘れるはずはない」

「その前はどちらに？」榊原が口を開いた。イントネーションが少しおかしい。地方出身者のようである。

「事務所からまっすぐに来たんです」

榊原がぐいと躰を私の方に倒した。「なぜ、依頼人は喫茶店に来なかったんですかね」

私は一呼吸おいてから、榊原を見つめ返した。「神納絵里香さん、殺されたんですね。私が見たところ外傷はなかった。ということは毒でも盛られた？」

黒柳と榊原が顔を見合わせた。榊原がうなずいた。

「まだはっきりしていないんですが、青酸カリを飲まされた可能性がある」答えたのは黒柳だった。

「自分で飲んだのではなくて、飲まされたという証拠があるんですね」

「君、質問するのは俺たちだよ」黒柳が声を荒らげた。

私は煙草に火をつけ、天井に向かって煙りを吐き出した。「殺人事件だとはっきりしたら、依頼人の名前や素性を教えますよ」

「今、言ったように死因はまだ断定されてませんが、他殺でしょう。争った跡がありますし、被害者の口が強く押さえつけられたことも検死の結果分かりましたから」榊原が落ち着いた口調で言った。

観念した。私は手帳を取り出し、依頼人について話した。

黒柳が、私の言ったことも書き取り、取調室を出ていった。

私はまた茶をすすった。

榊原が優しい目で私を見た。「新しいものに替えましょうか？」

「これで結構です」

「あなたの以前の名前は高梨《たかなし》さんでしたよね」

「いつそれを持ち出されるかと思ってましたよ」

「車の窃盗をやり、横流しするなんて、十四歳の少年のやることじゃない。随分、度胸があったというか……大したもんだ」

「トヨタのお膝元での仕事だったから、敬意を払って狙ったのはダットサンばかりでした」

私の言ったことに榊原は笑わなかったが、目つきは優しいままだった。

私は戦争で実の父を失い、東京大空襲で母と二歳になる妹を亡くした。母が娘を庇って覆い被さるように死んでいた光景は今でも忘れることができない。浮浪児になった私は七歳の時に刈り込みに遭い、世田谷にあった民間の施設に収容された。それから愛知県豊田市に住んでいた叔父に引き取られた。叔父の家は農家だった。引き取ってくれた叔父が二年後に死んだ。すると叔父の妻の態度が一変した。私はもう家では寝泊まりさせてもらえず馬小屋で生活させられた。小学校を出ると、私は家出をし、歳をごまかして名古屋で暮らした。ビリヤード屋に勤めていた十七の女と寝た。女を知るのも早かった。十三歳でビリヤード屋に勤めていた十七の女と寝た。

車の窃盗は三度やった。すべてダットサンを狙った。特にそうしたいという理由はなかった。偶然だった。捕まった時は、その二年前に発売されたダットサンスポーツDC－3という、MGを真似たようなスポーツカーを盗んだ。

逮捕された私は、瀬戸市にある少年院に送られ、勉強の他に、瀬戸物作りなどの実習訓練をやらされた。

少年院での生活に慣れた頃、時々、或る夫婦が私に会いにくるようになった。それが浜崎夫婦だった。養子を探していることは何となく分かった。浜崎耕吉は最後の最後まで、自分の職業を言わなかった。役所に勤めているとは言っていたが。

退院直前、正式に養子縁組の話が出た。私は養子になろうが、なるまいがどちらでもよかった。

「実は、私、警視庁の刑事なんだ。順一郎君はサツは苦手だよね」

私は真っ直ぐに耕吉を見つめた。「あんたの家、住み心地、ここよりもいいですか？」

耕吉がにやりとした。「多少はましだろう」

私は東京生まれである。東京に戻れ、しかも屋根のあるところで眠ることができる。私は、浜崎夫婦の養子になることを承知した……。

「榊原さん、ひょっとして親父を知ってるんじゃないですか？」

榊原が目を細め、もう一度私をじっと見つめた。「君にも会ったことがあるよ。君ん家《ち》で、時々麻雀をやってたから。親父さん、麻雀、強かったね」

「間接的に、榊原さんから、俺はお小遣いをもらってたのかもしれませんね」

榊原が小さくうなずいた。

黒柳が戻ってきた。榊原が軽く片方の目を閉じた。目にゴミが入ったのかと思えるような不器用なウインクだったが、言わんとすることは理解した。耕吉と自分の繋がりは口にするなという意味だろう。

黒柳も当然、私の過去を知っていて、生まれた時からのことを訊き始めた。

「で、義理の両親は健在なのか」

「いえ」

「親父の職業は何だったんだ？」

「警視庁の刑事でした」

黒柳が目を瞬かせた。

「辞める前は、警視庁の捜査一課にいました」

「浜崎さんねえ」黒柳が榊原に目を向けた。

「赤坂署の時代に会ってる人かもしれんねえ」

私には、少年時代の窃盗以外に犯罪歴はない。だが、ブローカー時代のことを根掘り葉掘り訊かれたくなかった。話しにくいことが、大型トラックの荷台一杯分ぐらいはある。

私は、事実に嘘を織り交ぜながら淀みなく黒柳の質問に答えた。

「黒柳君、浜崎さんは容疑者じゃないんだから、その辺でいいだろう」

「でも、警部……」

「何でもお答えしますよ」

そう言った時、他の刑事が取調室のドアを開け、ふたりを呼んだ。

両刑事が戻ってきた時、黒柳の眼光はさらに鋭くなり、怒りが波打っているようにさえ見えた。榊原の表情も硬い。

「おい、浜崎。警察をなめてんのか」いきなり黒柳が机を叩いた。

私は答えようがなかった。

「こんな時間だが、中西栄子さんは、警察に協力してくれた。神納絵里香なんて女優は知らないし、自分の母親は甲府にいると言ってるぞ」

「そんな馬鹿な」私は呆然として、それ以上口がきけなくなった。

「何が、そんな馬鹿なだあ!!」

黒柳がまた机を叩いた。アルミの灰皿が宙に浮くぐらいの勢いがあった。

「中西栄子さん、あなたと会ったことはあるそうだよ」榊原が口を開いた。

「俺と会ってる？　だったら……」

「十月一日、あんたは新宿のデパートでスリを見つけたそうじゃないか」榊原が続けた。

「ええ」

「その時の被害者が中西栄子さんなんだよ」黒柳が憤懣やるかたないような口調で言い、私を睨みつけた。

訳が分からない。私は、あんぐりと口を開けていただけだった。大脳が膨れあがったような気持ち悪さを感じた。

「あんたはデパートの人間に名乗り、名刺を渡した。だから、中西さん、あんたの名前を覚えてた。浜崎、いい加減なこと言ってると、泊まってもらうぞ」黒柳が吠えた。

啞然として頰がゆるんでしまった。

「何がおかしい」黒柳が手にしていた鉛筆が私に飛んできた。

「黒柳！」榊原が止めた。

頭を掠めた鉛筆は鉄格子にぶつかり、私の足許に転がってきた。

芯が丸まっていた。私が答えたことを逐一書き留めたことで、すり減ったようだ。

私は鉛筆を拾い、指で芯を撫でた。「私の趣味は鉛筆の芯を尖らせることなんですよ」

「何だと！」黒柳が弾かれたように立ち上がった。

「座れ、黒柳」

榊原に命じられても、黒柳は立ったままだった。顔が歪み、月のクレーターも形を変えた。酸素不足に喘ぐ人間のように、はあはあ言っている。

私はもう一度、調査の過程を口にし、古谷野を始めとする関係者のことを詳しく話した。

ひとつ問題があった。彼らの誰ひとりとして、私の会った中西栄子を見ていないのだ。

しかし、彼らの証言は、窮地に立たされた私にとっては必要不可欠なものだ。

榊原に諫《いさ》められ、興奮が少し収まった黒柳はどすんと椅子に腰を下ろした。私は黒柳の前に鉛筆を置いた。それから、事務所に来た中西栄子の特徴を教えた。黒柳はメモを取らなかった。代わりに榊原が、鼻眼鏡で手帳にペンを走らせた。

「今、思い出したんですが、あのスリ事件の際、俺は被害者の名前を訊いていない。だから、中西栄子の名前を使うことは絶対にできない。その辺のこと、夜が明けてでいいですから、中西さんに訊いてみてください。それに、俺はすぐにバレるような嘘はつかない」

黒柳は私の訴えには答えず、低くうめくような声でこう訊いてきた。

「あんた、麻薬に関係したことは?」

予期せぬ方向から弾が飛んできた。

「仕事で麻薬絡みの事件を扱ったことはないし、俺自身はやったこともない。酒と煙草で十分、英気を養えるから」

「寝室からアンフェタミンの錠剤が見つかってね」榊原が言った。

日本でアンフェタミンは覚醒剤の一種とみなされている。アメリカではダイエット薬として乱用され問題視されているという。アメリカで規制がかかったかどうかまでは知らないが、日本に流れてきていてもおかしくはない。

任意の事情聴取だが、ほとんど容疑者扱いである。だから、なかなか解放してもらえなかった。

私は、依頼人について嘘の供述をしたことになっている。その上、私の車は五時半前から、絵里香のマンション近くに停まっていた。午後五時半以前に、絵里香を毒殺し、喫茶店に足を運んだ。そういう仮説は成り立つ。

しかし、この件ですぐには逮捕できるはずはない。動機も分かっていないし、確固たる証拠もないのだから。

別件で引っ張れるだろうか。それも無理だろう。絵里香の死体を見つけたことを住居侵入罪と見なすのには無理がある。駐車違反では勾留できるはずもない。

午前四時半頃、やっと事情聴取は終了した。

「いらぬ誤解を招かないために、遠出をする時は、署の方に連絡しろ」黒柳は私と目を合わさずに言った。このまま留置できないのが残念でたまらないようだった。

帰宅すると、酒の用意をし、上半身裸になり客用のソファーに躰を倒した。ひんやりとした空気が、汗ばんだ躰にまとわりついてきた。寝転がったままグラスを口に運んだ。勢いがありすぎた。アルコールが唇の端を濡らし、顎に垂れた。

何とも奇妙な話だ。依頼人は、あのスリ事件の被害者だった中西栄子に成りすましていたとは。親父の一周忌に目撃した、ちょっとした事件が発端になっている。

私は天井を見上げて笑った。

栄子に成りすました女は何者だったのだろうか。思い返してみても、年格好も態度も話した内容も女子学生としか思えなかった。

あの女は、神納絵里香の本当の娘だったのか。それとも嘘だったのか。騙《かた》ったとしたら、どんな目的があって、絵里香の居所を知ろうとしたのだろうか。

依頼人が隠し事をしていることはままあることだ。しかし、偽名を使われたのは初めてだった。なぜ実在の人物の名前や経歴を利用したのだろうか。偽の栄子とは連絡を取るのが難しい状態だった。架空の名前と住所を使っていたら、もしも私が彼女に手紙でも出したら困ることになる。そう考えて、実在する人物の名前を使ったに違いない。

偽の栄子は本物の栄子の住所や通っている学校を知っていた。本物の栄子と会って話を聞けば、必ず手掛かりが摑めるはずだ。しかし、すんなりと私に会ってくれるとは思えなかった。

(九)

ベッドに入ると、いつの間にか深い眠りに落ちていた。

いつでもどこでも誰とでも寝る女が世の中にはいるものだが、私も違った意味で、その手の女と同じである。路上生活と少年院暮らしが、劣悪な環境に置かれても、精神状態が悪くても、躰を休める術を教えてくれたのだった。

午前十時すぎに、電話のベルで起こされた。夢を見ていた記憶はあるが、どんな夢だったかまるで覚えていなかった。

電話をしてきたのは古谷野だった。

「寝てたのか」

「まだ寝てますよ」

「お前、心臓に毛が生えてるな、羨ましいよ」

「俺のことで警察から問い合わせがあったでしょう？」

「今朝、電話がかかってきた。俺の方から四谷署に出向いたよ」

「それはそれは……」

「何が、それはそれは、だ。神納絵里香の死体を見つけた時、どうして俺に一報してくれなかったんだ。局長賞、いや、社長賞が絶対に取れた特ダネだぜ」

「俺の弁護してくれたんでしょうね」

「ありのままの事実を話した」そこまで言って古谷野は一瞬黙った。「お前、俺にも嘘をついてたってことはなかろうな」

「あんな嘘はつかない。苦し紛れの嘘はいくらでもついてきたけど、俺がつく場合はもう少し巧妙にやりますよ」

「俺もそう思って、あいつは策士だから、単純な嘘はつかないって、刑事に言っておいた」

「策士ねえ。余計に警察の印象が悪くなったんじゃないかな」

「浜崎、お前の調査に俺をかませろ」

「それは願ってもないことです」

「他のマスコミには話すな。浜崎探偵事務所を俺が売り出してやるから。どんなことがあったか、俺にすべて話せ」

「芸能記者も殺人事件を扱うんですか？」

「今回は特別だ。大きな会社じゃないから縦割の弊害はない」

「今どこにいるんですか」

「お前が調査してた〈カトレア〉でコーヒーを飲んでる」

「一時間後に、ここに来てください」

「そんなに待たせるのか」

「ゆっくりと朝飯が食いたいんですよ」

古谷野は鼻で笑って電話を切った。

洗面をしてから、トースターに食パンを入れた。トースターの調子が悪い。程よく焼き上がると自動的に飛び出すはずだが、飛び出さないこともある。目玉焼きを作った。湯を沸かし、〝違いがわかる男の〟ためのインスタントコーヒーを用意した。

気をつけていたが、トーストは、黒人に化けようとした日本人みたいな色合いに焦げていた。

食事をしながら、朝刊を開いた。神納絵里香の事件の記事は、締め切りに間に合わなかったようで、載っていなかった。今日は日曜日だから夕刊はない。明日の朝刊に大々的に報じられるだろう。

今年の初めにグアム島で見つかった元日本兵、横井庄一に続いて、フィリピンのルバング島でも、元日本兵がふたり生存していることが分かったのは先週のことだ。しかし、小塚元一等兵は現地のパトロール隊に射殺された模様。もうひとりの小野田少尉は負傷しつつも樹海に逃げ込んだらしい。

私の実父はミンダナオ島で戦死し、遺品は戻されたが、遺骨は戻ってきていない。

日本シリーズが昨日から始まった。巨人が、四番長嶋の後を打つ末次の二ホーマーで阪急を下し、先手を取った。巨人の堀内投手は、九個の三振を奪い、完投勝利を上げた。

玄関ブザーが鳴った。古谷野は約束の時間よりも十五分早くやってきた。

「マンションの前に、俺の同業者がたむろしてるぞ」

「何人ぐらい」

「三人ぐらいだが、少し離れた連れ込み宿の辺りにも男たちがいたよ」

「警察だな」

「多分。お前は、限りなく黒に近い灰色みたいだな」

「迷惑な話ですよ」

私はくわえ煙草のまま、古谷野に相対した。古谷野はテープレコーダーをテーブルに置き、スイッチを入れようとした。

その手を押さえた私は上目遣いに古谷野を見た。「独占インタビュー料は十万ですよ」

「五万だな」

私は首を横に振った。「七万で手を打ちます」

古谷野が舌打ちした。「いいだろう」

「安請け合いは困りますよ」

「お前が金を要求してくることは分かってたから、キャップとすでに話をつけておいたよ」

私は古谷野に訊かれるまま、何があったかを事細かに話した。

テープレコーダーのスイッチを切った古谷野が背もたれに躰を倒した。「鍵を握ってるのは、中西栄子に成りすました女だな」

「本物の中西栄子に是が非でも会わなきゃならない」

「俺も同行するぜ」

「だったら一緒に彼女のアパートに行って、まず先に古谷野さんが会って下さい。スポーツ紙に話すようだったら、俺にも話すはずですから」

「分かった」

事務所を出ようとした時、また電話が鳴った。私の顔が歪んだ。

「同業者かもしれんな。俺が出て、浜崎探偵を預かってるのは、《東京日々タイムス》だって言ってやろうか」

私は黙ってうなずいた。

受話器を取った古谷野は、地獄からの使者のような、気持ちの悪い声で「何でしょうか」と言った。「……そうですよ。あんたはどこの記者？……はあ？……」突然声色が変わった。「はい、はい、ちょっとお待ちください……」

古谷野は手招きをした。彼に近づくと、受話器を渡された。

「はい、浜崎ですが」

「今の感じの悪い男、どなた？」

里美が不機嫌そうな声で訊いてきた。

「時々、手伝ってもらってる助手です。申し訳ない。マスコミからの電話だと思ったものだから」

「私のところに警察が来たわ」

「すみません。名前を出さざるを得なくて。後ほどお詫びの電話を入れようと思ってました」

「何事かと思ったわよ。絵里香、殺されたみたいね」

「容疑者の筆頭に私の名前があります」

「らしいわね。あなたが絵里香を捜していたのには他の理由があったの？」

「福森さん、俺、今から出かけなければならないんです。夜、お電話していいですか？」

「いいわよ。さっき菅ちゃんから電話があった。興味津々だった。会って話を聞かせて」

「いいですよ」

電話を切った私は、電話の内容を教えた。

「俺も一緒に行っていいだろう?」

「駄目ですよ。これはプライベートなことですから」

そう言い残して、私は先に玄関に向かった。

マンションの駐車場は、玄関を出た右奥にある。舗装されていないので、雨の日は厄介だが、マンションに併設されているから便利である。

私たちが乗り込んだベレGに向かってシャッターを切った者がいた。そして、通りに出たところでマスコミの連中が車に寄ってきた。

「停めろ」古谷野が言った。

言われた通りにした。

「浜崎探偵は《東京日々タイムス》のインタビューしか受けない。先ほど契約が成立した。あんたらには手を出させない。あしからず」

「古谷野さん、それはないでしょう」

そんな声を無視して、古谷野は窓ガラスを閉めた。

通りを右に曲がり、大久保通りを目指した。

ホテル〈和光〉の横にへばりついていたクリーム色のセダンが、ややあって動き出した。間違いなく警察車輛だろう。

明治通りを池袋の方に走った。

中西栄子のアパートの場所はすでに調べてあった。ワセダボウルというボウリング場をすぎた次の角を左に入った辺りにある。ちょうどマツダオートの営業所の裏である。

クリーム色のセダンは距離を置いてついてくる。

ボウリング場を越え、裏道に入る。狭い通りだが、民家の塀ぎりぎりに駐車すれば、車は通れるだけの幅はあった。

柄本《えもと》アパートはすぐに見つかった。

向かって右手が大家の住まい。左端の砂利を敷いた通路を奥に進んだところが、柄本アパートだった。通路の右側が庭。コスモスが風に揺れていた。大家の家の縁側がその向こうにある。縁側には籐椅子が置かれてあった。

そこに座っていれば、アパートに出入りする人間をすべて見ることができる。

〝男性の立ち入りは禁止。特別な用がある場合は大家に届けてください〟

張り紙には、そう書かれていた。

事務所にきた女は、このアパートに、男が無闇に入れないことまで知っていた。本物の栄子とかなり親しい人間に違いない。

私たちは張り紙を無視し、アパートに向かった。

中西栄子は一階の右手の真ん中の部屋に住んでいる。古谷野だけが栄子の部屋に近づいた。私は壁の陰に隠れていた。

古谷野がドアをノックした。

「はい」女の沈んだ声が聞こえた。

「《東京日々タイムス》の記者をしている古谷野と申します。昨夜の件で少しお話を伺いたいんですが」

「話すことは何もありません」

「あなたの名前を勝手に使った人間を見つけたいとは思いませんか?」

「……」

「中西さん」古谷野はまたドアをノックした。図々しくて威圧的なノックの音が通路に響いた。

「あなた、ここで何してるんです!」

いきなり後ろから声がかかった。

怒り肩の大柄な女の眉が吊り上がっていた。一昔前のパーマ髪の女だった。

古谷野が戻ってきた。「大家さんですか」

「そうです。見なかったんですか？　〝男性立ち入り禁止〟の張り紙を。中西さんに何があったんです？　変な時間に警察の人が来たから寝不足よ。あの人が問題を起こしたんだったら、即刻、退居してもらいます」

「中西さんに問題なんかひとつもないですよ。彼女にお訊きしたいことがあってやってきただけです」古谷野が名刺を大家に差し出した。

「スポーツ新聞の人」大家はきっとした目で古谷野を睨んだ。「私、スポーツ紙とか週刊誌って大嫌いなんです。嘘ばっかり書くでしょう」

「柄本さんも被害に遭われたんですか？」私が訊いた。

「ないですよ。何で私が、マスコミの餌食にならなきゃならないんですか？」

「お綺麗だから」私が軽い調子で言った。「キム・ノヴァクに似てるって言われません？」

「キム？　私、韓国系じゃないです。ともかく、我が家の敷地から出てってください。騒ぎは困ります」

「はい、はい」古谷野が眉をゆるめ、大家の横をすり抜け、通りに向かった。

私は大家に一礼し、古谷野を追った。

大家は、私たちの様子を窺っていた。車をスタートさせた私は、真っ直ぐに走り、明治通りに出た。

そして、路肩に停めた。

「もう一度、あのアパートの近くに戻ろう」

「戻ってどうするんだい？」

「中西栄子が外出するのを待つだけさ」

しばらく姿が見えなかったクリーム色のセダンが、私のベレGを抜き、百メートルほど先で停まった。気にせずに、柄本アパートの近くまで引き返した。

午後一時少し前だった。中西栄子はなかなか姿を現さなかった。

「古谷野さんは、特ダネを取るために、長い間張り込みしたりしてるんでしょう?」

「もちろんだよ。公園でテント生活をしたこともあった。数年前のことだけど、カメラマンと一緒にある女優の庭に忍び込んで、愛人がやってくるのを待ったこともあったな。ただ愛人が家に入るところを撮っただけじゃ面白くない。ふたりがベッドに入っているところを撮りたくて、塀をよじ上り、ベランダに隠れ、二階の寝室の様子を窺ってた」

「探偵よりもタチが悪いですね」

「お前もそれぐらいのことはやる覚悟がなきゃ」

「で、スクープ写真、撮れたんですか」

「それがだな」古谷野が肩をゆすって笑った。「ふたりがベッドに入ったタイミングを見計らい、窓ガラスを破って寝室に突入したまではよかったが、シャッターを切る瞬間、カメラマンがすっ転んで、シャンデリアしか撮れなかった」

「相手から訴えられなかったんですか?」

「社に弁護士がやってきた。だけど、記事にしないこと、ガラス代を弁償することで一件落着。芸能界と芸能記者は持ちつ持たれつだから。ところで、お前の車に溲瓶《しびん》は積んでないのか」

「ないですけど」

「それじゃ探偵として半人前だな。トイレを我慢してちゃ戦ができんだろうが。立ちションしてるうちに、監視してる人間がいなくなるってこともあるぜ」

「貴重なアドバイスありがとうございます」

そんな雑談を交わしながら、中西栄子の外出を待った。煙草の吸い殻が灰皿に収まり切らなくなっても、彼女は姿を現さなかった。

三時間半が、時間に重石が付いているかのようにゆっくりと流れた。

私と古谷野の腹が同時に鳴った。私たちは見つめ合って短く笑った。

その時、女が柄本アパートから出てきた。

「あの女だ。待った甲斐があったな」そう言ったのは古谷野だった。

正面から確かめないと、私にはデパートで被害にあった女かどうかは分からなかった。

女は私たちに背中を向け、去ってゆく。そのまま真っ直ぐ行けば明治通りに出る。その先に早稲田通りとの交差点がある。しかし、女は、ほどなく左に曲がった。

運転を古谷野に任せ、私が歩いて尾行することにした。中西栄子は軽装で、買い物籠を手にしていた。人と会うとは思えなかった。

やがて、彼女は右に曲がった。都営住宅の横を通り、早稲田通りに出た。古谷野の運転するベレGが、私を抜き先回りした。

早稲田通りに出た。ほんの間近に、中西栄子の姿があった。彼女は、角の八百屋で買い物をしていた。ベレGは左側に停まっていた。クリーム色のセダンがやがて路地から出てきて、早稲田松竹の辺りでスピードをゆるめた。

八百屋を出た中西栄子は、私に気づかず、隣の薬局に入った。

やがて釣り銭を財布に戻しながら、中西栄子が薬局から出てきた。

「頭痛薬が必要でしょうね」私はそう言って微笑んだ。

相手は躰を硬くして、その場に立ち尽くした。間違いない。デパートでスリの被害に遭った女である。

「ちょっとお話を聞かせてください。あなたの名前を騙った女に、私はころりと騙されたんです」

中西栄子は足早に立ち去ろうとした。

「中西さん、私のこと信用できるでしょう。あのスリ事件のことを思い出して。一緒に、あなたに成りすました女を見つけましょう」

道行く人が、妙なことを口走っている私を怪訝な顔で見つめていた。

中西栄子の足が止まった。私は彼女の後ろに立った。

「調査費用なんか、私、払えません」

「お金なんか取る気ないですよ。私は情報がほしいだけです」

「でも、私、何にも分からないんです」

「気持ちの悪い事件ですよね」

中西栄子が小さくうなずいた。

早稲田松竹の少し手前に〈ランブル〉という名曲喫茶がある。私は中西栄子をそこに誘った。

栄子は黙って私についてきた。路肩に停まっているベレGの中から、古谷野が腰を屈めて私たちを見つめていた。中西栄子に気づかれないように、来るな、と指で合図を送った。

入口に近い席を選んだ。周りに人がいるにもかかわらず。

私はコーヒーを頼んだ。本物の栄子はレモンティーにした。

店内にはヴァイオリン協奏曲が流れていた。男がふたり店に入ってきた。クラシック音楽とは縁のなさそうな、目つきの悪い男たちだった。もっとも、ユダヤ人をガス室に送った人間の中にはクラシックを聴きながら、ガスのボタンを押した者がいたというから、人相だけで物事を決めてしまうわけにはいかないが。

しかし何であれ、そのふたりは刑事に違いない。私たちの席の周りには客がいるので、男たちは遠くに座らなければならなかった。

計略はうまく言った。

私はにやりとしてから、栄子に目を向けた。

「今日の夕食は何なんです？」

「肉ジャガを作ろうかと思って」

飲み物がやってきた。

「警察から話は聞いていると思いますが、あなたに成りすました女に本当に心当たりはないんですか？　あなたのことをすごくよく知ってましたよ。あなたのアパートに男が入れないことまで」

「そのことはもう考えたくもありません」栄子は動揺しきっていた。

「勇気を出して」私は優しい調子で言った。「あなたは、私の名前を、十月一日のスリ事件の際に耳にして、覚えてたんですね」

「はい」

「あの事件のことを、お友だちや知り合いに話したでしょう？」

「クラスメートにも、大家さんにも、アパートに住んでる親しい人にも、田舎から出てきた友だちにも話しました。だけど、私に成りすまして、探偵事務所に行くような人は思いつかないんです」

私は思い出せる限り、依頼人の服装やしゃべり方、そして話した内容を繰り返した。

「浜松で生まれたこと以外は、すべて私のことです。すごく気持ちが悪くて、しばらく田舎に帰ろうかと思ってます」

今まで忘れていたことが脳裏をよぎった。

「中西さん、サリンジャーを原書で読んでます？」

「はい、読みました」

「じゃ、ローレンス・ダレルという作家は？」

「名前だけしか知りません。翻訳書が出てるのは……」栄子が急に黙り、天井を見上げた。

何か思い出したらしい。

「うちに来た中西栄子さんは、ローレンス・ダレルが好きだと言ってました。周りで、そんなことを言った人がいますか？」

「ええ、ひとりだけ……」栄子の声がかすかに震えていた。

「その人の名前は？」

「松浦《まつうら》カズミさんという子です」

カズミは和美と書くという。私はメモ帳を取り出し、控えた。

「あなたの周りで、ローレンス・ダレルの話をした人は、その人だけなんですね」

「はい」

「じゃ、松浦和美があなたに成りすましたと断定してもいいでしょう。その人のこと詳しく教えてくれますね」

「松浦さんが、そんなことをするなんて……」

私は口をはさまず、栄子の言葉を待った。

松浦和美は、栄子と同じ歳で、山梨の高校の同級生だという。だが、父親が死んで家業が立ちゆかなくなり、高校三年の時に、一家で東京に引っ越した。兄がひとりいるらしい。

栄子は今年の春、渋谷で偶然、和美に会った。和美は黎明大に通っていながら、アングラ劇団で女優をやっていると言ったそうだ。住まいは三軒茶屋と聞いているが、栄子は詳しい住所は知らなかった。

「とても勉強ができた子で、私も英文科に進んだことを教えると、ヘンリー・ミラー、アナイス・ニン、それからローレンス・ダレルが好きだと言い、ローレンス・ダレルの『アレキサンドリア四重奏《カルテット》』という四部作を、形を変えて戯曲にしてみたいとも言ってました」

ヘンリー・ミラーは五年ほど前、日本人のジャズピアニスト、ホキ徳田と五度目の結婚をした。当時、ヘンリー・ミラーは七十五歳を超えていて、ホキ徳田は三十そこそこだった。作品よりも艶福家としての方が先に世に知らしめられたのだ。アナイス・ニンは初めて聞く名前だった。何人《びと》かもわからない。大家がキム・ノヴァクを知らなかったのとまるで同じである。

「スリ事件の後、彼女に会ってますね」

「あの日にまた偶然会いました」

デパートの人間と一緒に被害届を警察に出した帰り、小銭だけは持っていたので、バスでアパートに戻ろうとした時、和美と擦れ違い、声をかけられたのだそうだ。事情を話すと、彼女が一緒に食事をしようと誘ってくれたのだという。

「私、あまりお酒は飲まないんですけど、あの日はビールを何杯か飲みました」

「そこで、あの事件のことを彼女に詳しく話したんですね」

「ええ」

私は真っ直ぐに栄子を見た。「私の名前を口にしました？」

「したと思います。こんなことを言うと浜崎さん、腹を立てるかもしれませんが、デパートの人に、探偵さんにお礼の手紙を書きたいって言ったら、付け込んでくるかもしれないから止めた方がいいって忠告されました。だから、ちょっと恐くなって……」

「謝ることはないですよ。テレビドラマの探偵は尊敬される人物だけど、現実はね」私は軽く肩をすくめてみせた。

松浦和美は、スリ事件の際の私の行動を知って、信用できる探偵ではなかろうか、と思ったのかもしれない。しかし、偽名を使ってまで、なぜ神納絵里香を探そうとしたのだろうか。

栄子は、和美の口から神納絵里香の話を聞いたことはないし、実母が他にいるという噂もなかったという。

「あなたのアパートに男性が入れないことを、松浦さんに話しましたね」

「渋谷で会った時に。私、あのアパート、出たいと思ってるんです」

「それはいい考えだ。あそこにいると青春を無駄にする」

栄子の目が少しだけ和らいだ。

「で、東京に引っ越してから、彼女のお母さんは何をしてるか聞きました？」

「渋谷でバーをやってると言ってました」

「バーの名前、分かります？」

「お母さんの名前でした。えーと、バー〈咲子《さきこ》〉だったと思います。彼女も時々、手伝ってるから飲みにきてと言ってました」

「ありがとう。これで何とか、あなたに成りすました女を探し出せそうです」

「松浦さん、何でそんなことしたんでしょうか？」

私は首を横に振った。「誰かに頼まれたのかもしれませんが、よく分からない。松浦さんには、ボーイフレンドは？」

「さあ。でも、高校時代からすごくもてたから、付き合ってる人はいると思います」

「高校時代、全共闘運動をやっている先輩と付き合ってませんでしたか？」

栄子は目を瞬かせ、大きくうなずいた。「その通りです。デモにも出てました。私、松浦さんとは深い付き合いはしてなかったんですが、いつも羨ましく思ってました。何でも最先端を行っているような子でしたから」

神納絵里香を捜すために探偵を雇え、と誰かに命じられたにしては、演技がうますぎた。アングラ劇団の女優は、神納絵里香の娘を演じることに酔っていた気がしないでもない。いや、そう決めつけるのは早すぎる。あの女が本当に絵里香の娘だったという可能性も大いにあるのだから。

私はコーヒーを飲み干し、名刺を栄子に渡した。「また何か思い出したことがあればお電話ください。本当に助かりました」

「警察に訊かれたら、松浦さんのこと話すべきですよね」

「もちろんです」

栄子が目を伏せた。「でも、絶対に彼女が私に成りすましたという証拠はないし……」

私はにんまりとした。「証拠もないのに友人のことを警察に話すのは嫌ですよね」

栄子が弱々しくうなずいた。

「じゃ、こうしませんか。私が松浦さんに会って、事実かどうか確認します」そこまで言って、奥の席に座っている男たちをちらりと見た。「警察が、私と会ったかどうか訊いてきたら、正直に答えてください。でも、新しいことは何も思い出せなかったと言えば、それですむでしょう」

「はい、そうします」

大きな手掛かりを得た。警察を出し抜く気は毛頭ないが、今のところ、警察に情報をあたえるつもりはなかった。私を騙した人間には、警察よりも先に会いたかった。栄子の申し出は、私にとって、大変都合のいいものだった。

喫茶店を出た私と栄子は元来た道を戻った。

突然、栄子が足を止めた。「ちょっと変なことがあったんです」

「変なこと?」

てっきり、今度の事件に関わることだと思ったが、まるで違っていた。

「スリが財布を戻してくれたんです。お金は戻ってきませんが、学生証や何か他のものはすべて送り返してきたんです」

学生証には住所が書いてあるはずだから、それを見て、そうしたのだろう。

「良心的というのも変だけど、随分、変わったスリですね」

「ほっとしました。身許が分かるものがなくなると気持ち悪いでしょう」

「そうだね」

私は栄子と八百屋の前で別れた。栄子は買い物を続けるといって去っていった。

喫茶店の近くに、先ほど店に入ってきた男たちの姿があった。

陽が沈みかけていた。私は古谷野の待つ愛車に戻った。そして、運転を代わった。

私は古谷野に、聞き出したことを教えながら帰路に着いた。

「その松浦和美って女を見つけ出せれば、一挙に真相が明るみに出るかもな」

「会ってみないと、何とも言えないな。中西栄子のことは書かないでくださいよ。俺の協力者なんだから」

それに答えず、古谷野がこう言った。「松浦って女が、神納絵里香殺しの犯人に雇われていたとすると、口を封じられてる可能性もあるな」

「そうなると、より厄介なことになりますね」私は淡々とした調子で答え、アクセルを踏んで、とろとろ走っているセダンを抜き去った。

マンションの駐車場に車を入れた。古谷野は帰る素振りすら見せなかった。

私は鮨屋に電話をし、にぎり寿司の出前を頼んだ。古谷野はシャコが苦手だと言った。

「シャコ、うまいじゃないですか」

古谷野が顔を歪めた。「見た目がね」

私は噴き出した。シャコ嫌いの女の子は知っているが、男でそう言ったのは古谷野が初めてだった。

「十人十色。三島由紀夫は、トロとタマゴしか食わないそうだよ」古谷野は居直ったような調子で言った。

私は古谷野を無視して、職業別電話帳を開いた。

登録されているバー〈咲子〉は渋谷区道玄坂二丁目にあった。電話番号は464-760×。日曜日だから休みの可能性が高いがダイヤルを回してみた。果たして、誰も出なかった。

「明日、バー〈咲子〉には何時頃に行くんだい」古谷野に訊かれた。

「古谷野さん、明日は別行動にしましょう。警察の情報を取ってもらいたいし、〈ベンピーズ〉が香港から戻ってくるんでしょう。そっちの調査をしてください。知り得たことは、あんたに全部教えますから」

「分かった。七万、もらえること忘れるなよ」

ブザーが鳴った。鮨が届いた。

「お前、これから福森里美と会うんだろう？」

「呼ばないって言ったでしょう？」

「そっちにこそ、俺は興味があるんだけどな」

「従軍記者はここまで。これ以上は立ち入り禁止です。それよりも、古谷野さんに一芝居打ってもらいたいことがあるんです」

警察の尾行車を撒いてもらいたいのだ。ベレGが動けば、クリーム色のセダンも動く。古谷野がひとりで乗り込み、一回りして、ここに戻る。キーは郵便受けに入れておいてほしいと頼んだ。

「お前が車に乗ってないのが分かれば、刑事の何人かが通りに残るぜ」

「それは何とかします」

私は里美に電話を入れた。受話器を取った里美の声は面倒くさそうなニオイを発していた。

「あなたね、うとうとしちゃって」

「出かける元気あります？」

「もう少し経ったら、きっと元気になると思うけど」

このような女の豹変に慣れている私は、別段びっくりしなかった。昨日の時点では、明日、日本食を食べたいと喜々として言っても、その日になると、フランス料理が食べたいと言い出す。その時の気分で言うことが変わる女に、相手の男は振り回される。これが男の宿命なのだ。

「じゃ、心身共に元気な時にお会いしましょう」

「あなた、案外冷たいのね」

「いや、福森さんのことを考えて……」

「出かけるの面倒だから、うちに来て」

「いいんですか？」

「あなたが意外と紳士だって分かったから」

「何時にお伺いすればいいですか？」

「二時間後ね。私、お風呂が長いの」里美は住まいの場所を説明した。

「じゃ、八時半に」

私は薄手の革ジャンとジーンズに着替えた。そして、寿司桶を廊下に出し、古谷野を連れてマンションを出た。

ベレGの運転席に古谷野が座った。だが、すぐにはスタートさせなかった。ベレGの後ろは板塀になっていて、その向こうには二階家のアパートが建っている。ベレGのトランクルームの上に乗った。辺りの様子を見て、塀によじ登り、アパートの敷地内に降りた。

板塀の透き間から駐車場を見た。ベレGが吹けのいいエンジン音を残して駐車場を出てゆくところだった。

福森里美の住まいは六本木三丁目にある。

タクシーを拾い、六本木の交差点を目指した。約束の時間まで、まだだいぶある。私は交差点のところにあるアマンドでコーヒーを飲むことにした。

六本木には赤坂のような派手さはない。裏通りには、銀座のクラブのホステスと客などが、店が終わった後に飲み食いをしたり、踊ったりする、知る人ぞ知るサパークラブはあるが、表通りに軒を連ねているのは、ほとんどが個人商店。この辺りが昔、材木町と呼ばれていたことを思い出させてくれるのは、辛うじて残っている材木屋だ。

神納絵里香探しは、思いも寄らぬ展開を見せた。ここしばらくは、依頼を断ってでも、この事件を追うことにした。依頼人が、スリ事件で会った女子大生に成りすましていたことで、自分が容疑者扱いされているのだから。いずれその誤解は解けるに違いないが、事件の真相はかなり深いもののように思えた。

八時二十分すぎにアマンドを出た私は、飯倉片町方面に向かって歩いた。後藤花店を越えたところで、通りを斜めに渡った。そして、ハンバーガーインのある角を左に曲がり、墓地の脇を進んだ。その辺りは住宅街である。

里美の住んでいる〈コーポ・ヒロセ〉は五大山不動院という寺の近くにあった。

神納絵里香も寺や墓地の近くに住んでいたが、里美も同じである。だからと言って嫌な予感がしたわけではない。都心部にはやたらと寺や墓地が多いというにすぎない。

里美の部屋は一階の奥だった。見《み》窄《すぼ》らしい感じの建物ではないが、神納絵里香のマンションとは比べようもないほど安っぽかった。

ブザーを鳴らすと、すぐにドアが開いた。

「どうぞ」

里美は臙脂色のベルボトムに黒いタートルネックのセーター姿だった。

八畳ほどある部屋には、毛足の長いクリーム色の絨毯が敷かれていた。家具は、新宿の丸井の月賦で買い揃えたような安物だった。

ソファーも肘掛け椅子も黒い人工皮革だった。ラワン材のキャビネット。壁には大きな映画のポスターが二枚飾ってあった。

『令嬢の逆襲』『密室の黒蜥蜴』

いずれも福森里美が、日新映画で主役を演じた作品である。『令嬢の逆襲』では、横向きになった里美はビキニスタイルだった。もう一本の映画では、顎を引き、正面を向いた彼女の顔がアップになっている。アイラインが異様にきつい。周りには黒蜥蜴が、タツノオトシゴのように浮遊していた。

里美がレコードに針を落とした。古いステレオの本体を支えているのは、黒いタイツを穿いたような四本の細い脚だった。その横の台にモノクロのポータブルテレビが置かれていた。

軽快な音楽が部屋に流れた。エルヴィス・プレスリーの声が部屋に流れた。やがて、拍手が起こった。レコード・ジャケットが目に入った。胸が大きく開いた白い衣装姿のエルヴィスが左手にマイクを持ち、斜め下を見つめている。七〇年にラスヴェガスのホテルで開かれたライブを映画化した、その際のサウンド・トラックである。一曲目は『君を信じたい』という軽快なラブソングだった。

里美はジョニ赤の瓶とグラスを用意し、台所に入った。

調度品が意外だった。青磁の唐獅子の置物、伊万里の皿、根付、日本人形、明るい黄土色の壺……。西洋風のものは飾られていなかった。まるで絵里香の部屋と対抗しているかのようである。

襖の向こうは寝室らしい。

戻ってきた里美はハムとチーズを載せた皿をテーブルに置き、ふたりのグラスに酒を注いだ。

「ようこそ」里美がグラスを軽く掲げた。

私は小さく頭を下げ、グラスを手に取った。「落ち着く部屋ですね」

「そう言っていただけて嬉しいわ」

私はウイスキーで喉を潤した。

「テレビで視たわよ。あなたが絵里香の死体を発見したのね」

「私は視てないんです」

「〝第一発見者は新宿の興信所の人間〟って言ってた。あなたしかいないでしょう?」

「青酸カリが死因だって言ってましたか」

「そんなことも知らないの?」

「私が警察で聴取されてた時は、まだはっきりしてなかったんです」

里美の大きな目が爛々と輝いた。「どうしてあなたが絵里香の死体を見つけることになったの?」

私は簡単に事情を教えた。そしてこう訊いた。「神納絵里香が死んで、感じるものあります?」

「何もないわね」里美は遠くを見つめるような目でつぶやいた。「〝死んだの、ああ、そう〟って感じ。殺されたって聞いて興味が湧いたけど」

「死に顔、穏やかでしたよ」

「依頼人だった女って何者なのかしら」

「分かりませんが、すっかり騙されました」

「じゃ、その女、絵里香の娘じゃなかったってこと？」

「その辺のところははっきりしません。絵里香さん自身が認めていたんですから、娘はいるようですが」

「日新映画で撮ってたハードボイルドよりも、ちょっとだけ面白いわね」

「ちょっとだけ、ですか？」

「案外、あっけない終わりがくるかもしれないでしょう？」

「まあね。ギタリストの菅山さんが言ってたんですが、絵里香さん、斉田社長と刃傷沙汰を起こしたのに、また彼と会ってたみたいですね」

「らしいわね。あなたは、斉田のことを知らないから分からなくて当たり前だけど、激昂して暴れる女を可愛いって思えるような男よ。だから、また縒《よ》りを戻していても、ちっとも不思議じゃない」

私は目の端で里美を見つめ、この間、里美に平手打ちを食わされた頰を撫でた。「激昂して暴れる女ね。それだったら、あなたも斉田社長の寵愛を受ける資格があったんじゃないですか？」

「絵里香と同じにしないで」里美が目に角を立てた。「あの女は頭が悪いの。私が特別にいいって言ってるんじゃないのよ。斉田は、馬鹿な女ほど可愛いっていうタイプ。よくそういう男って、いるじゃない。私も短気だけど、あの子より少しだけ理性がある。そこが社長は気に入らなかったみたい。それに私、ああいう爺さんと付き合うのは絶対に嫌だったもの」

「南浦監督と恋に落ちた人ですから、そうなんでしょうね」

「南浦ね」里美が溜息をもらした。「斉田とは対照的な男だけど……」

「どうして別れちゃったんですか？」

「そんなことどうでもいいでしょう」里美が、ぴしゃりとドアを閉めるような調子で言った。

「絵里香さん、麻薬やってました？」

「噂を聞いたことはあったわ。でも、それがどうかしたの？」

私はアンフェタミンのことを教えた。

「今だから言えるけど、隠れて覚醒剤やってた俳優や監督は結構いたわよ。私は全然やってないけど」

「南浦監督は？」

「なんで、あの人に拘《こだわ》るのよ」

「別に」

「やってないと思う。アル中ではあったけど。今でも監督としては才能のある人だと、私、思ってる。でも、気の弱い人でね。アル中の男を抱えて、キャバレーに立って歌ってるのが、私、心底嫌になったのよ。意地でも支えてやろうって思ったけど、暴力を振るうようになったから」

「支えがなくなった後に、奮起した人って珍しいですね。そのまま沈んでいくことのほうが普通でしょう？」

「いい女が見つかったんじゃないの。悔しいけど、私を踏み台にした男は、あいつだけよ」里美は苛立った顔をして、グラスを空けた。

　エルヴィスは歌い続けている。

「斉田社長って結婚してますよね」

「でも、何人も女を作るスケベ親父よ」

「じゃ、絵里香さんに焼き餅を妬いた女がいたかもしれないですね」

「毒殺って女の得意技ね」

「今は男が女に毒を盛ることもあり得ますよ。ユニセックス時代だから」

里美が笑った。「あなた、切り返しがうまいわね」

私は曖昧に微笑み、また部屋を見回した。

「調度品にちょっとびっくりしたな」

「どうして？」

「西洋的なものが見当たらないから」

「私、日本人だもの」里美が軽く肩をすくめた。

「こんなこと言うと、怒るかもしれないけど、あなたの軍歌、素晴らしかった」

「父は職業軍人でね、今、話題になっているルバング島で戦死したの。そこに飾ってある壺、父の形見よ。向島にあった家は空襲で焼けたんだけど、その壺だけ、なぜか無傷で見つかったの」

「俺の本当の親父はミンダナオで死んでます」

里美が肩越しに私を見た。「本当の親父？」

「孤児になってから養子にいったんですよ」

「あなたも苦労してるのね」

「お父さんの形見、ひょっとして瀬戸焼？」

「古瀬戸よ。でも、よく分かったわね。骨董屋に勤めたことでもあるの？」

私は黙って壺を見つめていた。

「窯業実習ってのをやらされたことがあってね」

「いろんなことやってきたのね。でも、物を作るっていいわね。私の大ファンに、上野の人形店の主人がいるの。昨日、工房に誘われて、昼間見学に行ってきた。その時、そう思ったの。気持ちが落ち着くでしょう？」

「そうですね。俺が実習を受けたのは少年院だったけど、一番好きな実習だった」私はにっと笑った。

里美が目を細めた。「私をからかってるんじゃないでしょうね」

「本当の話ですよ」

「ふーん。あなたが少年院にね」里美が、ミスター・スリムに火をつけた。

指がすっと細く伸びた美しい手だった。

物作りにはとても向かない手に思えた。

電話が鳴った。里美は右手の指に煙草をはさんだまま受話器を取った。

「ああ、祥子さん……。驚いたわよね……」

バー〈シネフィル〉のママからの電話らしい。

里美は相手の話を聞きながら、私をちらりと見た。「浜崎さん、事務所にいないの？　で、彼に何の用？……。ああ、そう。ちょっと待ってね」

私の方に受話器が差し出された。

私は立ち上がり、里美の傍に寄った。

「浜崎ですが」

「まあ」そう言ったきり、祥子は黙ってしまった。

「そんなに驚かないでください。福森さん、私の調査に協力してくれたんです」

「そうなの」祥子の声から驚きの色はすぐには消えなかった。

「何かあったんですか？」

「ちょっとお耳に入れておこうかと思って……」

祥子の話は、私の興味をそそるものだった。

（十）

里美と会った翌日、私は午後四時頃にマンションを出た。

空が青み渡っている気持ちのいい日だったが、私が外に出た頃から、薄い雲が陽射しを遮り、風が冷たくなった。

私の住まいの近くに、マスコミの連中の姿はなかった。が、刑事が乗っているに違いないセダンは、相変わらず連れ込み宿の壁にへばりついていた。昨夜の尾行に失敗した警察は、面子《メンツ》を潰され、いきり立っているに違いない。

歌舞伎町の交番近くでタクシーを拾った。案の定、セダンが尾《つ》いてきた。

私が向かった先は四谷署だった。

〝元女優毒殺事件捜査本部〟

署の玄関口にそう書かれた紙が貼られていた。

尾行に対しての抗議にやってきたと、私は署内に響かんばかりの声で言った。ややあって応接室に通された。現れたのは副署長と警視庁の捜査一課の刑事だった。警視庁の捜査一課が乗り出してくるのは当然だが、私のことは署の捜査員に任せておいてもいい。おそらく、私の顔を拝んでおきたかったのだろう。

容疑者でもない人間を、四六時中見張ることには大いに問題がある、と私は怒ってみせた。舌戦覚悟だった。しかし、向こうは、詫びはしなかったものの、案外、簡単に引いた。

捜査が新たな展開を見せ、私を監視する必要がさしてなくなったのかもしれない。

ふと古谷野の言ったことを思い出した。監視している刑事たちが溲瓶を用意しているかどうか気になったのだ。副署長に訊いてみた。

「私は聞いたことがありません」副署長は、官僚の答弁よりもそっけない調子で答えた。

「じゃ、立ちションするしかないですね」

「それが何か?」

「別に」

四谷署を出た私は、再び絵里香のマンションに向かった。周りの様子を窺ったが、尾行はないようだった。

マンションは何事もなかったかのように静まり返っていた。

倉石謙《くらいしけん》というジャズシンガーが、同じマンションの四階に住んでいる。祥子が昨夜の電話で教えてくれたのだ。倉石は祥子の店の客だという。午後一時に倉石に電話をした。彼は寝ていた。私の電話で起こされたわけだが、機嫌は悪くなかった。どんな時でも機嫌良く応対する人間がたまにいるものだ。

午後四時半頃に家に出向くことにした。

倉石は、電話の後も寝ていたらしい。首にタオルを巻き、歯を磨きながらドアを開けた。

「どうぞ」歯磨き粉が口に入っているにもかかわらず、滑舌は普通だった。

私とそれほど変わらない年格好に見えた。

金色のローブを羽織っていた。歩き方が男にしては、なよやかすぎる。しかし、胸毛は加山雄三も負けそうなくらいに濃かった。

居間に通された。真上が絵里香の住まいである。窓から墓地が見えた。絵里香の応接間からも見えたはずだが、二回とも余裕のある訪問ではなかったから気づかなかった。

ほどなく、コーヒーメーカーの音が聞こえてきた。テーブルの上に、三つ折りのままになった朝刊が載っていた。

今朝、私も同じ新聞を読んだ。

神納絵里香が殺されたことは大きく報じられていた。

〝元女優、自宅で毒殺される
恨みか麻薬絡みか〟

警察は青酸カリによる毒殺と断定。第一発見者である私に関しても、職業、住所を含めて詳しく書かれていた。現場の詳しい状況、アンフェタミンが発見されたこと、そして、彼女の経歴、過去のスキャンダルにも触れられていた。

死亡推定時刻は二十一日の午後三時半すぎから午後七時の間だという。午後三時半頃、絵里香がマンションに戻ってくるのを他の住人が目撃している。新聞紙で包んだ花を手にしていた。その花がダリアだとも記されていた。

絵里香は木村喜一《きいち》という貿易商と一九六七年（昭和四十二年）に結婚。だが、二年で離婚している。木村の会社は不渡りを乱発して、離婚した年に倒産し、彼自身は、商法の特別背任の容疑で逮捕された。そして、拘留中、留置場で心臓マヒを起こし、あっけなくこの世を去った。

木村と別れた後、絵里香がどんな暮らしをしていたかは不明である。現在の住まいに引っ越してきたのは一九七一年だという。

殺された日は、長年、音信不通だった娘と自宅で再会する予定だったが、娘は現れなかった。最初の夫は、自分との間には子供はいなかったと証言していた。警察は、娘だと言っている女の行方を探すと共に、絵里香の交友関係を調べているという一文で、記事は締めくくられていた。

同じ紙面には、ルバング島での元日本兵の捜索、それから、〝笑いの王様〟柳家金語楼が七十一歳で亡くなったことも載っていた。

コーヒーを載せた盆を手にして、倉石が居間に入ってきた。

彫りの深い顔立ちの男で、長い睫が上を向いている。マスカラは塗っていないようだが、ビューラーの使い方には慣れている。そんな感じがした。目つきが婀娜《あだ》っぽい。昼下がりに、こんな目で見られると気色が悪い。

「あの人が神納絵里香だなんて、ちっとも気づかなかったですよ」倉石がコーヒーを啜ってから口を開いた。

「この部屋の真上が絵里香さんの部屋ですよね」私は犯行推定時刻を教えてから、その頃、彼が部屋にいたかどうか訊いた。

「警察にも同じことを訊かれたけど、私、京都で仕事だったので、いませんでした」

「エントランスとかエレベーターで、彼女に会ったことはあるでしょう？」

「何度かありますよ」

「誰かと一緒だったことは？」

「髪をきちんと七三に分け、黒縁の眼鏡をかけた男が、よく来てたみたい」

「表情の乏しい男ですね」

「そう言われてみればそうかも」

十中八九、その男は馬場商事の馬場幸作だろう。

「他に一緒にいた人間を見てません？」

倉石がにんまりとした。「先月、顔を知ってる男とエレベーターで一緒になったわね。その男は上の階に上がっていきました。その時は、真上の部屋を訪ねた人だとは思いませんでしたけど、事件が起こってから、そういうことかって納得しました」

「その男は誰だったんです？」

「日新映画の社長だった斉田さん。サングラスと帽子で顔を隠してましたけど、私、すぐに分かりました。私の歌ってた店に来たことがありましたから。向こうは私のことなんか忘れてしまってたみたいでしたけど、こっちは覚えてました」

斉田重蔵と絵里香の関係は続いていたようだ。

「そのこと、警察に教えました？」

「ええ」

「他に一緒にいた人はいました？」

倉石が首を横に振った。普通の男にはとても真似できない首の動きだった。

上の部屋から気になる物音がしたことはなかったか、という質問に対しても倉石は、同じように、なよっと首を横に振った。

「倉石さんはいつ頃から、このマンションにお住まいなんですか？」

「建ってすぐだから、昭和四十五年（一九七〇年）よ」

「神納さんが引っ越してきた時のことはご存じでしょうか？」

「いいえ。私、地方にもよく仕事でいくので、そこまでは」

「何か思い出されたことがあったら、連絡ください」

「もうお帰り？」

「回るところがありますので」

「今、私、六本木の〈ナイト・アンド・デー〉に月曜日と水曜日に出てます。よかったら、遊びに来て。祥子さんの店に飲みにいってもいいし」

「時間あれば」

私は玄関まで倉石に送られた。その際軽く腕に手を当ててきた。彼に分からないように私は眉を顰《ひそ》めた。ガウンの袖から毛むくじゃらの腕が覗いていたのである。

マンションの並びに煙草屋があった。赤電話からタクシー会社に電話を入れた。

先週の金曜日、絵里香の話を聞いた後、車に戻った。その時、レインコートの襟を立て、中折れ帽を被った男が、タクシーを降り、マンションに入っていった。絵里香を訪ねてきた人物とは限らないが、一応、調べてみることにした。

「ちょっとお願いがあるんですが……」私は電話に出た女に、名を名乗り、車の番号を教え、先週の金曜日の夜に絵里香のマンションで降りた客を装った。「運転手さんの名前は覚えてないんですが、彼を指名したいんです。感じのいい方でしたから。一、二箇所回ってもらいたいんです」

「ちょっとお待ち下さい」女は妙な電話に戸惑っているようだった。

「かけ直しますね。途中で電話が切れるとまずいから」

二年ほど前から、都内の赤電話は、長電話防止のために、通話時間が定められた。十円で三分。課金はできない。さらに話したければ、もう一度かけ直さなければならないのだ。

五分ほど待って、再びダイヤルを回した。

「どうでしたか?」

「稲越《いなごえ》運転手は、今、日本橋の辺りを走ってるんですが、それでどこにお迎えに上がればよろしいんですか?」

私は四谷三丁目の交差点にある〈シャルマン〉という喫茶店にいると告げた。

喫茶店に入ると、マスターの目つきが一瞬変わった。私の顔を覚えていたらしい。待つこと三十分。運転手の帽子を被った男が喫茶店のドアを開けた。

「電話をした浜崎です」

運転手は考え込んだ。この間、乗せた客と違うことに気づいたらしい。

コーヒー代を払って外に出た。

「お客さん、この間の人とは……」

「記憶力がいいね」私は運転手に名刺を渡し、簡単に事情を説明した。「あの男は、死んだ女と関係がありそうなんだ」

「何であなたにそんなことが分かるんですか?」

「探偵だからだよ」私は軽い調子で言い、客の特徴を訊いた。

運転手はよく覚えていなかったが、四十四、五歳に見えたという。斉田重蔵ではなさそうだ。

「その人をどこで乗せたか覚えてます？」

「大体は」

「まずそこまで連れていってくれないか。チップ、弾むから」私が運転手の肩を軽くたたくと、彼は、むず痒《がゆ》そうな笑みを浮かべ、うなずいた。

タクシーに乗り込んだ。

時間と距離を併用したメーター、そして深夜と早朝の割り増し料金のシステムが導入されたのは昭和四十五年。その年、東京タクシー近代化センターが誕生した。それで客とのトラブルが減ったかどうかは分からない。

「あの人を拾ったのは、都立代々木高校（二〇〇四年に閉校）の近くでした」

タクシーは新宿に向かって走り出した。

「ともかくその辺りまで行ってくれ」

「私、神納絵里香のファンでした」稲越運転手が言った。「何であんなことに」

「それを調べてるんだよ」

新宿を越え、甲州街道を初台で左折した。そして富ヶ谷の交差点を右に曲がり、井の頭通りに入った。四、五百メートルほど先の左手が都立代々木高校である。

タクシーのスピードが落ちた。高い建物はなく、二階家の商店や住宅が軒を連ねている。

案外道幅が狭く、電柱が邪魔をしているので駐車しにくい。

運転手はそれでも、電柱の間に車を上手に停めた。

「この辺です。お客さんは向こうに立っていて、手を上げたのでUターンしたんです」

私はタクシーを待たせ、車の流れが落ち着いたのを見計らって、通りを渡った。

絵里香を訪ねてきた人物かどうかもはっきりしておらず、タクシーを拾った場所は幹線道路だから、その前、あの人物がどこにいたかを見つけるのは不可能だ。無駄足だったと私は溜息をついた。それでも通り沿いの家に目を向けた。物干し台のある古い家が三軒並んでいた。

右端の物干し台に男が現れて、干してあった衣類を部屋に取り込み始めた。黄色に黒い縦縞の入ったブリーフが目に入った。男はトランクス派ではないが、阪神の大ファンなのか。トランクス派とブリーフ派の戦いはなかなか決着がつかない。巨人と阪神の関係とはえらい違いである。ちなみに私はトランクス派である。

男の顔が見えた。頬のこけた、口の大きな男だった。私のゆるんでいた頬が引き締まった。ポストと英字で書かれた小さな郵便受けが、植え込みの横に取り付けられていた。

名前を見た時、背中がぞくっとした。南浦清吾と書かれた紙が張ってあったのだ。

もう一度、物干し台を見上げたが、男はもう姿を消していた。

里美と別れた後、南浦監督は、ここに居を構えたようだ。おそらく貸家だろう。

絵里香が殺される前の日、南浦が絵里香に会いにいったらしい。

今から監督に会ってみるか。一歩踏み出した足が止まった。いや、彼に質問をぶつけるのは早すぎる。絵里香との関係をもう少し知ってからでも遅くはない。

私はタクシーに戻った。そして、渋谷に向かうように指示した。

日新映画が存在していた頃、絵里香は南浦監督に言い寄ったことがあると祥子は言っていた。しかし、その時は、相手にされなかった。そんなふたりが、今は親密になっていたということだろうか。

南浦がメガホンを取った映画がお正月映画として封切られる。カムバック第一号の映画で、配給会社も宣伝に力を入れている。南浦の勝負時に、スクリーンから消えたバンプ女優の家を訪ねたのには理由があるはずだ。

南浦は繊細だが、気が弱い男らしい。里美に捨てられ、ひとりになった彼は、仕事の緊張感を癒やしてくれる相手が必要で、昔馴染みの絵里香はもってこいの人間だったということか。

絵里香と南浦はどこで再会したのだろうか。事件に直接繋がるかどうかは分からないが、疑問は疑問。晴らせる術があれば晴らしたくなった。

道玄坂を上がり、世界堂という鞄店の前辺りでタクシーを降りることにした。

「付き合ってくれてありがとう」私は稲越運転手に礼を言い、料金の倍を払った。

稲越の顔が綻《ほころ》んだ。

「また助けてもらうこともあるかもしれない。その時はよろしく」

「客さんを、ただ乗っけてるよりも愉しいですよ。いつでも声をかけてください」

タクシーが走り去った。辺りはすっかり夜の色に染まっていた。

私は通りを渡り、八千代銀行渋谷支店の前で腕時計に目を落とした。

午後五時四十五分少し前だった。公衆電話から古谷野に電話をしたが、彼は不在だった。古谷野に調べてもらいたいことを、相手に伝えておいた。

坂を少し上って、理髪店の隣の食堂に入った。バー〈咲子〉はまだ開いていないだろう。カツ丼とワカメの味噌汁で腹ごしらえをした。

十年ほど前、ちょうど大学を中退した頃、しょっちゅう渋谷に来ていた。女の子が音楽喫茶（今のライブハウス）が大好きで、駅前会館ビル（三菱銀行の隣）の七階にあった〈テアトル〉という音楽喫茶によく連れていかれた。彼女は、シャボン玉ホリデーにも出ていた藤木孝の熱狂的なファンだった。ヒット曲『24000のキッス』を彼が歌うと、一緒にいる私のことなどすっかり忘れてしまい、チビりそうなくらいに興奮した。他にも飯田久彦、北原謙二などが出演していた。

その子は、この道玄坂にあった洋品店に勤めていたが、その後、クラブホステスになった。渋谷郵便局からすぐのところのクラブで働いていたが、今、どうしているかはまったく知らない。

道玄坂の商店街にはまだ昔からの店が残っている。しかし、徐々に変わりつつあるようだ。月賦販売の丸井と競っているミドリヤが、道玄坂に店舗を構えたのがいつだか知らないし、社長が象の上に乗り〝目標　四二七店〟というテレビのCMで一躍有名になったヒグチ薬局は、私が渋谷で遊んでいる頃には影も形もなかった。この通りにも都電が走っていたが、ほとんどの人がそんなことは忘れてしまっているだろう。

食事を終えた私は、次の角を左に曲がり、連れ込み宿が建ち並ぶ路地に入った。

ボウリング場を背中に背負うようにして、小さな飲食店が、肩を縮めるようにして並んでいる。その一角にバー〈咲子〉はあった。隣は雀荘で、牌をかき混ぜる音が聞こえていた。

私がバーに近づいた時、中から男が出てきた。やや縮れた髪を長めに伸ばし、黒いジーンズを穿いた若者だった。靴はチャッカーブーツ。ひょろっとした長身の坊ちゃん臭い甘いマスクをしているが、表情はすこぶる暗かった。この後、渋谷駅のホームから電車に飛び込んだと聞いても驚かないだろう。もっとも、駅まで辿りつける元気があればの話だが。

彼は次の角を右に曲がって姿を消した。

バー〈咲子〉のドアを開けた。

「いらっしゃいませ」

カウンターの中の丸椅子に座っていた女が慌てて煙草を消し、顔を作った。

カウンター席は七席。ボックス席はひとつしかない狭い店だった。居抜きで借りたのだろう、至るところに傷みがある古い店だった。棚に並んだボトルの端に置かれた招き猫も薄汚れていた。

私はいつもの癖で、入ってくる客に背中を見せないですむ一番奥のスツールを引いた。

突然、音楽が聞こえてきた。有線放送をつけたらしい。ぴんからトリオの『女のみち』が流れたが、それは一瞬のことだった。女は洋楽にチャンネルを替えた。

私の知っている曲だった。ニルソンの『ウィズアウト・ユー』。

私はリザーブをオンザロックで頼んだ。そして、女にも酒を勧めた。女はビールにした。

「この店、初めてですよね」

「あなたが〝咲子〟さん？」

「そうです」

中西栄子を騙った女の母親だとすると、年齢は四十代後半だろう。髪型はボブカット。外国人と日本人とでは、彫りの深さが違うので比べようもないが、顔の形はミレイユ・ダルクに似ていた。偽物の栄子はかぎ鼻だった。咲子の鼻は高からず低からず。かなり違う。だが、愛くるしい丸い瞳、赤ん坊のような唇はそっくりである。それよりも何よりも似ているのは声だった。やや甲高い鼻にかかった声を電話で聞いたら、母親か娘か、すぐには判断がつかないだろう。

「いただきます」咲子がグラスを軽く上げた。

私はそれに応じた。

咲子が視線を逸らした。「警察の人？」

「ヤクザに見えなくてよかった」私は名刺を取り出し、カウンターに置いた。

「探偵さん」咲子は、納得したかのように何度もうなずいた。

「なぜ、私がここにきたか分かってるようですね」

「娘が何かやらかしたんじゃないかと思って」

私の頬が自然に歪んだ。「お嬢さんのことで、警察が来たんですか？」

飲みかけのグラスをカウンターに置いた咲子は、緊張した眼差しで私を見つめた。「警察は来てません。一体、あの子、何をやったんです？」

「お嬢さんに会わせていただけませんか」

「何をやったのか訊いてるんです」咲子が鬼気迫る声を出した。

母親は何も知らないらしい。

「神納絵里香って元女優が毒殺されたのはご存じですよね」

「ええ」

「お嬢さんが、あの事件に深く関与している可能性があります」相手が母親だということなど歯牙にもかけない調子で言った。

「嘘よ！　あの子が殺人に関係してるなんてあり得ない」

「信じたくない気持ちはよく分かります」

「言いがかりをつけるんだったら、警察を呼びます」

娘と同じくらいに大きな胸が、激しく息づいている。

私は簡単に事情を教えた。

「何であの子がそんなことを。あの子の口から神納絵里香のことなんか聞いたことないですよ」

「大半の子供は、親に言えないことをたくさん持って生きてる。そうやって成長してゆく」

「きいた風なこと言わないで」咲子がさらに声を荒らげた。

今度の調査では、鼻っ柱の強い女にばかり出会う運命にあるようだ。

「事情を知らずに、神納絵里香の娘を演じた。お嬢さんを動かした人間は、元バンプ女優の住まいを知りたかった。殺すために。そうじゃないとすると……」

咲子は、へなへなと丸椅子に腰を下ろし、放心したような声で言った。「煙草吸っていいかしら」

「どうぞ」

咲子は、手が震えてマッチが擦れなかった。私は身を乗り出し、ライターで火をつけてやった。

「和美さん、家にいるんでしょう？」

咲子はすぐには答えない。

「三茶の自宅に行ってみますかね」私はさらりと言って、財布を取り出した。

「あの子、土曜日に家を出たきり戻ってきてないんです」

「何時頃に出かけたんですか？」

「午後二時頃です」

私はカウンターに片肘をついた。「犯行が行われた時間にどこにいたか分からないってわけですね」

「あの子に人殺しなんかできません」咲子がいきり立った。

「和美さん、家にいるんでしょう？」

「いないって言ってるでしょう」

「母親が娘を庇う。それって普通ですよね」私の口調は相変わらず軽い。

咲子は私の名刺を手に取った。「浜崎さんは、誰かに頼まれて和美を捜してるんですね」

私は首を横に振った。「お嬢さんに一杯食わされた上に、調査料金も踏み倒されてる。お嬢さんの演技はさすがに舞台に立っているだけのことはあった。でも、あの演技は天性のもので、母親譲りかもしれないですね。料金を事務所に郵送してほしいって伝えておいてください」

私はドアに向かった。

咲子はカウンターの中を素早く移動し、身を乗り出した。今生の別れを覚悟し船に乗った人間が、遠ざかる岸壁を見ているのに似てなくもなかった。

音楽はいつしか変わっていた。ギルバート・オサリバンの『アローン・アゲイン』だった。

「ちょっと待って。娘を捜し出してくれたら、いくらでも払います。もしも、あの子が、あなたの言った通りのことをしてたら、あの子にだって危険が……」

私は煙草に火をつけてから、スツールに座り直した。「彼女から連絡は？」

「置き手紙がありました。しばらく、家に戻らないけど、心配しないでって書かれてました。あの子、これまでもよく外泊したことがあります。でも、今度みたいに置き手紙を残したことはありません。それに……」咲子が口籠もった。

「それに何です？」

「昨日、劇団の人が家にやってきました。あの子、土曜日の公演、病気だって言ってすっぽかしたそうです。今日、劇団に電話したら、昨日も出てませんでした」

私はメモ帳を開いた。「劇団の名前、教えてください。それから、彼女が親しい人の名前も」

劇団〈獅子座〉は池袋にあった。

咲子はハンドバッグをカウンターの下から取り出し、手帳を見て、電話番号を口にした。

「和美と仲の良い劇団員は、塩村慧子《しおむらけいこ》って子よ。他には見当がつきません」

「ボーイフレンドは？」

「いるらしいんですが、紹介されたことはありません」そう言いながら、咲子はドアの方に目をやった。

「さっきここから若い男が出てきましたよね。酒屋の御用聞きじゃなかった。あなたの息子さんかな？」

「違います。彼も和美を捜してるって言ってやってきたんです」

「名前は？」

「石坂《いしざか》と名乗ってました。演劇仲間だそうです」

「自殺してもおかしくないほど暗い顔をしてましたよ」

「入ってきた時からそうでした。必死で和美を捜しているのは伝わってきましたから、本当のことを教えました。すると、黙って店を出ていったんです」

「あなたの家に電話はあります？」

「ありません」

私は自宅の住所を訊いた。

「ご存じなかったんですか」

私はにっこと笑って、首を横に振った。

私はカウンターの端においてある電話を借り、劇団のダイヤルを回した。

だが誰も出なかった。

塩村慧子は、西武池袋線の東長崎に住んでいるという。だが、咲子は詳しい住所は知らなかった。

「息子さんとも一緒に暮らしてるんですか？」

「いいえ。あの子は板橋に住んでます」

「職業は？」

「板橋区内の私立高校の教師です」

名前は道夫《みちお》。年は二十六歳だという。

二十六歳になる子供がいる。咲子は五十を超えているのかもしれない。それにしては若々しい。

「お兄さんのところに行っている可能性は？」

「電話で確かめましたが、行ってないみたいです」

念のために道夫の住所と電話番号も聞いておいた。

「和美は奔放な子ですけど、犯罪を犯すような子ではないです。絶対にそんなこと……」咲子が消え入るような声で言い、うなだれた。

「私の印象も同じですよ」私は、それまでとはがらりと調子を変えて、優しくそう言った。

「探偵を雇うと一日いくらぐらいかかるんですか？」

「そういう話は明日、またお会いした時にしましょう。その時、和美さんの近影をお借りしたい」

「分かりました」

「和美さん、この店を手伝ってたそうですね。客の中で親しかった人はいます？」

「あの子が店に出ると、売上げが上がるんです。あの子に水商売はやらせたくないんですけど、どうしようもなくて」

「あなたもとても素敵ですよ」

「そんなこと……」咲子は笑いもせずに答えた。

「彼女を誘い出した客もいるでしょう?」

「あの子、案外、客あしらいがうまいんです。だから、上手に断ってました」

ドアが開いた。サラリーマン風の客がふたり入ってきた。

「それじゃ、明日の午前中に事務所に連絡ください。不在の場合もありますが、ともかくかけてみてください」

「分かりました。必ずご連絡いたします」

客が入ってきた瞬間から、咲子の顔はバーのママのものに変わっていた。

店を後にした私は、表通りに出ると、渋谷駅に向かって坂を下っていった。途中でまた公衆電話から古谷野に電話を入れた。

「昨日はよろしくやったのかい」古谷野が疲れ切った声で訊いてきた。

「酒を飲んで、プレスリーを聴いて帰りましたよ。それよりも〈ベンピーズ〉のメンバーには会えましたか」

「羽田まで足を延ばし、到着したところをつかまえた。現在のリーダー、ヘンリー肥田《こえだ》をタクシーに乗せ、家まで送ってやった。機内の新聞で事件のことを知って驚いたって言ってた」

「で、何かつかめました?」

「映画界から追放された絵里香の面倒をみてたのは、木村だったらしい。木村は、前妻と別れてから絵里香を直したようだ」

妾を本妻にすることを〝直す〟という。

木村は、死んだ〈ベンピーズ〉のリーダー、衣袋益三の知り合いだった。その縁で木村と絵里香は親しくなった。しかし、衣袋は絵里香が木村と付き合うことに反対だったという。木村は、戦後、進駐軍に出入りし、闇物資を扱っていた男で、アメリカから雑貨を輸入していたが、評判の悪い男で、麻薬の運び屋だという噂もあったそうだ。

ブザーが鳴り、電話が切れてしまった。

私は再びコインを落とした。

「今の赤電話、面倒だな」私は舌打ちした。「次から次へとショートで客を取る、赤いべべ着た売春婦みたいだよな」古谷野が笑った。

「で、さっきの話の続きですが……」

「木村と前のカミさんの間には子供はいなかった。兄弟がいたかどうかは分からんが、財産の大半は絵里香に渡ったようだ。で、そっちはどうだった？　全部話せよ」

私は、今日の動きを彼に教えた。途中でまた電話が切れた。

それから二度、かけ直す羽目になった。

「収穫あったな」古谷野が言った。

「パズルのピースが転がってるだけにすぎないよ。で、斉田の自宅の住所を調べてくれました？」

「絵里香を殺《や》ったのは斉田だよ」

古谷野が本気とも冗談ともつかない調子で言った。

「証拠でもあるんですか」

「神様が教えてくれた」

「早く住所を教えてくださいよ。またクソ電話が切れちまうから」

斉田重蔵は世田谷区深沢六丁目に住んでいた。電話番号もメモした。

「都立深川高校の近所だ」

今日は都立高校に妙に縁がある日だ。

「都立深川高校は」古谷野が続けた。「以前は或る製薬会社の社長の屋敷だった。近衛文麿を知ってるだろう？」

「もちろん」

「近衛文麿は自殺している。青酸カリを使ってな」

「何が言いたいんですか？」

「近衛は、その社長宅に身を寄せてたことがあった。自殺に使った青酸カリは、社長夫人が、近衛に渡したっていう噂がある。作り話かもしれんが、絵里香は青酸カリで殺られた。斉田の家は、近衛の手に青酸カリが渡ったかもしれない邸跡から目と鼻の先にある。神様がお前を導いてくださってる気がするんだ」

私は小馬鹿にしたように笑った。「古谷野さん、新興宗教の教祖にでもなったらどうですか？」

「俺、正座苦手なんだ。正座のできない教祖っていないだろう？」

「斉田の家族について分かったことは？」

古谷野は斉田重蔵の現在の立場や歳、それから家族構成を私に話したが、妻と息子の詳細については調べがつかなかったと言った。

受話器の中でまたブザーが鳴った。

「ありがとう。また連絡します」私は受話器を元に戻した。

タクシーを拾った。運転手は地図で調べてから車をスタートさせた。玉川通りを走る。

午後八時半を回っていた。こんな時間に、アポも取らずに訪ねたら、門前払いを食らわされてもおかしくはない。しかし、あらかじめ電話を入れても、どこの馬の骨か分からない探偵と会うかどうか……。

松浦和美のことは明日に回さざるを得ない。斉田が事件とは無関係かもしれないが、絵里香のことを一番よく知っているのは彼である。和美を操っていた人間がいたとしても、斉田ではないのは明らかだ。住まいを知っている人間が、探偵を雇ってまで探らせる必要はないのだから。不可解な成りすまし事件に関しては、余計な詮索をせずに話を進められるということだ。

私の頬から笑みがこぼれた。

理屈に適ったことを考えて行動してはいるが、私が斉田の家に向かっている本当の理由は他にあった。事務所に帰る気がしないのだ。探偵に成って約一年経ったが、これほど積極的に調査を続けるのは初めて。探偵として自覚が生まれたのか、単に興味を引かれているだけなのか、よく分からないが、ともかく、矢も楯もたまらず斉田の家を目指しているのだ。そういう心境になっていなかったら、絵里香のマンションの前に停まっただけのタクシーの会社名やナンバーを控えはしなかったろう。

環七を越え、タクシーは玉川通りを走り続けている。

私はシートに躰を預け、煙草に火をつけた。

南浦の住まいを見つけ、古谷野に昨夜のことを話したせいだろう、里美のことが頭に浮かんだ。

祥子との電話を終えた後も、私は里美と飲んでいた。酒が進むうちに雄の欲望がむくむくと湧き上がってきた。しかし、なぜか二の足を踏んでしまうのだった。相手にされないことを恐れたり、面子が潰れるという気持ちが、川を渡ることを躊躇《ちゅうちょ》させたわけではなかった。恥ならいくらでもかいてきた。

身内を戦争で失い、少年院にまで入った男に失うものは何もない。

里美は事件の関係者とは言えない。しかし、これからも情報をもたらしてくれる可能性を持った人物。ここで関係を悪くするのは探偵としてはまずい。そういう思いが働いたのは確かである。だが、それだけで、私好みの勝ち気そうな女を組み伏せるのを断念したのではなかった。今ひとつ、踏み込めない領域を里美が持っている気がしてならない。重大な隠し事があろうがなかろうが、奥座敷には余程でないと他人を入れない。明るくあけすけに話されれば話されるほど、堅固なバリアで自分を守っていると感じてしまうのだった。

昨夜、何かそういう徴候を窺わせる会話がなされたわけではない。

「あなたとは、長いお付き合いになりそう」

別れ際に里美は、私の肩に軽く手をかけてそう言い、私は何も言わず、彼女の美しい手を握っただけだった。

考えすぎかもしれないが、行動に出るとしても、時期尚早と私は判断した。このようにして戦略を練って女に近づこうとする時の自分の心理状態はよく分かっている。気持ちがかなり動いている証拠なのだ。

別れ際里美が、火曜日の夜、祥子の店で飲まないか、と誘ってきた。その日は空いているのだという。私に断る理由があるはずもなかった……。

タクシーがスピードを落とした。

「次の道を左だと思います」運転手が言った。

「入ってみて」

タクシーが左折した。

道の真ん中に疏水が流れていた。疏水に沿って桜が植えられていて、いくつもの小橋がかかっている。京都を思わせる通りである。

疏水があるせいで、道幅はかなり狭い。桜の枝が車に触りそうな場所もあった。

そのまま真っ直ぐ行けば駒沢通りに出るようだ。やがて、右側に学校らしき敷地が見えてきた。

左側はかなり大きな邸《やしき》だった。聚楽《じゅらく》塗りの外壁が続いている。数寄屋門を守っているのは銅板葺きの屋根だった。

「停まって」

私は車を降り、表札を見た。

その屋敷が斉田重蔵の住まいのようだ。

運転手に料金を払った。タクシーが去ると、通りは無人と化した。車も通らない。疏水の流れる音が、閑寂さをさらに深めていた。

右側に勝手口があり、その向こうがガレージらしい。

勝手口にはインターホンが設けられていた。ボタンを押すと女が出た。

「斉田重蔵さんはご在宅でしょうか」

「いえ。まだお帰りではありません」

相手は家政婦らしい。

「奥様は？」

「どちら様でしょう」

「新宿で私立探偵をやってます浜崎と申します」

「しばらくお待ちを」

秋の虫の鳴き声が聞こえてきた。ほどなく外壁の向こうで、砂利を踏む足音がした。そして、勝手口のドアが開けられた。

小柄な中年女が私をじっと見つめた。意地悪そうな顔である。金持ちの家を渡り歩き、主の我が儘に耐えているうちに、優しい心根が干からびてしまったような表情だ。

本当かどうかは知る由もないが、二年ほど前まで、フランスの文化相だった作家、アンドレ・マルローの使用人たちは、主のためにパンにバターを塗る際、彼らの唾を混ぜていたそうである。その話をしてくれた男はパリ帰りの日本人で、フランス人妻の母親が、マルロー邸で働いていたのだ。だからと言って本当の話と決めつけられないが、大金持ちになっても、簡単に人を家に入れるのは考えものだと、私は思った。もっとも、使用人の唾も、猫の唾液ぐらいにしか感じない人間でなければ、生活を使用人に任せるような暮らしはできないということだろうが。

「お名刺を」女がつんけんした調子で言った。

私は名刺を渡した。

「奥様がお会いするそうです」

私は、フラスコみたいな体型の女の後ろについて邸内に入った。

正門から玄関に通じるアプローチと、勝手口からの通路は別になっていて、私は台所から家に通された。スリッパはなかった。廊下はピカピカに磨き上げられていた。足腰の悪い老人を、転倒事故に見せかけて殺すのに最適な滑り具合だった。

応接間も和風だが畳敷きではなかった。アラビア絨毯が敷かれている。肘掛け椅子とソファーの柄は唐草模様。テーブルは日光彫りのようだ。落ち着いた焦げ茶の簞笥《たんす》が部屋を引き締めている。年代物の仙台簞笥らしい。その上に木彫りの達磨《だるま》大師《だいし》が載っていた。表情は穏やかで、ちょっとユーモラスだった。

家政婦がお茶を運んできた。そして、しばらくするとまたドアが開いた。何てことのない薄茶のワンピースを着た女が現れた。

私は腰を上げた。自己紹介してから、女に改めて名刺を渡した。

「こんな時間に突然、押しかけまして申し訳ありません」

「斉田の家内の綾乃《あやの》です。お掛け下さい」

色白の頰のこけた女である。小顔で目も鼻も細い。元芸者で、今は置屋を営んでいる。そんな感じの美人である。女優だったと聞いているが、お姫様役ぐらいしか回ってこなかった気がした。盛りをすぎた男が、白磁の壺を愛でるような気分で傍に置いておくのには相応しいかもしれないが。

斉田重蔵は六十五歳。妻は十五歳ほど下だと聞いている。ということは五十路のとば口に立っていることになる。咲子同様、それにしては若いが、刺々しい感じのしない咲子の方が魅力的に思えた。

「神納絵里香の件でいらっしゃったんですね」

「ええ」

「主人が疑われてますの？」

「いえいえ」私は大袈裟に相好を崩した。

「だったらなぜ刑事が……」綾乃は怒ったような口調で言った。

「奥様も刑事にお会いになったんですか？」

「会ってません。主人に会いにきただけです。あなたなら、事件のことを詳しく知ってると思って、お会いしてみることにしたんです。最近も主人は、あの女に会ってたんですね」

「警察が何を考えて、斉田さんに会いにきたのかは知りませんが、私にはそんな情報は入ってません」私は当然嘘をついた。

綾乃が挑むような目を私に向けた。「本当のことおっしゃっていいのよ」

「煙草、吸ってよろしいんでしょうか」

「どうぞ」

私はハイライトに火をつけた。「今はお付き合いがなくても、ご主人は、神納さんのことをよく知っているはずです。神納絵里香の娘のことで、ご主人に話が伺えたらと思って、お邪魔に上がったんです。殺人事件の調査をしてるんじゃないんですよ」私は、本当のことをかいつまんで綾乃に教えた。

「……私は調査費用も払ってもらえずにいる。だから、私を騙した女を探してるんです」

綾乃が、私の言ったことに納得したかどうか、表情からは読み取れなかった。

私は煙草をくゆらせながら口を開かなかった。

「主人はああいう人ですから、私と結婚しても、浮き名を流すだろうと覚悟はしてました。でも、あの女とだけは」白磁の壺にヒビが入るように、顔の至る所に鋭い線が走った。

「奥さんの話からすると、あなたと同じような気持ちを持った女が他にいて、神納さんに恨みを抱いたってことも考えられますね。そういう女に心当たりは？」

綾乃がそっぽを向いた。「見たくないものは見ないようにしています。でも、神納絵里香だけは駄目」

「それはまたどうしてです？」

「理由なんかありません。生理的に嫌いなタイプというだけです」

夫が今でも絵里香だけに深い想いを抱いている。綾乃はそう思っているのかもしれない。そして、それは事実の可能性がある。

煩わしい電波を発しない女を家に入れ、外では電気ウナギのような女に痺れる。そういう男は珍しくない。

しかし、綾乃は、裕福な暮らしと引き替えに、夫にかしずいているだけの女ではなさそうだ。夫に会いにきた探偵を、独断で家に上げたのだから。いや、結婚当初はそういうタイプだったが、子供が出来てから、じわじわと家庭で勢力を拡げていったのかもしれない。

「ご主人との間にお子さんは？」私は、何も知らない振りをして訊いた。

「息子がひとりおりますが。それが何か？」

「奥さんが、今回の件を気にしている理由のひとつは、家族への影響を考えているからではないかと思ったんです」

「その通りです」綾乃の表情が和らいだ。しかし、それは一瞬のことだった。「息子は二十歳になったばかりの学生です。父親が警察に引っ張られるようなことにでもなったら、私たち親子は一生日陰者ですよ」

「ご主人が殺ったと思ってるように聞こえますが」

「そんなこと考えたこともありません」綾乃が憮然として声を荒らげた。

「先週の土曜日の夕方、ご主人はどちらに？」

「家にいました」

「家で何を？」

「自分の部屋でいろいろやってましたけど、何をしていたと聞かれても……」

「家政婦さん、住み込みですか？」

綾乃がきっとした顔をした。「土曜日は法事があって、ここにはいませんでしたよ」

私はにっと笑った。「なるほど」

表で車の音がした。綾乃は背筋を伸ばし、聞き耳を立てた。

「ご主人がお帰りかな」

綾乃はまったく慌てなかった。私を家に通した時から、こうなることを予想していたのだろう。それどころか、私と対決する夫の姿を見たいのかもしれない。私が現れなければ、彼女は蚊帳の外。事情が分からないまま悶々とするしかない。そういう状態を、私を利用して解消しようとしている気がしないでもなかった。

綾乃が応接間を出ていった。私はそっとドアに近づき、ドアノブを回した。

「お帰りなさいませ」綾乃の声が聞こえた。

「珍しいじゃないか、お前が出迎えるなんて」太くて落ち着いた声だった。

「登美《とみ》さんには部屋に引き取ってもらいました。浜崎という探偵が、あなたをお待ちです」

「何!!」

「神納絵里香のことを、あなたに訊きたいそうです」

「お前、そんな人間を勝手に家に上げたのか!」

「私も話を聞きたかったものですから」綾乃は動じない。

「帰ってもらえ。探偵ごときに話すことなんか何もない」

「話ぐらい聞いておいた方がよろしいんじゃございません？　浜崎さんは神納絵里香の死体を見つけた人ですよ。警察はあなたを疑ってるんだし……」

「警察よりも、俺を疑ってるのはお前だろうが。夫を信じられんのか。もういい。下がってろ。そいつは俺が追い返す」

私は元の席に戻った。

廊下に怒った足音が響いた。ドアが勢いよく開かれた。ミニのフレアスカートを穿いた女がいたら、風圧でパンツが見えていたに違いない。

斉田重蔵は恰幅のいい怒り肩の男だった。かなり後退した髪をオールバックにしている。瞼《まぶた》が垂れ、目のクマも目立つ。目はぎらついていて、好々爺にはほど遠い。目鼻立ちはしっかりしたなかなかの美男だ。俳優になっていたら、山村聰や佐分利信と肩を並べるぐらいの存在感を示していたかもしれない。

「探偵ごときに付き合ってる暇はない。帰ってもらおうか」

私は名刺を手にして、斉田に近づいた。「奥様がお優しい方で、よく私の相手をしてくださいました」

「どういう意味だ、それは」

「私が、斉田さんにお伺いしたいことは一点だけ。神納絵里香さんに娘がいたことをご存じかどうか。最初に結婚した男は、子供はいなかったと新聞に出てました。でも、私は、娘だという女に会っている」

「娘がいたかどうかは警察にも訊かれた。しかし、娘らしき女に会った人間がいたという話は聞いていない」

「その女が犯人の可能性もあります」

斉田が廊下の方に視線を向けた。綾乃の気配を感じたのだろう。

「すぐに退散しますから、少しお話をお伺いしてもいいですか？」

「綾乃、盗み聞きはするな。お前が心配するような話じゃないから」廊下に向かって怒鳴った斉田は一歩、歩を進め、ドアを閉めた。「座って」

私は元の席に戻った。

肘掛け椅子に腰を下ろした斉田は、脚を組み、いかにもふてぶてしい顔を私に向けた。「私の知る限り、あの女には子供はいなかった」

「そこが不可解なんです。神納さん自身が、私にはあっさりと娘がいることを認めたんです」

斉田が目を瞬かせた。「彼女にはいつ会ったんだ？」

「殺される前日です」

私はその時のことを簡単に伝えた。

斉田が首を横に振った。「信じられん。絵里香から子供がいたなんて話、一度も聞いとらん。付き合っていた頃に、まったく話さないなんて変だ。そんなこと私に隠す必要がないじゃないか。いや、むしろ、話しておけば、噂も私が抑えてやれたろうし、金の面倒もみてたはずだ」

絵里香に娘の話をした時、ちょっと違和感を覚えた。絵里香は一度も娘の名前を口にしなかったから。

私は上目遣いに斉田を見て、小声でこう言った。「彼女との付き合いが復活したようですね」

「馬鹿なことを言うな」

「先月、あのマンションに出入りしているあなたを見た者がいる。警察にもそのことを指摘されたんじゃないんですか？」

斉田が小さくうなずいた。「時々、会ってたのは認める。だが、もう昔のような関係ではなかった。恋人でも、妻でも、娘でも、妹でも、幼馴染みでもない不思議な繋がりが、昔の女と生まれることは不思議じゃないんだ。週刊誌に知れれば、再燃だなんて言われそうだがね」

私は大きくうなずいた。「その女と寝たことすら忘れて、何でも話せるってことありますよね」

斉田が、躰を舐め回すようにして私を見た。「君はいくつだ」

「三十二です」

「独身だろう？」

「お察しの通りです」

斉田が煙草を取り出した。「君もガキの頃から遊んでた口だな」

それに答えず、私も煙草に火をつけた。「ある女に言われました。子役の頃が絶頂期で、その後は何もない俳優みたいな男だって」

「君は苦労人のようだな」

「探偵にエリートはいませんよ」私は軽く肩をすくめて見せた。「斉田さんの話が正しいとすると、私が会った女は、存在もしない娘を騙ったことになります。最近、神納さん、何か問題を抱えてたようでしたか」

「別に。暢気に暮らしてるように見えたよ。どこから金が出てたのかは知らんがね」

「死んだ夫が遺産を残したんじゃないんですか？」

「貿易商の木村ね、小耳に挟んだだけだからはっきりしないが、ひとりの女を何年も食わせる金なんか残してなかったって話だよ」

「斉田さんは援助してなかった？」

「小遣い銭を渡してやったことは何回かあったが、面倒はみてない」

私はドアの方にちらりと目をやった。「本当に？」

「生活、大丈夫なのかって訊いたことがあった。そしたら、あいつ、〝いずれ困ったら、お願いするかも〟って笑ってた。余裕綽々《しやくしやく》だったな」

「生活費の出所の見当はつかないんですか？」

「分からんね。さっきも言ったが、私は、彼女に昔のような気持ちは持ってない。おそらく、男がいるんだろうが、詮索する気にはならなかった」

「馬場商事というゴルフ会員権の販売会社の社長、馬場幸作という男と親しかったようですが、何か聞いてませんか？」

「警察にも同じ質問をされたが、まったく知らない。うちの社もゴルフ場を持ってるが、経営は、長男に任せてる。だから私は何も知らない。警察が帰った後、息子に訊いてみた。そんな会社、知らないって言ってたよ」

「彼女、女優時代から麻薬をやってましたか？」

斉田は長い溜息をついた。「私が止めさせたんだが、またやり出してたらしいな」

「大変参考になりました。もしもまたお訊きしたいことが出てきた場合は、会社にお伺いした方がよさそうですね」

「ここでかまわんよ。ゴルフ場だけじゃなくビル経営も何もかも長男に任せてるから、会長職の私は、会社にはたまにしか顔を出さない。綾乃のことなら気にせんでいい。あいつが隣にいると話しにくいが、隠さなきゃならない秘密はないから。しつこいようだが、絵里香との関係はとっくに終わってる」

「斉田さんの言葉を信じます」

「ただ、私はかなりショックを受けてる。私もいろんな女と付き合ってきたが、あの女は特別だったからね」

「鼻っ柱が強い女が好きなんですね」

「その通りだ」

「福森里美はどうだったんですか？」

斉田の眉が険しくなった。「なぜそんなことを訊く？　里美が事件に関係してるのか」

「いえ。調査の過程で、偶然、福森さんに会ったものですから」

私は半ば個人的な興味を持って里美の話題を振ったが、南浦のことが頭になかったら、口にはしていなかっただろう。

「里美は堅い女だよ。一見、そうは見えんがね。両方とも我が強いが、絵里香の方が、無茶苦茶な分だけ、私には可愛かった。殺しには青酸カリが使われたそうじゃないか。犯人は女だろうよ。この事件が十年前に起こっていたら、誰もが里美を疑ったろうな。君は里美が今頃になって、絵里香を殺したと思ってるのか」

「そこまでは。神納さんと福森さんの話をしたことはありますか？」

「絵里香に里美とは付き合いがあるのかって訊かれたことがあったな。キャバレーで歌ってるって噂を耳にしてたから、そのことを教えてやったよ。そしたら、あいつ」斉田の頬に薄い笑みが浮かんだ。

「私も歌おうかなって言うから止めたよ」

「彼女もレコードを出してますよね」

「俺がレコード会社に買い取る約束をして、出させたんだよ。あいつの歌は聞けたもんじゃない」

斉田の頬がさらにゆるんだ。その顔は、娘に甘い父親のものと同じだった。

「もしも犯人が女だとしたら、斉田さんが関係を持ってる女かもしれない」

「そんな女はいない」

「奥様はそう思ってないようです」

「あいつは猜疑心が強いんだ」

「そうさせたのは斉田さんですよね」

「ずけずけ言う男だな」

「すみません」

「まあいい。その通りだから」

「先週の土曜日の夕方はここにいらっしゃいました？」

「いや、出かけてた。だが、私は絵里香のマンションに近づいてもいない」

私は目尻に笑みを溜めた。「奥様は、あなたが家にいたと先ほどおっしゃってましたよ」

斉田は顔を歪め、苛立った手つきで煙草を消した。「私のアリバイを作ったつもりらしいが、まったく馬鹿な女だ」

私は話題を変えた。

「もう映画製作には携わらないんですか？」

「やれるものならやりたい。だが、道楽でやるには金がかかりすぎる。日新映画って言えば、絵里香や里美を主役にした扇情的な映画ばかりが有名だけど、文芸作品もいくつか作ってるんだよ」斉田は題名を口にした。

私が知っている映画もあった。

「一時、お宅の専属だった南浦監督が最近、脚光を浴びてますね」

「前評判はいいようだな。低予算で作った映画らしいから、当たったら儲けは大きい」

「南浦さんと神納さんはお付き合いがあったんですか？」

斉田の目つきが変わった。「いつの話をしてるんだね。絵里香が南浦監督にモーションをかけたが相手にされなかった。そのことを言ってるのか？」

「ええ」本当のことを言う気はないので、そう答えた。

「あの話は嘘ではないが、絵里香は、里美しか見ていない南浦が面白くなくて、粉をかけてみただけだよ。南浦は監督として才能はある。しかし、気難しい男でね」

「気難しくない監督なんているんですか？」

「まあ、いないな。監督ってのは、映画製作に入ったら独裁者だしな。だけど、あいつの気難しさはちょっと違う。あいつは陰に籠もるタイプでね。俳優とやり合うと、先に壊れちまうタイプだった。マイナーな実験映画を少人数で作ってるのが似合う男だよ」

「そんな彼が、今回は話題になりそうな映画を作ったんですね」

「あいつに金集めができるとはとても思えないから、才能に惚れた、どっかの金持ちが大口のスポンサーになり、他からも金を引っ張ったんじゃないかな。知ってるだろうが、もう映画会社には自力で映画が作れる体力はほとんどない。共同出資をして映画を作るのは、社会派の映画やドキュメンタリーでは昔からあった。山本薩夫監督の『松川事件』なんかがそうだ。だが、娯楽作品では珍しい」

斉田の話し振りでは、絵里香と南浦が、彼女が殺される寸前まで、何らかの付き合いがあったことはまったく知らなかったようだ。

私は外していた上着のボタンを留め、腰を上げた。

斉田と一緒に応接室を出た。

「綾乃、お客様のお帰りだよ」

綾乃が二階から下りてきた。綾乃にも暇を告げ、私は台所に向かった。

「君、どこに行くんだ」斉田が私に訊いた。

綾乃が慌てて説明した。

「アポもなくやってきた図々しい探偵が勝手口に回されるのは当然だな。だが、次は表から入っていいぞ」

そう言い残して、斉田は階段を上がっていった。綾乃が勝手口まで見送りにきた。

「ご主人は、奥さんが心配しているようなことは何もしていないようですよ。それでは」私は軽く会釈をして外に出た。

疏水の流れる音が聞こえ、桜の枝が風に揺れている。

相変わらず誰も歩いておらず、車も通らない。

玉川通りまではかなりの距離がありそうだ。私は駒沢通りを目指して歩き出した。

街路灯の光が、ゆっくりと歩を進める私の影を路上に映していた。

斉田重蔵は決して上品ではないが、戦前から戦後を力強く生き抜いてきた男の豪快さを感じた。それだけではない。すこぶる単純なところもある。人を人とも思わない自信、逸脱を厭わない実行力を支えているのは、余計なことを考えない〝賢さ〟のような気がした。

戦後のドサクサの頃までは、この手の性格を持つ人間が、法律の網の目をぬって、のし上がることが容易だった。しかし、時代が進めば、至る所に白線が引かれ、そこを飛び出すと、人生を失いかねないトラブルを背負い込むことになる。このようにして世の中は窮屈になって、レベルの低い平等主義がはびこることになる。時代が人を作るとしたら、役所の戸籍係のような人間が、これからはどんどん増えてゆくことになる気がしないでもない。

遠くに人影が現れた。まっすぐにこちらに向かって歩いてくる。最初はまったく気にならなかったが、男の顔が、街路灯の灯りに浮かび上がった瞬間、胸が高鳴った。

次第に距離が縮まってゆく。

私は男の前に立ち塞がった。「バー〈咲子〉の前でもお会いしましたね、石坂さん」

肩をそびやかした若者は、間髪を入れずに踵《きびす》を返し、走り出した。

私は男を追った。ひょろっとした男だから脚力がなさそうに見えたが、想像以上に逃げ足は速かった。

誰もいない住宅街に、ふたりの足音が響いた。右側に日本体育大学の校舎が見えてきた。若者が、この大学の陸上選手か、或いは出身者だったら、おそらく、私の足では追いつけないだろう。

若者の勢いのよい影が、駒沢通りに出る手前を左に消えた。私も左に曲がり、必死で追う。真っ直ぐに逃げた様子はない。

次の四つ辻は、疏水の道よりも広かった。

右側から犬の吠え声がした。若者は駒沢通りに向かって逃げたのかもしれない。

私の足音にまた犬が吠えた。駒沢通りに出た。周りを注意深く見たが、若者の姿はなかった。

私は疏水の流れる通りと平行に走る広い道を斉田の邸の方に小走りに戻った。

あの若者が、偶然、疏水の通りを歩いていたとは考えられない。年格好からすると、斉田と綾乃の間に生まれた子供ではなかろうか。だとしたら、あの若者は必ず自宅に戻る。

私は斉田の家の手前の路地の角に立ち、煙草に火をつけた。夜回りの警察官が来ないことだけを祈って。

十分、十五分と時がすぎていった。サラリーマン風の男が、桜の木に沿って、千鳥足で通りすぎた。

それから五分ほどした時だった。例の若者が駒沢通りの方からやってきた。彼の影は、逃げ出した時のような元気はなかった。

タイミングを見計らって、若者の前に飛び出した。

「逃げても無駄だ。斉田君」

若者はもう逃げようとしなかった。しゅんとなってうなだれている。

「案外、脚力があるな」

「僕は何もしてません」声が震えている。

父親のふてぶてしさを少しは引き継いだ方がいいと思った。しかし、斉田が盛りをすぎてから生ませた子供である。四十半ばの斉田のスペルマは、水で薄めすぎたカルピスみたいだったに違いない。

「話を聞かせてくれるね」

「警察の人ですか？」

「でなくて幸せだと思え。俺は探偵の浜崎ってもんだ」

「あなたが……」

「俺に語るべきことが一杯ありそうだな」私は斉田の息子に名刺を渡した。

周りに店など一軒もなかった。

「歩こう」

今度は進路を玉川通りの方に変えた。

斉田の息子は黙って私についてきた。ふたりの足音が、誰もいない通りに響き、また犬が吠えた。

（十一）

私と斉田の息子の足音が路上に響いている。またどこかで犬が吠えた。

「下の名前は？」私が訊いた。

「竜一《りゅういち》です」

竜一は早稲田の理工学部の学生だという。「花見の季節じゃなくてよかったな」

「え？」

「難しい話には不向きだろうが」

「……」

斉田家にさしかかった。

「俺は先ほど君の両親に会った」

竜一が立ち止まった。「僕のことを話したんですか？」

「君が斉田さんの息子だって知らなかったんだから、話したくても話せなかったよ。君は、かなり詳しく事情を知ってるようだな。松浦和美は君の恋人か」

竜一が小さくうなずいた。

「和美は神納絵里香の娘だと言ってたが、本当か？」

「違います」

「なぜ、あんな大芝居を打ってまで、彼女は神納絵里香の住まいを知りたがったんだ」

「親父やお袋に言わないでくれますか？」

「場合に拠るな。殺人事件が絡んでることを忘れるな」

「僕じゃないですよ。神納絵里香を殺そうなんて考えたこともない」

「松浦和美を操ってたのは君なんだね」

「操るだなんて……。彼女は僕に協力してくれただけです」

小さな橋が見えてきた。欄干は低く、躰をもたせかけるのは無理だが、手を突くぐらいのことはできた。冷気が静かに水面から立ち上がってきた。

「順を追って最初から話せ」

「はい」

十月初旬の或る日の夕方、紀伊國屋書店の前で、竜一は和美と待ち合わせをしていた。その時、タクシーを降りて、書店の並びにある喫茶店、〈カトレア〉に入っていく父親を目撃した。ほどなく現れた和美に、そのことを話した。そして、冗談半分で、親父は浮気性だから、女と会うのかもしれない、と言うと、和美が気になるのだったら確かめてみようと言い出した。竜一は嫌なものを見るのを避けたかったので断った。和美は納得し、ふたりは〈カトレア〉の前を通り、伊勢丹の方に歩き出した。

ややあって、向こうから女が歩いてきた。竜一は足を止めた。神納絵里香に似ている。女は竜一の横を通りすぎ、〈カトレア〉に通じる階段を下りていった……。

私は、竜一の話を、右手を上げて制し、鋭い目で彼を見た。「ちょっと待て。絵里香は整形してたんだぜ。よく一瞬にして分かったな」

「親父を見た直後だったから、ピンときたんです」

「へーえ、鋭いんだな、君は」

「それだけじゃないんです」

家には試写室があり、日新映画のフィルムがすべて残っているそうだ。子供の頃から映画好きだった竜一は、そこで父親の会社の映画をすべて観ていた。

「……女はサングラスをかけてました。そのサングラス、神納絵里香が或る映画の中でかけていたものとそっくりだったんです」

「なるほど、せっかく整形したのに、好みのサングラスをかけたせいで気づかれたってわけか」

竜一は、母親が絵里香のことを疎ましく思っていることを知っていた。夫が、日新映画を観ているだけで、露骨に嫌がり、喧嘩になったこともあったそうだ。

絵里香らしき女が、父親のいる喫茶店に入っていったことで、竜一の気持ちが変わった。その女が父親と会うかどうか確かめたくなったのだ。果たして、女は父親の席に腰を下ろしていた。広い喫茶店だから、父親が息子に気づく心配はなかった。和美が、ふたりの席の近くに座り、彼らの話を盗み聞きしようとした。話がすべて聞こえてきたわけではないが、重蔵は会社の話をしていたという。女が神納絵里香だと分かったのは、実に単純なことを重蔵が口にしたからだった。女のことを〝絵里香〟と呼んだのである。

和美が竜一に目をくれず喫茶店を出ていったので、彼も腰を上げた。

「……いまだに、親父があの女と付き合ってるのが不愉快でした。その後、ふたりがどこに行くか知りたくて、和美と一緒に後を尾けることにしたんです。三十分ほどで、ふたりは喫茶店から出てきて、タクシーに乗り、明治通りを渋谷方面に向かいました。ですが、僕たちの乗ったタクシー運転手が新米で、千駄ヶ谷を越えたところで、他の車と接触事故を起こしてしまったんです」

尾行は失敗に終わった。がっかりしている竜一に、和美が、突然、探偵を雇おうと言い出したそうだ。その数日前、和美は、栄子から、デパートで彼女の窮地を救おうとした探偵のことを聞いていたので、電話帳で調べ、私の事務所がどこにあるか見つけたのだという。

私は煙草に火をつけた。「俺を騙すストーリーを考えたのは松浦和美なんだね」

竜一が力なくうなずいた。

私は、中西栄子に成りすました和美の言動を思い出した。自分の演技に酔っているみたいに思えたのは、あながち間違いではなかったようだ。

「君たちは、神納絵里香の居所だけを知りたかった。最初から彼女に会う気はなかったんだね」

「すみません」

私は、うなだれている竜一の顔を覗き込んだ。「俺が、彼女に住所を教えた翌日、神納絵里香が殺された。偶然とは思えないな」

竜一が小刻みに首を横に振った。「何がどうなってるのか僕には分かりません」

「先週の金曜日、俺は君の恋人に、絵里香の住所を教えた。その後、彼女は君に連絡を取ったんだろう？」

「はい」

「で、君はどうした？」

「何もしてません。親父に神納絵里香との付き合いを止めなきゃ、絵里香の家に行って直談判すると言ってやろうかと思っただけです」

「で、親父に言ったのか」

「いいえ。いざとなったら二の足を踏んでしまって。そうこうしてるうちに翌日、彼女が殺されたことをテレビのニュースで知り、それどころじゃなくなったんです」

「で、ふたりは会って、対策を練ったのか」

「いいえ。電話で話しただけです。和美は、あなたが、自分のことを調べることをとても不安がってました。翌日、会う約束をしてたんですが、渋谷駅の伝言板に、姿を消すとだけ書き残して、いなくなったんです」

「松浦和美は、君をも騙してたかもしれないね」

「そんなことは絶対にないです。彼女は面白半分で今回のことを計画したんですから」

「調査料は、君の財布から出ることになってたんだな」

「お幾らですか。今、お支払いします」竜一は懐から財布を取り出した。

「金持ちの息子は違うな」

「……」

遠くに自転車の灯りがふたつ見えた。巡回中の警官に違いない。

「和美の写真、持ってるな」

「ええ」

「それと二万円を持って、明日の午前十一時に、俺の事務所に来い。来なかったら警察に行く」

「必ず伺います」

制服警官の漕ぐ自転車が次第に近づいてきた。

「じゃ、明日」私は竜一に背を向け、橋を離れ、玉川通りに向かってゆっくりと歩き出した。

散った枯葉が、私に歩調を合わせるように路上を転がってゆく。

それを見るともなしに見ていたら死んだ親父を思い出した。親父は風呂に浸かると時々、『枯葉』をハミングしていた。田中角栄よりも凄まじいダミ声で。親父とシャンソンはまったく合わず、浪花節にしか聞こえなかった。だが、気持ちはこもっていた。見た目は、冴えない男だったが、胸のうちには洒落っ気が宿っていたのかもしれない。

そう言えば、私の見たステージで福森里美は『枯葉』を歌った。あの時は、親父のことはつゆとも思い出さなかった。歌が上手すぎて、違う曲に思えたのだろう。

それにしても、記憶というものは摩訶不思議なものである。同じ曲を聴いた時には親父のことなど考えもしなかったのに、弱々しく路上を転がる枯葉を見て、親父の顔が浮かんだのだから。

和美が面白半分で、竜一を焚きつけたのが本当だとすると、自分の受けた依頼は、事件とは無関係だったことになる。

六〇年代半ば頃から、路上が舞台に変わった。特に新宿では。六七年、唐十郎が花園神社に紅テントを設営し、芝居を打った。翌々年、東京都の中止命令を無視して、新宿西口公園に同じようにテントを張り、公演を断行した。限られた舞台で型通りの演技をする新劇にはない、新しい芝居に若者が熱狂する時代が訪れたのである。俳優と客という垣根を壊し、舞台と観客席の区別をなくす。そうやって、お互いが不安定な状態に投げ出されることで、新しい空間を作っていくという試みもなされているという。

本物の栄子の話によれば、和美は高校時代から破天荒な女の子だったらしい。そんな彼女は劇団での芝居に飽きたらず、竜一の父親に対する苛立ちを利用して、現実の世界を、芝居という絵空事に変えることに夢中になった。元バンプ女優の居所を本物の探偵が探す。役者はそろっていたわけだ。

結論を急ぐのはよくないが、和美は絵里香の本当の娘ではなく、何か魂胆があって、あんなことをしたのではなさそうだ。

和美は私に、絵里香にひとりで会うなと言った。おそらく、絵里香に娘がいるかどうかも知らなかったから、嘘がバレてしまうことを恐れたのだろう。ところが、私が約束を破って先に会った。そのことを電話で知らせた時の和美の態度はおかしかった。だが運良く、絵里香が娘がいると答えたから、その時点では嘘はバレなかった。私は翌日、一緒に会いに行こうと言い彼女は承知したが、端っから来るつもりはなかった。絵里香の住所が分かった時点で、彼女の芝居は幕を降ろしたのだから。

ところが、和美が想像もしていなかったことが絵里香に降りかかった。殺人事件という現実に直面した和美は激しく動揺したに違いない。

いかにも今風な彼女の遊び心を、警察はまったく理解しないだろう。祈禱師を頼りに生きているアフリカの原住民たちが、テレビを見たような顔をするに違いない。

竜一にも居場所を告げずに消えたことが気になるが、絵里香を殺した犯人に追われているということはない気がする。

事務所の入っているマンションの前でタクシーを降りたのは午後十時四十分すぎだった。周りに目を馳せた。人影も車の姿もない。

エントランスに入り、郵便受けの中味を調べた。〝３０００円でチャンス、何でもします。かおり〟〝愛の園、お待ちしてます　ＯＬ企画〟といったチラシが入っていた。

ＯＬとはオフィス・レディーのことで、東京オリンピックが開催された頃、或る女性誌が使い始めた言葉だが、それほどまだ普及しておらず、今も女子社員のことはＢＧ（ビジネス・ガール）と言うのが一般的である。ピンク産業に従事する人間は、アーティストのように時代を先取りするものだと感心した。

チラシの下から白い封書が出てきた。差出人の名前はなかった。筆跡が和美のものに似ている。

階段を降りてくる足音がした。封書から目を離した。マンションを出ていく、三人の男の後ろ姿が目に入った。三人とも、風に翻弄される小舟のように怒った肩を揺らせている。カタギのニオイはしない。背の高い男の茶色い革ジャンの背中の部分に鉤裂きの傷があった。このところ景気は上向きだと聞いているが、私同様、その波に乗れない人間なのかもしれない。

私はエレベーターに乗った。

鍵穴に鍵を入れた。おかしい。施錠されていないのだ。ドアを大きく開いた。室内からは物音はしない。ドアを開けっ放しにしたまま、靴も脱がずに中に入り、電気を点けた。

事務所が荒らされていた。ファイルを収めたスチール製の引き出しが開けられ、ソファーは斜めになっていた。寝室にも物色した跡があった。スタンドが倒され、本やレコード、そして下着が床に散乱していた。テレビもラジオカセットもステレオも持ち出されていない。寝室の押入にダイヤル式の金庫が仕舞ってある。絵里香のところで見たものよりも若干小振りだが、かなりの重さがある。親父が買ったもの。親父が死んだ後、番号を教えられていなかった私は、金庫屋に開けさせた。しかし、中には何も入っていなかった。

今は貯金通帳とマンションの権利書が入っている。念のために金庫を開けてみたが、すべて無事だった。実印はトイレのコンセントの中の空洞に隠してある。それも調べたが問題はなかった。納戸は荒らされていなかった。

いつ賊に入られたかは分からないが、先ほどマンションを出ていった三人組が気になった。奴らが事務所荒らしだったとすると、ひとりは見張り役で、私が帰ってきたことを仲間に知らせたに違いない。キッチンの窓から、辛うじてだがマンションの入口が見える。見張り役の合図で、三人は慌てて部屋を出たのだろう。

事務所の棚の上に貯金箱が置かれている。ソフトビニール製の鉄腕アトムを象《かたど》ったもの。或る銀行の景品で、親父が生きていた頃から置かれているものだ。三、四百円ほどしか入ってなかったはずだが、中は空だった。事務所荒らしは、よほど困っている人間か、さもなくば、幼い頃の貧乏がしみついていて、小銭でもポケットに入れないと気がすまない人物だったのだろう。

こんな汚いマンションでも空き巣が入ったことがあると聞いていた。しかし、腑に落ちない。探偵事務所を荒らすには、それなりの理由があるはずだ。とは言っても、狙われるような事件は抱えていない。神納絵里香の死体を発見したのが私だということが関係しているのだろうか。

泥棒に入られても、恐いとも気持ちが悪いともまったく思わなかった。私は着ていたコートをソファーに投げつけた。ただただ腹立たしかっただけである。

私はレコードをかけた。選んだのはローリング・ストーンズだった。

酒を用意すると、事務所の机に脚を乗せ、煙草に火をつけた。

『アズ・ティアーズ・ゴー・バイ』が寝室から聞こえてきた。

スイング・ジャズが流れる焼け野原の東京を見ている気分で、荒らされた部屋を眺めやった。

気分が落ち着いてきた。差出人不明の封書を開いた。

〝浜崎さん、騙してすみません。でも、私は殺人事件には関係ありません〟

それだけの短い手紙だった。依頼してきた時に、和美が書いた書類の字と比べてみた。彼女の字に間違いないだろう。無理やり、書かされた可能性はないように思えた。もしそうだったとしたら〝探さないで〟の一言を添えるはずだ。不安が書かせた手紙のような気がする。和美は、逃げ出したはいいがどうしたらいいか分からないのではなかろうか。

玄関の方で物音がした。私は素早く躰を起こすと廊下に出た。

小柄な男が立っていた。

肩を怒らせている私を見て、男は薄く微笑んだ。「取り込み中ですか？」

「警部は、犯罪予知能力があるようですね」

「え？」

「どうぞ。散らかってますが」

現れたのは四谷署捜査一課の榊原警部だった。

部屋の有様を見た榊原の目に驚きはなかった。「派手にやられたね」

「警部のために現場を保存しておきましたよ」

「被害は？」

「四百円ぐらいかな」

榊原の目許が桜色に染まっていた。酒を飲んでいるようである。

私は、レコードを切り、ソファーを元の位置に戻した。「まあ、お座りください」

「それじゃ、ちょっとだけ」榊原はよれたコートを脱がなかった。

私は石油ストーブを点火した。

「何か飲みます？」

「お水を。今夜は飲みすぎました」

私は水を用意して、榊原の前に座った。

「で、私に何か？」

「別に大した用はありません」

「今日は非番ですか」私は嫌味たっぷりに言った。

「今の立場では、私はここにひとりで来ちゃいけないんですが、親父さんのことを思い出したら、君の顔を見たくなってね」

「尾行ができなくなったから、俺の様子を見にきた。違います？」

榊原がコートのポケットから煙草を取り出した。新生だった。

「今日、君がやっていたことなど想像がつくよ。中西栄子に成りすました女を探してたんでしょう？」

私はうなずいた。

「で、成果は？」

私は肩をすくめて見せた。「警察の方はどうなんです？」

「本物の中西栄子を再度、聴取したんですが、答えは同じでした。思い当たる人物はいないそうです。でも、彼女の様子は、この前の時とは違って変だった。君が彼女に会ったことが影響しているのかもしれないね」

「俺にも、同じこと言ってただけですよ。でも、警部の勘が外れるわけがない。私と別れた後に、何か大事なことを思い出した。でも、話したくなかった。そういう可能性もありますよ」

「さすがに警察官の息子は、警察官に優しいですな」そこまで言って、榊原は机の方に目を向けた。

「ここで親父さんと飲んだことがあります。私がこのソファーに座り、親父さんはあそこで飲んでいた」

「親父、何で警察を辞めたのか、俺には分かってません。何かあったんですか？」

榊原が私を睨みつけた。「君は、親父さんによく会ってました？」

「いや」私は目を伏せた。

「本当は、息子ともっともっと話したかったんだと思いますよ」

「親父が何か言ってたんですね」

榊原が私から目を離さずに首を横に振った。目つきはますます鋭くなっていた。

「愚痴ひとつ言ってなかった。今だから言えるが、君が詐欺師まがいのブローカーだって、親父さんは知ってた。那須のリゾート開発に絡んでたことあったよね。あの時、警視庁の二課が動いていて、君の事情聴取も視野に入れてたらしい」

「親父にその情報が入ってたんですね」

「ああ。でも、捜査一課の名刑事の息子だったから、捜査の手をゆるめたんじゃないよ。君を事情聴取する必要がなくなったんだ。首謀者一味を逮捕できたからね。君は限りなくクロだったけど、はっきりした証拠もなかったし、取るに足らないワルだったから助かったんだよ」

私は背もたれに躰を倒し、そっぽを向いた。「親父、俺のことが原因で辞めたんですか？」

「さあね」

養子になってからは一度も警察の厄介になったことはない。が、親父は肩身が狭かったに違いない。

「親父さん、君のことを買ってた。頭は切れるし、度胸もある。クソ生意気なところも気に入ってた。ただ進む方向に問題があるって笑ってた。親父さん、君のことが本当に好きだったんだよ」

私は居たたまれない気分になった。

私は親父が死んだことで遺産を相続した。コツコツ貯めた金はかなりの額だった。私は、それでもって借金を綺麗にした。あの金がなかったら、どうなっていたか分からない。

借金を返してくれた親父が作った探偵事務所は潰せない。他に引き継ぐ者がいるはずもないので、私が継いだのである。

榊原がゆっくりと笑い出した。「ちょっと言いすぎたかな」

「いえ」

「私は、君が親父さんの探偵事務所を継いでくれて嬉しいんだ」

「俺が継いだこと、知ってたんですか?」

「はっきりとは知らなかったが、親父さんが亡くなってから、一度、ここに来た。浜崎探偵事務所の看板がそのままだったから、ひょっとすると君が継いだのではないかと思っただけだよ」

「なぜ、訪ねてこなかったんですか?」

「その時はねえ……」榊原は含み笑いを浮かべ、目を逸らした。

「俺がロクでもない奴だと思ってたからですね」

「少年院にまで入った君を養子にし、大学にまで通わせたのに君は……」口早にそう言った榊原は、がらりと調子を変えて、謝った。「すまない。しつこすぎるね」

「いいんですよ。思ったことを言ってください」

「だけど、この間、署で話してるうちに、これは違うって感じた。刑事の勘なんて当たるも八卦当たらぬも八卦だがね」

「親父の作った事務所を汚したりはしませんよ。俺は親父に借りがありますから」

榊原は深くうなずいた。

今度は私が榊原を見つめた。「ただし、調査のためには非合法なこともやるかもしれませんよ」

それを受けて、榊原がさりげなく言った。「親父さんだって、かなり無理をしてた」

「榊原さんから情報を取ってました?」

「私は恩給をぱあにするような馬鹿な真似はしないよ」

私は机の前に戻った。「親父が死んでるのを見つけたのは俺です。ここに倒れてた。脳卒中で」

「大酒飲みだったし、ヘビースモーカーだったからな」

「それに塩っ辛いものが好きだった」

榊原の瞳は過去に引き戻されていた。「塩ジャケが大好物だったね。刺身につける醬油の量も多かった」

親父の生まれは北海道。七歳まで函館で暮らしていた。塩っ気の多いものが好きなのは、そのせいだとお袋が言っていた。

「今日はここに来てよかった」

「親父のために一杯だけ一緒に飲んでくれませんか」

「いいだろう。もう終電もなくなったし。飲んで帰ると娘に叱られるんだけど」

「どこか悪いんですか?」

「いや、五十五歳にしては健康診断の結果はいい。娘は酒飲みが嫌いなんだ」

私は榊原のためにグラスを用意した。

グラスを軽くぶつけた。乾杯なのか献杯なのか分からない。

「順一郎君、ちょっと気になることがあるんだ」

「何でしょう?」

「去年、有楽町で起こった現金輸送車襲撃事件を覚えてるだろう?」

「もちろん」私は、目の前で目撃したことを教えた。

「はあ」榊原が天井を仰ぎ見た。「血は繋がってないが、君と親父さんは深い縁があったんだね」

私の目付きが変わった。「親父、あの事件の調査をやってたんですか?」

榊原が黙ってうなずいた。

「聞かせてください。一介の探偵がどうしてあの事件を……」

去年の六月二十五日、金曜日、現金輸送車が、有楽町ビルにある同信銀行有楽町支店を出たところを襲われ、二億一千万が奪われた。同銀行は本店内に対策本部を設置。総務部長の陣頭指揮の許、連日協議がなされたという。

その日、運び出された現金は、普段よりも桁が違った。内部に共犯者がいる可能性が高い。運び出された金は不動産取引に使われるものだった。金の動きを知っていた人間は数名いる。融資課の課長、次長、担当の行員、それから業務課の出納係などである。支店長は、大金が動いたにも拘わらず、現金の輸送日時までは知らされてなかったという。これは別に珍しいことではないそうだ。

そこまで話して、榊原はグラスを口に運んだ。

情報が犯人側に漏れる可能性は、他にいくらでも考えられる。他の行員が知ろうと思えば知ることができたろうし、盗聴器が仕掛けられていた可能性も否定できない。あらかじめ日時を知っていた人間が、悪い女にたぶらかされ、秘密を漏洩するつもりもなく話してしまったというケースもあるだろう。

「で、親父はどういう形で調査に関わってたんですか？」

「銀行側の調査には限りがあって、後は警察に任せたんだが、進展はなかった。総務部長は、副支店長を疑っていたが、調べることはできなかった」

「なぜ？」

榊原がにやりとした「副支店長は、頭取の次女の夫なんだよ」

総務部長が、副支店長を疑った理由は、彼がかなり派手な生活をしていて、以前株で大損し、銀行の金を着服しようとしたことがあったからだという。着服未遂事件は揉み消され、表沙汰にはなっていない。融資課長は、副支店長の腰巾着。副支店長が現金が輸送される日時を知ることはそれほど難しくはなかった。しかし、何の証拠もないのに、頭取の身内のことを警察に話すことは総務部長にはできなかった。

「……で、総務部長は、頭取の弟の副頭取に相談したんだ。弟は、普段から兄貴のやり方を気に入っていなかった。だけど、彼もまた、すぐさま警察に情報を流すのは憚った。そこで副頭取はポケットマネーで密かに調査することにしたんだよ」

「なるほど。分かってきましたよ。銀行は必ず警察ＯＢを雇っていますよね」

「うん。副頭取は、雇い入れた警察ＯＢに、調査内容は明かさずに、信用できる探偵はいないかと訊いた。その警察ＯＢが、親父さんを推薦したんだ」

「副頭取は、親父に本当のことをすべて話したんですかね」

「いや、事件については一切触れず、副支店長の素行調査を頼んだらしい。だが、親父さんは最初から信じていなかったって私に言ってたよ」

「親父が榊原さんに手の裡を見せた。ということは協力し合っていたってことでしょうか」

「去年も私は四谷署員だったんだよ。あの事件を担当できるわけないじゃないか。親父さんは、大きな事件だから、誰かに話したかっただけ。そんな気がするね」

私は榊原の言ったことをまるで信じてはいなかった。

「親父はかなりのことを摑んでたんですか」

榊原は根元まで吸った煙草をゆっくりと消してから、上目遣いに私を見た。「親父さんは、調査した事件をファイルにして残してた。君は、目を通してないらしいね」

「残されたファイルのすべてをざっとですが見ましたよ。でも、あの事件に関するファイルはなかった」

「調査半ばで亡くなったから、別のところに保管していたのかもしれんな」

「ここから、そんなもの見つかってません」

榊原が片頬をゆるめた。「危険を察知して隠したのかもしれないね」

「副頭取と副支店長の名前、覚えてますか？」

榊原は手帳を取り出し、指に唾をつけてめくった。

名前が手帳に控えてあるということは、榊原は何らかの形で親父に協力していたのは間違いないだろう。しかし、そのことに触れる気はなかった。どうせ惚けられるだけだから。

告げられた名前を私はメモした。

副頭取の名前は津島哲治郎《つしまてつじろう》、有楽町支店の副支店長は蟻村貢《ありむらみつぐ》といった。

「親父は、事件に関して具体的なことを榊原さんに話したんでしょう？」

「いや。ただ最後に会った時、全容解明にはまだ至らないが、糸口はつかんだ、と自信たっぷりに笑ってた」

「それはいつのことです？」

「亡くなる一週間ほど前のことだ」

去年の十月一日の昼間、新宿で用を果たした後、私は親父の様子を見に、久しぶりに事務所に寄った。ドアに鍵はかかっていなかった。声をかけても返事がないので中に入った。親父は回転椅子の横の床に蹲《うずくま》るようにして倒れていた。すでに事切れているようだったが救急車を呼んだ。変死体扱いだったので警察も来た。しかし、事件性はまったくないという結論が出た。打撲はあったがごく軽いもので、転倒した際の傷だろうということだった。死因は間違いなく脳卒中だと医者が断言した。灰皿は吸い殻の山だし、飲みかけのウィスキーも残っていた。

正確な時間は分からないが、医者の話によると、親父は日付が一日に変わった深夜に倒れたらしい。親父は六人兄弟の三男だった。兄弟にすぐに知らせた。彼らのほとんどは北海道に住んでいるので、葬儀に出席できなかった者もいた。すでに他界していたお袋の親戚にも連絡した。親父の交友関係がよく分からないので、警視庁の刑事部に電話を入れた。通夜と本葬を合わせて三十名ほどのささやかな弔いだった。

「榊原さんは、親父が死んだことをいつ知ったんですか？」

「それがね」榊原が悔しそうな顔をした。「随分、経ってからなんだ。警視庁の連中、私には連絡してこなかった。当時、君が住んでいた大井町のアパートに手紙を書いたけど、戻ってきてしまった。でも、墓を見つけ、線香を上げてきたよ」

「ありがとうございます」

「親父さんの死に事件性はなかったんだね」

「ないと思います。脳卒中に見せかけて殺す方法があるんですかね」

「おそらくないと思う」

「榊原さんは、親父がつかんだ現金輸送車襲撃事件に関する情報が気になってるんですね」

「警視庁は引き続き捜査しているが、暗礁に乗り上げてるって、ちょうど君に会う直前に聞いたものだから」

「できたら、親父の調査を引き継ぎたいですね」

榊原はそれには答えず、膝を叩いて、腰を上げた。「そろそろ私は引き上げる」

「また来てくれますか？　親父を偲ぶために」

「親父を偲ぶためにか」榊原は小馬鹿にしたように笑い、軽く手を上げた。「見送りはいらんよ」

ドアが閉まる音がした。

私は部屋を眺め回した。現金輸送車襲撃事件の調査報告を一体どこに隠したのだろうか。ここに入居した際、天井裏まで見たが、何もなかった。狭いマンションである。他に格好の隠し場所などあるとは思えなかった。

荒らされたままの部屋を放っておいて、納戸に向かった。ざっと見ただけですませてしまった調査ファイルすべてを事務所に運んだ。見逃したものがあるかもしれない。

浮気調査、素行調査、会社の信用調査……。三年分の調査ファイルの題名と依頼人の名前、契約書を見たが、見つからなかった。表紙には、済という判子が押されていた。気になったのはスタンプの色が、ひとつのファイルだけ赤ではなく黒だった。

浮気調査のファイルである。それを見るともなしに見ていった。

私の頰に勝ち誇ったような笑みが浮かんだ。浮気調査とは無関係な調査結果を記したファイルが十二ページ混じっていた。

東亜信用金庫、預金係、山田次郎の素行調査と書かれていた。しかし、内容は同信銀行、副支店長、蟻村貢に関する記録だった。

驚く名前が目に留まった。

馬場幸作。

私は、馬場幸作の名前のある部分を先に克明に読んだ。

親父は、事件の起こる数ヶ月前から、蟻村副支店長が、馬場幸作と会っていたことを突き止めていた。ところが事件後は、まったく会っていないと書かれている。事件前、馬場幸作は練馬区にあるゴルフ練習場のオーナーだったが、経営難に陥り、練習場を手放していた。高利貸しにも追いかけられていて、一時、姿を隠していたらしい。ところが事件後、大手を振って外を歩くようになり、家族の許にも戻った。そして、去年の九月にゴルフ会員権の会社を銀座に立ち上げた。資金の出所は不明。

馬場幸作は一九二八年（昭和三年）、上野に生まれていた。現在四十四歳。家業は置屋で、終戦の翌年に慶応大学に進学。だが中退している。中退後、溜池にあった外車の販売会社に勤め、数年後に独立した。しかし、商売はうまくいかず会社は潰れた。その後、馬場はアメリカに渡り、向こうの女と結婚。アメリカ製のゴルフ用品を日本に持ち込み、売って歩くような仕事をしていたようだ。妻と離婚し帰国したのは十年前、三十四歳の時である。その時はゴルフ用品を売るかたわら、外国人の歌手を日本に招く、呼び屋もやっていたという。三十七歳の時、練馬の地主の娘と再婚し、ゴルフ練習場を、東映の大泉撮影所の近くに作ったが、五年で倒産したらしい。自宅の住所は練馬区石神井町五丁目××。電話番号も記されていた。

親父は、現金輸送車襲撃事件に馬場幸作が深く関与していると見ていた。襲撃に使用された拳銃は、アメリカから本人が持ち込んだものかもしれないと親父は推測していた。そして、実行犯の中で主導的立場にあった男の体型が、馬場に似ているとも記され、彼の七歳の息子が仮面ライダーの大ファンだということも、親父は調べ上げていた。

元捜査一課の刑事だったことで、同僚や部下だった人間から情報を取っていたに違いないが、それでも親父の調査能力には頭が下がった。

調査報告は、死ぬ二日前の九月二十九日で終わっていた。

徹底的にマークされていることに馬場は気づいたのではなかろうか。

親父が死んで一年も経った後に、息子の私が会社に乗り込んできた。馬場は不安に駆られたのかもしれない。

私の調査は、現金輸送車襲撃事件とはまったく無関係だったが、向こうは、私の言ったことを口実としか思わなかったのではなかろうか。

神納絵里香の名前を出したことで、馬場が焦ったとしたら、絵里香もあの事件に関係しているとみていいだろう。

親父の報告書には、神納絵里香の名前も、死んだ彼女の夫、木村喜一のこともまったく出てきていない。

しかし、何であれ、今夜、私の事務所が荒らされたのは、私が現金輸送車の事件の調査を親父に代わってやり始めたと相手が誤解したからではなかろうか。まさに、今、目の前にある報告書を、彼らは探していた気がしてならない。

母親探しという和美の大芝居が、馬場を含めた現金輸送車襲撃事件の犯人たちを動揺させ、絵里香の命を縮める原因を作ったとしたら……。私の口許がゆるんだ。

親父の執念が、こんな流れを演出した。私にはそうとしか思えなかった。

吸っていた煙草を消し、ファイルを最初から読み直した。全体はあくまで浮気調査で、その最後に写真が貼ってあった。

馬場が事務所の入っているビルから出てきたもの、喫茶店らしき場所で中年の男と会っているもの、古びたマンションに入っていくもの……。写真の裏に番号が振ってあった。ファイルには、写された場所と日付が記されていた。

他にも男と女が会っている写真が数枚貼ってあった。いずれも番号は振られていない。すべてカモフラージュのための写真のようである。

（十二）

玄関ブザーが鳴っている。ぴったり午前十一時だった。

問題の報告書を読み終えた私は、後片付けもせずにベッドに潜り込んだ。眠りは深く、夢など見なかった。天然色の夢を見る人間は、頭がいいとか芸術家に向いているとか言われているが、私はいまだかつて一度も見たことがない。

事務所に通された竜一は、荒れた部屋を見て躰を硬くした。

「俺は酒乱でね」

竜一は机の上のウイスキーの瓶をじっと見つめていた。誤解を解かないまま、竜一をソファーに座らせ、洗面をした。腹が異様に空いていたが我慢し、竜一の前に腰を下ろした。

竜一が封筒をテーブルの上に置いた。「中に二万円と和美の写真が入ってます」

私は中味を改める前に領収書を書き、作りかけの報告書を竜一に差し出した。竜一はぱらぱらと見ただけで、テーブルに戻した。

「これは必要ありません」

私は煙草に火をつけ、和美の写真を手に取った。間違いなく、中西栄子を名乗ってやってきた〝名女優〟だった。

「本物の方が数段、いい女だな」

「写真写りが悪いって、彼女、いつもこぼしてます」

電話が鳴った。〝名女優〟の母親、咲子からだった。

「正式に娘探しをお願いしたいんですが、料金が……」

私は、和美に教えた料金を口にした。

「そんなにするんですか」咲子の声が曇った。

「じゃ、とりあえず、三日間だけということで」

「分かりました。それで、うちには何時頃にいらっしゃいます?」

「お嬢さんの写真は手に入れました。ですから、お宅には寄らずに、今日から調査を開始します」

「娘の写真、どこから」

「それは企業秘密です」

受話器を置いた私は、元の席に戻り、誰からの電話か教えた。

「私は、和美さんの母親に正式に雇われた」そう言ってから、私は手帳を開いた。そして、和美の所属していた劇団、〈獅子座〉の団員、塩村慧子について質問した。竜一は何度か会っているという。

「東長崎に住んでるって聞いたが、君は行ったことあるか」

「ええ。でも、日曜の夜に、慧子さんのアパートを訪ねたけど、彼女、和美が姿を消したことすら知らなかったようです」

私は首を傾げた。「彼女が、和美さんに頼まれて嘘をついた可能性があるかも」

「嘘をついてる感じはしませんでしたけど」

また電話が鳴った。今度は古谷野からだった。

「あれからどうしたか報告がないな」古谷野が不機嫌そうに言った。

「今、起きたばっかりでね」

「一時間後にそっちに行く。今日はお前に密着するのが俺の仕事だ」

「待ってますよ」

私は大嘘をついた。和美が打った大芝居に、斉田重蔵の息子が絡んでいたことを知ったら、古谷野は小躍りして喜ぶに違いない。しかし、まだこの段階では会わせたくなかった。竜一を萎縮させるのは得策ではない。口実を見つけてぐずぐず言うと、却って、何かあると勘ぐられそうなので、そう答えたのだった。

「今から俺に付き合え」私が竜一に言った。

「慧子さんに会うんですか？」

「うん」

私は劇団の事務所に電話を入れた。塩村慧子は来ていないという。

「今日はお休みですか？」

「あなたは？」

「新宿で広告会社をやってる者ですが、この間のお宅の芝居を観た或る会社の社長が、テレビのスポット広告に彼女を使いたいって言ってるんです」

「そういう話は、直接、団員と話すことじゃないですよ。それぐらい分かってるでしょう。劇団を通してもらわないとね」

「それは重々承知してます。失礼ですが、お宅様は？」

電話に出た男は、劇団の代表の佐近一郎《さこんいちろう》だった。声優としてちょっと名の知れている男優である。

「佐近さん、どこかで待ち合わせをして、一緒に塩村さんに会うっていうのはどうです？　私、古谷野プロの浜崎順一郎と申します」

「怪しいな。あんた、エロ映画のスカウトじゃないのか」

「まさか」

「ともかく、そういう話は事務所に来てしてもらおう」

電話はいきなり切られてしまった。

私は着替えをすませると、竜一を連れて事務所を後にした。そして、ベレGで東長崎を目指した。ミラーに映る車を気にしたが、尾行はないようだった。

この季節にしては、すこぶる暑い日で、陽射しも強かった。

「すごい嘘をつくんですね」竜一がぽつりと言った。

「さっきの電話のことを言ってるのか」

「ええ」

「君の恋人には負けるよ。それより塩村慧子は、俳優で食っていけてるのか」

「いいえ。池袋で親戚が喫茶店をやっていて、劇団の仕事がない時は、そこでバイトしてます」

慧子のアパートは千川通りを江古田に向かう住宅街の一角にあった。最寄りの駅は西武池袋線、東長崎には違いないが、駅から一キロ以上は離れているように思われた。

部屋は一階の奥だった。慧子は不在なのか、ノックをしても返事はない。ドアに耳をつけてみたが、何の音もしなかった。私だけがアパートの裏に回った。カーテンは開けられていたが、窓には磨りガラスが嵌っていて、中は見えなかった。隣の住人が家にいるようだったので、ノックした。学生らしき男に、和美の写真を見せたが、何も知らないという答えしか返ってこなかった。

バイト先の喫茶店を訪ねてみることにした。喫茶店〈シス〉は、明治通りを王子方面に向かう途中、豊島区役所の並びにあるという。走りづらい道を右に左にとハンドルを切り、池袋東口に出た。〈シス〉は、六又陸橋の手前にあった。陸橋の上には高速が走っている。高速が出来る前は六ツ又ロータリーと呼ばれていて、明治通り、春日通り、川越街道がぶつかる交差点だった。池袋スケートセンター（現在の豊島清掃工場）からもそれほど離れてはいない。

車を区役所の裏の道に停め、歩いて明治通りに戻った。

〈シス〉は、こぢんまりとしたアットホームな店だった。新聞を読んでいた客にコーヒーを出した女が、私たちに目を向けた。

「斉田君」

そう言った女の顔は緊張しきっていた。その女が塩村慧子に違いなかった。

私たちは入口近くの席についた。私も竜一もブレンドコーヒーを頼んだ。

竜一がおずおずと口を開いた。「この人が慧子さんに会いたいって言うもんだから」

「私に？」

私は名刺を取り出し、事情を手短に話した。「少しお話を伺いたいんですが」

「でも、私、仕事中ですから」

「経営者の方に私が断ります」

たじろいだ慧子は黙って席を離れ、奥にいた中年女と話し始めた。ほどなく戻ってくると、竜一の隣に浅く腰を下ろし、か細い声でこう言った。

「和美さんの行方は知りません」

「彼女を匿《かくま》ってくれるような人を知りませんか」

慧子は目を伏せ、首を横に振った。

「知ってるとは思うけど、殺人事件が絡んでます。このまま消えてしまうと大事になる。あの事件に深く関わっているから、逃亡したと警察に誤解されてもしかたないですよ」私はちょっと恐い顔をして、低い声で言った。

「……」

「連絡ぐらいはありましたよね」

私に畳みかけられた慧子は竜一を見た。助けを求めているような目つきだった。

竜一が私に視線を向けた。「慧子さん、知らないって言ってるじゃないですか」

私は竜一を無視した。「彼女が自ら警察に出頭しないと、あなたも面倒なことになりますよ」

奥から声がかかった。一旦、席を離れた慧子は、コーヒーを載せた盆を手にして戻ってきた。

「おいしいコーヒーだね」私は、盆を抱くようにして座り直した慧子に微笑みかけた。

慧子は、堅い氷のほんの一部が解けたような笑みを返してきた。

私は、和美からきた匿名の手紙をふたりに見せた。

「和美さんの字ですよね」

「誰かに書かされたのかもしれない」竜一が弱々しい声で言った。

「塩村さんもそう思います？」

「私は……」慧子が落ち着きを失った。

「もう一度、聞きますが、連絡はありました？」

「ありません」

私はにかっと笑って煙草に火をつけた。

「舞台をすっぽかすって余程のことですよね。竜一君の言う通り、何かあったのかもしれない」

慧子が顔を上げ私を見た。「あの事件の犯人、まだ誰か分かってないんでしょう？」

私はうなずいた。「何であれ、事件と無関係だったら、警察に本当のことを言えば、それですむことです」

慧子の沈痛な表情が竜一に伝染した。「週刊誌なんかで騒がれますよね」

「それもあって、彼女、君に何も言わずに姿を消したのかもしれないね。でも、ここまでくると隠し通すことは、はっきり言って無理だな。覚悟するしかない」

アベックが入ってきた。

私はコーヒーを飲み干し、煙草を消した。

金を払った私は、釣り銭を返そうとした慧子に言った。「もしも連絡があったら、私に会いにきてほしいと伝えて。調査料金は心配はいらない。竜一君からいただいたから。必ず伝えてね」

「はい、そうします」

喫茶店を後にした私と竜一は口を開かずに車まで戻った。車の中はクーラーを入れたいぐらいに暑くなっていた。

「浜崎さん、慧子さんが匿ってるって思ってるんですね」

「あの子は何か隠してるな」

「僕たちは、本当に馬鹿なことをしてしまいました。あんなことさえしなければ……」

「ハプニングはアートの世界でよりも現実の世界で起こりやすいものだよ」私はからからと笑った。

「彼女が無事に出てきてくれたら、僕はそれで……」

「マスコミのこと、気にしないのか」

「それはしますよ。でも、ここまできたらしかたないです」

二十歳を超えているとはいえ、まだ大人になりきれてない竜一と和美を守ってやりたいが、私の力ではどうにもならない。

私は竜一を車に乗せ、池袋駅に向かった。

「ところで、今の喫茶店の名前、変わってるな」

「フランス語の六という意味だそうです」

それで納得できた。

「君は消えてくれ」駅が近づいた時、私が言った。

「どこに行くんですか？」

「和美の兄貴の家に行ってみる。兄貴が母親に内緒で預かってるかもしれないから」

車を下りる際、竜一は、和美から連絡があったら知らせてほしいと言った。

私は黙ってうなずき、車を出した。

和美の兄、道夫は板橋区大山西町のアパートに住んでいた。大山銀座商店街からすぐのところである。学校に行っている道夫は当然不在だった。道夫の妻と玄関口で話したが、何の成果も得られなかった。彼女に物すごく嫌な顔をされただけである。妻は和美のことをよく思っていないのかもしれない。

咲子は私を三日間雇った。慧子が匿っていると睨んだが確証があるわけではない。明日までに和美から連絡がなければ、より詳しく和美の交友関係を咲子や竜一に聞いて探し回るしかないだろう。

一旦、事務所に戻った私は、そこでやっと後片付けを始めた。

依頼された件をないがしろにするわけにはいかないが、現金輸送車襲撃事件の調査にも手をつけるつもりである。

馬場幸作の監視尾行をするか。それとも同信銀行有楽町支店の副支店長、蟻村貢を調べるか。依頼人だった副頭取に一度会ってみるのも悪くないだろう。私は、どこから始めるか迷った。

斉田重蔵の話によると、神納絵里香の裕福な暮らしを支えていた金の出所は分からないという。もしも、襲撃事件に関係していたとしたら分け前を手に入れ、それであゝいう生活ができたとみていいだろう。しかし、その場合の絵里香の役目が分からない。実行犯の三人は男だ。となると、彼女は副支店長をたぶらかす役目だったのか。それもおかしい。親父の調査では、馬場と蟻村は事件の起こる前によく会っていた。だとしたら、色仕掛けで、副支店長を〝落とす〟必要はなかったはずだ。

絵里香殺しが現金輸送車襲撃と関係があると決め込んではならない。別のものだということも頭に入れておく必要がある。

電話が鳴った。咳払いをして、声色を変える準備をしてから受話器を取った。

「馬鹿野郎!!」古谷野が受話器にヒビが入りそうな大声で怒鳴った。

「いやあ、すみません。とんだ野暮用が入って、連絡が取れなかったんです」

「嘘つけ。俺をコケにしてそれですむと思うのか。これからは一切、お前に協力せんからな」

「そうなると独占取材もできなくなりますよ」

「けっこう毛だらけ猫灰だらけだ」

「そんなに怒らないで、これには事情が……」

古谷野は私の言い訳を聞かずに電話を切ってしまった。

公衆電話からの電話ではなかった。慌てて《東京日々タイムス》のダイヤルを回し、古谷野を呼んでもらった。

「言い訳は聞かん」

「俺との約束、反故《ほご》にしたら損しますよ。すごい情報を手に入れたんですから」

「本当か？」

「俺は午後九時頃まで空いてます。外では話しにくいし、見せたいものもあるので、事務所に来てくれませんか」

「今すぐに行く。すっぽかしたら殺すぞ」

古谷野が来るまでに風呂に入り、出かける準備をすませておいた。里美と会う時に古谷野を誘う気はまったくなかった。

午後七時少し前にやってきた古谷野は、挨拶もなしに、ソファーに躰を投げ出した。

「すごい情報って何だ？」

「腹減ってません？」

「後でうまいものをご馳走しろ」古谷野はバッグから缶ビーを取り出した。

「俺、女と待ち合わせしてるんです」

「福森里美か」

「違いますよ」私は笑って誤魔化した。

近くの中華料理屋から、酢豚や八宝菜、それにチャーハンを二人前頼んだ。

缶ビールをテーブルに置くと、私も腰を下ろした。「聞いたら驚きますよ」

「もったいつけないで早く言え」

「絵里香殺しに、去年、有楽町で起こった現金輸送車の襲撃事件が絡んでるかもしれない」

「何だって……」驚きのあまり、古谷野は言葉を失った。

私は、昨日のことから順を追って話した。途中で出前が届いた。古谷野は黙々と食いながら、私の話を聞いていたが、斉田の息子が絡んでいる段になると箸が止まった。「そのネタ、いけるけど、現金輸送車襲撃事件と関係あるのか」

「口をはさまずに聞いてください」

古谷野が、この部屋が荒らされたことに驚いたが、親父が現金輸送車襲撃事件について調査をしていたことを告げると、大きく開いた鼻の穴を私に近づけ、こう言った。「背筋に電気が走ったぜ」

「おかしな展開になってるでしょう？」

私は親父の残したファイルをテーブルに置いた。

「何だい、これは。浮気調査のファイルじゃないか」

「カモフラージュです。真ん中辺りに、現金輸送車襲撃事件の調査内容について書かれたものが挟み込まれてます」

「或る有名なミステリ小説を真似たというか、応用したな」

「誰の小説ですか？」

「盲点をついた場所に秘密のものを堂々と隠すっていう小説なんだが、あえて、作者名も題名も伏せておく。ネタバレしたら読む気しないだろうが」

「ネタバレしても読ませるのが、いい小説でしょうが」

「お前、全然、本、読まんくせによく言うよ」

「正確な引用じゃないけど、本ばかり読んでると、書いた人間の頭の中をなぞってるだけで、何も考えなくなる。或る哲学者がそう言ってるって、学生時代、クラスメートに教えられたことがあります」

「それを言ったのはショーペンハウエルって哲学者だが、哲学も屁理屈に使われるようになっちゃ終わりだな」

「古谷野さん、意外と教養人なんですね」

「だから、朝日新聞を落ちたんだ」

大学を留年し続けた挙句、卒業できなかった古谷野が、朝日新聞を受けた？　私は小馬鹿にしたように笑った。

「まあ、そんなことはどうでもいい。先を続けろ」

私は、要点をしぼって古谷野に伝えた。古谷野は、哲学者のような難しい顔をして考え込んだ。口許に米粒がついていた。私が中腰になって、それを取ってやった。

「さっきも言いましたが、今の段階では記事にしないでくださいよ」

「お前、親父の調査を引き継いだんだな」

「答えになってませんよ」

「今、書いたら、挿入する前に、聖水をもらすようなもんじゃないか」

「ショーペンハウエルが聞いたら嘆くような喩えですね」

「いいんだ。あいつはジャーナリズムを嫌ってたから」

「ふたりでまずは馬場幸作を徹底的に洗ってみませんか。正面から俺が攻めますから、古谷野さんは、奴の過去や交友関係をさらに突っ込んで調べてみてください」

古谷野がファイルを開いた。

「十七ページから二十八ページがそうです。依頼人の名前等々は架空ですがね。そして、末尾に写真が貼ってあります。事件に関係ないものが混じっていますが」

「ファイル、写真に撮っていいか」

「いいですが、極秘ですよ」

「うん」

古谷野は鞄からカメラを取り出すと、ファイルを私に開かせ、大事な部分を次々に収めていった。

「古谷野さん、お願いがあるんですが」

「何だ？」

「俺は、斉田竜一と松浦和美のことを、マスコミ公害から守ってやりたい。あいつらはまだ若い」

「よくもまあ、俺に向かって〝マスコミ公害〟なんて言えるな」

「彼らを救うような記事を書いてほしいんです」

「うちの社がそうしても、他が一斉に書き立てるよ。斉田重蔵のことも取り上げてな」

「それは止められないが、せめて、古谷野さんの会社だけは、そうしないでほしい。代わりに、あの派手な襲撃事件のことをスクープできる」

古谷野は首を軽く曲げて、上目遣いに私を見た。「お前、すでに松浦和美を見つけたな。今日の午後、姿をくらました理由はそれだったんだろう？」

「まだ見つけちゃいません。だが、近いうちに自ら出てくる。俺はそう睨んでます」

「当たりがついてんだな」

「俺の勘が当たってたら、必ず出てくる」

私と古谷野は、それから、いろいろな推論を立て、これからの調査方針を検討した。

「……神納絵里香殺しが、襲撃事件と関係がないとしたら、動機は怨恨の可能性が高いな」古谷野が言った。

「麻薬絡みの事件かもしれない。死んだ夫、木村喜一の情報もほしいですね」

「逮捕されたことのある男だから、サツ回りの記者が何か知ってるかもしれん。だけど、斉田の女房も疑ってみるべきだろうな。嫉妬は人を狂わせるもんだぜ。斉田重蔵が本当のことを言ったかどうか分からんしな」

「俺は信じましたけど」

「斉田の女関係も洗いたいな」

「神納絵里香は、映画界から消えた後、整形までしてる。襲撃事件とは無関係でも、闇の世界で生きてたんじゃないですかね」

「襲撃事件、怨恨、麻薬。絵里香殺しの動機をしぼるのは大変だぜ」

南浦監督のことが脳裏を掠めたが、まだ古谷野に話す気はなかった。

「うまくいけば、さっき話した榊原警部から情報が取れるかもしれません。こっちも、警察が喜びそうなネタを用意しないとならないでしょうがね」

私は食器を手に取ると台所に向かった。

「古谷野さん、そろそろ俺は出かけなきゃならない」

「俺は社に戻る。お前はどこに行くんだ」

「新宿で待ち合わせをしてます」

「どうせ相手は福森里美だろうが。嘘つくことないじゃないか」

「違いますよ」

私は白を切り通した。洗った皿を廊下に出した。

「お前は素晴らしい後輩だぜ」古谷野は私の頬を軽く叩いてから靴を履いた。

「金、いつもらえるんですか？」

古谷野が財布を取り出した。「とりあえず、三万渡しておく。お前の独占取材の第一弾は、来週発売のものに載る」

「素晴らしい先輩を持って嬉しいですよ」

古谷野は鼻で笑って事務所を出ていった。

古谷野がコマ劇場の方に去ってゆくのを見届けると、私も外に出た。

昼間の暑さが嘘のように、冷え込んでいた。

午後九時半少し前、私はバー〈シネフィル〉のドアを開いた。

カウンターの真ん中辺りに座っていた里美と目が合った。

私はにこやかな表情を作った。里美に会えて胸が高鳴っている。しかし、熱い胸の底には冷たい風が吹いていた。

南浦監督が絵里香のマンションに出入りしていたことを知った今、私は探偵の目で里美を見ることを放棄することはできない。

(十三)

祥子は笑顔で私を迎えた。

その笑顔の裏に好奇の色が波打っていた。里美と私の関係に興味を抱いているし、絵里香の事件の話もしたいのだろう。

夫の静夫は小さく頭を下げただけである。

彼の態度も服装も髪型も、この間とまったく同じ。世の中で起こっていることにはまったく関心がなく、大地震が起こっても、グラスに残ったかすかな汚れを拭き取っている。静夫は、そんな雰囲気を漂わせている男だった。

私は祥子に、情報をくれた礼を言ってから、里美に近づいた。

カウンターの奥でアベックが飲んでいた。回り込んで座ることはしなかった。アベックの隣のスツールを引くのは、他に席があるのだから不自然である。

里美の前にはカクテルが置かれていた。スカイダイビングではなかった。深い赤のカクテルだった。

初めて里美にここで会った時のセーターの色に似ていた。

「早かったですね」私が言った。

「今日は一日休みだったから」

里美はテーラードっぽいパンタロンスーツを着ていた。色は濃紺。そこに白いペンシルストライプが入っている。大きな襟の先は剣のように鋭角に尖っていて、ボディーはかなりしぼってある。シャツは白と黒のストライプ。ギャルソン・ルックと呼ばれている流行りのファッションで決めていた。

私は、彼女の服装を褒めた。里美は、当然でしょう、という顔をして、さらりと礼を言い、カクテルグラスを手に取った。

「その酒、何ですか」

「ルシアン・カクテル」

私は軽くうなずいた。昭和三十年頃にカクテルブームが起こった。その際に水差し型の瓶に入った国産ウォッカが人気を博し、ルシアン・カクテルもよく飲まれていた。

私には甘すぎるカクテルだが、同じものを頼んだ。

フランク・シナトラの歌声が店内を静かに満たしていた。曲は『夜のストレンジャー』だった。

私は煙草に火をつけた。「休みは何をしてすごしてるんです？」

「その日によって違うわ。今日はゆっくりと寝て、お散歩したから、とても気分がいい。この季節にしてはちょっと暑かったけど」

「どの辺りを散歩したんですか？」

「ぶらぶらと歩いて三河台公園でぼんやりしてた」

シナトラの声にシェーカーを振る音が重なった。

祥子が私たちの前にやってきた。何か飲むかと訊いたら、彼女はビールを所望した。

「倉石さん、昨日、うちに来てね」祥子が含み笑いを浮かべた。

「彼がとても協力的だったから助かりました」

里美の口許に笑みが浮かんだ。「祥子さんから、さっき聞いたけど、その男、あなたにポッとなっちゃったんですって。狙われてるみたいよ」

「体毛を剃ってくれたら考えてもいいかな」

里美と祥子が同時に笑った。

祥子が、成果があったかと訊いてきた。

「倉石さんから聞いてないんですか？」

「ちょっとだけ。びっくりしちゃった。斉田社長、最近も、彼女と付き合ってたみたいね」

「さあ、それはどうかな」

カクテルが私の前に置かれた。三人はグラスを合わせた。

「誤魔化さないで話してよ」そう言ったのは里美だった。

「斉田さんと彼の自宅で会いました。私の勘じゃ、昔のような付き合いはなかったみたいだな」

「斉田社長はタヌキ親父よ。あなた、きっところりと騙されたのよ」里美が小馬鹿にしたような口調で言った。

「かもしれないですね」

「自宅に行ったってことは、奥さんにも会ったの？」里美が訊いた。

「会いましたよ」

「どんな感じの人でした？」

そう訊いてきた祥子の顔は、バーのマダムというよりも、女性週刊誌を夢中で読んでいる団地妻みたいだった。

「美人でしたね。私の趣味じゃないけど」

「若い頃の彼女をちょっとだけ知ってるけど、役者としては全然駄目だったわね」里美がそう言って、カクテルグラスに唇をつけた。

「斉田さん、映画事業に今でも色気を持ってるようでしたよ」私が言った。

祥子が大きくうなずいた。「でしょうね」

「南浦監督の話も出ましたよ。彼の才能は今でも買ってた」

祥子がちらりと里美を見た。

「この間も彼の話をしてたけど、何か意図があるの？」里美は私を見ずに口を開いた。

「ちょっと気になりましてね」

「何が？」

中年の客がひとり、入ってきた。祥子が私たちの前を離れた。

「あなたの追ってる事件に、彼が関係してるとでも言いたいの」

「違います」今度は私が彼女から目を逸らした。「別れたとはいえ、興味のある女の男のことは気になるものです」

里美が大声で笑い出した。居合わせた客たちが一斉に里美を見た。

「馬鹿ね。あの人は、私に未練があるかもしれないけど、私は何とも思ってない。あなた、女心が分かってるようで分かってないわね。女って、惚れ抜いた男でも、一旦、嫌になると、とことん嫌いになるものよ」

私は小さくうなずいた。「振り子のブレが激しいんですよね。つまらないきっかけで嫌いになると、すべてが嫌になってしまう」

「分かってるじゃない」

「あなたこそ男の気持ちが分かってない。当事者になると、いろいろ余計なことを考えるものですよ」

里美は、南浦監督が絵里香と付き合いがあったことは知らないのだろう。分かったら、どんな気分がするだろうか。自ら別れた元の夫が誰と親しくしようが、里美には関係ない。しかし、相手がともあろうに、ライバルだった神納絵里香だったら、プライドが許さないのではなかろうか。とは言え、殺害に至るほどの感情を持つとは思えない。

里美は、私の言ったことにはまったく反応せず、ミスター・スリムに火をつけた。

里美の右手の甲が目に入った。赤く膨れあがっていた。一昨日会った時にはなかった。

私は、その部分を軽く指で触れた。里美の躰がぴくりと動いた。

「どうしたんです、これ」

「私、皮膚が弱いの。何かにかぶれたか、虫に刺されたみたい。汚い話だけど、私、よくダニに嚙まれるの」

私は少し躰を離して里美を見た。「掃除をしてる姿が想像できない人ですものね」

里美の右眉が吊り上がった。「私が不潔な女だって言いたいの？」

「違いますよ。日常生活はすべて使用人に任せている貴婦人のような人だという意味です」

「そうは聞こえなかったけど、まあいいわ。ダニってね、ちゃんと掃除をしていても発生するのよ。梅雨時に、ツメダニっていうのに嚙まれて皮膚炎になったことがあるわ。不思議なことに、腫れたり痒くなってくるのは、数時間後なの」

「ダニに詳しいんですね」

「ファンだった人の中に、ダニの研究をしてる先生がいたの。その人から昔、聞いたの」

「その先生、お茶の水博士みたいな感じの人でした？」

「全然。だって、その先生、女だもの」

「女ですか」私は天井を見上げるしかなかった。

「綺麗な人でね、こういう人がどうしてダニに興味を持ったか不思議だった」

「ガキの頃は、ノミにたかられたり、ダニに嚙まれたことはあったけど、今はないな」

「その先生の話だと、ツメダニは女好きだそうよ。皮膚が軟らかいから。南浦と一緒に暮らしてた時も嚙まれるのは私だけだった」

もう一度、里美の手の甲に視線を向けた。虫に嚙まれた跡というよりもかぶれに思えた。しかし、そんなことはどうでもよかった。気取った態度で、スリムな煙草を吸っている女が、もったいをつけることもなく、ダニについてしゃべる。私はますます里美が気に入った。

アベックが席を立った。ドアの外まで見送った祥子が、私たちの前に戻ってきた。

「浜崎さんのこと、名前は伏せられてたけど、新聞に出てたわね。で、どうなの？　何か分かった？」

「私はあの事件の調査はやってないですよ」

祥子には、依頼人だった絵里香の娘と称する女が、真っ赤な偽物だったことは教えていなかった。そのことを話すと、祥子は声も出ないほど驚いた。

「その女が消えたから探してます」

「前にも言いましたけど、絵里香には子供はいなかったと思いますよ」祥子が言った。

「前の旦那もそう言ってるようですが、本人は私に、いるようなことを言ってましたよ」

里美が煙草を消し、お代わりを静夫に頼んだ。「〝いるようなことを言ってた〟ってどういうことなの？」

「彼女は、私の話に合わせただけって気もするんです。単なる勘ですがね」

「浜崎さんの勘が正しいとして、なぜ、絵里香は否定しなかったのかしら」

「よくは分かりませんが、突拍子もないことを言ってきた探偵が気になり、様子を探りたくて話を合わせたんじゃないかな。ともかく、絵里香さんには、人には言えない秘密があった。私はそう睨んでます」

「あの子だったら、秘密のひとつやふたつあってもおかしくはないわね」祥子がうなずき、沈んだ声でそう言った。

「麻薬をやってた女だからね」里美がそっけない調子で口をはさんだ。

「祥子さん、馬場幸作って名前に心当たりはありませんか。絵里香さんと付き合いのあった男だけど」

「馬場幸作ね。記憶にないわね」

「福森さんは？」

「聞いたこともない名前ね」

彼女のアパートを訪ねた際、何が起こったかは教えたが、馬場幸作については話していなかった。

「その人、何やってるの？」里美が訊いた。

「今は銀座でゴルフ会員権の会社をやってますが、十年ほど前は外国人歌手の呼び屋だったこともあったらしい」

里美がグラスに口を運んだ。「呼び屋にもピンキリがあるわよ」

「大物を呼んでた呼び屋ではないでしょう。ナイトクラブで歌うような歌手を招聘していたんじゃないかな」

祥子がにやりとした。「そういうことだったら、倉石さんが詳しいはずよ。あの人、ナイトクラブにも出てて、外国人歌手と共演したこともあるって言ってたから」

絵里香の殺されたマンションに住んでいるジャズシンガー、倉石謙は、馬場幸作と思える男を目撃しているが、彼のことは知らなかった。しかし、面識がなかっただけで、馬場幸作という名前を知っている可能性はある。

「今夜は、あの人、確か、六本木の〈ピクシー〉ってサパークラブに出てるわよ」そこまで言って、祥子は茶目っ気たっぷりの視線で私を見た。「あなたが行ったら、彼、気絶するかも」

「〈ピクシー〉なら私も知ってる。でも、あそこではジャズはやってないはずだけど」

「ジャズだけじゃ食えないから、引きがあれば、どこにでも出るの」祥子が答えた。

「今から行ってみましょうよ」里美の声に力がこもった。「ボディーガードがいた方がいいでしょう?」

情報が得られるのであれば、倉石とディープキスぐらいしてやってもいい。しかし、できれば避けたい。

「福森さん、私の盾になってくれますか?」

「しっかりガードしてあげるわ」里美が軽やかな調子で言った。

「里美さん、あの人、手強いわよ。女と一緒でも、タイプの男には真っ直ぐ攻め込むから」

「そう言われたら、ますます会ってみたくなったわ」

私たちはグラスを空けると、バー〈シネフィル〉を出て、タクシーを拾った。

「本当は赤坂にいるから、〈ビブロス〉にでも行ってみようかと思ったけど、あなたにほの字のゲイに会う方が愉しいわね」

〈ビブロス〉は去年オープンしたディスコである。服装のチェックがあると言う、有名人御用達の高級ディスコ。隣は六八年にできた〈ムゲン〉である。私は〈ムゲン〉には行ったことがあるが、〈ビブロス〉には入ったことがない。仕事が絡んでいなければ、毛むくじゃらのゲイの歌ってる店には行かず、〈ビブロス〉の扉を開けていただろう。

〈ピクシー〉は防衛庁近くの路地に建つ雑居ビルの三階にあった。

それほど広い店ではなかった。まだ客はまばらだった。この手のサパークラブは深夜を回ってから混み出す。入ってすぐの右側にあるカウンターに、ミニスカートを穿いた女がふたり、脚を組んで座り、飲み物を飲んでいた。ホステスではないが、純粋な客でもない。金のありそうな男客の相手をし、売上げを上げるように、店に言い含められた〝客〟なのだ。

奥がステージになっていたが、バンドは休憩中らしく、闇に沈んでいた。

支配人らしきキツネ顔の男が里美に挨拶をした。私たちはダンスフロアーから離れた奥の席に案内された。

私をじっと見つめる視線を感じた。倉石は、左端の席の丸椅子に腰を下ろし、葉巻を吸っている恰幅のいい紳士の相手をしていた。

里美はワインが飲みたいと言った。赤玉ポートワインが出てくるはずもないが、断る気はなかった。

倉石がしきりとこちらを見ている。気色が悪い。

「あの男ね」里美が私の耳許でくくくっと笑った。

ワインがボトルで運ばれてきた。ボルドーワインだった。私たちは軽くグラスを合わせた。

倉石が私たちの席にやってきて、私の正面に腰を下ろした。黒いタキシードにフリルのついたシャツ姿だった。

「びっくり。まさかいらっしゃってくださるとは思ってもいなかった」

「何か飲みます？」私が訊いた。

「私、飲んで舞台には立ちません」きっぱりそう断ってから、倉石は里美に目を向けた。「初めまして、福森さんがバー〈シネフィル〉にいらっしゃってるのは、祥子さんから聞いてましたけど、なかなかお会いできなかった。今日は私にとって最高の日です」

里美は礼を言い、バッグから煙草を取り出した。

私は里美の煙草に火をつけてから、倉石に視線を戻した。「次のステージは何時から始まるんです？」

倉石が腕時計に目を落とした。「先ほど終わったばかりなので、後二十分ほどあります」

「お伺いしたいことがあるんですけど」

「何？」

「馬場幸作って名前に記憶あります？　十年ほど前、外国人歌手の呼び屋をやってた男ですけど」

「だったら、馬場企画の社長じゃないかな。私は会ったことはないんですけど。アメリカのナイトクラブ歌手を呼んでましたね」

「彼と付き合いのあった人間を知りませんか？」

「そういう人は知りませんけど、金を貸してたって言ってた人ならいましたよ」

「その人と、倉石さん、お付き合いがあります？」

「ないです。だって」倉石の眉間にシワが走った。「その人ヤクザですもの」

「この界隈の？」

「正確に言うと、今はヤクザじゃないって話。元は帝都灯心会系の暴力団員だったらしいけど」

帝都灯心会は、赤坂に本部のある暴力団で、関東では一、二を争う大きな組織である。

「その男の名前は？」

倉石が軽く溜息をもらした。「浜崎さん、遊びにきたんじゃないのね」

「後でゆっくりあなたの美声を聴かせてもらいますよ」

「名前はね、渡貞夫《わたりさだお》。渡哲也にも渡辺貞夫にも似てない、チンケな男よ」

「住まいとか事務所は分かります？」

「それは知りませんけど、渡さんの女の家なら分かります」

「どうしてそんなこと知ってるんです？」それまで黙ってワインを飲んでいた里美が訊いた。

「先月、ドラマーの白木秀雄さんが亡くなったでしょう？　彼が死んだアパートの隣の隣の一軒家から、渡さんが女と出てくるのを見たんです」

「どうして女の家だって分かったんです？」私が里美の質問を継いだ。

「だって、鍵をかけてたのが彼女だったし、表札の名前は渡じゃなかったですから」

「彼と話しました？」

「挨拶はしましたよ」

「女の名前は？」

「何って言ったっけな」倉石が考え込んだ。「山本か山田か、そんなよくある名前だったと思いますけど、忘れてしまいました」

「倉石さん、白木秀雄とお付き合いがあったんですか？」里美が訊いた。

倉石が首を横に振った。「彼の演奏を聴いたことがあるだけです。素晴らしいドラマーでしたよね。福森さんはお会いになったことあります？」

「ないわ」

「私の憧れのドラマーだったから、死んだアパートに行って手を合わせてきたんです」

白木秀雄は一世を風靡した人気ドラマーで、水谷良重の夫だったことでも有名だった。『嵐を呼ぶ男』で石原裕次郎がドラムを叩いているが、録音された音は白木秀雄のものだったと聞いたことがある。

正確に言うと、白木秀雄が死んだのは八月。九月に入ってから腐乱死体で発見されたのだから。死んだ時は落ちぶれていて、小さなアパートの一室でパンツ一丁の姿で死んでいたという。死体の近くには睡眠薬の空箱が五十も見つかったと新聞に書かれてあった。睡眠薬の過剰摂取か自殺かは分かっていない。

「あんなことになったのも、彼が天才だったからね」倉石が遠くを見るような目をしてつぶやいた。

私は、渡貞夫の女らしき人物の住まいの場所を訊いた。倉石はこと細かく説明してくれた。

客が二組入ってきた。

「そろそろ私、失礼しますね。後ほどまた」倉石が席を立った。

入口の方に消えてゆく倉石を、恰幅のいい紳士が目で追っていた。

里美が煙草を吸いながら紳士の方に目を向けた。「あのオジサン、あなたのこと気にしてたわよ。焼き餅焼いてるみたい」

「手首の毛、見たでしょう?」

「アメリカでは、どんどんホモが増えてるって聞いたわ、特に西海岸では。いずれ日本もそうなるかしら」

「日本人はそこまではいかないでしょう。いずれはロスかサンフランシスコに移住しますかね」

「え?」里美が怪訝な顔をした。「その気がないのに?」

「ホモが増えれば、女を獲得する競争率が低くなるじゃないですか?」

「なるほど」里美が大口を開けて笑い出した。

ボーイが私たちの席にやってきた。

「これ、倉石からです」

メモを渡された。

〝今夜、仕事が終わったら、食事につきあってくれませんか?〟

「ボーイさん、さっき倉石さんに、このメモを、俺から向こうにいる紳士に渡してほしいって言われたんだけど、俺の代わりに、君が渡してあげて。余計なことは言わずにこっそりとね」

「でも、それは……」ボーイが困った顔をした。

「いいからそうして。きっとチップがもらえるよ。早く行って」

ボーイがメモを持って紳士に近づいた。

メモを見た紳士は、本当にボーイにチップを渡した。それからネクタイを締め直したり、髪を撫でつけたりとそわそわし始めた。

私は、メモに書かれてあったことを里美に教えた。そして、ふたりで声を殺して笑った。

バンドが現れた。ギターやベースがチューニングを始めた。トランペットやトロンボーンの管楽器のプレイヤーがステージの後ろに立った。

威勢の良い管楽器の音から一曲目が始まった。

去年来日し、武道館でコンサートを行なったブラッド・スエット&ティアーズの『スピニング・ホイール（糸車）』。

ギタリストがボーカルを担当していた。倉石はまだ登場してこない。

男と女が席を離れ、踊り出した。

「あなた、やっぱり、絵里香の事件を追ってるのね。私にまで嘘つくことないでしょう？」

里美の声は耳に届いていたが、聞こえない振りをして、彼女に躰を近づけた。

「何ですって？」

里美が同じ言葉を繰り返した。

「いや。絵里香さんに成りすました女が消えたことに、馬場が関係してるかどうか調べてるだけですよ」

「依頼人はいるの？」

「彼女の母親に頼まれました。実は、その女、斉田の一番下の息子の恋人なんです」

里美が口を半開きにして、私をじっと見つめた。

「いずれ週刊誌が彼らを追っかけることになるでしょう。彼女が無事に発見されればの話ですが」

「その女が事件の鍵を握ってるのね」

「どうなんでしょうね。怪しい人間は他にもいます」そう言った私の脳裏を最初に駆け抜けていったのは、南浦という名前だった。

しかし、彼だという証拠は何もない。それどころかもっと疑っていい人間がいる。にもかかわらず、彼の名前を思い出した。里美を意識しているからだろう。

しばらくリズミカルなロックの演奏が続いた。

曲がスローに変わった時、倉石が現れた。

例の紳士は身を乗り出すようにして、彼を見ていた。

倉石はトム・ジョーンズの『最後の恋』を歌い始めた。ハスキーだが艶やかな声の持ち主。声量もかなりある。ちっともなよなよしてはいなかった。しかし、妙な色気が漂っている。ゲイであることはアーティストにとって決して悪いことではないのだ。

「踊りましょう」私が里美を誘った。

里美は黙って立ち上がった。すでに二組の男女が躰を寄せ合い、揺れていた。

私は里美を抱いた。徐々に躰を密着させ、背中から腰に手を這わせた。私に触れている里美の指には、特別な感情がまったくこもっていなかった。それでも私はおかまいなしに、里美をさらに強く抱いた。

「あなたとは長いお付き合いになりそうって言ったでしょう。だから……」耳許でそう言った彼女が躰を少し離そうとした。

マイクを握っている倉石と目が合った。彼がウインクしてきた。私は見えなかった振りをし、里美に囁いた。

「私をガードしてくれるんじゃないんですか。もっと、彼に、濃厚振りを見せつけないと」

冗談口調でそう言っても、里美は乗ってこなかった。

この堅さはどこからくるのだろう。焦らしている様子はまったく感じられない。客観的にみたら、里美は私に興味がなく、深い関係になる気はまるでないということだ。

曲繋ぎで、カーペンターズの『遥かなる影』を倉石は歌った。

里美は薄く微笑んでから躰を離した。「出ましょう。彼の第二の矢が飛んでこないうちに」

「オッケー」

私は勘定を頼んだ。思ったよりも勘定は安かった。立ち上がった私を、倉石がじっと見つめていた。まさに遥かなる影を追うような目付きだった。

外はさらに冷え込んでいた。

私たちは路地を出ると、六本木交差点に向かって歩き出した。

「野暮な女だと思ったでしょう」里美の声は弱々しかった。

「脈がないってことは分かりました」

交差点を飯倉片町の方に向かう。東京タワーが闇に沈んでいた。

里美が私の腕に腕を回してきた。「私ね、男はもういいって思ってる。だからタイミングが悪いだけ」

「優しいお言葉に感謝します」

「信じないでしょうけど、南浦との付き合いで疲れたの」

「俺は重くはなりませんよ」

「重くなる男も面倒だし、適当に遊ぶ男も願いさげ。そういう女なの、私。だから、あなたがどうのこうのってことじゃないの。それだけは信じて」

「あなたの気持ちはよく分かりました」私は軽い調子で言い、彼女に微笑みかけた。

「私の言ったこと信じてないようね」

「信じてますよ」私はぐいと里美を引き寄せた。

やがて、ガソリンスタンド（現在のドンキの並び）が左手に見えてきた。そこを左に曲がり、里美のアパートを目指した。

「明日から仕事ですか？」

「明日はレッスン日。明後日から名古屋、大阪を回って、土曜日には東京に戻ってくるわ」

里美のアパートの前に着いた。

「帰ってきたら連絡ください」

「そうするわ」

私は彼女が部屋に入るのを見届けてから、踵を返した。

午前零時を少し回っていた。宵っ張りの私にとっては中途半端な時間である。それに里美の歯切れの悪い物言いがまだ耳に残っていた。このまま真っ直ぐ事務所に戻る気になれない。

表通りに出た私は、タクシーを拾った。赤坂と告げた後、倉石から聞いた場所を運転手に説明した。渡貞夫という元暴力団組員と馬場幸作の関係は分からないが、渡の女の家の場所を知っておきたかった。

倉石の話だと、その家は赤坂六丁目にある。その辺りは狭い道が錯綜し、一方通行だらけで、車で走るのが厄介な地区である。

目印はリベリア領事館と赤坂氷川教会（この教会の当時の牧師さんは、井上夢人氏の父親でした）。溜池に通じる大通りを、まず氷川小学校の方に曲がらせ、小学校の手前を再度左折させた。次の通りにぶつかる右側がリベリア領事館だった。私は、そこでタクシーを下りた。

リベリア領事館の正面の木造建物の屋根に十字架が見えた。教会の左に、車が入れないほどの路地があった。

ゆるやかに下る未舗装の路地を下りていった。右側に白木秀雄が死んだと報じられていたアパートがあった。その二軒隣の二階家から灯りが漏れていた。表札には山本《やまもと》と書かれている。狭いドアの横に植木鉢が置かれ、枯れかけたコスモスが風に力なく揺れていた。

場所を知っておきたかっただけだから、訪ねる気はさらさらない。私は教会の方に戻った。

背後で人の気配がした。山本の家からふたつの影が現れた。いずれも男だった。

路地を出た私は右に曲がった。民家の向こうにも路地があったのを、先ほど目にしたからだ。その角に立った私は通りを窺った。やがて、男たちが現れ、私の隠れている路地の方に歩いてきた。

私は民家の外壁にへばりつき、息を潜めた。足音が近づいてきた。

「どっかで一杯やるか」

「今日は帰る。俺、三日、家に戻ってねえんだ」

「麻雀か」

「学生をカモにしようって思ったら、そいつがついててな」

そんな話をしながら、男たちが、路地の前を通りすぎた。ひとりは肩幅のある小柄な若者で、髪が縮れていた。もうひとりは背の高い痩せた中年だった。

ふたりは通りを渡ろうとした。私は躰が一瞬、痺れた。男の着ていた茶色い革ジャンについた鉤裂きの傷を、街灯が浮かび上がらせたのだ。

昨夜、私がマンションに着いた時、階段から下りてきた三人組のひとりに違いない。

後を尾けたかったが我慢した。時たま車が通るものの、通りを歩いてる人間は誰もいない。これでは気づかれてしまうのは火を見るより明らかだ。

ふたりの男は渡貞夫の仲間だろう。そして、その渡は馬場幸作と付き合いがある。

それだけ分かっただけでも来てみた甲斐があった。

里美に対しての私は、空回りしている糸車みたいなものだが、仕事の方は、しっかりと糸を巻いている。その糸が、たとえちょっとしたことで切れそうな脆弱なものであっても、上手に巻けば、必ず成果が得られるだろう。

私は武者震いをして、ＴＢＳの方を目指して歩き出した。

（十四）

翌日の午後、山本という家の聞き込みに出かけた。車は近くの駐車場に入れ、歩いて例の路地に向かった。かすかにかけ声が聞こえ、ノックの音がした。日大三高の野球場が近くにあるのだ。

暗い雲が広がる陰気な日だった。

周りには商店はほとんどない。見つけたのは電気屋と酒屋だけである。教会で訊いても分からないだろう。山本家の人間がカソリックだったら話は別だが。

電気屋は山本の家の並びだった。懇意にしていると情報が漏れる可能性が高い。

電気屋の前は氷川坂。その坂を上がった。転坂の近くに酒屋があった。

私は中に入った。

前掛けを腰に巻いた四十ぐらいの男が、店の奥で煙草を吸っていた。

「ちょっとお伺いしますが、電気屋を曲がった路地に山本さんって家がありますよね」

「あるね」

「あそこに配達に行ったことあります?」

男の表情が硬くなった。「警察の人?」

「いえ。縁談に関する素姓調査を行なってるんです」

「興信所か」

「そうです」

「まさか、あそこの女と一緒になろうなんていう人間がいるんじゃないだろうね」

「そうじゃないんです。親戚筋の調査を頼まれてるんです。噂だと、ヤクザみたいな男と付き合ってるって話ですが」

「あそこは借家でね。借りたのは山本って女なんだけど、金を出してるのは、しょっちゅう出入りしてるヤクザっぽい男らしいよ」

「よくご存じですね」

「大家と親しいんだよ」

「大家さんはこの近くに住んでるんですか?」

「TBSの裏に住んでるけど、今は心臓を悪くして入院してるよ」

「山本さん、働いてないんですか?」

「上野で、一杯飲み屋をやってるらしいよ。本名と同じ〈千草《ちぐさ》〉って名前でね。大家さん、あの女に出てってもらいたくて、あの家に行ったら、そのヤクザっぽい男にすごまれたそうだよ。だから、男のいないところで話をしようと、店まで行ったけど、埒は明かなかったらしい。持病の心臓が悪化したのは、あいつらのせいだよ。あの女の親戚とは一緒にならん方がいいね」

「助かりました。すぐそこの通りと同じ運命を辿らないように、依頼人に言っておきます」

「え?」

「転坂って、人がよく転ぶからそう言われてるんでしょう?」

酒屋の主人が肩を揺すって笑い出した。

酒屋を出た私は、転坂を上り、氷川公園を左に曲がり、TBSの真隣にある喫茶店に入った。赤坂でコーヒーを飲む時は、決まって〈憩〉というその店に入る。コーヒーがうまくて落ち着ける店なのだ。

ゆっくりとコーヒーを味わってから、古谷野に電話を入れた。

出かける前、古谷野に馬場幸作の監視を頼んでおいた。

「どうです、馬場に動きがあったかな」

「馬場の会社の張り込みを若いのふたりにやらせてるが、今のところ連絡はない。馬場幸作の会社の登記簿謄本を取ったよ。役員名には、気になる名前はないが、調べてみる。で、そっちはどうだ?」

摑んだ情報を手短に教えた。

「これからお前はどうするんだ」古谷野に訊かれた。

「同信銀行の副頭取と話してみたいと思ってます」

「また連絡をくれ」

電話を待っている女がいたので、一旦、席に戻った。女が電話を離れると、同信銀行の本店のダイヤルを回した。

「私、浜崎順一郎と言います。父親の耕吉が生前、津島哲治郎副頭取に大変、お世話になったものですから、ご挨拶を申しあげたく電話をしました。その旨を副頭取にお伝え願えますか」

「少々お待ちください」

副頭取には思ったよりも早く繋がった。

「浜崎さんのご子息ですか」周りを気にしているのだろう、津島副頭取は馬鹿丁重な話し方をした。

「所用でご葬儀に参列できず、大変申しわけありませんでした」

「父が死んだ後、私が事務所を引き継ぎました。折り入ってお伺いしたこともあるので、どこかでお会いできませんか」

「今日は予定が詰まってます。夜にでも事務所にお電話します」

「出かけている可能性もあります。その場合は何度かお電話ください」

「そのようにいたします」

金にならなくても親父の遺志を継ぐ気ではいる。しかし、依頼人がいた方がいい。私は、津島副頭取の話も聞きたいが、彼から調査費を取りたいのだ。

職業別電話帳で、上野にある〈千草〉という飲み屋の電話番号を調べ、メモした。そして、〈憩〉を出た私は、車を駐車場から出し、氷川教会のところまで戻った。

午後五時半を回っていた。

辺りが薄暗くなってくると同時に雨が降り出した。

車に積んであった傘を差し、路地を見張った。山本千草が在宅かどうかは分からないが、いれば出勤するはずだ。私は女の顔を拝んでおきたかったのだ。渡貞夫が一緒だったら、なおさらいい。しかし、その場合は、相手に気取られないように注意しなければならないが。

午後六時をすぎた頃だった。山本の家のドアが開いた。和服の女が出てきて、私の立っている方に歩いてきた。薄紫色の傘を差しているので、顔が拝めるかどうかは分からない。

女が表通りに出てきた。私は傘で顔を隠しながら、相手を見た。小柄な女だった。化粧がやたらと濃い。

空車が通ったが拾わなかった。彼女の歩いてゆく方向からすると、国会議事堂前で丸の内線に乗り、銀座で銀座線に乗り換えるつもりなのだろう。

女が見えなくなると、私は車に戻り、事務所を目指した。

事務所に着いた頃には、雨は本降りになった。郵便受けを見たが、大したものは入っていなかった。松浦和美のことが気になる。連絡があると勘をつけたのだが、外れていたのかもしれない。不在中に電話があった可能性はあるが。これまで経費を節減したいために、電話代行サービスを使ってこなかったが、そろそろ契約すべきか。

食事に出かけるのを後回しにして、しばらく事務所で待機することにした。和美だけではなく、副頭取から連絡が入るかもしれないのだから。

私は鉛筆を削り始めた。仏像を彫っていると心が落ち着くという人がいるが、鉛筆を削っていると同じような心境になる。しかし、大きな違いもある。木の部分を削っている時の快感は仏像彫りに似ているが、芯を尖らせている時は、気持ちが鋭角になる。

私が巻き込まれた事件を整理してみると、三つに分けることができる。

ひとつは松浦和美の失踪。ふたつ目は神納絵里香の毒殺。そして、親父が調査していた現金輸送車襲撃事件である。

この三つの事件の根がまったく同じだとは考えられない。

和美のやったことは、日常を非日常に変えるお遊びだったはずだ。和美が絵里香の毒殺や現金輸送車襲撃と関係あるとは思えない。和美の恋人が斉田重蔵の息子というところが、絵里香殺しとの接点ではあるが。

馬場幸作が絵里香と何らかの形で深く繋がっていることは間違いなく、親父は馬場が現金輸送車襲撃事件の一味ではないかと疑っていた。しかし、絵里香が現金輸送車襲撃に関係していたという証拠はゼロである。

絵里香が殺された動機は、今のところまったく分からない。

この三つの事件はまったく別ものだと考えられるが、私にとっては、どこかで微妙に繋がっているのだった。

鉛筆の芯を削りに削った。人に怪我を負わせることができるほど尖った芯は、ナイフのように美しい。しかし、尖った芯は脆い。ちょっとしたことで折れてしまう。それに比べると丸い芯の鉛筆は強い。

若い自分は、研ぎ澄まされた鋭い芯が好きだが、親父は、芯の丸っこい、どこにでも転がっている鉛筆のような存在だった気がした。親父はしぶとかったに違いない。

腹が減ってきた。食事に出かけようと上着を羽織った。その時、電話が鳴った。和美かもしれないと思ったが違った。津島副頭取からだった。新宿まで来ているので、事務所に寄りたいという。津島副頭取は場所を訊いてきた。ここで親父と会ったことはないらしい。私は場所を詳しく教えた。

例のファイルから、写真だけ取り除き、テーブルに置いた。

十分ほどで玄関ブザーが鳴った。大きなこうもり傘から雨の滴が垂れていた。

津島哲治郎は、頬がふっくらとした、色白の男だった。こめかみがやや薄くなっていたが、髪は黒く異様に艶やかだった。若者からは見捨てられつつあるポマードの愛好者なのかもしれない。黒縁眼鏡の奥の目は切れ長で、眉は薄かった。歳は還暦を少し越えたぐらいだろうか。

事務所に通してから名刺交換をした。津島は、眼鏡を額の辺りまで上げ、私の名刺を食い入るように見ていた。

「副頭取にこんなことを言うのは心苦しいんですが、免許証をお持ちですか？」

「持ってますが」

「拝見できます？」

「君は私を信用できんのか」切れ長の目に怒りが波打った。

「他人に成りすました依頼人に、この間引っかかったんです。それに、あなたのために親父が調査してたことには、かなりのワルが絡んでそうですから」

津島は憮然とした表情で、財布から免許証を取り出し、私に見せた。

住まいは渋谷区松濤にあるらしい。生まれたのは明治四十二年（一九〇九年）四月。満六十三歳だった。

私は非礼をもう一度詫び、免許証を返した。

ソファーを勧めてから、日本茶を出した。年輩の客がきた時は煎茶を出すことにしている。それも上等のを。

津島は事務所を見回していた。

「父と話す時はどこで会ってたんですか？」

津島の前に座った私が口を開いた。

「いろいろです。最初にお会いしたのは、お父さんを紹介してくれた警察ＯＢの自宅でした。煙草いいですか？」

「私もヘビースモーカーです。ひとりだけですが、この部屋が煙草臭くて耐えられないという理由で、用件を話す前に帰ってしまった客がいましたよ。もっとも、それを口実にしただけかもしれませんがね」

津島の目尻がゆるんだ。笑うと、とても優しい表情になる男だった。

津島はポールモールに火をつけた。

「津島さん、私は、親父の遺品の中から、あなたが依頼した調査のファイルを見つけました」

「お父さんが、亡くなったものだから、調査は中止せざるを得なくなりました。大した事件じゃないですから、忘れてしまってました」

私は顎を引き、上目遣いに津島を見つめた。「津島さん、ざっくばらんにいきましょう。親父は、上手にカモフラージュして、例の事件の調査のことを記してました」そこまで言って、私はテーブルの上のファイルに視線を向けた。「そのファイルをお読みください」

津島は再び眼鏡を額の辺りまで上げて、ファイルを手に取った。

灰皿に置かれた煙草が、ゆっくりと灰になり、吸い口がテーブルに転がった。津島はそれにも気づかず、ファイルを読み続けていた。

私は回転椅子に座り、煙草を吸い、茶を飲んだ。腹が減ってきたが我慢するしかなかった。

津島がファイルから目を離し、目頭を押さえた。私はくわえ煙草のまま、元の席に戻った。

津島は上着の懐から封筒を取り出した。「お父さんには、随時、調査料を支払ってました。ですが、亡くなった後、どうしたらいいのか分からず、そのままになってました。これ、お収めください」

「副頭取は、調査を続ける気持ちはおありですか」

津島が目をそらした。「いや、この件は、もう忘れることにしました」

「やはり、身内を庇いたいってことですか？」

津島が目を上げた。「このファイル、いただいていいんですよね」

私は首を横に振った。「これは報告書じゃない。親父が自分のために作ったファイルです」

「お幾ら、お支払いすれば……」

「今日は一日中、予定が入ってるっておっしゃってましたね」

「この時間に会う相手の都合がつかなくなり、キャンセルになったんです」

私はにっと笑った。「同信銀行の副頭取とのアポをキャンセルするなんて、相手は相当の偉いさんか、女ですね」

副頭取が顔を顰めた。「あなたは何が言いたいんです？」

「私との関係をできるだけ早く切ってしまおうと思って、予定をキャンセルし、雨の中、ここにきた。そんな気がしたんです。親父をあなたに紹介した警察OBから、私のことを訊いてますよね」

副頭取が目を伏せた。「ええ、一応は」

私は鼻で笑った。「親父は信用できるが養子の息子はろくでもない男のようです。相手はそう言ったんですね」

副頭取が居直った。「少年の頃は別にして、大人になってからは警察沙汰にはなってないようですが、やっていたことは聞きました」

「お茶、差し替えますか?」

「いえ、けっこう。私はこれで失礼します」

「一度だけしか申しあげません。副頭取、私を親父の代わりに雇いませんか?」

「……」

「もし雇わなくても、私はこの事件を追います。ただし、その場合は一切、あなたに報告はしませんよ」

副頭取がまっすぐに私を見た。「金にもならないのにどうして?」

「親父の遺志を継ぐ気です」

副頭取が目を細めて、微笑んだ。「随分、親孝行な息子さんですね」

「遺産を相続したお返しをしようと思ってますが、実は、それだけじゃない。そこに出ていた馬場幸作って男、私が調査している事件にも名前が上がってきてましてね」

「この男、何をやったんです?」

私はゆっくりと首をまた横に振った。

「お茶、もう一杯いただけますか?」

私は黙って、急須と彼の湯呑みを持ち、キッチンに向かった。

茶を淹れてやると、津島は湯呑みを手に取った。「おいしいお茶ですね」

私は礼を言い、ファイルを手許に引き寄せた。

「お父さん、この件、血眼になって調査してたようです」

「あれだけの事件の調査が、探偵に回ってくることは滅多にないですから」

「お父さんは警察にコネがあった」

「そっちの方も、私が引き継げると思います。子供の頃の私を知ってる刑事が、一昨日ここにきて、津島さんが親父に依頼した件について話してました」

津島が背もたれに躰を預けた。「いいでしょう。あなたを雇ってみます」

父親が受け取っていた料金は、それほど高いものではなかった。しかし、一ヶ月単位で考えるとかなりの金になる。

「お父さんとは契約書のようなものは取り交わしていませんが……」

「私とは取り交わしたいんですね」

副頭取は少し考え込んでからこう言った。「取りあえず、一週間、調査をしてみてください。料金後払いで」

「分かりました」

「あなたが握ってる馬場という男の情報というのは？」

「それを聞いただけで、一週間分の料金を払ってもいいという気になりますよ」

私は、和美の成りすまし事件の話から、順を追って手の内を明かした。

神納絵里香の毒殺事件に触れた時は、呆然として私を見つめ「神納絵里香ですか」とつぶやいた。

「何か気になることでも？」

「これは単なる噂なんですが、蟻村が直々、相手にしてる客に、神納絵里香に似た女がいると聞いたことがあります。その話、お父さんにはしてませんが」

「神納絵里香の本名は持田利恵子です。木村姓かもしれない。明日、お宅の銀行に口座を持ってるかどうか調べてみてくれませんか」

「調べてはみますが……」副頭取の歯切れが悪い。

私は短く笑った。「架空名義の客もいますよね」

「うちはできるだけチェックしてお断りしていますが、お客様を調べるのには限度があります」津島の口調が、急に銀行員のものに変わった。

「銀行が見て見ぬ振りをすることがあるのは知ってます。税務署も銀行から情報が取れないから苦労してますよね」

「残念ながら、そういうことが後を絶たないのは事実です」

銀行は預金と融資が命である。中には架空名義を勧める銀行だってある。

他人事のような言い方にケチをつけてやりたかったが、我慢した。

噂の女が絵里香だったとしたら、馬場幸作、蟻村貢、そして神納絵里香が繋がったことになるのだが……。

大いに興味を引かれたが、その話は後回しにして、一昨日に起こった事務所荒らしに話題を移した。

副頭取は、事務所荒らしと、現金輸送車襲撃事件との関連が分からないから、怪訝な顔をして私の話を聞いていた。

私は膝に載せていたファイルの表面を指で撫でた。「そいつらは、これを手に入れたかったのかもしれません」

「今頃になって?」

「馬場は、親父に調査されていることを知っていた可能性が高い。まったくの偶然ですが、その息子が、会社まで自分を訪ねてきた。だから慌てたんじゃないですかね」

「事務所を荒らした人間と馬場が繋がってる確かな証拠はあるんですか?」

「確かな証拠はありません」私は、昨日から今日にかけての調査内容を津島に教えた。

「そこまで進んでるんですか」

「一週間分の料金を今、払ってもいいって気持ちになったでしょう？」

「お支払いしますよ」津島が懐に手を入れた。

「いりません。私の働きを評価していただければ、それでいいんです」

「人は会ってみないと分からんもんですな」

「会っても分からない人間もいますよ」私は笑ってそう切り返した。

副頭取の目尻がゆるんだ。

私は懐から、親父が撮った写真を取り出し、テーブルに並べた。

「この中に、副頭取が知ってる人間、或いは場所がありますか？」

津島が写真を手に取った。写真を見ていた津島の手が止まった。

「喫茶店にいる男のうちのひとりを知ってます」

私は写真を覗き込んだ。「どちらです？」

「この猿顔の男は、うちの元行員です。五年ほど前、使い込みが発覚して懲戒免職にしたんです」

「警察沙汰には？」

「使い込んだ金額が小さかったし、親族が金を返したものですから、表沙汰にはしてません」

「男の名前は？」

「大林《おおばやし》ですが、下の名前は覚えてません」

「一緒にいるのが、話に出ている馬場幸作ですが、大林と蟻村の関係は分かります？」

津島が首を傾げた。

「五年前のものでいいですから銀行に残っているはずの大林の住所、それから経歴を調べてくれませんか。そして、できたら、蟻村との関係も」

「住所や経歴を調べるのは簡単ですが、蟻村との関係となると……」

「リスクがある？」

津島がうなずいた。

「じゃ、下手な動きはしないでください」

「何せ身内のことですので」

私は話を変えた。

「馬場が主犯だとして、盗んだ金を、どこかの銀行に架空名義で預けてるかもしれないですね」

私の言葉に津島の頬が軽く歪んだ。「それがうちだと？」

私は肩をすくめてみせた。「さあね」

「架空名義だと調べるのは大変です」

「無理はしなくていいですよ。ところで、警察ＯＢの方は信用できる人ですか？」

「真面目な男です」

私は、彼の名前を訊いた。

「前沢染吉《まえさわせんきち》と言いますが、彼は今年の四月に退職し、生まれ故郷の新潟に戻ってます。時々、うまい米を送ってくれてますよ。何か気になることでも？」

「馬場が親父に調査されていることをどうやって知ったか、気になったんです。情報が漏れていたこともあるかもしれないでしょう？　尾行や監視が相手にバレた可能性もありますが」

「この件を知ってるのは、お父さんと私、そして前沢さんだけです。前沢さんはあなたのお父さんの友人ですよ」

「親父の息子が、私のような人間で驚いたでしょう？。だから、意外なことが他でも起こるかもしれないじゃないですか」

「前沢さんに限って、それはないです」

「分かりました。副頭取の言葉を信じましょう」

津島がまた私をじっと見つめた。「お父さんは寡黙な人でしたが、あなたは饒舌ですね」

「親父は、私が潑剌としてる子供だったから養子にしたと言ってました。でも、男の子にしてはしゃべりすぎだと、いつもお袋には注意されてましたけど」私はにっと笑った。

津島が溜息をついた。安堵の溜息に違いなかった。

「連絡はどうやって取りましょうか？」私が訊いた。

「将棋連盟の山下《やました》と名乗ってください」

「将棋がお好きなんですね」

「強くはないですけど」そう言ってから、自宅の電話番号も教えてくれた。

「蟻村だけじゃなく、お兄さんの一派にも気をつけてください」

津島の頬から笑みが消えた。「そこまで知ってるんですか？」

「私も情報が漏れないように注意します」

「よろしく」津島は深々と頭を下げ、事務所を出ていった。

すぐに津島の置いていった封筒を手に取った。三十万円入っていた。

私は口笛を吹いた。口笛を吹くことは滅多にない。探偵になって初めてのことである。出かけるのが面倒になり、飯を炊き、ボンカレーで遅い夕食をすませようと思ったが、またもや気が変わった。ステーキホリタンで、でっかいサーロインを食べることにした。金を金庫に仕舞い、上着を着て、事務所を後にした。

エレベーターが上がってきて、目の前でドアが開いた。

ずぶ濡れになった女が、私をじっと見つめていた。

ステーキはお預けらしい。

ちょっと金にありついたからっていい気になるな。天国にいる親父にそう言われたような気になった。

松浦和美の髪も服もずぶ濡れだった。私は雨に濡れた迷い猫に出会ったような気分になった。

「やあ」微笑んだ瞬間に、腹が鳴った。

しかし、和美に笑顔はなかった。いきなり、私に抱きつき、泣き出した。

一度騙されている私は、それが演技に思えてならなかった。

私は鍵を開け、和美を事務所に通した。そして、石油ストーブを点した。

和美は、フィッシャーマンズセーターと呼ばれている縄編柄の白いセーターを着、ジーパンを穿いていた。靴は黒いバスケットシューズだった。

セーターのボタンが上まで留められていた。

「コーヒー、淹れるから、そこで温まってて」

「服を乾かしたいんですけど」和美は本当に寒いらしく、歯の根が合わなかった。

「脱いでもらいたいのは服じゃなくて、心だけど、まあいいや。ちょっと待って」

私は寝室に入り、洗ってあるパジャマを取り出し、彼女に渡した。そしてガウンも用意した。

私が電気ポットでお湯を沸かしている間に、彼女は着替え、しゃがみ込んで、ストーブに手を翳していた。

「竜一君はどうした？」

「電話しました。一緒に来るって言って聞かなかったんですけど、断りました」また息が荒くなり、涙声で、謝った。「ごめんなさい。本当にごめんなさい」

「今夜が第二幕の始まりってわけじゃないだろうな」

「そんな……」泣き声が大きくなった。

「泣いてばかりいると、化粧が落ちちゃうよ」

沸騰する湯の音が聞こえてきた。

コーヒーを淹れた私は、和美の横にマグカップを置いた。

「砂糖とミルクは？」

和美は泣きながら首を横に振った。

彼女が落ち着くまで待つしかない、私は彼女の脱いだ衣服をタオルで拭いてやった。

それに気づいた和美が、肩越しに私を見た。

「怒ってないんですか？」

「怒ってるさ」

「じゃ、どうしてそんなに親切なの？」

「心の中のものを全部吐き出したら、できるだけ早く帰ってもらいたいからだよ」私は冷たく言い放った。

和美がやっと立ち上がり、ふらふらと私に近づいた。そして、私の横に座った。

「そっちに座って」

「どうして？」

「俺が襲いかかったらどうするんだ」私は和美を睨み付けた。「受けるか？」

和美はセーターを手に取り、再びストーブの前に戻った。

「慧子さんに匿ってもらってたんだね」

和美が私に背中を向けたままうなずいた。

「どうして逃げた？」

「恐くなったんです」

「共犯者の竜一君にも居場所を教えなかったって変だぜ」

「私、警察に出頭しなきゃならないのね」

「当然だよ。君のせいで、俺は今でも犯人じゃないかって疑われてる」

「竜一のこと好きだけど、年下のお坊ちゃんは、あたふたするだけで、こういう時には頼りにならない。それを見るのが嫌だったの」

言っていることは分からないわけではなかった。女友だちの慧子の方が当てになると判断したのは自然と言えば自然である。

「慧子さんに説得されたのか」

「そうです。浜崎さんはすべてお見通しだって言われました」

「俺が、君のお母さんに雇われたのは知ってるよね」

和美がうなずいた。

「連絡取った？」

和美が首を横に振った。

「君は神納絵里香に娘がいることを知ってたのか」

「いいえ。私、女だから息子だって言えなかっただけです」

「失踪なんかするものだから、却って面倒なことになった」

和美が肩越しに私を見た。マスカラかアイラインだかは定かではないが、アイメイクが涙に流され、目の周りが黒くなっていた。怯えた目は相変わらずだが、拾われた子猫のような可愛さは消え、ヤク中の女のように見えた。

「恐くなって逃げたというのが本当だとしても、警察は簡単には信じないよ」

「私、見たんです」和美が低くうめくような声で言った。

私は躰を起こした。「何を」

「そんなに恐い顔しないで」

「警察に出頭した時の予行演習だと思え。刑事たちは、俺ほど甘くないよ」

和美がまた泣き出した。

「何を見たんだ？」

「浜崎さんと喫茶店で待ち合わせをした時、私、喫茶店の前までは行ったんです」

「仮病を使って、公演をすっぽかしたんだってね」

「気になって、舞台に立つ気がしなくて」

焦げ臭いニオイがした。「セーター、燃えちゃうぞ」

「あ」和美は、慌ててフィッシャーマンズセーターをストーブから離した。

「こっちに来て」

和美は、私の正面に腰を下ろした。

「きちんと説明して」

「喫茶店には勇気がなくて入れなかったけど、そのまま帰るのも不安で……教えられた住所に行ってみたんです」

「それは何時頃のこと？」

「午後五時を少し回ってました」

「近くにベレットのGTが停まってた？」

「私、車に詳しくないから、そういうことは分かりません。マンションに近づいた時、男の人が出てきました」

「知ってる人だった？」

「知り合いじゃないけど、顔に見覚えがありました」

「で、誰だったんだ？」

「南浦って映画監督、知ってますよね」

私の胸に衝撃が走った。「会ったことはないが知ってる。君が見たのは確かに南浦だったのか」

「ええ」

南浦が犯行推定時刻に絵里香のマンションを訪ねていた。本格的に南浦に疑いの目を向ける必要が出てきた。

「で、監督はどんな様子だった？」

「急ぎ足で四谷三丁目の方に向かって去っていったんですけど、すれ違った時、私、立ち止まって彼を見てしまったんです。監督も私に目を向けました。顔が青ざめてました」

「相手は君のことを知らないんだろう？」

「多分」

「多分？　どういうこと？」

「うちの劇団の四月の公演の時、監督が観にきてたんです。うちの代表は、声優の佐近一郎って人なんですけど、ふたりは大学時代に一緒に芝居をやっていた仲だそうです。舞台が跳ねた後、監督が楽屋にちょっと顔を出しましたが、私はしゃべってません」

「舞台に立ってた時の君のことを監督が覚えていた可能性はないのか。監督って、役者をよく観察してる気がするけど」

「覚えてはいないと思います。出番は少なかったし、えんま様みたいな化粧をした巫女役でしたから、素顔は分からないと思います」

「神納絵里香が殺されたと分かった時、君は真っ先に監督のことを思い出した？」

「ええ。翌日の公演にも来るかもしれないと思ったら、逃げ出したくなったんです」

「しかし、よく分からんな」

「何がです？」

「何で神納絵里香のマンションを見にいったりしたんだ」

和美がバッグから煙草を取り出した。私が火をつけてやった。

「目的があって行ったんじゃないんです。やっぱり、何て言うか、心の負担が……。せっかく四谷三丁目まで来たんだから、マンションの場所ぐらい自分の目で確かめておけば、後で竜一の役に立つかもしれない。そういう思いもあって、マンションを探しにいってしまったんです。なぜかマンションを見た時、ほっとしました。嘘みたいな話だけど、本当です」

住所だけ聞いて、そのままにしておくよりも、マンションを見たら、嘘が軽減する。そんな気持ちになったようだ。

犯人が現場に戻る心理と、相通じるものがある気がした。

あらかじめ考えてきたことを話しているとは思えない。私は和美の話を信じた。

「どれぐらいマンションの近くにいたんだ」

「マンションに入るのは、泥棒してるみたいな気がしてできませんでした。そのまままっすぐ歩き、適当なところで引き返し、四谷三丁目に戻り、地下鉄に乗りました」

「神納絵里香の死体を発見したのは俺だが、そのニュースがテレビで流れた後、君と竜一君は電話で話してるね」

「ええ」

「その時、南浦監督の話をしなかったのか」

「してません」

「なぜ？」

「だって、南浦監督が犯人だとは限らないでしょう？　もしも、その話を竜一にしたら、何かあった時に、彼が両親とか警察に話してしまうかもしれないって思ったんです。さっきも言いましたけど、監督はうちの劇団の主宰者の友人です。はっきりしてないのに、口にするわけにはいかないって思ったんです。だから、慧子さんにもそのことは話してません」

「君の周辺で、変なことが起こったから行方をくらました。そういうことではないんだね」

「何も起こってません」

仮に、絵里香を殺したのが南浦で、和美のことを覚えていたとする。その場合でも、友人の佐近一郎に和美のことを訊くような不自然な真似はしないはずだ。和美がそのことを知ったら、却って、疑いを深め、警察に通報するかもしれないのだから。和美は、絵里香と南浦の関係は知らない。下手に騒がない方がいいと、自分が南浦の立場だったらそう考えるだろう。ただし、この間の公演をすっぽかしたことを知ったとしたら、その後、何か手を打たなくてはと焦り始めたかもしれないが。

しかし、南浦が犯人であろうがなかろうが、和美のことを覚えていないことも大いにあり得る。

「君がいなくなった後、劇団の事務所に、君についての問い合わせがあったかどうか知りたいな。慧子さん、何か言ってなかった？」

「いいえ。彼女にはピンク映画の関係者らしき人間から、会いたいという電話があったらしいですけど」

私は短く笑った。「それは俺だよ。君のことを探ろうと思って電話した。俺はＣＭに起用したいと言ったんだけど、佐近一郎が勝手にエロ映画の人間だろうって思い込んだんだ」

「そうだったんですか」

南浦の名前が出る度に、私の脳裏には里美の顔が浮かんでいた。

電話が鳴った。

「きっと竜一よ」

私は受話器を取った。果たして相手は竜一だった。

「和美さんなら、今、ここに来てるよ」

「近くにいます。寄っていいですか」

「うん」

電話を切った私は和美を見た。「その格好じゃ、竜一君に疑われる。早く服を着て」

「まだ乾いてないと思います」

「いいから着て」

和美が不承不承、言われた通りにした。そして、再びストーブの前にしゃがみ込んだが、今度は私の方に顔を向けていた。ジーパンの尻の部分を乾かしているらしい。

竜一がやってきた。挨拶もそこそこに、竜一は和美を睨み付けた。

「どうして、僕と一緒に……」

「竜一に迷惑がかからないようにしてるのに、そんな顔しないでよ」和美が声を荒らげた。

「ちょっと待った」私はふたりの言い争いに割って入った。「喧嘩は俺のいない時にやってくれ。ふたりとも四谷署に出頭するんだ」

「これからですか？」竜一が訊いた。

「よく眠ってからでいい。俺が一緒についていってやる」そこまで言って、私は和美を見た。「まずはお袋を安心させろ」

竜一が肩を落とした。「出頭したら騒ぎになりますね」

「覚悟はできてるって言ったろう」

「……」

「俺が、好意的な記事を書かせることができるのは《東京日々タイムス》だけだ。他の週刊誌やスポーツ紙に手蔓《てづる》はない。出頭する前に、《東京日々タイムス》の取材だけ受けておけ」

竜一と和美が目を合わせた。

「俺を信用しろ。《東京日々タイムス》のインタビューだけを受け、後はノーコメントで通せ。ここまで来たら、そうするしかないだろうが」

和美が大きくうなずいた。「浜崎さんにお任せします。竜一、仕方ないよ」

「何を話せばいいんですか？」

「日常を舞台に変える実験のひとつだったとでも言っておけ」

私はそう言ってから、受話器を手に取った。雨は降り続いていた。

古谷野はまだ会社にいた。

「副頭取に会えたか?」

「会いましたよ。で、そっちは?」

「馬場に動きはなかったが、サツ回りの記者から聞いたんだが、絵里香は、死んだ旦那の関係者から麻薬を買ってたらしい。売人がさっき警視庁に逮捕されたそうだ」

「詳しい話はこっちに来てしてください。今、来客中だから」

「誰が来ているんだ。福森里美か」

私はちらりと和美を見た。「絵里香の娘とその恋人です」

「おうおう」古谷野が興奮した。「取材できるんだろうな」

「話はついてます」

「今すぐに行く」

電話を切った私は窓の外を見ていた。

明日からはさらに忙しくなりそうだが、金になる。にんまりとした私の顔が窓ガラスに映っていた。

腹がまた鳴った。やはり、今夜はボンカレーになりそうだ。

(十五)

昨晩の雨は上がったが、陰鬱な雲が空を被っていた。

陰鬱なのは空だけではなかった。和美の表情も同じだった。竜一はさらにひどい。幼い子を車で撥ね飛ばし、逃走した青年が、父親に付き添われて、警察署に自首してきたような顔だ。

〝父親〟は私である。父親にしては若すぎるか。いや、そうでもない。十三歳の時に寝たビリヤード屋の女との間に子供が出来ていたら、その子は竜一ぐらいの歳なのだから。

私は和美と竜一を従えて、四谷署に入った。

昨晩は、あれから古谷野がやってきて、彼らにインタビューした。その時の私は、弁護士役で、古谷野の行きすぎた質問には、待ったをかけた。待ったをかけすぎると、古谷野が怒り出し、時間がどんどんすぎていった。江戸末期の相撲で、両者合わせて九十回も待ったをしたことがあったそうだ。私は、ふとその話を思い出した。

午前三時半すぎに、インタビューは終わった。

隠しようのない事実ばかりだから、大して役には立たないかもしれないが、女優のタマゴの和美が、現実を舞台に見立てて、面白半分で、絵里香の娘に成りすましたところを強調するように古谷野に頼んだ。和美の考えている現代演劇に対する考えを加え、若者がハプニングやギャグを好む世相に焦点をずらしていく。そんな内容に持っていけるように、私は何度も、待ったをかけたのだ。ふたりの写真は目に棒線を入れさせ、和美の名前は明らかにさせなかった。古谷野は渋々、仮名にすることを呑んだ。

週刊誌を賑わせた過去を持つ斉田重蔵の息子が絡んでいるし、絵里香は殺されている。どんな手を打っても、ふたりはスキャンダルの渦に巻き込まれるだろう。しかし、私は出来る限りのことはしてやりたかった。

南浦のことは、古谷野には書かないという約束で話したが、警察には言いたくないと和美は言った。警察を出し抜く気はないが、刑事たちが動くと調査がやりにくくなる。私にとっては、都合のいい申し出だった……。

四谷署に着いたのは午後三時すぎ。

署に入ると、私は榊原を呼んだ。しかし、彼は外出していて不在だった。用件を伝えようとした時、署に入ってくる男と目が合った。絵里香殺しの現場で、最初に私を聴取した黒柳刑事だった。

黒柳は私をじっと見つめた後、唇をきゅっと引いて微笑んだ。並びの悪い歯が顔を見せた。「今日はどういう風の吹き回しで……」

「ゆっくり話せる場所を用意してくれませんか」

黒柳は和美たちに鋭い視線を馳せた。「なぜ？」

「このお嬢さんが、神納絵里香の娘だよ。意味分かりますよね」

黒柳はねめるように和美を見てから、竜一に目を移した。私は青年が誰であるか教えた。

私たちは、黒柳について二階に上がった。

一旦、デカ部屋に消えた黒柳は、見知らぬ男たちをふたり連れて戻ってきた。

「浜崎さん、ちょっと来てくれ」

私は言われた通りにした。黒柳は、椅子の背に躰を預け、最初から事の次第を話せ、と言った。目付きも態度も、見え隠れする金歯まで横柄そのものだった。

私は、簡潔に経緯を話し、松浦和美が自ら、事務所にやってきたことを告げた。

黒柳は私の言ったことをノートに書き留めた。

「あんたが匿ってたんじゃないのか？」鉛筆をノートの間に置いた黒柳が言った。

「今話した通りだよ。彼女の母親から娘を見つけてくれと依頼された。だけど、調査はうまくいってなかった。そこに、ひょっこり彼女が現れた。彼女に逮捕状が出てるわけじゃないから、匿うっていう言葉は適切じゃないですよ」

黒柳はそれには答えず、部屋を出ていった。

私は煙草を吸いながら待った。ほどなく、黒柳が戻ってきて、「帰っていい」と言った。

「あのふたりは？」

「そんなことあんたに関係ない」

私と黒柳は一緒に取調室を出た。去っていこうとする黒柳の腕を軽く抑えた。

黒柳が殺気だった目で私を見た。ちょっとした振動で爆発する地雷みたいな男だ。

「礼を言ってもらいたいね。市民が警察に協力したんだから」

「頭《ず》に乗るな」

黒柳は低い声で言うと、私から遠ざかっていった。

署を出た私は、駐車場からベレGを出した。

目的地は南浦監督の自宅だった。この時点で、南浦に会うのが適切かどうかは分からない。しかし、近いうちに南浦の行動が警察の耳に入るかもしれない。随分、迷ったが、南浦に直接、疑問をぶつけてみることにしたのだ。

赤信号で停まった時、かすかにアイドリングにばらつきがあるのを感じた。おそらく、キャブレターのせいだろう。しかし、今、車を修理工場に出している時間はない。

南浦の家の近くに駐車場はなかった。井の頭通りは渋滞していた。駐車できるスペースなどなかった。私は裏道に入り、車を停めた。

玄関ブザーを鳴らしたが応答はなかった。それは折り込みずみ。出かける前に用意しておいたメモと名刺をドアの透き間に挟み込んだ。

そして、建物の角に立って、しばらく様子を見た。ドアは開かず、メモや名刺が引き抜かれることもなかった。話題の映画を撮った監督は多忙なのだろう。

メモにはこう書いておいた。

〝南浦清吾様
毒殺された神納絵里香は、「最高の人」でしたか？　彼女についてお訊きしたいことがあります。ご連絡ください。不在の場合もあります。その場合は何度か電話してみてください。浜崎順一郎〟

事務所に戻ると、バヤリースオレンジの栓を抜いた。むしょうに、この清涼飲料水を飲みたくなることがある。子供の頃、初めて飲んだ時、幸せな気分になった。それが忘れられないのだ。

電話が鳴った。

「はい、浜崎……」

「浜崎君、どうなってるんだ!!」

斉田重蔵の野太い声が吠えた。

「竜一君は帰宅しました?」

「まだだ。警察から電話が入った。君が、警察に連れていったんだってな」

「怒鳴り散らす父親の代わりに」

「何だと! 俺に知らせるべきだろうが。息子はまだ子供だぞ」

私は、興奮している重蔵の声を聞きながら、バヤリースオレンジを飲んでいた。それでも子供の頃に得た幸福感は消えない。

「息子さんと彼のガールフレンドのために、できるだけのことはやったつもりですが」

「竜一はマスコミの標的にされる。そうなったらお前のせいだ」

重蔵の声に、ヒステリックな女の声が重なった。「……あなた、誰に電話してるの。あなたのせいよ、あなたが……」

「うるさい。向こうに行ってろ」

ノーガードでパンチを繰り出すボクサーさながら、重蔵は受話器を押さえることもせず、妻、綾乃を怒鳴った。

「どうしたらいいの。私……」綾乃が泣き出した。

斉田夫婦がやり合っている間に、私はバヤリースオレンジを飲み干した。

「今夜、時間を作れ」綾乃とのやり合いが終わった後、重蔵が口早に言った。

「後ほど、お宅に電話を入れます」

「お前は何を企んでるんだ」

「電話をしますから待っていてください」

私はそう言って、受話器を置いた。

重蔵との繋がりは保っておきたいが、至急会う必要はない。

古谷野に電話を入れた。そして、和美たちを出頭させたこと、重蔵から怒りの電話があったことを教えた。馬場幸作には何の動きもないという。

南浦からは連絡はない。

午後七時すぎ、私はタクシーで渡貞夫の女の店に向かった。

春日通りが中央通りとぶつかる少し手前でタクシーを降りた。

〈千草〉は上野二丁目にある。上野二丁目は湯島三丁目と隣接しているが、区画はすっきりと分かれてはいない。湯島三丁目が上野二丁目の方に迫り出している部分がある。私の持っている住宅地図には〈千草〉という店は載っていなかった。〈一関〉という名前の店が、おそらく〈千草〉に変わった気がする。

目標は大きな銭湯だった。

焼き肉屋の角を曲がった。そのまままっすぐ行けば不忍池の上野音楽堂（現在の水上音楽堂）の辺りに出る。飲み屋街だが、履物屋や納豆屋などの店もちらほら見受けられた。〈フロリダ〉というキャバレーらしいネオンが見えてきた。

まだ宵の口なのに、千鳥足の酔っ払いが、私の前を歩いていた。会社をクビになって家にも帰れず焼け酒を飲んだ。そんな後ろ姿の男だった。

その男が料理屋の前で座り込んでしまった。キャバレー〈フロリダ〉の方からサングラスをかけ、大きなハンドバッグを持った女がやってきて、酔っ払いに声をかけた。

「大丈夫ですか?」

「ああ……」男が軽く手を上げた。

「危ないですよ、こんなところで寝てたら」女がそう言ってしゃがみ込んだ。だが、すぐに立ち上がった。

私は足を止めた。女の右手の辺りで何かが一瞬光った。茶色い財布のようなものが、女の黒いウールのコートのポケットに消えた。あっと言う間の出来事だった。何が光ったのかは分からなかった。おそらく財布についていた金具だろう。ともかく、その光を目にしなかったら、女のやったことに私は気づかなかっただろう。

スリ。女は平然とした顔で、私の横を通りすぎた。私は肩越しに女を見返した。

十月一日、新宿のデパートでも、本物の中西栄子がスリの被害にあったところを目撃した。犯人は女だったが、顔はまったく記憶にない。小太りの、そう若くはない髪の長い女で、黒っぽい服を着ていたことしか覚えていない。

あの時の女かどうかは分からない。小柄だが、小太りではない。髪も長くはなかった。

あのスリ事件を目撃したことがきっかけで、私は今回の騒動を飯の種にすることができた。女スリ様々である。すれ違った女スリを見逃したらバチが当たりそうだ。

私は、上野に来た本来の目的を後回しにして、女の後を追い、銭湯の前で声をかけた。

「お姐《ねえ》さん」

女が立ち止まり、私に顔を向けた。

「俺に見られたのが運の尽きだったな。右のポケットの中味、見せてもらえるかい」

女は肩で笑った。ポケットの中味は見せなかったが、観念したようだった。私のことを刑事だと間違えているらしい。

「一緒に来てもらおうか」

「ね、あんた、見逃してよ。悪いようにはしないからさ」

「俺は不正が嫌いでね」

「同じようなことを言ったデカさんも、許してくれたよ」女はあっけらかんとした調子で言った。世界は自分を中心に回っていて、特別扱いされるのは当然だと思っているようだ。しかし、私は驚かなかった。女の大半は、ここまでひどくはないにしろ、似たり寄ったり。自分しか見ない場合が多いのだ。

女がサングラスを外した。

切れ長の吊り上がった目だった。眉は太く、立派な蝶になりそうな毛虫みたいである。鼻は丸かった。下敷きみたいに薄い唇。すっと切れ込んだ顎。化粧が濃くて、どことなく田舎くさいが、艶めきが躰からにじみ出ていた。

新宿で目撃した女スリよりも若い感じがした。

女は、ずる賢そうな目を周りに這わせてから、私に躰を寄せてきた。そして、私の股間をまさぐった。

「いいもの持ってるじゃない。気に入ったよ」薄い唇の端に笑みがこぼれた。

「〝貴女の面影　忘れはしない。シャネルの香りは今も残る〟」

ザ・ゴールデン・カップスのヒット曲『いとしのジザベル』の歌詞が口をついて出た。

女からシャネルのナンバー5の香りが漂ってきたのだ。中西栄子は、その香りを嗅いだと言っていた。見かけに違いはあるが、ひょっとすると……

女が股間から手を離し、眉を顰めた。「何、それ」

「地回りの兄さんが見てる。歩きながら話そうや」

「もうムショはごめんだよ」

「諦めな」私は女の肩を叩き、酔っ払いが座り込んでいた方に戻った。私は女の右側に回り、女の右手を握った。ちょっとした隙に、盗んだものを投げ捨てるかもしれない。

被害者の姿はもうどこにもなかった。

「前科の数は五本の指で収まるかい？　隠してもすぐに分かるから、吐いちまえ」

「二犯よ」

「名前は？」

「島影《しまかげ》ゆう子よ」

「ゆう子は、夕日の〝夕〟かい」

「そうだよ」

「ストリッパーの名前みたいだな」

「失礼ね」

次の大通りを右に曲がり、行き交う人の波を縫うようにして中央通りに向かった。

「交番に行くの？」

「うん。あんたを巡査に渡す。俺は他に用があるんでね」

「見逃してよ。あんたの言うこと何でも聞くから」島影夕子は甘い声を出し、今にも泣き出しそうな顔をした。

中央通りを左に曲がる。映画街が近づいてきた。知らない間に上野日活が姿を消していた。

その向こうの映画館の看板が目に留まった。神納絵里香と福森里美の顔が見えた。ふたりがかつて主演した映画が二本立てで上映されていたのだ。

思わず、私の頰がゆるんだ。

「どうしたの？」

私はそれには答えず、通りを渡った向こうにある交番を見た。上野駅の方に延びる中央通りの他に、二本の道が合流する地点だから、車の量が半端ではない。横断歩道がないので、すぐには渡れない。クラクションが鳴り響いている。苛立った運転者の罵声が飛んだ。

私は煙草に火をつけた。「俺のために一肌脱いでくれるか」

「何をすればいいの？」

「それは後で話す。まずは交番に行って、掏《す》ったものを、落とし物だと言って届けろ」

「それはいいけど……」

私は島影夕子の手を引き、ヘッドライトの灯りが迫ってくる、車道を急ぎ足で渡った。交番に着いた。

巡査に睨まれた。「君、ちゃんと横断歩道を渡らないと」

「拾い物を届けにきたのよ。許して」夕子が科《しな》を作り、ポケットから茶色い財布を取り出した。

先ほど光ったのは、財布に取り付けられていた金具だった。

私は唖然として、夕子の横顔を見た。財布はいつの間にか、左のポケットに移動していたのである。

「じゃ手続きしますから」

「いいんだ。俺たち急いでるから」私はそう言って、上野公園の方に歩き出した。

くわえていた煙草を消し、階段を上がり、西郷像の立つ広場に夕子を連れていった。そして広場の奥の手摺りに寄りかかった。

上野駅の構内アナウンスが聞こえた。山手線が枕木を叩いて駅を出てゆく。視線を右に振ったところの高い建物は、京成電鉄ビルである。

上野の繁華街のネオンが、夜空を薄い茶色に染めていた。

「あんた、本当にデカなの」

「島影夕子さん、あんた、十月一日にも新宿のデパートで、女子大生のバッグから財布を掏ったよな」

「……」

「被害者に学生証を送り返した。なかなかいいとこあるじゃないか。でもな、そこにあんたの指紋がついててね。慣れないことするから足がついちまったんだよ」

「あんた、どうしてそんなことまで知ってるの」街灯の光に夕子の怯えた顔が浮かび上がった。

「あんたの顔、偉そうにしてる時の方が可愛いぜ」

「はあ」夕子が歯を剝いた。

「その表情がいい」

「帰るよ。私が財布を掏った証拠はもうないんだから」

去ろうとした夕子の腕を取った。

「痛い。離してよ」

「マジシャンのようなあんたの腕、いや、指を買いたい」

「……」

「金は払う」

「あんた、何者?」

「ジェームズ・ボンドだと思ってればいい」私は夕子を見て、口許をゆるめた。「やるかやらないか、答えろ」

「煙草ちょうだい?」

夕子に煙草を渡し、火をつけてやった。

夕子は思いきり煙草の煙りを吐き出した。「誰のポケットを狙うかによるね。暴力団の組長とかいうんだったら、お断りだよ。相手がエライさんだったら、一件、十万はもらわないと。危ない橋を渡るんだから」

「ひとりにつき五万」

「正体を明かさない奴と組めるわけないでしょう」

「殺し屋は雇い主のことは訊かないだろう？　それと同じだと思え」

夕子が短く笑った。「やめとくわ」

「どうして？」

「あんた、頭がおかしい。そんな気がしてきた。よくいるでしょう？　自分がスパイか何かだって思い込む馬鹿が」

「そういう顔に見えるか」

「見える、見える。ちょっと目がいってるもの。それにさ、さっき、突然、歌い出したよね。やっぱり、変よ」

「あんたの躰から、シャネルのナンバー5が香ってきたからさ。シャネルをつけた女スリがいるって、俺は知ってる」

「それでも……」夕子が顔を軽く歪めた。

「あんた、どこに住んでる？」

「さっきあんたが声をかけてきた近く。春日通りを渡った向こうだけど」

「ひとり暮らしか」

「兄貴と一緒」

「表向きは何をしてることになってんだ」

「兄貴が家の隣で雀荘やってるから、それを手伝ってる。夜だけだけどね」

「今日はお休みか？」

「気分が乗らないと店に出ないの」

「これからしばらく、気分が乗らないと言って店を休め」

「毎日は無理よ」

「じゃ、旅行にでも出ると言え」

「私、本当に帰る。寒くなってきたから」

「お嬢さんを家までお送りしよう」

夕子がきっとした目で私を睨んだ。

「そうかっかくるな。話を聞いて、嫌だったら乗らなくてもいい」

夕子は黙って私についてきた。

横断歩道を渡り、映画街に戻った。

福森里美の看板絵に目を向けた。映画館の入口に列ができていた。

神納絵里香が殺されたから、往年のバンプ女優を見たくなった人間が行列しているような気がした。おかげで福森里美のことを思い出す者も増えたはずだ。彼女がそれを喜ぶかどうかは分からないが。

「上野が地元か」

「生まれは浅草だけどね」

「よく地元で悪さをする気になったな。普通は地元ではやらないだろう」

「魔がさしたんだよ。あの男が倒れてるのを見たら。我慢できなくなってさ。これまで一度も地元でやったことないんだよ。母親は死ぬ前、アル中だったけど、私はスリ中」夕子が笑い出した。

第一勧銀の前を通りすぎた。大通りの向こうは赤札堂である。

「いずれ近いうちにまた捕まるな」

「もう足を洗いたいんだ、本当は」

「止めてどうする」

「いい人、見つけて結婚したい。私、こう見えても、とっても家庭的なんだよ。料理、洗濯、アイロンかけ……何でもやるよ」

「じゃ、俺の頼んだ仕事を最後に止めろ」

「最後の仕事なんて思うと捕まるもんよ。親父も……」そこまで言って口をつぐんだ。

「親父もスリか」

「獄中で心臓麻痺起こして死んだけどね」

「兄貴もか？」

「兄貴は真面目。やってないよ」

「でも、妹が今でも現役だって知ってるんだろう？」

「薄々ね」

中央通りと春日通りの交差点を渡り、右に曲がった。

「そんなに私の香水、匂う？　もう一度嗅いでみて」

私は言われた通りにした。「風呂に入る習慣が乏しい国の売春婦みたいだよ」

「え？」

「彼女たちは、ラーメンにコショウをバンバン振りかけるみたいに、躰に香水をつけてる。どんなに美人でもそれは同じ。清潔な日本人は、まずはその女を風呂に入れてからでないと、臭くて、やる気がなくなり、あそこが、青菜に塩の状態になっちまうそうだよ」

「あんた、やっぱり頭、おかしい。けど、面白い」

「新宿のデパートでは変装してたのか」

「カツラ被って、いっぱい着込んで、太って見えるように小細工してた。暑くてしかたなかったけどね」夕子は淡々とした調子で言った。

春日通りにもキャバレーやパブのネオンが歩道に光を落としているが、その数は少なく、昔ながらの商店や小さな工場が並んでいた。照明器具を売る店の角を左に曲がった。

割烹料理屋と旅館が建ち並ぶ一角に、〈国士無双〉という看板が見えた。隣の小さな二階家の表札すましている可能性もある。

だが、本当に彼女が、その家に住んでいるかどうかは分からない。この界隈に詳しい夕子が、成りすましている可能性もある。

私は彼女が家に入るまで、道ばたに立っていた。

夕子が鍵を開けた。

「島影さん、俺の提案に乗ってくれるよな」

「今、五万くれたら、あんたの仲間になって上げる」

「交渉成立だな」私は満足げな笑みを浮かべて、上着の内ポケットに手を入れた。財布を取り出した時、はっとした。反対側のポケットが、スカスカしているのに気づいたのだ。心臓をハンマーで叩かれたような衝撃が走った。

ない。手帳と名刺入れがなくなっている。

他のポケットを探ったが結果は同じだった。

夕子が、暗い空が割れるような大声で笑い出した。

夕子の手には、私のポケットに入っていたものが握られていた。彼女は名刺入れからカードを一枚抜き取った。まさにマジシャンの手捌きだった。

「浜崎順一郎。新宿の探偵なのね。名刺、一枚いただいてもいいわね」

衝撃はすぐに消えた。満足感が胸を満たした。

私は財布から二万を取り出し、ズボンのポケットに押し込んである輪ゴムで止めた札から三万を引き抜いた。

「あんた、用心深いね」

「物騒な世の中だから」

五万を手にした夕子は、私に手帳と名刺入れを返した。

「探偵ってピストル持ってないの」

「キイハンターか何かの見過ぎだよ。ところで、さっき通った風呂屋の近くに〈千草〉って飲み屋があるの、知らないか」

「知らない。聞いたこともない名前よ」

渡貞夫の名前も出してみた。関東で勢力のある暴力団、帝都灯心会系の元組員だった男で、上野に店を持ってる女と付き合っているのだから、この界隈でも顔かもしれない。

しかし、夕子は彼の名前も知らないようだった。

「兄さんの雀荘、ヤクザも来るのか」

「来てるよ」

渡貞夫の手下と思える男のひとりは、麻雀屋に入り浸っている。東京には星の数ほど雀荘があるから、あの男がどんぴしゃり〈国士無双〉に出入りしていると考えるのは、あまりにもおめでたすぎる。しかし、頭の隅に入れておくぐらいの価値はあるだろう。

「俺は用を果たしてくるが、後で会えるか」

「〈千草〉って店に行くの？」

「そのつもりだ」私は腕時計に目を落とした。

午後十時少し前だった。

「十一時半頃、どこかで会えるか」

夕子は〈アザミ〉というスナックを指定し、詳しい場所を口にした。

「そこは内緒話が出来る店か」

「個室がある。たいした個室じゃないけど」

「じゃ後ほど」

私は夕子と別れ、春日通りを横断した。そして、再び銭湯のある通りに戻った。

〈千草〉は、スリ現場を越えた次の路地を右に曲がったところにあった。

しばし周りの様子を窺ってから、中に入った。渡貞夫が来ていたら手間が省ける。南浦監督に仕掛けたのと同じように、渡貞夫にも脅威をあたえられたら、向こうが慌てて何かやってくるかもしれない。危険は伴うが、馬場幸作が私に目をつけているようだから、悠長に構えていたら後手を踏む可能性がある。

私は張り切っていた。津島副頭取からもらった三十万と、これから懐に入るはずの報酬が、私に大胆な行動を取らせているのだ。

縄暖簾を潜り、格子戸を引いて中に入った。カウンターの中にいた和服の女が、客との話を止めて、じろりと私を見た。しかし、すぐに顔を作って、挨拶をした。
七、八人入れば一杯になってしまう、小上がりもない飲み屋だった。
客はふたりいた。私はL字形のカウンターの幅のない方の奥に進んだ。そして壁に寄りかかった。ふたりの客は別々に来たらしく、話すらしていなかった。ひとりは、地味なスーツに、垢抜けないネクタイを締めた中年男だった。おそらくサラリーマンだろう。もうひとりはサファリジャケットを着た工員風の若者だった。

私は適当にツマミを頼み、日本酒をぬる燗で頼んだ。お通しは豆モヤシだった。

「この店、初めてですよね」女将が話しかけてきた。

「うん。仕事で、一杯付き合わされた帰りなんだ」

「よくうちに飛び込みましたね」

「路地裏が好きでね」

探りを入れられているようだ。常連以外の客には警戒心を募らせるのだろう。

タヌキ顔だが、ちまちまとした作りをしていて、男心をそそる女には違いない。目付きが悪いわけではないし、笑顔が下品というわけでもない。しかし、細胞のひとつひとつに垢が詰まっていて、どことなく心がささくれ立っている感じがした。裸にしたら立派な彫り物が拝めそうな女だ。

「ここに来るまでは、どこで飲んでたんです？」

「春日通りにある焼き肉屋だよ」

「おビールいただいていいかしら」

「どうぞ」

工員風の男が立ち上がった。

「もうお帰り？」

「また来る」

男と入れ違いに、柄の悪そうな男が三人入ってきた。常連客らしい。

マグロのヌタやたこ酢を食べながら、日本酒をちびりちびりやっていると、また引き戸が開いた。痩せた人妻風の女が入ってきて、ひとりで飲んでいた中年男の隣に座った。会話はほとんどなく、ふたりはビールを飲むと、出ていった。

女将は、客に女を世話しているらしい。そうだとしたら、この界隈のヤクザと深い繋がりを持っているということだ。裏商売は、筋目を通さないとできるわけがない。渡貞夫が絡んでいるとみて間違いないだろう。

柄の悪そうな連中は、夜の宴を愉しんでいるようにはまるで見えない。男たちが渡貞夫の知り合いで、ここで待ち合わせをしていてくれないか、と期待したが、一時間以上経っても、縄暖簾を潜って入ってくる人間はいなかった。

夕子との待ち合わせの時間が迫ってきた。私は猪口を空け、立ち上がった。三人の男がじろじろ私を見ていた。

勘定を払い、「また来ます」と笑みを残して〈千草〉を出た。

夕子に教えられた通り、元の道には戻らず、一本中央通りに寄った通りに出た。正面に〈グランドコンパ〉という店のネオンが見えた。呼び込みが、通行人に声をかけていた。

左に曲がり、次の路地を右に入ると待ち合わせの店があるはずだ。

角を曲がった。バンが少し先で停まった。私がその横を通りすぎようとした時、バンのスライドドアが開いた。男が下りてきて、私の前に立ち塞がった。サングラスをかけた大柄な男だった。四角い顔で、顎が突き出ている。

「ちょっと付き合ってもらおうか」男がぼそりと言った。

背後で人の気配がした。振り返った。ふたりの男が真後ろに立った。満員電車に乗っている時のように躰を近づけてきた。脇腹に刃物が突きつけられた。

私は慌てたりはしなかった。少年院に送られる前は、よくこんな目に遭《あ》った。刺されたことはないが、袋だたきにされたことは一度や二度ではない。

当時のことを思い出すと、さらに気持ちは落ち着いた。

バンの後部座席の奥にもサングラスをかけた男が乗っていた。運転手の姿はちらりと見えたが、助手席には誰も乗っていなかった。

近くを女が通りかかった。異様な雰囲気に気づくと、顔を背け、去っていった。

「声を出したら刺す」パンチパーマの若造が小声ですごんだ。

「乗れ」

大柄な男に促され、私はバンに乗った。大柄な男が、その後に続いた。スライドドアが閉まると、車はすぐにスタートした。

私の後ろに立って私を脅したふたりの若造はバンには乗らなかった。

バンの後部座席に座っていた男は五十代に見えた。太り肉で揉み上げを伸ばしていた。『また逢う日まで』の尾崎紀世彦を思い出したが、揉み上げは、人気歌手のものより立派だった。灰色のコートに灰色の中折れ帽を被っている。

運転手は若い男だが、顔はよく分からない。髪は短い。ヤクザ稼業も心労が多いのだろう。左の側頭部に円形脱毛ができている。

いずれにせよ、バンに乗っている男たちの中には、昨日、山本千草の家から出てきた者はいない。

通りは混んでいた。大半はタクシーだった。

大柄な男が、私に覆い被さるようにして、身体検査をした。ニンニクの臭いがした。

「ついでに煙草を出してくれないか」

大柄な男が私の腕をねじ上げた。「無駄口を叩くな。手を後ろに回せ」

私は、麻縄で後ろ手に縛られた。

私は揉み上げ男を睨んだ。「用を言え」

男は答えない。

バンは次の道を右に曲がり、中央通りに向かっていた。

外の景色が見えたのは、その辺りまでだった。

揉み上げ男が、私の目にアイマスクをかけた。

バンはゆっくりと走っていた。アイマスクの透き間から光が射し込んでくる。それが明るくなったり暗くなったりしていた。

高速を使った様子はない。橋を渡った気がするが定かではなかった。

私が〈千草〉に顔を出し、その後に立ち寄る店を指示したのは島影夕子だけである。彼女が、私の嗅ぎ回っている事件に関係しているのだろうか。いや、それは考えられない。

そうではないとすると、〈千草〉にいた客の中に、私の正体を知っていた人物がいて、渡貞夫に連絡を取ったことになる。女将ではない。私のいる間、彼女は誰にも電話をかけていなかった。

〈千草〉を出てから、キャバレー、〈フロリダ〉の方に戻るか、〈グランド　コンパ〉のある道に出るか、分かっていなかったとしたら、私を拉致したいと思った人間は、〈フロリダ〉の方にも、人と車を配置させていたことになる。尾行されていた可能性も否定できない。

三十分ほど走っただろうか。そこで車が停まった。それまでも何度か信号に引っかかったので、今度もそうかと思ったが違うようだ。

縛られたままバンから降ろされた。木の香りがした。製材所だろうか？

通路のようなところを通った。ますます木の香りが強くなった。

「止まれ。そこから階段だ」

誰かに支えられ、階段をそろりそろりと上がった。

椅子に座らされた。折りたたみ式の椅子を開くような音が続いた。

「浜崎、取引がしたい」鼻にかかった甲高い声が言った。揉み上げ男の声である。

「アイマスクを取れ」私が言った。

それには誰も答えない。

「親父の調査資料、どこに隠した」

「そんなもん知らんな」

いきなり、顎を殴られた。私は椅子ごと床に転がった。アイマスクが外れそうになった。揉み上げ男がサングラスを外していた。右目が左目よりもかなり小さかった。

大柄な男がアイマスクを嵌め直した。

「五百万で買い取ってやる」揉み上げ男が言った。

「安すぎる」

膝蹴りが腹に入った。息が止まった。私はのたうち回った。

「その若さで死にたくないだろうが」

しゃべるのは揉み上げ男だけだった。

私は答えなかった。いや、声が出なかったのだ。

「起こせ」

ややあって、私はふたりの人間に抱えられ、再び椅子に座らされた。

「五百万を懐に入れて、この件を忘れろ。それが一番利口なやり方だ。悪いことは言わねえ。そうしろ」

「二千万……」そう言った途端、激しく咳き込んだ。

「自分の立場を考えて物を言え」

「親父の調査ファイルを全部ほしいのか」

「お前が隠したやつだけでいい」

「俺は何も隠しちゃいない。二千万持ってきな。そしたらあの部屋ごと、お前らにくれてやる」

「五百万、今、俺の懐に入ってる。拝みたいか」

「あんた、こんなことをしても、端金しかもらえないんだろう。それ持って逃げたらどうだい」

「よくしゃべる男だな」

「高倉健みたいな無口な男に憧れてるんだけどね。な、五百万はいいから、煙草吸わせてくれないか」

「くわえさせてやれ」

ライターに火がつく音がした。

「どうぞ」大柄な男の声だった。

煙草をくわえた。瞬間、吐き出した。火のついた方をくわえさせられたのだ。

揉み上げ男が笑った。「へらず口を叩いた罰だ。な、浜崎、五百万もらって、職替えしろ」

「馬場商事に雇ってもらえるかい」

それには誰も答えなかった。

また殴られるかもしれないと身構えたが、何も起こらなかった。

「お前が吐くまで帰さない。さっさとケリをつけようぜ」

「分かった。五百万で手を打つが、資料の内容を教えろ。本当に俺は隠してなんかいない」唇の裏が火傷したらしくひりひりしていた。「親父は俺に仕事の内容を一言も話さず死んだ。俺は後を継いだが、それまで親父がどんな調査をしていたかは知らない。あんたらの欲しがってる資料は、親父がどこかに隠したんだろうよ」

「嘘は通用せんよ」

「今から事務所に行って、一緒に探そう。そう言えば、銀行の貸金庫の鍵のようなものが出てきた。どこの銀行か分からんが」

口から出任せを言っていた時である。

一階から声がした。

「やばい、こっちにお巡りがやってくる」

「何だと！」揉み上げ男の声に緊張が波打った。

「早くずらかんねえと……」

「行くぞ」

「こいつはどうします？」大柄な男の声が訊いた。

「裏から投げ捨てちまえ」

「俺、ひとりで」大柄な男が不安げに言った。

「お前は裏から逃げるんだ。例の場所で待ってる」

足音が階段を駆け下りていった。

私は担ぎ上げられた。暴れたがどうにもならなかった。

投げ捨てる？　どういう意味だろう？　不安がひたひたと胸に迫ってきた。

ドアが開けられる音がした。冷たい風が私の頬を撫でた。

外に出たと思った途端、私の躰が宙に浮いた。背中に衝撃が走り、水が勢いよく撥ねる音がした。躰が水に沈んでゆく。もがいている間にアイマスクが外れた。足は使える。私は必死で水を蹴って、顔を水面から出した。かなり水を飲んでいた。周りには大小様々な丸太が何本も浮いている。

私は貯木場に投げ捨てられたのだ。

丸太の上に上がろうと、水をキックした。しかし無理だった。

二階の裏のドアが開いた。懐中電灯の光りが貯木場を照らした。私は躰を沈めた。太い丸太が躰を隠してくれた。

相手は警官らしい。一瞬、助けを求めようと思ったが止めた。警察に本当のことを話しても埒は明かないだろう。馬場だろうが渡だろうが、白を切り通すに決まってる。それに、警察に介入されたら、せっかく危ない橋を渡ったことが無駄になる。

再び、車を盗んでいた頃のことが脳裏に蘇った。あの時の〝戦争〟に比べたら、ちょろいものさ。

鉄製の階段を下りてくる足音が耳に届いた。再び立ち泳ぎに戻り、様子を見た。警官の姿はなかった。裏から表に出たのだろう。

手首を縛っている縄が解けない。仰向けになって、平泳ぎのように足を動かした。しかし、顔が沈んで、また水を飲んだ。貯木場はドブのニオイがしていた。

やはり、警察に助けを求めるべきだったか。このまま力尽きたら、土左衛門《どざえもん》になるしかないではないか。

死んでたまるか。私は細めの丸太に顎を載せられないかとやってみたが、丸太がくるりと回り、顔がまた水の中に沈んでしまった。やっとの思いで、顔を水面に出した。

人影が見えた。丸太の上を歩いてこちらにやってくる。覚束《おぼつか》ない足取りである。

女だった。スカートを腹の辺りまでたくし上げ、私に近づいてきた。

「手を出して」夕子の声だった。

「駄目だ、縛られてて……」私の顔がまた沈んだ。

夕子が水に飛び込んだ。そして、水中に潜り、縛られた縄を解こうとした。しかし、一度ではうまくいかなかった。

財布は掏れるのに……不器用だな……。私は心の中で悪態をついた。

縄が外れた。私は残った力を振り絞って、丸太に手をかけた。夕子も水面から顔を出し、同じ丸太につかまった。

私は水中に沈んだままだった。頭がぼうっとしてきた。

再び浮上した時、夕子はすでに丸太に両手を載せていた。遠のいた意識が戻ってきた。私は違う丸太につかまった。その瞬間、丸太がくるりと回って、私たちはまた水の中に沈んだ。

喘ぎながらしばしじっとしていた。夕子が丸太によじ登った。しかし、また丸太が回り、夕子は丸太の下に沈んでしまった。その波を受けて、他の丸太が、彼女のしがみついている丸太に静かに寄っていた。まるで、獲物に近づくワニのように不気味だった。丸太で塞がれたら、なかなか出られない。私は、他の丸太を押しやった。夕子の顔が水面に現れた。

私は太い丸太を選んでよじ登った。彼女の手を取り、丸太の上に引きずり上げた。少し休んでから、私たちは、丸太の上を両手を拡げバランスを取りながら、貯木場の縁まで歩いた。

陸に上がった私は、地面に仰向けに寝転がった。夕子も躰を投げ出した。

土のニオイが鼻孔をくすぐった。それが何よりの生きている証に思えた。

夕子に対する疑いは晴れた。

「夕子さん、あんたのおかげで命拾いした。ありがとう」

「何で私がこんな目に遭わなきゃならないのよ」夕子は吐き捨てるように言って、咳き込んだ。

「行こう」

「どこに？」

「とりあえず、俺の事務所に」

私は立ち上がり、彼女に手をさし出した。夕子は、その手を無視して、自分で躰を起こした。そして、周りに目をやった。ハンドバッグを見つけると、中からサングラスを取り出した。

私を拉致した男たちも警官も、もう近くにはいないはずだが、用心しながら、捕らわれていた建物の外階段を上った。

「あんたの事務所に行くんじゃないの」

「すぐにすむ。そこで待ってて」

貯木場の周りは材木置場や製材所だった。街の灯りは遠くにしか見えなかった。

外階段を上がりながら貯木場を見た。ぞっとするほど高いところから投げ捨てられたのが分かった。

私が殴られたり蹴られたりした部屋は、材木屋の事務所だった。黒板に、取引や打ち合わせの日程が書かれていた。カレンダーが目に入った。小柳ルミ子が微笑んでいた。今月のカレンダーではなかった。三ヶ月前、七月のものだった。

堀江商店というのが、この材木屋の会社名らしい。堀江商店は、七月から商いを停止しているとみて間違いないだろう。

私は、電話番号を頭に叩き込んでから、夕子の元に戻った。そして、材木置場の脇を通って、通りに出た。

「俺は目隠しされてたから、どこにいるか分からない」

「仙台堀川の少し上のところよ」

木場の材木屋の新木場移転はすでに決まっていた。じょじょに移動が始まっているはずだ。

夕子の躰が震えていた。私は彼女の手を取り指先をこすり、背中も撫でてやった。そうしながら、空車がくるのを待った。

雨でもないのに、ずぶ濡れの男女を運転手は異様に思うだろう。座席が汚れるのを嫌がるかもしれない。しかし、帰宅する方法は他にない。

タクシーがやってきた。運転手がじろじろと私たちを見た。

「抱き合ってたら、変な奴に貯木場に突き落とされたんだ」私は五千円札を取り出した。「シートが汚れたら、これで勘弁してくれ。料金は料金で払うから」

運転手は札を受け取ると「どこまで？」と上機嫌で訊いてきた。

財布も無事だったし、手帳もポケットに収まっていたが、名刺入れはなくなっていた。貯木場に沈んでしまったのだろう。

車中、私たちは口を開かなかった。夕子は震え続けていた。

事務所の前でタクシーを降りた。念のために周りに鋭い視線を馳せてから、マンションに入った。

昨晩は雨に濡れた女がやってきて、今夜は、貯木場に飛び込んだ女の面倒を見ることになった。しかし、濡れ方は和美の比ではない。

私はストーブに火を入れた。

「着替え、用意しておくから、熱いシャワーを浴びて」

夕子は黙って言われた通りにした。寝室に入った私は、タオルでざっと躰を拭いてから、着替えた。

そして、彼女のために用意したパジャマとローブを持って、洗面所に向かった。ドアを開け、風呂場の入口の前に置いた。磨りガラスにかすかに夕子の裸が映っていた。

「パンツ、どうする。男物しかないけど」

「ノーパンでいろって言うの？」

苛立った声が、シャワーの音をかいくぐって聞こえてきた。

洗面所の鏡で自分の顔を見た。左顎が腫れ上がっていた。骨折はしていないようだ。

膝蹴りされた腹にも鈍い痛みが走っていた。

私は縦縞のトランクスをローブの上に置いた。

パンツを見たら、南浦のことを思い出した。

タイガースファンのようなブリーフを穿いた監督は、私に連絡を寄越したのだろうか。和美と竜一のことも気になる。

しかし、憂慮しなければならないのは、私を拉致した男たちのことだ。

私が〈千草〉に顔を出したことを知った何者かが、渡貞夫に知らせた。奴がすぐに手を打った。渡貞夫を動かしているのは馬場幸作の可能性が濃厚である。

私を拉致した連中は、親父のファイルの在処が分かったら、私を消せと命令されていた気がしないでもない。

警官が来ると告げられた瞬間、揉み上げの男は、大柄な手下に貯木場に私を放り出せと命じた。躊躇はなかった。不測の事態が起こったので、私を殺す方法は選べなかったが、亡き者にしてしまうつもりだったに違いない。

冷静になって、あの時のことを思い出したら、寒気がした。私は運良く、丸太の間の水の中に落ちたが、丸太に躰を叩きつけられていたら、骨折ではすまなかったろう。下手をしたら、気を失い、そのまま水の中に沈んで窒息死していたかもしれない。以前は、貯木場の丸太に乗って遊んでいた子供が、水に落ちて死ぬという事故がよく起こったと聞いている。先ほど夕子もそうなりかかったが、落ちた時に波が起こって、丸太が寄ってきて、顔を上げる透き間を塞いでしまうのだ。

酒の用意をしていると、シャワーを浴びた夕子が現れた。そして、いきなり、毛虫のようなものを私に投げた。

私の躰が一瞬硬くなった。よく見ると、それはつけ睫だった。

「何だ、これは」

「洗面所の棚の奥の方に入ってたよ。あんたのものじゃなかったら、つけ睫を忘れていくような、生活の荒れた女と付き合ってるってことね」

去年、飲み屋で拾った女がここに泊まったことがあった。長いつけ睫をつけていた。生活が荒れている感じの女でもあった。しかし、なぜ、片方のつけ睫を棚に残していったのか見当もつかない。男物のスキンクリームを買ったことがある。ほとんど使っていないが、化粧品を持ってなかった女が使ったのかもしれない。その際、瓶の裏にでもくっついたとしか考えられない。しかし、そんなことはどうでもよかった。

「ウイスキーでいいか」私は、つけ睫をゴミ箱に捨てながら訊いた。

「ストレートにして。グラスはそれでいいから」

私も水で割る気はなかった。

「派手にやられたみたいね」夕子が薄く微笑んだ。

「本当にありがとう」私は夕子に頭を下げた。

「明日、洋服、買ってきて。あんたの服を着て外には出られないから」

「もちろん」

酒が、火傷した舌を刺激した。

私は、夕子の行動について訊いた。

夕子が、待ち合わせの店に向かっていた時、男たちに取り囲まれている私を見た。彼女は、相手が何者か分からないから、様子を窺っていた。すると、私がバンに乗せられた。様子がおかしい。バンは渋滞に引っかかっていた。夕子は空車を拾い、バンの後をつけたのだという。

「警官を呼んだのも、あんたか」

「近所の人間を装って、公衆電話から一一〇番して、堀江商店の材木置場で悲鳴が聞こえるって言ったのよ。見張りがいたのは知ってたけど、そうするしかなかった」

「警官が到着する前に、奴らは逃げ出したのか」

「バンが猛スピードで去っていった。警官たちが材木置場に入った後、大柄な男が、裏から出てきて消えたのも見たよ」

警官たちが姿を消した後、夕子は材木置場に入った。裏の貯木場に出た時、私が必死で丸太によじ上ろうとしているのが目に入ったのだという。

「度胸あるなあ。さすがに修羅場を潜ってきた女だけのことはある」私が言った。

「中学の時、水泳部だったの」そこまで言って、夕子が私を見つめた。「あんた、礼は言葉だけじゃ駄目よ」

「どうしたらいい？」

「あんたいくつ？」

「三十二」

「三百二十万……」夕子が事務所を見回した。「って言いたいとこだけど、そんな金、持ってそうもないわね。三十二万ちょうだい」

私は黙ってうなずいた。昨日、津島副頭取から三十万もらった。それが消え、なおかつ持ち出しになるが、貯木場の丸太のように、水に浮かんでいたかもしれないと考えれば安いものだ。

「明日、金は渡す。それはそれとして、俺の頼みを言うから、やってくれ」

「話してみて」

私は、女スリを最大限に利用するつもりで、細かく内容を教えた。

馬場幸作、そして南浦清吾の手帳や名刺入れを、まず夕子に掏らせようと考えたのだ。電話番号にしろ、メモにしろ、他人に知られたくないことは、何らかの細工をして記しているかもしれない。しかし、必ず肌身離さず持っているものに書き留めてあるはずだ。

「そいつらが、人を使ってあんたを拉致したの？」

「南浦ってのは映画監督だ。そいつはおそらく危険人物じゃない。だが、馬場幸作には気をつけろ」

「で、いつやればいいの？」

「明日、まず馬場を狙え。必要なことは、後でメモしておくし、写真も用意しておくから」

夕子は小さくうなずき、生あくびを嚙み殺した。

「俺はここで寝るから、ベッドを使って」

「私、まだ寝ないよ」反抗期の少女のような顔をした夕子は、片足をソファーの上に載せた。パジャマのズボンの前ボタンがひとつ止まっていなかった。私のトランクスがちらりと見えた。

「ボタン、開いてる」

夕子はボタンを止めてからこう言った。「乾し方が悪いからパンツ臭かったよ」

「それは悪かった。明日、パンツも買ってこようか」

「いいわよ。私のセンス、分かるわけないから」

「あんたの歳を知りたい。これから一緒に仕事をする相棒だから」

「三十六、歳女よ」

「スッピンの方が若く見えるし、綺麗だよ」

「私、童顔でしょう?」口振りからすると、童顔であることを嫌っているようだ。

「うん」

「それが嫌で、化粧を濃くしてるの。オバサンくさく見えても、化粧するのが好きなの」

夕子はグラスを空けた。私が酒を注いでやった。

夕子の母親は、ダンサーでエノケンの『カジノ・フォリー』にも出ていたという。

「……止められたけど、父親の跡を継ぎたくなってね。今の私、もう父親の腕は超えたよ」

そんな話をしている間も、夕子は何度もあくびをした。

夕子が寝室に消えると、メモを作った。そして、彼女に渡す三十二万を用意した。

やられた箇所に湿布薬を貼り、ソファーに寝転がった。

（十六）

古谷野が電話をかけてきた時、私は珍しく、起きていた。どこでも寝られる私だが、なぜかその日は眠りが浅かった。やはり、痛みのせいだろう。

私はトーストとハムで朝食を摂った。昨日の夕刊と朝刊にまとめて目を通した。

明日の土曜日、パンダが来日する記事が目に留まった。ランランとカンカンという二頭が上野動物園に飼われることになったのだ。

東急建設の不正事件の記事を読んでいる時、電話が鳴った。

「馬場に動きはありました？」古谷野に訊いた。

「昨日は、ホテルのロビーで人に会い、銀座のクラブを二軒回って、家に帰った。会ってた人間の正体は分からんが、人目を憚るような様子は見せてない。そっちはどうだ？」

和美が南浦清吾を目撃したことは伏せたまま、監督に揺さぶりをかけたことを話した。

「相手は乗ってこないのか」

「まだはっきりしません。それよりも、昨日は、もっと大変なことが、あれから起こったんですよ」

拉致されたことを教えた。

「向こうがいよいよ強硬手段に出てきたか」古谷野がつぶやくように言った。「しかし、お前も無鉄砲だな」

「これでしばらくは、鳴りを潜めるでしょう」

「次はどんな手を打ってくるかな」

「その前に事件を解決したいですね。ところで和美と竜一があれからどうなったか知らないですか？」

「家に戻ったって話だ。独占インタビューの原稿が出来たよ」

「是非、読みたいですね」

「文句は言わせんぞ。かなり妥協したんだから」

「読みたいと言っただけです」

「今後の方針を決めておこうぜ。今から、そっちに行っていいか」

「いいですよ」私は躊躇なく承知した。

電話の音で起きたかもしれないと、寝室をそっと覗いてみたが、夕子は背中を向けて眠っていた。

起きてきたのは正午近くだった。食事はいらないというので、コーヒーを淹れてやった。

メモと馬場の写真、そして三十二万を夕子に渡した。

「悪いわね」

「とんでもない」

古谷野が現れた。

夕子がサングラスをかけた。

「知り合いだ。心配はいらないよ」

古谷野は、私のガウンをまとった女に驚き、夕子は、古谷野の職業を聞いて警戒心を露わにした。

私は、自分が拉致され、溺れかかったところを、偶然、それを見ていた彼女が助けてくれたのだと嘘をついた。

古谷野が夕子に名刺を渡した。

独占インタビュー記事に目を通す。好意的な記事だが、和美たちはそれでも喜ばないだろう。しかし、致し方ない。

「じゃ、俺、洋服買ってくるね。サイズを教えて」

「九号よ。ロペで買って」

「スカートがいい？」

「パンタロンにして。私、穿いたことないの」

「パンツは？」

「いらないって言ったでしょう」

夕子と古谷野を事務所に残し、私は新宿通りを目指した。

古谷野を呼んだのは、インタビュー記事を読みたかったからだけではない。電話番をしていてもらいたかった。夕子は癖の悪い女。自分の〝城〟にひとりでおいておくのが心配だった。命の恩人でも、信用できるかどうかは別の話だ。

流行りのセーターとチャコールグレーのパンタロンを買った。裾直しは本人に任せるしかなかった。

事務所に戻った。

「……なかなか面白い人ですね、あなたは」古谷野の和んだ声が聞こえた。

「そうでもないけど」

短い間に、ふたりは打ち解けたようである。

私に目を向けた古谷野の頬が引き締まった。「お前が出ていってすぐ、南浦から電話があったぞ。一時間ほどで帰ってくると言っておいた」

私は包みを夕子に渡すと、彼女は寝室に消えた。

「いい女だな」古谷野が私の耳許で言った。

私は薄く笑って、煙草に火をつけた。

電話が鳴った。南浦からだった。

「わざわざご連絡いただきありがとうございます」

南浦が一瞬、黙った。

「どうかしました？」

「なぜ、僕にあんなメモを残したんですか？」

「今からお会いできます？」

南浦は目黒にいるが、用はすんだという。私は、待ち合わせの場所に、新宿の喫茶店、〈カトレア〉を指定した。

電話を切った私は、古谷野に言った。「南浦の尾行を夕子に頼む。だから、あんたは引き続き馬場を担当してください」

「彼女に尾行させる？　話はついているのか」

私は黙ってうなずいた。

夕子が寝室から出てきた。「どう？　私にはちょっと洒落すぎやしないかしら？」

「そんなことはないよ、とっても似合ってる」

そう答えたが、夕子は自分のことをよく知っていると思った。確かに服のセンスと、彼女の躰から滲み出るものには開きがある。しかし、服に着られているうちは駄目だが、着こなせると似合ってくるものだ。大いに褒めることで自信がつく。

「素敵だよ」

「本当に？」

「夕子さん、喫茶店でお茶でも飲もう」

「いいけど」夕子が怪訝な顔をした。

私は机の引きだしから名刺を取り出し、財布に入れた。財布はまだ湿っていた。

事務所を出た私たちは新宿通りに向かった。

「古谷野さん、また後で連絡します」

「必ずだぞ」

古谷野とは紀伊國屋書店の前で別れた。私は夕子とそのまま書店の前に立っていた。

「これからすぐに働いてもらうことにした」

「私、家に帰りたいよ。男物のパンツ穿いてると落ち着かない」

「すぐに慣れるさ」

「馬場って男の事務所に行けっていうの」

「今から南浦監督に会う。彼のポケットを狙ってくれ。狙えるような服を着ていたらの話だけど」私は南浦のことを詳しく教えた。

「手帳とか名刺入れをいただけばいいのね」

「危険は犯すな。掏れなかったら、そいつの後を尾けて、どこに行ったか俺に教えろ」

「あんたはどこにいるの？」

「ちょっと待って」私は夕子から離れ、赤電話に近づいた。

斉田重蔵に電話をした。

「昨日、連絡してくるんじゃなかったのか。どういうつもりだ！」重蔵がいきなり私を怒鳴った。

「竜一君、家にいます？」

「ああ。すぐにこっちに来て、俺に詳しいことを話せ。竜一の言ってることはさっぱり理解できん」

「今すぐは無理です。午後三時にお伺いします」

電話を切った私は、斉田重蔵の電話番号を夕子に教え、何かあったら、そこに連絡しろと言った。

「斉田重蔵って知ってるよ」

それには答えず、私は〈カトレア〉に向かった。

少し間をおき、別々に階段を下りた。

南浦の姿はなかった。店は混んでなかった。

私が座った真後ろの席も空いていた。

ほどなく、夕子がその席に座った。私の話し相手がよく見える席である。

十分ほどして南浦がやってきた。革ジャンにジーンズ姿。焦げ茶のハンチングを被り、薄茶のサングラスをかけていた。

私は立ち上がった。南浦が私に気づいた。

「お忙しいところをどうも」私は名刺を彼の前に置いた。

「名刺はもうもらってます」

「そうでしたね」

監督もコーヒーを頼んだ。「この後、用があるので手短にお願いします」

「私の知りたいことは、監督と死んだ神納絵里香の関係です」

監督が顔を背けた。「何の関係もないですよ」

コーヒーが運ばれてきたので、口を閉じ、煙草に火をつけた。

店員が去った。南浦はコーヒーを覗き込むような姿勢で、目を伏せたままだ。

「神納さんが殺された前夜の午後九時すぎ、あなたは神納さんのマンションを訪ねている。そして、彼女が死亡した頃、正確に言うと、午後五時を回った頃にも訪ねている。関係のない女のところに、二日も続けて通いますかね」

「……」

「証人がいますから、シラを切るんだったら、警察に届けます」

南浦は顔を上げ、サングラスを外したが視線を合わせはしなかった。「強請《ゆすり》か」

「いや」

「だったら何で、先に警察に行かない？」

「行ってほしいですか？」

監督の唇が歪んだ。「僕は神納絵里香を殺してない。人なんか殺せる人間じゃないよ、僕は」

「消極的な殺人というのもありますよ。追いつめられて、つい殺っちゃうってやつ」

「追いつめられる？　なぜ僕が追いつめられなきゃならないんだ」

「神納さんとはいつ再会したんです？　それとも彼女が映画界にいた頃から、密かに付き合いを続けてたんですか？」

「密かに？　どういう意味です」

「あなたは福森里美と結婚してた。福森里美と神納絵里香はライバルだった。深い関係がなくても、奥さんの手前、大手を振って仲良くできたはずはないでしょう？」

「神納絵里香とは、僕が里美と離婚してから、銀座のバーで会った。彼女から声をかけてきた。顔の感じがかなり違ってたから、すぐには彼女だとは分からなかったですがね」

「そこは、監督の行きつけのバーですか？」

「行きつけというわけじゃないですけど、銀座に出たら寄りますね。昔からあるバーですから」

「神納さんも、昔、そのバーに行ったことがあるのかな」

「あると思います」

絵里香はそこに南浦が現れるのを待っていたのか。それとも偶然なのか。よく分からない。

「その時、神納さん、ひとりでした？」

「いえ」

南浦は少し躊躇った後にそう答えた。目が泳いだのを私は見逃さなかった。相手のことは話したくないようだ。

「誰と一緒だったんです」

「相手のことは知りません」

「隠さなければならないような相手なんですか？」

「変なこと言わないでください。彼女の連れなんかに興味も湧かなかったですよ」南浦が声を荒らげた。

周りの客がこちらに目を向けるほど声が上ずっていた。里美が言っていた通り、心臓に毛が生えていない男のようだ。

「天地神明に誓って、あの事件と私は関係ない」

私は、絵里香がバーで一緒にいた人物は誰だったのか、男か女か、気になった。黙っていることもできたのに話したのは、嘘がバレる可能性もあると思ったからだろう。

だが、これ以上、そのことに触れると席を立ちそうだ。私は話題を変えた。

「あなた、絵里香さんが死んでいるのを見たんじゃないですか？」私は真っ直ぐに切り込んだ。

「……」南浦の煙草の吸い方が早くなった。

「私は私立探偵で刑事じゃない。あなたが犯人でない限り口外はしません」

南浦の右脚が貧乏揺すりを始めた。

「本当のことを言ってください」

「あなたは、なぜ、あの事件を調査してるんですか？」

私は、成りすまし事件の話をした。「……明日出る《東京日々タイムス》にそのことが出ます。読んでください」

「あなたが、新聞に出てた死体の第一発見者なんですね」

「そうです。あれを見て、調査を続けない探偵はいないと思いますよ。でも、私よりも先に、彼女の死体を見つけた人間がいた気がします。本当のことを言った方がいいですよ」

南浦は再び顔を背け、涎《よだれ》を垂らさんばかりに口を大きく開けた。息が荒くなった。「私、恐くなって逃げ出してしまいました」

「神納さんに触れました？」

南浦が首を横に大きく振った。「とんでもない。現場にあったものには何ひとつ触れてません」

「何が恐かったんです？」

南浦はしばし間を置き、薄く微笑みこう言った。「里美です。私、あいつとは別れたくなかった。

今でも、復縁したいと思ってます。でも、それは果たせない夢だとも分かってる。一度離れた女の気持ちが、元の男に戻ることは滅多にないですからね。私は商売女と遊ぶ趣味もないし、プレイボーイでもない。悶々として酒に溺れてました。絵里香とバーで会った時も、かなり酔ってた。いい歳をして、私は寂しがり屋でね。絵里香が誘ってきたから、付き合うようになったんです」

「それが里美さんにバレるのが恐かった」

「絵里香が倒れてるのを見た時、真っ先に頭に浮かんだのは、里美の顔でした。絵里香との付き合いが分かったら、里美はもう本当に……」南浦は言葉を呑んだ。

私も里美に心を動かされている。しかし、ここまでの未練を、長く付き合っていたとしても持たないだろう。

「それにもうひとつ恐かったのは……」南浦はそこまで言って、口ごもった。

「映画のことですね」

「ええ。やっと満足のいく映画が撮れ、話題になりつつもある。そんな時に、マスコミに騒がれたくなかった。その気持ち、あなたにも分かりますよね」

私は黙ってうなずいた。

「しかし、二日も続けて、誰が私を見たんですか？　私を監視していた人間がいたなんて思えないし」

「二日とも私が目撃したんですよ」

そう言って、彼の反応を見た。

「そうだったんですか。他には考えられないですもんね。絵里香が倒れているのを見た日、若い女とすれ違った。私でも少しは顔が売れてるから、気づかれたかなと思ったんですがね」

南浦は、すれ違った女が、佐近一郎の劇団員だとは夢にも思わなかったようだ。

そのことだけは信用できた。しかし、後の話は、とてもよくできているが、額面通りに受け取ることはできない。

しかし、バーに絵里香と一緒にいた人間のことを、なぜ南浦は語りたくないのか。

ひとつ考えられるのは、麻薬である。絵里香と親しくなった南浦は、絵里香の誘いに乗って麻薬をやっていたのではなかろうか。絵里香と一緒にいた人物が、麻薬組織に関係ある人間だったとしたら、南浦が、その人間のことを話したがらなかったとしても、おかしくはない。麻薬を使用していたことが世間に知れたら、致命的である。下手をしたら、映画がお蔵入りになる可能性もある。

私の脳裏には、やはり馬場幸作の顔がちらついていた。

私は、南浦と絵里香が再会したバーの名前を知りたかった。しかし、南浦に直接訊くのは得策ではない。バー〈シネフィル〉の祥子か、さもなくば里美に訊けば分かるだろう。

南浦が腕時計に目を落とし、「もういいですか」と訊いた。

「最後にひとつだけ。監督は誰が殺ったと思います?」

「見当もつきませんよ」南浦は弱々しい笑みを浮かべて、吸っていた煙草を消した。

南浦はハンチングを被り、サングラスをかけ直すと去っていった。

ややあって、夕子が出口に向かった。

一瞬、夕子と目が合った。夕子が私にウインクしてみせた。

（十七）

午後三時ちょっとすぎ、私は斉田家に着いた。マスコミ関係者らしい人間が、疏水の辺りに屯《たむろ》していた。

登美と呼ばれていた、フラスコみたいな躰つきの女について、邸に入った。

斉田重蔵は応接間にいた。和服姿だった。見るからに上等な紬《つむぎ》である。

彼はソファーに腰を下ろすと腕を組んだ。国の将来を左右する重大問題を抱えている大臣のような雰囲気で、口を開かない。

出された茶を口に運んだ。私から弁明するようなことは何もないから、私も黙っていた。

「顔、どうした？　飲んで喧嘩でもしたか」

「殺されかけましてね」

「え？」

「冗談ですよ」私は笑って誤魔化した。

斉田が煙草を懐から取り出した。「君はまず私に相談すべきだった」

「私はあなたに雇われてはいません」私はさらりと言ってのけた。

「確かに。だが、君は私と親しくなっておきたいとは思わなかったのか」

「何のために？　絵里香さんの殺害事件に関して、有力な情報でもお持ちなんですか？」

斉田の頬に笑みが浮かんだ。「君のような男に見下されるようでは、私もお終いだな」

私は茶を啜った。

「昔は、私に取り入ってくる人間が、街灯に集まる虫の数よりも多かったよ」

「斉田さんは、息子さんがああなった経緯を私の口から聞きたくて、私を呼んだんですよね」

「竜一は、謝ったが、詳しい話は一切しないんだ。謝礼は払うよ」

「いりません。あなたから金をもらったら、後が面倒くさくなりそうですから」

「意外に高潔なんだな、君は」

「最近は、心の除菌に務める日々を送ってます」

斉田が呆れた顔をしてそっぽを向いた。

無駄話をしているのには理由があった。夕子には、何かあったら、ここに電話をしろ、と言ってある。夕子が簡単に南浦の衣服のポケットに魔法の指を滑り込ませることができるとは思えない。斉田の邸を事務所代わりにするには、時間稼ぎが必要だった。

私は煙草に火をつけた。そして、松浦和美が事務所にやってきた時のことから、言葉を選びながら教えた。

「……まあ、こんなところですが、私の判断は間違っていなかったし、竜一君の決断は立派だったと思いますよ。ことは殺人事件ですから」

「ろくでもない女と付き合うから、こんな目に遭うんだ」斉田が悔しげにそうつぶやいた。

私は鼻で笑った。「神納絵里香は立派な女だったんですか?」

斉田の目が細くなった。「君、失礼じゃないか、死んだ人間に対して」

「言いすぎでした。謝ります。すみません」

「竜一の女のことをとやかく言う資格は、私にはないよ。だがな、これは理屈じゃないんだ。息子には、役者のタマゴなんかと付き合ってもらいたくない。女優ってのは、いい意味でも悪い意味でも普通じゃない。別世界で生きてる生き物だよ。自己中心的で、嫉妬深く、権力におもねるのが上手で、密林で生き延びていた元日本兵と同じぐらいに生きる知恵を持ってる。松浦和美とかいう女には会ってないから、何とも言えんが、女優を目指していて、君までも騙した女と、息子が付き合ってもらいたくないと思うのは、親として当たり前だろうが」

私が口を開こうとすると、斉田は右手を挙げて制した。

「君の言いたいことは分かる。あんたはどうなんです? って訊きたいんだろうが。私は、そんな尋常じゃない生き物の生き血を吸ってきた男だよ。生き血を吸い、時にはミロのヴィーナスを愛でるような気分で大切にする。レーシングカーは、誰にでも扱えるもんじゃないだろう。それと同じだ」

「相手の女はまだ学生です。あなたが付き合ってた女優たちとは違います」

「騙されたくせに肩を持つのか」

それには答えず、また茶を啜り、話を変えた。「ところで今日は、奥様は？」

「いない。実家に帰った」

「扱いに失敗したんですね」

「綾乃は中途半端な女だ。だから、女優として成功しなかったし、妻としても……。でも、俺は綾乃が好きだ。夫婦のことは、独身の君には分からんよ」

「愛妻の産んだ子供が、神納絵里香殺害事件に巻き込まれた。父親としては……」

斉田の目が鋭くなった。「あいつが犯人だとでも言いたいのか」

「いいえ。でも、こうなったら、父親として、早く犯人が捕まってほしいと思うでしょう」

「つまらんことを言うな」

「神納絵里香は金には困ってなかったっておっしゃってましたよね。裏で大きな犯罪に絡んでいたのかもしれない。死んだ夫の木村喜一は暴力団と関係があったんじゃないですか？　たとえば、帝都灯心会なんかと」

「君がここに来たのは、俺から情報を取るためだったのか」

「せっかく来たんですから、当たり前でしょう」

「君は、何か摑んでるな」

「やっぱり、木村は帝都灯心会と関係があったんですね」

斉田が小さくうなずいた。「そういう噂はあった。貿易商って言ってたが、麻薬の密売に深く関係してたんじゃないかな。奴の後ろには帝都灯心会がいたってことだろうよ」

「木村は、一時は羽振りが良かったけど、最後は金がなかった。悪銭、身につかずだよ」

「木村を絵里香さんに紹介したのは、〈ベンピーズ〉のリーダーだった衣袋益三だったと聞いてますが、その辺のことで何か知ってることはありませんか」

「その話、初めて聞いたよ」

「木村の他に、神納絵里香の周辺の人間について思い出したことはないですか?」

「君が、この間、馬場幸作っていう男の名前を出したから、ゴルフ関係者に訊いてみた。だが、誰も知らなかった。ところがだ、絵里香が死んだことで、ある芸能プロの社長だった男から電話がかかってきた。話してるうちに、ひょっとして、と思って馬場幸作の名前を出してみた。馬場という男は、外国人歌手の呼び屋をやってた時代があったそうだ」

「それは知ってます。馬場企画という会社だったそうですね」

「うん。馬場企画に金を出してたのが木村喜一だったって、その人は言ってた」

「何ていうプロダクションの何ていう方ですか?」

斉田の眉がゆるんだ。「会いにいくのか」

「必要とあらば」

「その人は今、ハワイで第二の人生を送ってるよ」

ハワイか。仕事にかこつけて行ってみたいが、そんな金も時間もない。それでも、名前と電話番号を訊いた。

「後で教える。今、ここに手帳がないから」

渡貞夫の名前を出したが、斉田は知らないと即座に答えた。

斉田が煙草を消し、ぐいと私の方に躰を寄せた。「絵里香、木村の後を継いだんじゃないのか。馬場と組んで」

「さあ、どうなんでしょうね」

「誤魔化すな。犯人さえ見つかれば、つまらんゴシップは消えて、息子がマスコミに騒がれることはなくなる。私はそれしか願ってない。だから、私には何でも話せ。こうやって私も君に協力してるんだから」

「絵里香さんが犯罪者だったとしても、彼女を殺したのがその筋の人間だとは限りませんよ」

「それはそうだが……」

私は上目遣いに斉田を見た。「青酸カリで毒殺する。女のやりそうなことだっておっしゃってましたよね」

「今の私には女はいない、そう言ったろうが」

「奥さんは男じゃない」

「何だ、その言い草は!!」斉田が激怒した。

「私はあらゆる可能性を考えてるだけです。奥さんには動機がある。警察も調べてるはずですよ」

「あの日、綾乃は銀座のデパートに買い物に出かけたそうだ。登美がそう言ってた。登美っていうのは、さっき、君を家に入れた女だ」

「斉田さんも奥さんを疑ったから、登美さんに聞いたんですね」

斉田の目が一瞬、泳いだ。

「あの日、斉田さんはどこにいたんです？」

「銀座にある弁護士事務所にいた。そろそろ遺言を作った方がいいとアドバイスされてね。綾乃と長男夫婦が揉めないように」

内線電話が鳴った。斉田が立ち上がり、受話器を取った。

「君にだ」

私は電話機に近づき、受話器を耳に当てた。

「任務完了よ」

「今、どこに？」

「六本木の〈クローバー〉（二〇一二年一月閉店）でお茶を飲んでる」

「今すぐには動けない」

「じゃ、私、家に帰ってる」

「後で寄るよ」

受話器を電話機に戻すと、元の席に座り直した。

「助手がいるのか」

「臨時雇いです。竜一君はまだ家にいます？」

「あいつに何の用だ」

「警察での聴取の模様を聞いておきたいんです」

斉田がドアを開け、登美を呼んだ。

遠くから登美の返事がした。

「竜一を呼んでくれ」

「はい」

煙草を吸って待っていると、登美が応接間に現れた。「先ほどまでいらっしゃったんですが、お声をかけても返事がないし、普段、いつもお履きになってる靴も見当たりません」

「あの馬鹿」斉田が吐き捨てるように言った。「表はマスコミだらけだろうが」

「大した数じゃないですが、うろうろしてます」私は登美に視線を向けた。「裏口あります？」

「はい」

「もう下がっていい」斉田が口早に言った。

私は腕時計に目を落とした。午後五時少し前だった。

「また改めて竜一君に会いにきますよ」

「あいつにはつきまとうな。かなり神経がまいってるみたいだから」

「お帰りになったら、電話をくれるように伝えてください」私はそう言って立ち上がった。

「君は警察にツテはないのか」

「探偵と仲良くする警察官なんていませんよ。ところで、話は違いますが、福森里美は、女優としてどうだったんです？」

斉田が怪訝な顔をした。「何でそんなことを訊くんだ」

「昨日、上野に出かけたんですが、その時、神納絵里香と福森里美の主演映画を二本立てでやってたんです。けっこう行列が出来てましたよ」

「絵里香が死んだことで、私の作ったバンプ映画がまた日の目を見たんだ。有名人は、庶民の憧れでもあるが、生贄でもあるんだよ。福森里美は、前にも言ったと思うが賢すぎる。いや、言い直そう。あの子は、ガードが堅すぎるから女優には向いてない。私は、あの子を裸にしたかった。あの子を脱がせたかったのは、裸を売りにしようというゲスな思いもあったが、本当は心を裸にしたかった。だけど、彼女は脱がなかった。たとえばの例だが、原作者と寝て主役の座を取ったとしても、そういう汚い行為が顔に表れない。そういうのが女優なんだよ。でも、里美はそんなことできるはずもない女だ」

「おっしゃってる意味、よく分かりますよ」

斉田が舐めるようにして私を見つめた。「この間も君は、彼女のことを訊いてた。かなり親しくなったようだな」

「口説こうとしましたが、全然相手にされませんでした」

斉田が背もたれに躰を倒して笑い出した。「仕事のかたわら、年上の元バンプ女優に言い寄ったか。君もなかなかやるね。気に入ったよ、男はそうじゃなきゃ」

「また何かありましたら、お邪魔させていただきます」

「いつでも来ていいが、息子と妻には近づくな」

私は軽く肩をすくめてみせただけで、何も言わずに応接間を出た。

玄関口で、ハワイに住んでいるという元プロダクション社長の名前と電話番号を受け取った。邸を後にした私は疏水の流れる通りに出た。マスコミらしい連中が、相変わらず屯していた。

そのひとりが私に寄ってきた。「お宅、探偵の浜崎さんですよね。斉田さん、あなたを雇ったんですか？」

「俺は《東京日々タイムス》のお抱え探偵なんだよ。他のマスコミに情報を流すと飯の食い上げになる。悪いね」

優しく断った私は、駒沢通りに向かって歩き出した。そして、次の角を左に曲がった。

竜一は裏口から抜け出したらしい。そうした理由は、父親の前で、私の質問に答えたくなかったからかもしれない。そうだとすると、私が邸から出てくるのを、どこかで盗み見ていた可能性もある。

私は邸の真裏の通りに入り、ゆっくりと閑静な住宅街を歩いた。次の角の右側に医院があった。その陰から、竜一が姿を現した。サングラスをかけていた。

「頭痛、それとも腹痛？」私は内科と書かれた看板を見ながら言った。

竜一は笑いもせずにこう言った。「和美が浜崎さんに会いたがってます」

「俺も会いたい。どこにいるんだ」

「こっちです」

竜一は駒沢オリンピック公園の方に向かって歩き出した。

「俺が邸を出てくるのをずっと待ってたのか」

「ええ。でも、そんなには待ちませんでした」

六百メートルほど歩くと、バス通りに出た。和美は駒沢大学近くの喫茶店で待っていた。私たちに気づくまでは、ぼんやりと煙草を吸っていたが、私と目が合うと顔を作った。

かすかにカレーの匂いがした。周りは学生ばかりだった。大学祭が近づいているらしいことが、会話の端々から窺い知れた。

私も竜一もコーヒーを頼んだ。

「ずっとここにいたの？」

「そんなに経ってません。でも、浜崎さんに会えるまでは待っていようと思ってました。浜崎さん、殴られたんですか？」

「いろいろあってね」私は煙草に火をつけた。「君たちは、だいぶ絞られたか」

「同じ質問を何度もされたし、犯人扱いもされました。しかたないですけどね」和美は周りを気にしながら小声で言った。

「黒柳って刑事がすごく感じ悪かったそうです」竜一が言った。

「榊原って刑事はいた？」

「僕を調べた刑事のひとりが、その人でした。榊原さんは優しかったです」

私は、聴取がどんなものだったかふたりに訊いた。和美は饒舌だったが、竜一はあまり口を開かなかった。

「南浦監督のことは話さなかったんだね」

和美が首を横に振り、こう言った。「黒柳刑事に、浜崎さんとの関係をしつこく訊かれました」

「あいつは探偵嫌いで、俺を犯人にしたくてしかたないらしいんだ」

「そうだわ。忘れるところでした」和美がバッグから封筒を取り出した。「これ、お母さんから」

中には調査料金とお礼の手紙が入っていた。

「ありがとう。領収書は家に送るよ」

「浜崎さん、榊原刑事は母のことを疑ってるみたいでした。それが心配で」竜一が目を伏せた。

「あの日は、お母さん、銀座に買い物に行ってたんだろう？」

竜一が目を伏せた。「僕はよく知らないんです。出かけてしまいましたから」

母親が疑われているのだから、表情が暗いのは当たり前だが、どうも様子がおかしい。

「竜一君、気になることが他にあるんだね」

「……」

「浜崎さんには、本当のこと話していいじゃない」和美が口をはさんだ。

「僕の専門は応用化学なんです。学校の研究室には青酸カリが置いてあります」

私は竜一の顔を覗き込んだ。「まさか、研究室の青酸カリが紛失したんじゃないだろうね」

「そんなこと僕には分かりません。おそらく、警察は調べにいったと思いますが」

「その後、警察から連絡があった？」

「いいえ」

「じゃ、紛失はなかったってことだ。心配することはないよ」

「でも、そういう薬物に僕が詳しいのではないかと警察は疑ってるんです。でも、僕は青酸カリについては大した知識はありません」

母親に頼まれた息子が何らかの形で青酸カリを手に入れ、母親がそれを使って絵里香を殺害した。警察はその線も洗おうとしているらしい。

近々、榊原には会おうと思っている。その際、探りを入れてみるが、相手が手の内を明かすかどうかは分からない。

私は、現金輸送車襲撃事件と絵里香殺しが繋がっていることを、心のどこかで期待している。しかし、絵里香が殺された動機は案外単純なものかもしれない。

「警察で取り調べを受けたら、誰だって不安になるもんだよ。だけど、やってないことはやってない。堂々としていればいい」

「そうよ」和美が大きくうなずいた。

「で、マスコミの連中に対してはどう対処したんだい？」

「浜崎さんの言った通りに、ふたりとも一言も話してません」和美が答えた。「でも、いろいろ書かれそうね」

「和美の名前はきっと出ないよ」竜一が言った。「僕の場合は、親父が関係してるから、書かれてしまうだろうけど」

「学校、どうするの？」私はふたりを交互に見た。

「行かないのも変だから、行きます」竜一が答えた。

「私も。劇団は辞めるしかないだろうけど」

私は和美を見て薄く微笑んだ。「そうだ、言い忘れてた。南浦監督、すれ違った女が、君だとは全然分かってなかったよ」

「浜崎さん、監督に会ったんですか？」

「うん。例のことが彼の仕業だったとしても、そのことで君がトラブルに巻き込まれることはないから安心して」

「良かったけど、全然、役者として印象に残らなかったのね」和美は不満げである。

「覚えてなくて当然だって言ってたじゃないか」竜一が口をはさんだ。

「そうだけど、やっぱりね……」

雨に濡れたまま私のところにやってきた時とは大違い。喉元すぎれば何とやら……。和美は立ち直りが早そうだ。

総じて、女の方が、何事においても後を引くことが男よりも少ないものだが、和美はその最たるものかもしれない。

「困ったことがあったら、いつでも連絡して」そう言いながら、私は勘定書を手に取った。

（十八）

春日通りでタクシーを降りた私は、照明器具の店の角を曲がった。そして、島影吉之助の家のブザーを押した。

辺りはすっかり夜の色に染まっていた。

夕子がドアを開けてくれた。私が買った服を着ていた。

日当たりの悪そうな古い家だが、申し訳程度の庭があった。部屋の灯りにぼんやりと浮かび上がっているのは、実をつけた柿の木だった。

張り替え時期をとうにすぎた畳の上に、安っぽいソファーの三点セットが置かれている。

「ビールにする?」

「今はいらない。まず獲物を見たい」私はテーブルに置かれている茶封筒に目を向けた。「これだね?」

「そうよ」

私は中味を引き出した。深い緑色の革の手帳が出てきた。

今年の手帳だった。パラパラと捲ってみた。最初の方は、毎日のスケジュールを記すことができるようになっていた。その後がメモ、そして最後が住所録だった。

私は一月から順に見ていった。撮影の日時、打ち合わせの相手の名前と会う時間、フィルムを編集する日……。知らない名前と会社ばかりだった。E宅という記述が一月と二月にそれぞれ一回あった。絵里香の家のことではなかろうか。

一月二十八日、金曜日の欄には、日活ロマンポルノ、摘発と書かれてあった。二月十二日、土曜日には深作欣二の『軍旗はためく下に』を試写し、左幸子が抜群と記している。

二月二十四日、木曜日に会社名が記されていた。梶商工。どこかで聞いたことのある名前である。南浦は午後三時に、その会社に出向いたらしい。

梶商工? 脳裏に雷鳴が轟いたような衝撃が走った。

馬場商事の入っている百瀬ビル、しかも同じ階にあったのが梶商工という会社だった。その会社のブザーを鳴らしたが応答はなく、ドアには鍵がかかっていた。営業していないと思えたのだが……。

同名の会社が他にあるのかもしれない。しかし、絵里香との繋がり、人間関係の流れからすると、あのビルにある梶商工と見て間違いないだろう。

「どうしたの？」夕子が私の顔を覗き込んだ。

「君にキスをしたくなったよ」

「じゃして」

「後で」

さらにページを捲っていった。監督としての仕事のスケジュールが大半だった。以後、今日の段階まで、一度も梶商工の名前は出てこなかった。絵里香が殺される前日には〝E宅〟とあったが、翌日の欄には何も書かれていなかった。

メモのページに移った。

最初の方に、不思議な記述を見つけた。


〝『最高の人』製作委員会→梶商工〟


初めて斉田にあった時、彼が言っていたことを思い出した。

南浦に金を集めることはできるはずもなく、監督の才能に惚れた金持ちが大口のスポンサーになり、他からも金を引っ張ったのだろうと……。

製作委員会に梶商工が深く関わっているらしい。他にも出資した会社があるのかもしれないが、あの会社がかなりの金を出したか、集めたかしたということか？

しかし、営業しているかどうかも分からない、銀座の裏通りのビルにある会社が、そんなことができたとはとても考えられない。

これには裏がありそうだ。

ひょっとすると、梶商工は実態のない会社なのかもしれない。だとすると、同じフロアーにある馬場商事の社長である馬場が暗躍している可能性が大である。

しかし、映画も水物。必ず当たるとは限らない。馬場という男が、損得抜きで映画という芸術に関わるなんてありそうもないことだ。

住所録を調べた。梶商工の住所は、果たして馬場商事と同じだった。そこには代表と思える人間の名前が書かれていた。

梶源一《げんいち》。

他に気になる会社名も個人名もなかった。神納絵里香の名前も載っていない。しかし、福森里美の住所と電話番号は記されていた。

元の妻である。載っていても不思議ではない。しかし、南浦は特別な思いをこめて、今年の手帳に書き写した気がしてならなかった。

手帳を閉じた私はやっとそこで煙草に火をつけた。

「かなり役に立ったようね」

「ああ」

夕子が手を私に差し出した。私は、手の甲にキスをした。

「そんなキスはいらないよ」

私はにやりとし、仕事料である五万を彼女の掌に載せた。

「今夜は私がご馳走してあげる」

「命の恩人に奢られると運が落ちそうだから、気持ちだけ受け取っておくよ」

「あんた、気っ風がいいね」

「兄貴の店、手伝わなくていいのか」

「平気よ」

「飯は銀座で食べよう」私は少し間を置いてからそう言った。

「上野が嫌いなの？」

「昨日、あんなことがあったんだぜ。誰が見てるか分からない。あんたは俺の隠し球。一緒にいるところを見られたくないんだ」

「ちょっと待っててね」

着替えなかった夕子の準備は速かった。

「和、洋、中……何がいい？」

タクシーに乗ってから夕子に訊いた。

「肩が凝らない、洋食がいいわね」

外堀通りの電通ビルの前でタクシーを降りた。裏通りに洋食屋があったのを思い出したのだ。銀座にしては高くない店である。

午後八時すぎ。客が退けたばかりなのか、店は空いていた。奥のボックス席に私たちは座った。

私は夕子に、以前、食べておいしかったビーフシチューを勧め、自分も同じものにした。前菜はキャベツのピクルス。

ビールで乾杯をしてから、私は煙草に火をつけた。「あんたの腕には恐れ入ったよ」

「緊張したよ」夕子が周りに目を向け、小声でこう続けた。「財布じゃなかったからね」

「で、あの男はあれからどうした？」

「タクシーに乗って六本木に行ったよ」

「六本木のどこに？」

夕子の説明を聞いているうちに、南浦が向かった場所が分かった。

里美のアパートに行ったらしい。

なぜだ？　私の眉が一瞬険しくなった。しかし、夕子の話を聞くと、顔が優しくなった。

「……変なのよ。あの男、アパートをじっと見つめてただけ。どの部屋にも寄らずに、交差点に戻っていったの。空き巣が下見してるみたいだった」

「空き巣みたいか」私は短く笑った。

「だって、空き巣って、狙った家の人間の様子を探るもんよ」

「商売柄、しかたないけど、もう少しロマンチックな想像ができないもんかな」

「好きな女の家を、こっそり見にいったって言うの？」

「そういうふうにも取れるじゃないか」

夕子が目を瞬かせた。「あの男、中学生じゃないのよ」

「少年の心を持った純情な男かもしれないじゃないか」私は、そう言いながら、ピクルスを口に運んだ。

「そんな純な人が悪さを働いてるってわけ？」

「ワルの中にも、女にはからっきし弱い奴もけっこういるよ」

夕子が大きくうなずいた。「そうだね、男って繊細だもんね」

ビーフシチューが運ばれてきた。夕子はパン、私はライス。パンは腹持ちが悪いから、夜はほとんど食べない。

夕子は、南浦が六本木の交差点まで戻る途中、ドンクというパン屋の前で、掏ったという。

「手帳の在処はどうやって分かったんだい？」

「簡単だった。だって、ジーパンの後ろポケットから頭が覗いてたもの。ちょっと物足りないお仕事だったわ」夕子は科を作って笑った。

「でも、緊張したんだろう？」

「緊張というのはちょっと大袈裟だったね。簡単すぎると、却って、バレるんじゃないかって不安を感じるもんなのよ」

「〈クローバー〉に入った。あんたのために、店の中まで入ってあげたよ。顔を見られてないから、そうする気になったんだけどね」

「あいつ、〈クローバー〉で誰かに会ってたのか」

「スーツ姿の中年男がやってきて、彼の席についた」

「昨日見せた写真の男じゃなかったんだね」

「全然、似てなかった」

「どっちが偉そうだった？」

「スーツの男よ。でも、南浦も、へーこらしてたわけじゃないわよ」

南浦は仕事関係者と会っていたのかもしれない。

トイレに行った際、南浦が関大映画の本社に行くと言ったのが聞こえたので、夕子は尾行するのを止めにして、先に店を出たという……。

食事が終わると、私はコーヒーを頼んだ。夕子は「太るかなあ」と言いながら、プリンを注文した。

「あんた、錠前を破れるかな」コーヒーを飲んでから、小声で訊いた。

「できるわけないでしょう。私はす……」夕子の動きが止まった。

自分はスリで、錠前破りではないと言いたかったのだろう。

「何をする気なの？」

「夜の銀座を散歩してから、飲みに行こう」

夕子の目付きが変わった。「目的があって銀座に来たのね」

私は、夕子の言葉を無視して席を離れた。店の入口においてある電話から古谷野に連絡を取った。

「何か新しい情報は？」私が訊いた。

「ない。お前の方は？」

「いろいろあるけど、今はしゃべってられない。馬場はどうしてます？」

「それが、今日は監視できなかった。毎日は無理だってキャップに言われて。馬場に動きがあったのか」

「また電話します」

受話器を置くと、勘定を頼んだ。

午後九時半すぎ、外堀通りに戻った私は、夕子を連れ、横断歩道を渡った。そして、馬場商事の入っているビルを目指した。

「どこに行くのよ」

「怪しげな会社の入ってるビルだ」私は事もなげに言った。

「私、鍵なんか開けられないよ」

「様子を見にいくだけだ」

第一勧銀数寄屋橋支店の入っている日軽ビル（現リクルートGINZA7）の裏通りに入った。

右手に駐車場があった。馬場幸作は、ここに停めていた車に乗って、絵里香の家に向かった。駐車場を見てみた。赤いアルファロメオが停まっていた。

馬場は会社にいるのだろうか。

「これから、俺はあの斜め前にあるビルの三階に行く。君はここで待っててくれ」

「どれぐらい待てばいいのよ」

「すぐだよ。あんまり出てこなかったら、今日会った《東京日々タイムス》の古谷野に電話をしてくれ。名刺もらってるだろう？」

「せっかく銀座に来たのに、立ちん坊みたいなことをやらされるの」

「人助けって、癖にならない？」

「馬鹿なこと言わないで。待ってるけど、私の身が危ないようなことが起こったら、今度は見捨てて逃げるからね」

「冷たいな」

「ふん」夕子がそっぽを向いた。

私は百瀬ビルの前に立ち、三階に目を向けた。馬場商事は通りに面している。灯りはなかった。

エレベーターの中で、手袋を嵌めた。四階まで上がり、階段で下の階に降りた。

馬場商事に近づき、ドアに耳を当てた。人の声はしない。足音も聞こえなかった。

馬場は会社にはいないようだ。

梶商工の前に立ち、ドアノブを回してみた。開かなかった。

左隣の部屋は相変わらず入居者はいないらしく、この間同様、ドアに鍵はかかっていなかった。

中に入り、電気のスイッチを押してみた。

点いた。部屋には何も置いてない。洗面所に入ってみた。

シンクに置かれた灰皿の吸い殻が数本重なり合っている。まだ濡れていた。銘柄の違う煙草が混じっている。ハイライト、ロングホープ、そしてキャメル。吸い口に紅がついたものはなかった。

最近、ここに人が入ったらしい。不動産屋が客を連れてきたとは思えない。座る場所もない部屋で、煙草ばかり吸っていては商談にならない。

部屋を出た私は、もう一度、馬場商事のドアに耳を当てた。結果は同じだった。

馬場商事はまともに商売をしているが、社長には裏があり、この空き室を密かに使っていたのか。梶商工は映画の製作費のためにのみ作った会社だったのだろうか。そうだとしたら、念のいった話である。

外に出た私は夕子を見てにっと笑った。「無事に生還」

「酔っ払いの爺さんに声をかけられたよ」

「さあ、素敵なバーにでも……」

そこまで言って私は黙ってしまった。

「どうしたの？」

夕子の肩越しに、駐車場に入ってゆく男の姿が見えたのだ。

馬場幸作のようだ。

また後を尾けるか。いや、そんな悠長なことは止めた。昨夜も攻めに転じたのだから、ここで引くことはなかろう。

「夕子さん、ごめん。写真に写ってた男が駐車場に入った。俺は奴と話がしたい。だから、改めて飲みに行こう」

「私をここで放り出すの」夕子が私を睨み付けた。

「悪い。後で雀荘に電話する」

そう言い残して、私は駐車場に向かって駆け出した。

駐車場の出入口に立った時、アルファロメオのライトが点り、吹けのいいエンジン音が聞こえた。

私は出入口を塞ぐようにして、仁王立ちになった。

馬場の様子は分からないが、私に気づかないはずはない。それでも、馬場は車をスタートさせた。

私はその場を動かない。

馬場が窓から顔を出し、静かな口調で言った。「轢《ひ》かれたいんですか」

「あんたと腹を割って話したい」

「こっちは話すことなんか何もない」

「どこに行くんだい？」

「そんなこと、君に関係ないだろう」

私は煙草に火をつけ、車に近づいた。そして、ボンネットに両手をついた。

馬場が車から降りてきた。エンジンはかかったままだ。

「いい加減にしろ」馬場の両手がぎゅっと握られた。

私は素早く助手席の方に回り、ドアを開けた。そして、躰を車の中に滑り込ませ、キーを抜いた。

怒りに燃えた馬場の目が、フロントグラスに張り付いていた。

私は窓を開けた。「車ん中が一番、本音が話せる。俺が女に愛を囁くのは、いつも車ん中だよ」

馬場の後ろにライトが見え、右のウインカーが点滅している。駐車場に入ろうとしているのは、ハードトップタイプのマークⅡだった。

馬場が運転席に戻ってきた。

「キーを寄越せ」

私は言われた通りにした。

馬場は車を左に寄せ、マークⅡを先に駐車場に入れさせてから、通りに出た。一方通行の道だから、右に曲がるしかない。

百瀬ビルの前を通る。夕子の姿はなかった。

「どこに行くんですか？」馬場は居直ったのだろう、落ち着いた声で訊いてきた。

「四谷署にしましょうか」

「何を言ってるんだ。あんた、恐い物知らずだな」

アルファロメオは外堀通りを左に曲がり、数寄屋橋の交差点に向かって走り出した。

「あんたは、相当俺が邪魔らしいな」私が言った。

馬場は口を開かない。

数寄屋橋の交差点を左折した後、馬場はアクセルを踏んだ。アルファロメオは加速がいい。

「恐くないですか」馬場が低い声で言った。

「何が？　あんたの運転？」

「あんたの躰は、俺の意のままですよ」

「俺の親父も探偵だったことは知ってるよな」

「……」

「ちょっとした運命のイタズラが、この間、俺とあんたを引き合わせた。だけど、あん時、俺は親父が同信銀行の有楽町支店前で起こった現金輸送車襲撃事件の調査をしてるなんて知らなかったんだよ。調査の過程で、親父は写真を何枚か撮ってた。親父は、あんたが気に入ったらしい。しかし、あんた、写真写りが悪いな。本物の方がずっとハンサムだ」

　馬場が目の端で私を睨んだ。

　車は日比谷の交差点をすぎ、桜田門を通過した。そして、三宅坂の信号で停まった。

　馬場が懐から煙草を取り出した。パッケージにラクダが描かれている。キャメルである。梶商工の隣の空室で、煙草を吸っていたひとりは馬場とみて間違いないだろう。

　信号が青に変わった。アルファロメオは青山通りに入った。

「馬場さんよ、俺も、もうちっとマシな暮らしがしたいんだ。お宝、そうだな、一千万でいいから、買い取ってくれないか。チンピラを使って、俺の事務所を荒らしても、お宝は絶対に見つからないぜ」

「探偵の中には強請、タカリがいるって聞いてたが、実感したよ」

「取引はしない。そういうこと？」

「当然だ。わけの分からないことを言って因縁をつけてくる人間に何で私が金を払わなきゃならないんだ」

　馬場は、私の仕掛けた罠には引っかかってこなかった。しかし、内心は焦っているはずだ。

「あんた、渡貞夫って元暴力団と付き合いがあるよな」

「知り合いだが深い付き合いはない」

「親父の調査ファイルをほしがる奴らに、俺は昨日、殺されかけた。そいつらは五百万で取引を持ちかけてきた。あんたが裏で糸を引いてるんだろうが」

馬場は答えない。さらにアルファロメオのスピードが増した。

赤坂見附、青山一丁目を通りすぎた。

外苑前を越え、南青山三丁目の交差点にさしかかった。信号が青から黄色に変わった。アルファロメオは、タイヤを鳴らして左に曲がった。それまでは、目的もなく走っていたようだが、その時は、ハンドルに馬場の意志が感じ取れた。

危なくなったら飛び降りる。私の手はドアノブを握っていた。馬場が、銃器を懐にぶらさげていることはまずあるまい。

スキーショップ〈ジロー〉のある交差点を再び左に曲がった。

馬場は青山墓地に入り、墓の間の通りに車を停めた。

俺が永遠の眠りについた後は、小平霊園にある両親の墓に入るはずだ。青山墓地で死ぬのは願い下げだ。

私は馬場の動きを注視した。

馬場が私を真っ直ぐに見た。不安げな目をしている。

「俺は、あんたを殺そうとしたことはない」

馬場の手は両方ともハンドルに預けられていた。

「じゃ誰が指示したんだい」

「知らん」馬場がきっぱりと否定した。

「お前しかいない」私は低くうめくような声で言った。

「渡貞夫がやったって証拠があるのか」

「あいつの女が上野で飲み屋をやってるのは知ってるな」

「ああ」

「あそこに顔を出し、一杯飲んで店を出た直後に俺は拉致された」

「……」

「じゃ、訊くが、俺の事務所を荒らさせたのもお前じゃないって言うのか」

「私はそんなことさせたことはない」そっぽを向いた馬場の右手がハンドルから離れた。

私はその手を強く押さえつけた。

馬場が抵抗しようとした。

「手をハンドルに載せたままにしてろ」

「武器なんか持ってないよ。私は……」

「まともな実業家だって言いたいのか」

「そうだよ。苦労して今の会社を作った」

「妻と七歳になる仮面ライダー好きの息子のためにか。妻子はお前の正体を知らないんだろうな」

馬場が私を見つめた。街路灯の光を受けて、目が光っていた。名前の彫られていない判子のような顔に感情が表れている。

「私を脅してどうする気なんだ」

「俺を襲わせた奴に借りを返したい」

「あんたの言ってることは見当違いも甚だしい」

「会社を訪ねた時に、あんたは、神納絵里香なんて知らないって嘘をついた。俺と別れてすぐに、絵里香のマンションに行ったよな。俺が会社にやってきたことを、絵里香に報告しにいったんだろう？」

「彼女は、女優時代、スキャンダルにまみれたことで疲れたんだろうね。引退した後は世間から遠く離れて生きてた。そんな彼女がまた隠し子騒動に巻き込まれたら大変だと思って、伝えにいっただけさ」

「世間から遠く離れる方法もいろいろあるけど、麻薬を使って桃源郷に行くっていう手もあるね」

「私は、そういうことは何も知らない」

「神納絵里香に麻薬を売ってた売人が捕まった」

馬場が小馬鹿にしたように短く笑った。「売人から買ってたとしたら、密輸には関係ないってことじゃないか」

「普通に考えればそうだが、密輸した麻薬が、そのまま、どこぞの組織に渡っていたとしたら、本人の分は売人から回してもらってた可能性もある。安い値段でね」

馬場はそれには答えなかった。

「あんたは絵里香に頭が上がらなかった。それはどうしてだい？　惚けたって駄目だぜ」

「私が今の会社を持つ時に出資してくれたからだ」

「絵里香は死んだ旦那の後を継いで、麻薬密輸をやってたんだろう？　あんたは、その手伝いをしてた」私は、確たる証拠を握っているような口振りで言った。

「デタラメ言うな。私は家に戻る。ここで降りてもらおうか」

「墓場で客人を降ろすようなことは、まともな実業家はやらんぜ」

「勝手に乗ってきたのはお前だろうが」

「渡貞夫に会いに行こうぜ」

「何だって！」馬場の顔が歪んだ。

「俺に渡を紹介してくれよ」

馬場が一瞬、考えた。「いいだろう。私もあいつから話を聞きたい」

意外な答えが返ってきた。馬場は思ったよりも胆が据わっている男のようだ。

「家は知ってるな」私が訊いた。

馬場は答えず、車を出した。

青山墓地から渡貞夫の女の家までは大した距離はない。十分ちょっとで、車はリベリア領事館近くに着いた。

赤坂氷川教会の脇の路地を下った。

山本千草の家の電気は消えていた。馬場がブザーを鳴らした。応答はない。ドアノブも回された。鍵がかかっていた。

「渡のヤサはここだけじゃないんだろう」

「私はここしか知らない。本当だ。あいつとは外人歌手のエージェントをやってた時の付き合いなんだよ」

不在を見越しての行動だった気がしないでもない。

私の事務所を荒らさせたり、私を拉致させたりしたのは馬場幸作ではないのか。いや、何らかの形で、この男は関与しているはずだ。現金輸送車襲撃事件の犯人として、親父が一番に疑いの目を向けたのは、この男なのだから。

一緒に車のところまで戻った。

「私はここで失礼するよ」馬場はそう言い残すと、ドアの鍵を開けた。

「また会いにいくぜ」

馬場はそれには答えず車に乗ると去っていった。

（十九）

馬場と別れた私はＴＢＳの方に向かって歩いた。途中で公衆電話ボックスに入り、古谷野に連絡を取った。しかし、古谷野は不在だった。

四谷署にかけ、親戚だと偽って榊原を呼び出した。榊原は署にいた。

「浜崎です」

「おう、お前か。久しぶりだな」榊原は軽い調子で言った。

「いろいろご相談があるんですが、早急に時間を作っていただけませんか」

「日が変わらないと、出られんね」

私は腕時計に目を落とした。

午後十時四十五分だった。

「零時半に事務所に来られますか？」

「その時間だったら行けると思う」

「お待ちしてます」

まだ時間はある。

私はバー〈シネフィル〉に寄ることにした。

店は混んでいて、カウンターの端の席が空いているだけだった。

オールドパーをロックで頼んだ。それから、入口の近くにあるピンク電話に近づいた。一〇四にかけ、上野の雀荘〈国士無双〉の番号を調べた。

番号が分かると、すぐにかけた。

「はい。〈国士無双〉です」

夕子の声だった。

「さっきはすまなかった」

「あんた、仕事のことしか頭にないのね」

夕子は想像していたよりも不機嫌ではなかった。

「明日の午前中に電話をくれないか」

「起きたら電話する」

席に戻った時、三人連れの客が腰を上げた。

客を見送った後、祥子が私のところにやってきた。「待ち合わせ？」

「いいや。ひとりだよ。赤坂に用があったから、ちょっと寄ってみたくなって」

「里美さん、仕事？」

「名古屋から大阪に回って、明日、帰ってくるって言ってた」

客に呼ばれ、祥子が私から離れた。

けだるい曲が流れていた。歌い手は男で、途中、トランペットの演奏が入った。

初めて聴く曲だった。

「誰が歌ってるんですか？」私が訊いた。

「チェット・ベーカーです」静夫がレコード・ジャケットを見せてくれた。

『Chet Baker Sings』というアルバムだった。

若い男が右端で、大きなマイクの前で歌っていて、左隅にピアニストの横顔が見えている。

「今、かかっているのは『Time After Time』って曲です」静夫が教えてくれた。

「なかなかいいね」

「トランペットも彼が吹いてます。意外ですね。この手のアンニュイな曲をお好きとは思いませんでした」

「こういう曲をバックに、ベッドでだらだらしたいね。極上のシャンパンとキャビア、そして……」

「極上の女ですか？」

その夜の静夫はいつになく饒舌だった。

「まあそうだけど、日本人がやったらちょっと滑稽だね」

「確かに」

曲が変わった。ジャケットを見るともなしに見ていた私は、我が目を疑った。

共演者の中に〝JAMES BOND〟という名前を見つけたのだ。

「シャンパンとキャビアと極上の女が似合う男の名前がここにあるけど、どういうことなんですかね」

私は、名前を指し示しながらジャケットを静夫に見せた。

「私もこのレコードを手に入れた時、びっくりしました。わざとそんな名前にしたとしたら、相当図々しい奴だと思ってました。でも、違うようです。ジャズに詳しい人に聞いたら、この人、ベーシストで、本名だそうです」

「ボンドシリーズに一度は特別出演すべきだな」

「まったくですね」

薄く微笑んだ静夫にジャケットを返し、グラスを口に運んだ。静夫が引き下がった。

次の曲に移った。有名な『マイ・ファニー・バレンタイン』だった。

チェット・ベーカーがけだるく歌っている。

アンニュイなバラードに感応するなんて、私自身がびっくりしている。

ひとつ間違えたら死んでいたかもしれないことが影響しているのか。里美に相手にされない沈んだ気持ちのせいだろうか。それとも、三十を超えて、肉体が下り坂にさしかかったからだろうか。三十二は若いと言える。しかし、男の肉体のピークは二十五歳ぐらいだそうだ。それが正しいとすると、ゆるやかな下降線に入ったということかもしれない。

福森里美。彼女のドアをこじ開けるのは難しい。半ば諦めている。激しく迫ってもいないのに、引いてしまうのは情けない。そう思うのだが、押していいツボがまるで見つからないのだった。

重くなる男も嫌だし、適当に遊ぶ男も願い下げ。

こんなことを口走る女は、珍しくない。額面通りに受け取って引いていたら、恋が成就することはまずないだろう。

女は理想を口にすることもあれば、その時、思いついたことを、さも熟考を重ねた後に言ったかのような目をして言うこともある。しかし、信じるに能わず、と侮ってはならない。軽い発言の中に深い真実が隠されている場合もあるのだ。そこを見分けるのが、実に厄介である。こういう場合、一番いい方法は、相手を読まないことだ。

しかし、私にはできない。両親を失い浮浪児になった私は、自然に人の心を読むようになってしまった。そうしなければ、あの〝戦場〟を生き延びることはできなかったろう。正面から戦いを挑んだことも多々あった。しかし、それと同じくらい、相手の気持ちに上手に入り込んで、へつらってきた。

頭がいいから鋭い洞察力を持てるのではない。悲しみが人の心を読ませてしまうのである。

里美は、男と深い関係を持ちたくないと、本気で思っている気がしないでもない。それでも相手が崩れることはあるのだが……。

私は里美が好きである。しかし、恋をしているのか、セックスがしたいだけなのか、実はよく分かっていない。おそらく、その両方がない交ぜとなっているというのが本当のところだろう。

何であれ、里美のことが常に頭の片隅にある。ドアのない部屋のような女だということが、却って、私を刺激しているのかもしれない。

チェット・ベーカーの歌とトランペットが、私の胸にしみ込んでくる。

「寂しそうね、今夜は」

祥子の言葉で我に返った。

「俺は生まれた時から寂しいんだよ」

「里美さんじゃないけど、キザな台詞ね」

私はグラスを空け、お替わりを頼み、彼女にも飲み物を勧めた。祥子はいつものようにビールにした。

グラスを軽く合わせた後、私が言った。「ところで、ちょっと訊きたいことがあるんだけど」

祥子がにやりとした。「そうくると思った」

「銀座に日新映画の関係者が通っているバーがあるそうだけど、知ってる？」

「だったら〈スマイル〉ね」

「銀座のどの辺にあるの？」

「コリドー街の真ん中ぐらい。あの店に何かあるの？」

「ちょっとね」

「教えてよ。誰にも言わないから」

「神納絵里香は、女優を辞めた後も、あの店に出入りしてたみたいなんだ」

「ああ、そう」祥子が考え込んだ。「女優時代の絵里香はそんなに行ってなかったはずだけど」

「里美さんは行ってた？」

「うん。南浦監督もね」

絵里香はやはり、南浦に近づくために、そのバーに通っていたのかもしれない。

一度は顔を出してみるべきだろう。

グラスを空けると同時に、音楽が違うものに変わった。

それをしおに勘定を頼んだ。

「もうお帰り」

「まだ仕事中でね」

「次回は里美さんときてね」

「そうしよう」

事務所に戻ったのは、零時を少し回った頃だった。

バヤリースオレンジを飲みながら、問題の調査ファイルをテーブルに置いた。

零時半少しすぎに、玄関ブザーが鳴った。

榊原に笑みはなかった。

「私は飲んできてますが、榊原さんはどうします？」

榊原の目がバヤリースオレンジの瓶に向けられた。「私も、それにしてください」

私は言われた通りにし、榊原の前に腰を下ろした。

「それが親父の調査ファイルです。現金輸送車襲撃事件の」

榊原の手がファイルに伸びた。

その手を私が押さえた。目の前に榊原の顔があった。

「榊原さん、俺にも協力してくれますか？」

榊原が躰を背もたれに預け、目を逸らした。「そう言ってくると思ってたよ」

「俺は親父の跡を継ぎました。津島副頭取に雇われたんです」

「ほう。君はなかなか遣り手だね」

私はそれには応えず、榊原を真っ直ぐに見つめた。「俺は、あなたが協力したくなる情報を持ってます」

「このファイルに……」

「それ以上です」

榊原がグラスを電灯に透かし、首を捻った。

「バヤリース、味が変わったかな」

「同じだと思いますが」

「じゃ、私の舌が歳を取ったんだね」そう言ってから、榊原は大きな溜息をついた。「親父さんには随分、世話になった。だから、或る程度は協力した。だけど、君は、何をやらかすか分からない。若いからね」

「何をやらかそうが、ムショに放り込まれようが、榊原さんのことは絶対に口にしない。俺は無駄吠えする犬みたいにおしゃべりだけど、それも肝心なことを胸の底に仕舞っておくためのひとつの方法なんです」

言ったことに嘘はない。しかし、単なるおしゃべりであることも本当である。

「私は、手柄なんかほしくない。大過なく勤め上げて、残りの人生は静かに暮らしたいんだ」

「そうだとしても、神納絵里香殺しの犯人は挙げたいでしょう」

榊原が、下がり気味になった眼鏡を指で上げた。「ふたつの事件が繋がってるっていうのか」

「可能性はあります。榊原さん、協力するかしないか、すぐに決めてください。あなたの恩給生活を台無しにする気はないですから、嫌なら嫌とはっきり言ってください」

「……」

「金歯の黒柳みたいな刑事なんかよりも、俺の方が役に立ちますよ」

「ファイル見ていいか」

「ということは……」

「君には負けたよ」榊原がそっけなく言った。

私はにっと笑ってうなずき、ファイルが、例の事件とは無関係なように書かれていることを教えた。

榊原が眼鏡を外し、ファイルを読み始めた。

私はバヤリースを飲みながら、彼が読み終わるのを待った。

かなりの時間がかかった。

榊原が顔を上げた。私は、写真の説明をした。

「この猿顔の男は大林と言って、同信銀行の元行員で、使い込みが発覚しクビになってます」

「そいつが馬場と……」

「何かあると思いませんか？　大林のフルネームや蟻村副支店長との関係については津島副頭取に調

べてもらってるところです」

「馬場幸作の聴取は二度やったよ。神納絵里香が殺された頃、馬場は得意客と会ってた。裏は取れてる」

「絵里香が殺された動機が、あの襲撃事件と関係ないとしても、襲撃事件に絡んでいた可能性はあるかもしれません」

「絵里香殺しが襲撃事件と関係してる証拠が上がるといいんだがな。そうすると私の捜査もやりやすくなる」

「その点も頭に入れて、津島副頭取の依頼を受けたんです。この間、榊原さんが来る前に、ここを荒らした人間の見当はついてます」

「誰なんだ？」

私は、渡貞夫とその仲間のことから、昨日、拉致され、殺されかけたことまでを順に話した。

「その顔の傷はその時のものか」

「ええ」

「襲われた後、警察には……」

私は口許をゆるめた。「今、あなたに届け出てます」

「やはり、きちんと届けた方がいい」

「そんなことをしたら、ややこしいことになります。管轄の違う刑事が出張ってくるんでしょうから」

榊原が溜息をついた。

「で、絵里香殺しの捜査はどうなってるんですか？」

「麻薬が絡んでいるとみて、そっちを重点的に洗ってる」

「絵里香に麻薬を売った売人を逮捕しましたよね。そいつから何か訊けました？」

「三宅稔《みやけみのる》って男だが、絵里香に定期的にヤクを渡してたと供述してる。しかし、どうも裏がありそうなんだ」

「裏って？」

「三宅が六本木でヤクを売ってるってタレ込みが、麻布署に入った。三宅は帝都灯心会の元組員で、麻薬取締法違反で二度捕まってる。麻布署は内偵した。奴がそれに引っかかった。あるバンドマンに覚醒剤を渡しているところを現行犯で逮捕したんだ。奴のアパートをガサ入れしたら、売った相手のリストが出てきた。そこに絵里香の本名が記されてた。だが、おかしいことが分かった。リストにあった他の名前の人間は、名前も住所もデタラメだったんだ。昨日、ある刑事の情報屋から、三宅をチクったのは、帝都灯心会の人間じゃないかっていう話が舞い込んできた」

「つまり、帝都灯心会は、絵里香が単なる麻薬常用者だったと思わせたかったってことですか」

「その可能性が高い。兄貴分の代わりに殺しを認めて自首してくる鉄砲玉と同じ役目を三宅が果たしてた気がするね」

「絵里香が、麻薬密輸に関わっていたって証拠は上がってないんですか？」

「死んだ夫の会社は潰れてるが、それを引き継いだのは、帝都灯心会と深い関係のある人物で、役員名簿には絵里香の名前があった」

「馬場幸作の名前は？」

「あいつの名前はなかった」

絵里香と馬場は、麻薬とは関係のないところで繋がっていたのだろうか。だとしたら、それは何か……。私の頭には現金輸送車襲撃事件のことがどうしても浮かんでしまうのだった。

私は吸っていた煙草を消した。「松浦和美と斉田竜一の取り調べはどうでした？」

「あのふたりはシロだというのが、捜査本部の結論だよ。しかし、とんでもないことを考えるんだね、今の若いのは」

「斉田重蔵および、妻の綾乃についてはどうです？　斉田竜一を取り調べたのは榊原さんだったんでしょう？」

「そうだが、竜一からは何も引き出せなかった。だが、妻の綾乃は、相当の焼き餅焼きらしいから、彼女の線も考えて捜査してる」

「で、当日の彼女のアリバイは？」

「ないんだよ、それが。銀座に買い物に出かけていたと言ってる。確かに買い物はしたらしいが、犯行を犯す時間はあったとみている」

「斉田に他に女はいないんですね」

「今のところ、そんな話は出てきてない」

「馬場幸作の会社は、銀座七丁目の百瀬ビルっていうビルの三階にあるのはご存じでしょうが、馬場商事の隣に梶商工という会社があります。営業はしてないようですが、馬場が関係してる会社かもしれないんです。それから、もうひとつある空き室も、奴が使ってる気がします」

榊原が目を瞬かせた。「それが事件と関係あるのか」

「まだ何とも言えませんが、調べてみる価値はあるでしょう」

私は、空き室で見つけた煙草の話をしたが、南浦のことは口にしなかった。

ビルの持ち主に当たれば、梶商工のことも空き室のことも、大方のことは分かるだろう。

私の言ったことを書き留めた榊原が渋面を作った。「警察は面倒なところでね。一応、上司に捜査については報告せんといかんのだよ。あのビルの他の部屋のことを探るとなると……」

「俺が匿名で、梶商工が怪しいという電話を入れましょうか？」

「そこまでやる必要はない。何とか理由は考える」

「分かったことは、すべて俺に教えてくださいよ」

「親父さんが、躍起になって調べてたことだ。跡継ぎの君に隠してもしかたないだろう」

「頼りにしてますよ」

「このファイル、借りることはできんかな」

「私の方で複写してお渡しします」

古谷野に頼めば、何とかなるだろう。

「できるだけ早く作って、自宅に送ってくれ」

榊原が名刺に住所を書いた。そして事務所を出ていった。午前二時すぎだった。

ベッドに潜り込んだ時、電話が鳴った。

てっきり古谷野だと思ったが違った。

「大人なしく、家にいるのね」里美はからかい口調で言ったが、心なしか声に元気がなかった。

「今は大阪？」

「そうよ」

「さっき、バー〈シネフィル〉に寄ったよ」

「ひとりで？」

「うん。赤坂に用があったから、その帰りに。声が疲れてるね」

「旅は苦手。荷物、持って移動するだけで、うんざりよ。それに、今夜は客の誘いがしつこくて」

「ベッドの中でも歌ってってって頼まれた？」

「下品な言い方止めて」里美が苛立った。「本当にそうだったんだから。三十万、積まれたわよ、目の前で」

「三十万か。中途半端な金額だな」

「そうよね」里美の声が少し張りを取り戻した。

「相手はヤクザ？」

「違う。関西で売れてる若い芸人。タニマチは柄の悪い連中だったけど。私、〝失礼します〟とだけ言って、席を立ったら、マネージャーが飛んできて、怒るの何のって。そのキャバレーには、来月にも出演する予定だったけど、来なくていいって言われた。こっちももう出る気ないけどね」

「あなたもどこかの芸能プロダクションに入ってるんだろう?」

「入ってるよ」

「帰ったら社長に何か言われるね」

「大丈夫。小さなプロダクションだから、この私でも、その会社にとっては稼ぎ頭。クビになんかできっこない。でも、もう私、辞めたい。何もかも放り出して、辺鄙《へんぴ》な田舎にでも引っ込みたい」

里美には愚痴をこぼす相手がいないようだ。私は余計なことは言わずに聞いてやることにした。

「昨日は昨日で、ファンが名古屋まで来ちゃって」里美が腹立たしげに言った。

「その男にも誘われた」

「同じホテルを取ってたの。上野にある人形店の主人が私のファンだって教えたわよね」

「うん」

「その人が来ちゃったの」

「この間、工房を見学に行ったって言ってたね」

「あれがいけなかったのね。そこでは日本人形を作ってるんだけど、それを見るのはすごく愉しかった。ちょっとだけだけど人形作りも体験させてもらった。その時、私が、あまりにも愉しそうにしてたもんだから、相手が勘違いしちゃったらしいの。私を後妻に迎えたいと本気で考え出したらしいわ」

「深夜、ドアをノックされたんじゃないの」

「その通りよ。絶対に開けなかったけど。朝になって、顔を合わすのが嫌だから、朝食も取らずに、ホテルを出ちゃった」

私は話を聞きながら、煙草に火をつけた。

「ごめんなさい。私の話ばかりして。で、そっちはどう？　順調？」

「死にかけたよ」私は、事もなげに言った。

「え、どういうこと？」

私は簡単に何があったか教えた。島影夕子のことは伏せ、近所の人に助けられたということにした。

「絵里香が殺されたことと関係があるのね」

「それはまだはっきりしない」

現金輸送車襲撃事件に関しては、当然触れなかった。

里美と話していると、南浦監督の顔が頭に浮かんでしまう。

南浦の里美に対する未練を知っている私は、不思議な感情にかられた。里美に、南浦とやり直したら、と言いたくなったのだ。

里美にそんな気がさらさらないのはよく分かっているし、口が裂けても、私が、絵里香殺しの件で、南浦と会ったことは言えない。

だが、南浦と里美は、深いところでは合っていると思ったのだ。根拠は？　と問われたら答えようがないのだが、心の形が、ふたりとも芸能の世界に向いていない気がした。お互いが、世俗を捨てて、逼塞《ひっそく》した生活を送る気持ちを持ったら、ふたりはうまくいくのではなかろうか。

自分の里美に対する想いは別にして、冷めた探偵の目で見ると、そう思えてならないのだった。

「話は違うけど、銀座のコリドー街にあるバー〈スマイル〉ってどんな店？」私は軽い調子で訊いた。

「〈スマイル〉？　どうして、あなたが……」里美の声色が変わった。

「日新映画の人間がよく出入りしてたバーだって聞いたから、あなたも行ってただろうと思って」

「昔はよく行ってたわよ」

「南浦監督も」

「あなたまだ、南浦のことを気にしてるの？」

「全然」

「私が南浦と親しくなったのは、あのバーだったのよ。あなた、私と話す度に南浦のことを口にするわね。ひょっとして、あの人が事件に関係してるの？」

「まさか」私は空とぼけた。

「私に言えないことがあるんじゃない？」

「何もないよ。絵里香殺しの容疑者の中には斉田重蔵も入ってる。日新映画の関係者が今でも立ち寄りそうな場所をリストアップしただけさ」

「社長は、あのバーの存在すら知らないはずよ」

「そういう答えがほしかったんだよ」

私はそう切り返したが、里美が信じたとは思えなかった。

「もうこの話はよそう。疲れてる君に話すことじゃなかった。ごめん」

「もう二度と、南浦の話はしないで」里美は本気で怒っているようだった。

「分かった。機嫌直して、ゆっくり休んで」

「帰ったら会える？」

「それは夜が明けてみないと分からない」

「午後には戻ってる。家にいるから電話ちょうだい」

「オーケー」

お互い、お休みを言い合って電話を切った。

ドアのない部屋のような女か。爆弾でも仕掛けないと、相手を崩せないだろう。しかし、会いたいのだ。それだけは変わりなかった。

ウイスキーを引っかけて眠りについた。

電話で起こされた。朝の午前八時半である。夕子がこんな時間にかけてきたのか。

私は枕許の受話器を取ろうとしたが、手が滑った。床に転がった受話器の中から、男の声がした。

古谷野のものらしい。受話器を拾った。

「何ですか、こんな時間に」

「目が覚める事件が起きた……」

古谷野の話は、私の眠気を吹っ飛ばす以上のものだった。

（二十）

古谷野の電話は、起こされて文句など言えるはずもない種類のものだった。

渡貞夫が殺されたというのだ。

犯行現場は、赤坂にある山本千草の家だった。実質的には被害者のねぐらである。

凶器は、台所にあった出刃包丁。三箇所刺されていたという。最初は後ろから腰の右上をやられ、倒れかかったところを、斜めから右脇腹を二度刺されたらしい。

渡貞夫が家のどこで襲われたかというと、トイレだった。小便をしている際に、後ろから狙われたようだ。まさに雪隠詰め状態。しかも放尿中だったらしい。それでは反撃しようもないから、やられっ放しだったに違いない。

「殺された日時は？」

「正確な死亡推定時刻は分からんが、昨日の午後に事件は起こったらしい」

「その時、同居してる山本千草は不在だったんですか？」

「女は前日から東京を離れて、小淵沢に行ってたそうだ。山本千草は小淵沢の出身で、母親が脳梗塞で倒れたと聞いて、店も休んで郷里に戻ったらしい」

母親の命に別状がないと分かった千草は翌日の夜、小淵沢を発ち、東京に着いたのは深夜を回っていたという。

「移動手段は車だったんですか？」

「行きは電車を使ったらしいが、帰りは東京に住んでる弟の車で送ってもらったそうだ」

私が馬場幸作と共に山本千草の家を訪れたのは、昨日の午後十時半頃である。その時には、もう渡貞夫は死んでいたのだ。

私は、昨夜、馬場幸作を見かけた後に取った行動を詳しく古谷野に話した。

「馬場がすんなり、渡貞夫に会うことを承知したことが引っかかるな」古谷野がつぶやくように言った。

「俺もそう思います。奴は落ち着いてました。渡が死んでることを知ってた可能性がありますね」

凶器の指紋、目撃者等々については、まだ古谷野の耳には入っていなかった。

私は、詳しいことが分かったらまた知らせてほしいと頼んだ。それから、南浦の手帳から知ったことを教えた。

「お前、どこからそんな情報を取ってきたんだ」古谷野の声が低くなった。

「古谷野さんは知らない方がいいですよ」

「裏技を使ったか」

「ネタの出もとなんか気にせず、南浦監督の復帰第一作の資金源を調べてください」

「そんなこと言われなくてもやるけど、俺はお前が心配になってきた。やりすぎると……」

「大丈夫ですよ、うまくやりますから」

「お前の、その自信たっぷりなところが不安なんだ。世の中を舐めてると痛い目に遭うぞ」

「俺の生い立ち知ってるでしょう？　人生を諦めて得た過信ですから、ご心配には及びません」

「かあっ！」古谷野が、喉を鳴らすような奇妙な声を発した。

私の生意気さにむかついたようだ。

「今日のうちの新聞に、斉田の息子と松浦和美の独占インタビューが載ってる。読んでくれ」

「社に行って読ませてもらっていいですか？」

「何しにくるんだ」

「親父のファイルをコピーしたいんです」

「分かった。待ってる」

「渡貞夫の写真があれば見せてください」

「うん」

喫茶店のモーニングサービスにも飽きた。私はカップヌードルを温め、それを食べ、コーヒーを飲んだ。

渡貞夫が殺された原因が、私の調査していることと関係があるとは限らない。しかし、仮にあるとしたら、動機は何なんだろう。

事務所を荒らしたのは渡貞夫の配下の人間だということははっきりしている。おそらく、私の拉致事件にも深く関わっていたはずだ。ひょっとすると、私を拉致した際、采配を振るっていたのが渡貞夫かもしれない。

親父が目をつけた通りだったとしたら、馬場幸作は現金輸送車襲撃事件の犯人のひとりだった可能性が高い。馬場の共犯者のひとりが渡貞夫ということになれば、仲間割れ、あるいは口封じが、殺人にまで至った動機なのだろう。

あの時、盗まれた金は二億一千万だと報じられていた。犯人は三人。しかし、それは実行犯の数。黒幕がいないとは限らない。そして、情報を銀行内部の人間から得たとすると、少なくとも五人は関わっている。奪った金を単純に五等分したとしてもひとり四千二百万。東京のサラリーマンの実収入が年、百五、六十万というところだから、それでもって一生、楽に暮らせないにしろ、相当な額になる。

しかし、均等に分けられているはずはない。黒幕、あるいは主犯が、かなり取っているはずである。神納絵里香が、あの事件に関係していたとしたら……。

手にしていたマグカップが宙で止まった。

盗まれた金の一部が絵里香の手に渡り、それが南浦監督の新作の資金源の一部に当てられた。根拠のない推理だが、梶商工という実体がありそうもない会社が、映画の製作委員会の中心的な存在のようで、その会社は馬場商事と同じビルの同じ階にある。これが偶然とはとても思えない。

梶商工の代表は梶源一という男らしいが、会社そのものがないとしたら、代表も架空の人物かもしれない。

映画は斜陽産業と言われている。そこに架空の会社が出資した？　裏があるに決まっている。金を出したのが馬場幸作と考えるよりも絵里香だったと見る方が、はるかに現実的である。

往年のバンプ女優が、映画に思い入れを持っていてもちっとも不思議ではない。それに、南浦監督と深い関係にあったとしたらば、なおさらのことだ。

映画への投資はギャンブルに等しい。だが、成功すれば、投資した金は回収でき、儲けも出る。絵里香が、南浦にご執心だったとしても、彼に貢いだのではなくて、計算があっての出資だったのかもしれない。

その金はどこから出てきたのか。麻薬に絡んでいたとされる絵里香だから、隠し金を持っていたのかもしれないが、映画製作の費用は、その規模にもよるが、相当の額になる。貯めたあぶく銭を使ったというよりも、現金輸送車から奪った金を回したと考える方が、私にとっては説得力のある答えである。

コーヒーを飲み干すと、煙草に火をつけ、天井に向けて煙りを吐き出した。

この推理が正しいとすると、神納絵里香が発案者で、お膳立てをしたのが彼女でないと筋が通らない。馬場幸作が主犯だったら、絵里香を仲間にする必要はないではないか。馬場はかなりの分け前をもらい、絵里香は映画事業に出資した。私にはそう思えてならなかった。

副頭取に頼まれて密かに調査していた親父は、頭取の娘婿、蟻村貢副支店長と馬場幸作が事件前、会っていることを突き止めていた。その仲立ちをしたのは神納絵里香だったのかもしれない。

事件後、馬場は蟻村には会わず、元行員の大林と接触している。大林は蟻村の代わりに馬場に会ったのか。その辺ははっきりしないが、現金輸送車襲撃事件に関係ありそうだ。

親父は、馬場幸作の自宅周辺も洗ったようだ。そうでなければ、馬場の七歳の息子が仮面ライダーの大ファンだということを掴めるはずはない。

親父のファイルには、馬場が犯人である具体的な証拠は記されていない。じっくりと監視や内偵を進めるつもりだったが、志半ばにしてあの世に旅だってしまったようだ。

親父は馬場と会っていて、揺さぶりを掛けたのかもしれない。動揺した馬場は、当然、何らかの手を打とうとしただろうが、ターゲットが死んでしまった。それで、一安心したが、一年後に、浜崎耕吉の後継者が、突然、事務所にやってきた。それで慌てたのだろう。

私は、隠しておいた親父のファイルを取り出し、それから茶封筒に榊原刑事の自宅の住所を書いた。切手を探したが切れていた。

着替えをすませ、ファイルを紙袋に入れた。その時、これまでまったく気づかなかったことに考えが及んだ。

親父は死んだ時、手帳を所持しておらず、机の上にも引きだしの中にもなかった。

探偵が手帳やメモを持たずに、調査をしていたなんて考えられない。

手帳は盗まれたのだ。いつ？

死ぬ二日前までの行動は、ファイルに記されている。ということは、それまでは手帳を親父は持っていたとみていいだろう。控えたことを参考にして、ファイルを作ったはずだから。

盗まれたのは去年の九月三十日か十月一日しかない。親父の死に不審点はないのだから、襲われて盗まれたのではなさそうである。

古い手帳はまとめて、押入に放り込んであった。念のために調べてみたが、去年の手帳は見つからなかった。

靴を履きかけた時、電話が鳴った。慌てて事務所に戻った。

相手は津島副頭取だった。

「今日、会えるかね」

「もちろんです。いつどちらにお伺いすればいいんですか？」

「うちにいるから、午後にでも来てくれないか。君は、私の免許証を見てるから住所は分かってるね」津島が嫌味たっぷりにそう言った。

「渋谷区松濤二丁目××でしたね」

「さすがに記憶力がいいね。山手通りの渋目陸橋を越えて少し行くと、右側に出光のガソリンスタンドがある。そこを右に曲がり、鍋島松濤公園の方に向かった左側だ。電話番号は……」

番号を控えた私は「お邪魔する前にお電話します」と言って受話器を置いた。

自分の車で《東京日々タイムス》に向かった。

《東京日々タイムス》のビルは、築地橋と入船橋の間の広い通りに面したところに建っている。川はとっくに姿を消し、橋の下は高速道路に変わっていた。通りを渡ったところに日刊スポーツ（移転し現在はない）がある。

周りには割烹料理屋や料亭が並んでいる。

駐車場は狭かったが、何とか車を停めることができた。

受付で名乗り、古谷野を呼び出した。

三階に来てくれということだったので、エレベーターに乗った。古谷野はサンダルを引っかけてやってきた。

トイレの隣の小部屋に通された。私は親父のファイルを古谷野に渡し、複写を頼んだ。

「これ、読んで待ってろ」

渡されたのは、今日の《東京日々タイムス》だった。


〝独占インタビュー、日新映画元社長、斉田重蔵の息子の語る大芝居。元バンプ女優毒殺事件の捜査を振り回したハプニング〟


内容を改めて読んでみた。私が聞いていたのとそれほど違ってはいなかった。松浦和美の名前はイニシャルになっていた。

インタビューを読み終えた私は、しばらく座って待っていたが、なかなか古谷野が戻ってこないので、窓を開け、周りを見てみた。大きなビルはなく、数百メートル先に見えるのは、中央区役所だった。その隣は築地署のようだ。左に視線を振った。電通のビルが見えた。

車の流れる音をぬって、かすかに三味線《しゃみせん》の音がした。眼下には、小さな家が数軒建ち並んでいた。そのうちの一軒が三味線の稽古場なのかもしれない。

あと数年も経たないうちに、三味線の音が建設機械の騒音に取って代わり、区役所が見えないくらいの高いビルが建つのだろう。

古谷野が戻ってきた。「なんだ、窓なんか開けて。排気ガスが入ってくるだけだろうが」

「耳を澄ませてくださいよ。三味《しゃみ》の音が聞こえますよ」

「俺にはトテシャンシャンの趣味はない。輪転機の音が命でね」

「ブンヤ魂ってやつですか」

「いいから、座れ」

私は紙袋の中から、封筒を取り出した。そこにファイルを入れた。

「榊原に送るのか」

「古谷野さん、切手が事務所になくて。すみませんが、速達分の切手をめぐんでください。それに、〝速達〟って判子をお借りしたいんですけど」

古谷野は面倒くさそうな顔をして再び部屋を出ていった。

榊原刑事にファイルを送る準備ができると、私は煙草に火をつけた。

「今日、津島副頭取に会ってきます。何か話したいことがあるようですから」

「渡貞夫の事件、赤坂署に捜査本部が置かれたよ。戒名は〝氷川町殺人事件〟だそうだ」

戒名とは、捜査本部の名前の隠語である。

「何だか素っ気ないですね。〝元女優毒殺事件〟の方がまだましだな」

「味も素っ気もない奴が殺されたんだから、しかたないだろう」

「で、その後、分かったことはあります？」

「事情聴取を終えた山本千草に記者が質問を向けたが、答えてくれなかったそうだ。彼女、錦糸町に住んでる弟のところに身を寄せたらしい」

私は弟の名前と住所を訊いた。

「そうくると思って控えてきてやったよ」

私はメモをちらりと見てから、手帳のポケットにしまった。

「これが、渡貞夫の写真だ。複写したものだけどな」

私は写真を見た。

私を拉致した車に乗っていた男に違いなかった。しかし、揉み上げはなく、写真の方がかなり若い。殴られて倒れた際、アイマスクが外れた。その時、男はサングラスを外していた。右目が左目よりも小さかった。写真の男も同じ特徴を持っていた。

「俺を拉致した中に、この男がいましたよ」そこまで言って、私は頬をゆるめた。

「何がおかしいんだ」

「この男、揉み上げを生やしてたんですよ。尾崎紀世彦みたいな感じにね。それがないと、まるで威厳がない。毛を刈られた羊みたいだと思って」

「馬場幸作が裏で糸を引いてるな」古谷野がぼそりと言った。

「奴は今、どうしてるんです？」

「記者を事務所にやらせたが、土曜日だから会社は休みのようだ」

「俺は榊原さんに、渡貞夫のことも話してある。彼が赤坂署と連絡を取って、馬場と渡の繋がりを教えたはずです。だから、馬場も参考人として聴取されてるでしょうね。その間に自宅周辺を聞き込んでみるかな。石神井公園辺りで、息子と会って、話せたらいいんですが、まあ、そうはうまくいかないだろうけど」

「仮面ライダーのマスクが気になるのか」

「仮面ライダーのマスクを覆面に使うって着想がどこからきたんだろうって思ってるんですよ」

古谷野が眉をゆるめた。「息子に、〝パパ、仮面ライダーに興味を持ってた？〟って訊く気か？」

「ふたりだけで会えれば訊いてみますよ。俺はあの時、現場で見てました。マスクは布製だった気がします」

「なぜ、わざわざそんな目立つことをしたんだろう？　自己顕示欲を満足させようと思ったなんていう事件じゃないぜ」

「大人気の仮面ライダーのマスクに、人は目を奪われる。それでもって身体的特徴の記憶が曖昧になる。そういう意図があったんじゃないですかね」

「漫画の影響は計り知れないものがあるな。〝××派、ドバっと血を吐く〟なんて、全共闘の立て看に書いてるのを見たことがある。あれも漫画の影響だなって、俺は思った。しかし、裁縫に慣れてないと作れないな」

「触角かアンテナかは知りませんが、その部分もちゃんと作られてた。目の部分は赤でしたが、ちゃんと見えるようになっていたはずです。作るのはそんなに難しくはないだろうけど、それでもある程度の技術がいると思います。共犯者に女がいたのかもしれない」

「裁縫の出来る男もいるよ。俺なんか、まつり縫いも、かがり縫いもできる。ミシン縫いだってな。今度、新しいジャノメのミシンを買おうと思ってる」古谷野が胸を張って言った。

「へーえ。古谷野さんが裁縫ね」

「馬鹿にしてんのか」

「いえいえ、未来を担う新しい男性像のお手本ですよ」私は古谷野を持ち上げながらも、他のことを考えていた。「神納絵里香、裁縫できたかな」

「あの女に？」古谷野が首を傾げた。「って言ったって、俺は本人を知らないが、あの女優、ボタン付けもできなかった気がするな」

「俺の言ったことには飛躍があるけど、そういうアイデアを馬場が思いついたとは思えない。襲撃の計画を立てていた時、馬場の息子が仮面ライダーのファンだと聞いていた絵里香が提案したのかもしれない。絵里香は怪奇ものに出てたはずだし、小道具はたくさん見てきた。だから、そういう発想が生まれた。そんな気がしないでもないんです」

古谷野が大きくうなずいた。「物的証拠はないけど、フィクションの世界に慣れしたしんでいた人間が考えたというのは、心理的には納得できる見解だな。お前、神納絵里香の家に入ったよな。ミシンはなかったのか」

「ざっと見ただけだから分かりませんが、目に見えるところには置いてなかったですね」

「マスクの線から、犯人に辿りつこうというアイデアはいいが、ちょっと難しい気がするな。マスクはとうの昔に処分されているだろうし、どんな生地が使われていたかも分からないんだから」

私は黙ってうなずき、吸っていた煙草を消し、《東京日々タイムス》を後にした。

近くに郵便ポストがあったので、茶封筒を投函した。それから、一旦、事務所に戻った。大事なファイルを持ったままでいることを避けたかったのだ。

津島に連絡を取る前に、夕子の兄の経営する雀荘に電話を入れた。男が出て、夕子はいないと不機嫌そうに答え、電話を切ってしまった。


松濤は東京でも指折りの高級住宅街である。江戸時代のことは知らないが、明治に入ってから、旧佐賀藩主、鍋島家の所有地だった。昔は茶畑が有名だったが、今はどうなっているのだろうか。由緒ある家柄の金持ちが、東京で茶畑を持っていることはままあることだ。世田谷辺りに広大な茶畑を持っている人間もいる。自家製の茶を愉しむ風流から、そうしているというよりも税金対策が本当の理由だろうが。

東急本店から山手通りまでを結ぶ栄通りを南に下がると雰囲気は一変する。円山町、道玄坂エリアはディープな歓楽街。松浦和美の母親の経営するスナックも、この一角にある。

これほど高級住宅街に歓楽街が隣接している場所は珍しい。

津島副頭取の邸《やしき》はすぐに見つかった。ゆったりとした敷地を有する家が多いが、よく見ると銀行などの寮だった。固定資産税、相続税を払いきれずに、この地を去っていく人間もいるということだろう。

車寄せがないので、私は津島邸の玄関の横に駐車した。

午後一時半少し前だった。

津島邸は古い洋館だった。外壁は淡いベージュ色で、若葉を模したレリーフがとんがり屋根の勾配に沿って施されていた。

門から玄関まではそれほどの距離はない。周りに、手入れの行き届いた庭木が植えられていて、目隠しの役目を果たしていた。

インターホンを鳴らすと男の声が聞こえてきた。津島副頭取自身が門を開けてくれた。飾らない性格らしく、焦げ茶のよれよれのズボンに、黒い丸首のセーターを着ていた。かすかにアルコールのニオイがし、頬がうっすらと染まっていた。

私は邸を褒めた。この一角は戦火を免れたそうである。

通された部屋は二十畳以上ありそうだ。応接間ではなかった。生活のニオイの漂う居間だった。黒革のソファーの脇には膝掛けが丸めておかれ、低くて広いガラス張りのテーブルは、飲みさしの缶ビールや読んだ新聞に占領されていた。

「君も飲むか」

「いいえ」

「車だったな。しかし、意外と堅いんだね」

「胡散臭い商売をしてる人間は、表向きはきちんとしてるものですよ」

「そう言えば、悪い銀行家も表面を繕っとるね」津島が短く笑い、私から遠ざかった。「じゃ何がいいかな」

「水でけっこうです」

隣のキッチンに入った津島は氷を入れた水を持って戻ってきた。

「今日はおひとりですか？」

「家族は紅葉を見に軽井沢に出かけてる。至福の時を味わってるよ」津島がにっと笑った。

部屋の奥がサンルームになっていて、将棋盤がテーブルに載っている。その向こうは庭で、弱い陽差しを受けたシュロの木が風に揺れていた。

私は手帳を取り出した。「で、どんなことが分かりました？」

津島はテーブルに置いてあった茶封筒を手に取り、中味を取り出した。

茶封筒の下に本が隠れていた。有吉佐和子の『恍惚の人』だった。

私の視線が本に注がれているのに気づいた津島が口を開いた。「なかなか身につまされる話だよ。近いうちに、私も老人性痴呆になるかもしれんからね」

津島は六十三歳。心配するのが早いのか、遅いのか、三十二歳の私には分からなかった。

私は煙草に火をつけ、『恍惚の人』の向こうに手を伸ばし、灰皿を取った。

津島が老眼鏡をかけた。「神納絵里香、持田利恵子、木村利恵子、どの名義の預金もなかった。だが神納絵里香に似た女は口座を開いていたようだ」

「偽名を使ってた？」

「いや、梶商工という会社名で、代表は梶源一だ」

「梶商工ですか」私はにんまりと笑った。

「その会社に何かあるのかね」

「ええ、まあ。で、梶商工の現在の預金高はいくらですか？」

「普通預金に千百円、入ってるだけだ」

津島が梶商工の口座の記録を見せてくれた。

口座を開設したのは、去年の四月二十日。その時は百二十万を預金した。それからしばらくはまったく出し入れがなかった。突然、一千万が入金されたのは、六月二十八日だった。

現金輸送車が襲われたのは、六月二十五日である。

事件が起こった三日後に、梶商工に一千万の入金があった。盗まれた金額から見たら、少ない感じがするが時期が気になる。

「入金は現金で？」

「らしいね」

「神納絵里香らしき女が金を持ってきたんですか？」

「そうだ」

梶商工に振り込まれた一千万は、約一ヶ月後の七月二十日に、千百円を残してすべて引き出されていた。以後、口座に動きはない。

「馬場幸作名義の口座はなかったですか？」

津島は首を横に振り、煙草に火をつけた。他の銀行も使って、強奪した金を分散させていたのかもしれない。

「で、お宅の銀行を辞めた大林という男については？」

「フルネームは大林久雄《ひさお》。懲戒免職になった時、四十歳だったから、今は四十五だ。君に連絡するのが遅れたのは、この男の現住所がなかなか分からなくてね」

「そんなことでしたら、こちらで調べましたのに」

津島が覗き込むようにして私を見た。「探偵の仕事ってけっこう面白いね。調べだしたら、最後までやり通さないと気がすまなくなったんだよ」

「蟻村副支店長やお兄さんの一派に気づかれてはいないでしょうね」

「大丈夫」津島は缶ビールを飲み干すと、またキッチンに向かった。

私は水を口に含み、ゆっくりと飲み干した。

津島がビールを飲みながら戻ってきた。「大林のことは、退職した人間が知ってた。その男からの情報だから、銀行の連中には分からんよ」

大林久雄は、荻窪に住んでいた。〈エスペランサ〉という名の喫茶店を経営しているという。

「蟻村副支店長との関係は？」

「他の支店でも蟻村の部下で、かなり親密な関係にあったらしい。クビになった大林を、蟻村がその後も可愛がっていたということは、何かあるね」

津島副頭取は、蟻村貢を失脚させ、その責任を兄である頭取に負わせようと考えているのだろう。

しかし、私にとっては、そんなことはどうでもいい。内部の人間が情報をもらしたのは間違いないだろうから、その人間が見つかれば、そこから糸を手繰ることができる。蟻村が限りなく怪しいが、他の人物ということもあり得る。

「銀行内で他に気になる動きはあります？」

「そのメモには書いてないことだが、兄は、蟻村を有力支店の支店長に起用したがってる。今度の事件に関係あろうがなかろうが、あんなに素行の悪い奴を支店長になどしたら、我が銀行の恥だ」

興奮気味にそう言った津島の表情は、先ほどとはがらりと違って、険しいものだった。〝恍惚の人〟になることは当分なさそうだ。

「君の方から私に報告することはないのか」

「ありすぎます。まだご存じないかもしれませんが、赤坂で渡貞夫という男が刃物で刺し殺されました。おそらく、現金輸送車襲撃事件に関係していた男の可能性があります」

「詳しく聞かせてくれ」

私は、順を追って、何が起こったかを教えた。しかし、梶商工が、南浦清吾の映画の出資会社だということは伏せておいた。

なぜ、言わなかったのか。南浦が現金輸送車襲撃に関与しているとは思えないからである。福森里美のことが脳裏にちらついたのも事実だが。

午後四時すぎに、津島宅を後にした私は、山手通りに出たところで、車を路肩に停めた。

邸を出る前、副頭取に釘を刺された。

「大林の調査は慎重にしてくれよ。じゃないと、蟻村が警戒するし、私が君を雇って調べさせていたことが分かったら、辞任させられることもあり得るんだからね」

私は十分に気をつけることを約束した。

煙草に火をつけ、窓を開けた。

大林久雄については後回しにすることにした。

　発端は神納絵里香殺しだった。その絵里香が現金輸送車襲撃事件に関わっている可能性がある。親父のファイルを巡って、事務所が荒らされ、私は殺されかけた。拉致された時の実行犯のひとり、渡貞夫も殺された。どんな形であれ、ほぼ間違いなく馬場はそれらの事件すべて、あるいは一部かもしれないが、深く関与しているだろう。

　警察の動きを見ながらになるが、馬場幸作に再度揺さぶりをかけてみたい。南浦にもまた会う必要があるが、ともかく馬場に接触することが先だ。鍵を握る馬場が殺されでもしたら、調査は行き詰まってしまう。

　私は事務所に戻ることにした。山手通りを初台に向かって走った。土曜日ということもあり、二十分もかからずに着いた。

　駐車場に車を入れ、マンションの入口に向かった。通りに人影が現れた。ふたりの男が私の方に向かってきた。ヤクザなのか刑事なのか。判断がつかない。

　エントランスに入り、郵便物を調べていると、男たちが寄ってきた。

　私は無視して、放り込まれていたチラシに目を落とした。

　男のひとりが私の顔を覗き込んだ。大きくて潤んだ目をしていた。頭の後ろが外側に反っている。俗に絶壁と呼ばれている頭だった。その頭は天辺に向かうほど細くなっていて、立てた髪が後ろに軽く倒れていた。どこかで見たような感じがした。分かった。ゴリラの頭にそっくりなのだ。

「浜崎順一郎さんですね」ゴリラ頭が訊いてきた。太くて澄んだ声だった。立川澄人（当時、有名だったバリトン歌手）よりもいい声かもしれない。

「ええ」

　ゴリラ頭が警察手帳を見せた。

　ゴリラ頭は市ノ瀬《いちのせ》という警視庁捜査一課の刑事だった。歳は四十ぐらいだろうか。

連れの内村《うちむら》刑事は坊主頭に黒縁の眼鏡をかけていた。髯の濃い男で、頬がゴマを振ったように見える。歳は市ノ瀬よりも明らかに若かった。

「赤坂で起こった殺人事件の捜査中なんですが、いくつかお伺いしたいことがありまして」市ノ瀬が言った。

私はふたりの刑事を引き連れて、エレベーターに乗った。事務所に入ると、郵便物を仕事机の上に放り投げ、上着を脱いだ。そして、刑事たちにソファーを勧めた。飲み物はいらないという。手間が省けて助かった。

ふたりが同時に手帳を取り出した。

市ノ瀬が潤んだ目を私に向けた。「渡貞夫という男をご存じですね」

「名前だけ」

「浜崎さん、十月二十六日の午後十一時頃、上野にいらっしゃいましたね」市ノ瀬が続けた。

「ええ」

「あなたは拉致され、木場まで連れていかれた。それは確かですか？」

「間違いないですよ」

「なぜ、警察に被害届を出さなかったんです」内村が、ここで初めて口を開いた。

「職業柄、脅されたり、事務所を荒らされたりと、よくトラブルに巻き込まれるんです。その度に、御上に訴え出ていたら切りがない」

「浜崎さんが、いつもそういう目に遭っているのは、探偵だからじゃなくて、あなた個人に問題がある。そうも考えられますよね」内村が冷たく言い放った。

私は煙草に火をつけて、ぷかっとふかした。

「よくふてぶてしいとか、生意気な面構えとか言われます。そのせいですかね」

内村は私の言動が気に入らなかったのだろう、目に怒りの色が波打った。

「あの時の拉致事件に、渡貞夫が関係してたんですか？」

「ガイシャと繋がりのある人間を三人、事情聴取した結果、そのうちのふたりが、この事務所に侵入したこと、あなたを拉致したことを自供したんです」市ノ瀬の美しい声が事務所を満たした。

「それは良かった。今日から枕を高くして眠れますよ」

市ノ瀬の潤んだ目にも苛立ちが感じられた。「あなたのお父さんが調べていたことが関係あると被疑者が言ってます。しかし、その内容については知らないらしい。それをまず教えていただけませんか？」

私は立ち上がり、台所に向かった。ふたりの視線が私に釘付けになっている。

バヤリースオレンジを冷蔵庫から取り出し、私は元の席に戻った。

「飲みます？」

ふたりは同時に首を横に振った。

「それが私にも分からないんですよ。五百万で買い取るって言われたんですが、どの事件のファイルなのか見当もつかない」

内村の頬が軽く引きつった。「五百万と言ったら大金ですよ。興味を持たれなかったんですか？」

「持ったどころじゃないですよ。早速、これまで読んでいなかったファイルを開いてみました。でも、普通の信用調査、浮気調査、素行調査の資料しか見つかりませんでした」

「煙草、よろしいですかね」市ノ瀬が訊いてきた。

「どうぞ」

「ありがとうございます」市ノ瀬がショートピースに火をつけた。「たとえば浮気を例に取ると、調査された側が、大変困る事態を招きかねないことをお父さんが摑んだ。そういうことがあったんじゃないですか。あなたを拉致し、五百万でファイルを買い取ると言ったんですよ」

私は肩をすくめて見せた。「芸能人が調査対象になっているものはなかったし、名の知れた政治家や実業家の素行を調査したものも見つかりませんでした」

内村が軽く顎を上げ、上目遣いに私を見た。「浜崎さんは、殺された神納絵里香の調査をなさってましたよね」

「別の理由でね」

市ノ瀬が煙草を灰皿においた。「依頼人を守っている。そういうことはありませんね」

「現在、依頼人はひとりもいない。電話も鳴らない状態です」

そう言った瞬間に、電話が鳴った。

「うちの電話、故障してなかったようですね」仕事机にまで行き、立ったまま受話器を取った。

「夕子よ」

「さっき雀荘に電話したけど、兄さんらしき男に、けんもほろろに切られてしまったよ」

「店が忙しかったから苛々してたのよ、きっと。で、馬場とかいう男のこと、どうするの？」

「今、雀荘？」

「うん」

「そこにいてくれ。今、来客中なんだ」

「いつまでも待っていられないよ」夕子は不機嫌だった。

「出かけたら、そっちから電話して。ごめんね、バタバタしてて」

電話を切った私は、回転椅子に座った。そして、刑事たちに目を向け、残念そうな顔をした。「依頼人じゃなかった」

「依頼人もいないのに、あなたは精力的に動き回っている。それには何か理由があるんでしょう？」

市ノ瀬がまた煙草をくわえた。

「神納絵里香殺しに興味を持ったんですよ。私を犯人だと疑った刑事もいましたからね。それに、おふたりも知ってるでしょうが、俺は、神納絵里香の娘に成りすました女にいっぱい食わされた。探偵の面子ってのもありますから、そのまま大人しくしてる気になれなくて」

「あなたは、犯行現場の近くで聞き込みをやり、渡貞夫が同居していた女のやってる上野の飲み屋に客を装って行った。それはなぜです？」

「私は馬場幸作という神納絵里香と付き合いのある男を洗ってました。馬場のことは、警察は摑んでます？」私は惚けて訊いてみた。

「ガイシャの住所録に名前がありました」市ノ瀬が淡々とした調子で答えた。

「あの男を調査している時に、渡貞夫の名前が出てきた。元暴力団ですよね。だから、まず、あいつの女の様子を探りにいったんです。警察は、馬場幸作のことは摑んでるんでしょう？」

内村が目の端で私を睨んだ。「馬場さんは、昨日、あんたに脅かされたって言ってます」

「優しく接したつもりですがね、保母さんが園児に話しかけるみたいに」

「相手は、そう受け取ってない」内村が強い口調で反論した。

「人によって印象というものは、ずいぶん違うもんですよ。渡を使っていたのは馬場ではないか、と俺は睨んでるんですが、警察はどうなんです？」

「そういう質問にはお答えしかねます」と市ノ瀬。

「あいつが、俺の親父のファイルをほしがっていた。徹底的に絞り上げてくださいよ」

それにはふたりとも答えなかった。

市ノ瀬が手帳に目を落とした。「昨夜の午後十時半頃、あなたに無理やり、渡に会わせろと言われ、山本千草の家まで行った。馬場さんはそう言ってるんですが、その証言に間違いはないですね」

「ええ。渡が殺されたと聞いて思ったんですが、馬場は、俺の要求にすんなりと応じた。それはなぜか？　渡がすでに死んでることを、奴が知ってたからじゃないですかね」

「あなたは馬場さんが渡を使って、神納絵里香を殺したと考えてるんですか？」

「私立探偵の、しかもひとりでコツコツと調査している私に、そこまで突き止める力はないですよ。

ただ、ご存じのように神納絵里香は麻薬の密輸に関与していたらしい。馬場との力関係ははっきりしませんが、ともかく馬場も共犯者のような気がしますがね」

「昨日の午後一時から午後四時頃まで、浜崎さん、どこにいらっしゃいました」市ノ瀬が続けた。

「新宿の喫茶店で人に会ってから、午後三時頃、深沢にある斉田重蔵さんを訪ねました。それまでは、ここにいました。《東京日々タイムス》の記者とね」

「喫茶店ではどなたと会ってました？」内村が訊いた。

「それは言えないですね。でも、喫茶店の従業員が私のことを覚えてると思いますよ。よく使う店ですから」私は、喫茶店の名前を教えた。

内村が目を細めた。「なぜ、会ってた人間の名前を言えないんです？」

「私にも個人の生活ってのがありますよ。必要とあらば、お話ししますが、警察は、私のアリバイを知りたいんでしょう？　だったら、今から〈カトレア〉に行って、裏を取ってください」

内村は不服そうな顔をしていたが何も言わなかった。

「浜崎さん、ことは殺人事件です。知ってることはすべて我々に話してください」

私は元の席に戻り、バヤリースオレンジを飲んだ。「これ以上、話すことはありません。私より問題は馬場ですよ。犯行推定時刻に、あの男はどこにいたんです？」

市ノ瀬が首を横に振り、ふうと息を吐き、腰を上げた。「邪魔したね」

「おかまいできなくて」

市ノ瀬を先にしてふたりは事務所を出ていった。

私は煙草に火をつけ、ソファーに上半身を倒した。

捕まった渡貞夫の仲間は、馬場幸作の存在を知っているのだろうか。知らないとなると、馬場が自供しない限り、私の事務所荒らしや拉致事件との関連は明らかにならないだろう。馬場と渡が会っていることが明らかになったとしても、それだけでは何の証拠にもならない。

馬場幸作の、名前の彫られていない判子のような顔を思い出した。奴は、決定的な証拠を突きつけられない限り、白を切り通すに違いない。

現金輸送車襲撃事件の捜査は進んでいるのだろうか。

私から情報を得ている榊原刑事は、渡貞夫の事件を知って、どう動いたのか。まさか、一介の私立探偵と密談しているとは口が裂けても言えない。かと言って、見て見ぬ振りなどできるはずもないから頭を抱えているに違いない。

今すぐにでも榊原に会いたいが、事件が動いた矢先だから時間は取れないだろう。連絡するのは控えることにした。

雀荘〈国士無双〉に電話を入れた。しかし、夕子はいなかった。落ち着きのない女だ、まったく。

午後五時をすぎていた。里美はすでに東京に戻っているはずだ。

里美とは、事件のことを忘れてすごしたいが、そうはいかない。彼女に会えば、南浦のことを思い出す。南浦のことを、自分の口から教えたくなかった。別れてしまった男とは言え、夫だった人間が絵里香殺しとは無関係ではなく、復帰をかけた映画の金の出所に問題がありそうだと知れば、気分が悪くなるだろう。

南浦が絵里香と再会したという銀座のバー〈スマイル〉に行ってみるつもりだが、里美を誘うのは憚られる。

私は電話帳を手に取り、〈スマイル〉の番号を調べた。

銀座の飲み屋の中には、土曜日、営業しない店もあるが、それは社用族が使う高級クラブである。バーはやっているはずだ。

店の番号を控えた私は、机の前に座った。そして、これまでの事件の流れと、関わっている人間の相関図を作った。

神納絵里香の死体を発見した時の模様も克明に記した。

生前、親父は警察官というものは、文章力が必要なのだと言っていたのを思い出した。自転車泥棒を捕らえただけでも、いくつもの報告書を作るのだそうだ。

警察官ほどでないにしても、探偵にもその能力が大事なことは、親父の跡を継いでから実感した。最初は戸惑ったが、今は慣れた。子供の頃、児童文学全集に触れたこともない私だが、作文は得意だった。車の窃盗をやっていた時も、計画をメモしてから実行に移した。書いてみると、状況が明快に頭に入ってきた。

絵里香の家の見取り図も作ってみた。絵心はまるでない。稚拙なものしか描けなかった。

毒を食らった絵里香は居間で暴れたようだ。殺される前、絵里香は、買ってきた花を活けようとしていたらしい。テーブルに新聞紙が敷かれ、そこにダリアが数本載っていた。そして、周りに、花と、切られた茎が散らばっていた。引きだしが掻き回された跡はなかった。彼女が最後に捨てたゴミは茶かす。それだけで、誰かと茶を飲んだと断定はできないが、日本茶を飲み、花を活けようとしていたことだけは確かだ。

その日、私と、彼女の娘に成りすました和美が、会いに来ることになっていた。そのために花を活けようと思ったのだろうか。それとも、出かけた時にたまたま見つけたダリアを買ったにすぎないのか。

前者はあり得ないだろう。絵里香に娘の話をした時、再会を喜んでいる感じはまるでなかった。

そもそも絵里香には本当に娘がいたのか。

もしも、娘がいなかったとすると、私から中西栄子なる女のことを聞いた時、なぜ否定しなかったのか。その疑問が何度も頭を駆け巡る。

訪ねてきたのが私立探偵。しかも、浜崎と名乗る人間だった。馬場幸作から、その話を聞いた彼女は、娘がいる振りをして、浜崎耕吉の息子に探りを入れたかったと考えると辻褄が合う。

しかし、約束の時間がくる前に絵里香は殺された。午後五時頃、絵里香のマンションの建つ通りで、和美は南浦とすれ違っている。南浦は、絵里香が倒れているのを見たと私に白状した。彼が殺した可能性はあるが、それは別にして、絵里香は彼が来るから、花でも活けようかという気になったのかもしれない。

犯人は、絵里香と親しかった人間だった。散らかっているところに、相手を通したのだから、そう考えるのが自然だろう。しかし、決め付けるのは危険だ。やむなく、付き合いの薄い人間を、そういう場所に迎え入れてしまうことだってあり得る。

犯人は青酸カリをどのような形で、いつ飲ませたのだろうか。これを突き止めることは私にはできない。警察は、胃の内容物などを当然、調べているだろうが、はっきりと摑んでいないのではなかろうか。この点は、榊原に訊けばある程度のことは分かるだろう。

三和土に長さ五センチほどのわらが落ちていたことを記録するのを忘れそうになった。事件に関係があるかどうかははっきりしないが、メモしておいた。

ノートを閉じ、窓の外に目をやった。連れ込み宿のネオンが道の端を染めていた。髪の色を染めた女が歌舞伎町に向かって歩いてゆく。出勤するホステスだろう。突然、上階から山本リンダの『どうにもとまらない』が聞こえてきた。音量を間違えたらしく、すぐに音は小さくなった。

午後七時をすぎた。私はバー〈スマイル〉のダイヤルを回した。

男が電話に出て、店はやっていると言った。

それから、里美に連絡を入れた。かなり鳴らしたが、受話器を取る者はいなかった。

近くの蕎麦屋で、天丼を食べ、タクシーで銀座に向かった。出がけに馬場幸作の写真を懐に収めた。

バー〈スマイル〉はコリドー街の外れ、新橋寄りのビルの六階にあった。

カウンター席だけのバーだった。私の座った席の左手が窓で、そこから首都高速道路を走る車と、山手線の電車が見えた。

時間が早いせいか、客はひとりもいなかった。カウンターの中にいるのは、痩せた小柄な男だった。

小さな店に、自分の躰のサイズを合わせた。それほど、男と店に一体感が感じられた。縞模様の蝶ネクタイを締め、眼鏡をかけている。孫と遊んでいるのが似合いそうな歳である。

私は久しぶりにコニャックを頼んだ。カミュを選んだが、特に好みということではない。ボトルが目に入ったからだった。壁は明るい色で、酒棚の端に野草のスケッチがさりげなく飾ってあった。音楽はかかっていなかった。

「ここは昔、日新映画の関係者がよく来てたんですってね」

「ええ」

「今は？」

「お見えになる方はいますが、ほとんどいらっしゃいませんね」

コニャックが私の前に置かれた。

「失礼ですが、お客様、探偵社の方ですか？」

私は躰を少し反り返らせ、バーテンの顔を見つめた。「水晶玉でも隠し持っていて、それで来る客の素姓を見抜いてるんですか？」

「私の眼鏡に特殊な装置がついておりまして、バー〈シネフィル〉の様子まで見えるんです」バーテンは淡々とした調子で答えた。

なるほど。祥子が話したらしい。

私は名刺を取り出し、名前を告げた。相手は増田《ますだ》と名乗り、店をもって十八年経つと言った。

「マスター、少し質問していいですか？」

「申し訳ないですが、ここにお見えになったお客様のことは一切、お話ししません。それがこういう仕事をする者のルールですから」

「それはそうですよね。でも、亡くなった人の思い出話ぐらいはするでしょう？」

増田が眼鏡のツルを軽く上げた。「神納絵里香さんは、いい方でした」

「そのいい方が殺された。成仏してもらうためにも、是非、俺と思い出話をしてください」

「絵里香さんの好みのコニャックはヘネシーでした」

人を食ったような答えである。

「よく飲む方だったでしょう？」

「それはもう」

「最後に来たのはいつ頃ですか？」

「もうかなり前ですね。一年半、いやもっと前だったかもしれません」

「その頃はしょっちゅう来てましたよね」

「とてもいいお客様でした」

「ここで南浦監督と再会した。そう聞いてますが、本当ですか？」

「南浦監督は、お亡くなりにはなってませんよ」

「じゃ、質問を変えましょう。神納さんは、ここに人を連れてきたことがありますよね。その人のことは知ってます？」

「……」

私は真っ直ぐに増田を見つめた。「マスター、その連れの男が、神納さん殺しの鍵を握ってるかもしれないんです。その人もここの常連ですか？」

増田は少し考えた後に「いいえ」と答えた。

「その人と一緒にきたのを最後に、神納さん、この店には現れていない。違いますか？」

増田は目を逸らした。「あなたこそ水晶玉をお持ちのようですね」

「神納さん、マスターにその男を紹介しなかったんですか？」

「したような気がしますが……」

「その人の名前、馬場、馬場幸作ですよね」

増田はきょとんとした顔をした。馬場ではなかったらしい。

「その男、偽名をよく使うんです。それだけでも怪しいでしょう?」

「どんな偽名を?」

「たとえば、梶源一」

増田の目がかすかに泳いだ。

「その男の会社が、南浦監督の今度の作品に出資してるんですよ」

私は馬場幸作の写真をテーブルに置いた。「コピーですから、映りは悪いですが、この男ではないですか?」

増田は写真を手に取り、眼鏡を外した。

「よく分かりません」

「増田さん、こいつかどうかだけ教えてくれればいいんです。今、こいつは、違う殺しの重要参考人でもあるんです。いずれ新聞に写真が載るかもしれない。答えはイエスかノーだけでけっこうです」

増田は写真をテーブルに戻すと、ぽつりと言った。「おそらく、この方だと思います」

南浦が、ここで紹介された人間のことを、私に話せなかった理由が何となく分かった。神納絵里香に口止めされたに違いない。いや、それだけではなく、怪しげな金が自分の映画に注ぎ込まれたことを薄々知っていたから言えなかったのかもしれない。

神納絵里香は馬場幸作を操っていた。彼女が映画作りに興味があり、惚れた男に、金儲けのことも頭において出資した。その考えを変える気にはならないが、そこまでして南浦を応援した訳は他にありそうだ。不法なことをやって手に入れた金を浄化した? その推理は説得力に欠けている気がした。

九時近くになっていた。私はもう一度、里美の家に電話を入れた。

里美はすぐに出た。「ちょっと出かけていたの。プロダクションの社長に呼ばれて」

「じゃ、疲れてるね」

「どこにいるの？」

「バー〈スマイル〉」私は軽い調子で答えた。

「じゃ、仕事中ってこと？」

「いや」

「〈スマイル〉ね」里美の声が沈んだ。

「来る？」

「……」

「気乗りがしないんだね。だったら、いいよ」

「行くわ。久しぶりにマスターの顔、見たいから」

席に戻った私はお替わりを頼んだ。

「話は違いますが、南浦監督と別れた奥さん、福森里美さんは、ここで出会ったのが縁で結ばれたらしいですね」

「そういうことにはお答えできません」

「話しても問題ありません。今から、当事者がここに来ますから」

酒を作っていた増田が顔を上げた。「監督が？」

「相方だった方です」

「福森里美さんが」増田の顔が綻んだ。

「私は福森さんにバー〈シネフィル〉で偶然、会いました。それがきっかけで親しくなったんです」

「そうだったんですか？」

「監督は今もここに来てるみたいですね」

「時々、いらっしゃいます」増田が遠くを見つめるような目をした。「あんなにお似合いのご夫婦はいなかったんですけどね」

「里美さん、心底、愛想を尽かしたみたいですよ」

「らしいですね」

「里美さんが言ってましたが、監督って、かなり酒に呑まれる人なんですってね」

「大したことはないですよ。私は、もっとひどい酔っ払いを見てきましたから。監督は、たとえへべれけになっても、品のいい方です」

客が入ってきた。中年のカップルだった。増田が私から離れた。

私は窓から、高速を走る車を見ていた。新幹線がゆっくりと東京駅に向かって走ってゆく。鉄道マニアだったら一日中座っていられそうな席である。

やがて増田がシェーカーを振り始めた。カップルの前にマティーニが置かれた。

私は煙草を吸い、コニャックを舐めながら里美を待った。

梶商工の梶源一は馬場だった。

あのビルの三階は、すべて馬場が押さえているようだ。しかし、馬場がすべてを仕切っていたとは思えない。

電話をして小一時間ほどで、里美がやってきた。

「お久しぶりでございます」増田が頭を下げた。

里美は薄手の黒いコートを脱ぎながら、店内を見回した。「昔のままね。ニオイまで同じ」

脱いだコートを増田が預かった。

里美はロングブーツに黒いジーパンを穿いていた。深いグリーンのダブルのジャケット姿である。

「お帰りなさい」私が里美に微笑みかけた。

「地方回りは本当に疲れるわ」そこまで言って、里美は私のグラスに目を向けた。「それ、どのメーカーのコニャック？」

「カミュ」

「私、カミュが大好きなの」里美はそう言って同じものを増田に頼んだ。

「プロダクションで何か言われた？」私が訊いた。

「事を荒立てないでほしいって言われただけ。電話でも言ったけど、私をクビには出来ないの」里美はけろっとした顔をして煙草に火をつけた。「それよりも、日本人形店の主人がしつこくて。今日、家に戻ったら、切手の貼ってない手紙が、ポストに入ってたのよ」

「好きな女をびっくりさせたい男の気持ちは分かるな」

「浜崎さん、そういうことやったことある？」

「ないよ。ラブレターを書いた記憶もない人間だからね」

里美が鼻で笑って、煙草の煙りを勢いよく吐き出した。「何もしなくても、女の方から寄ってくるって思ってるんだったら、自信過剰ね」

「手紙が嫌いなだけさ」

「どうして？」

「手紙って、独りよがりになりがちだから。書いている時はひとりだろう？　相手はその場にいない。すると自分の幻想が肥大化していく。相手は、一方的に出されたその手紙を読まされることになる。新築祝いに、飾りたくない絵をもらうようなもんだろうが。もちろん、ふたりが燃え上がってる時は、別だけど」

「へーえ、意外ね。女をうっとりさせるようなロマンチックなラブレターを、心もなく書きそうな気がしてたのに」

私は声にして笑った。「気に入ったよ。〝心もなく〟って一言が」

これからの里美との関係がどうなるのか、想像もつかないが、里美のシャープな反応は、私をおおいに愉しませてくれる。

勝ち気そうなご面相、セクシーを売り物にしていただけある肉体。そして、切り返しのいい受け答え。ベッドではどんな反応をするのだろうか、と濡れた眼差しを、彼女の躰に密かに這わせた。

「ここに来て何か分かった？」里美に訊かれた。

増田がちらりと私を見た。余計なことを口にするのではと不安になったらしい。

「神納絵里香は、日新映画をクビになってからも、ここに来ていたそうだよ」

里美はお替わりを頼み、増田に訊いた。「絵里香さん、女優時代も来てましたっけ」

「二、三度、お見えになっただけでしたね」

「よく分からない人だわね」里美がつぶやくように言った。

「何が？」

「だって、日新映画の関係者とはほとんど来てなかったのに、その後に来るなんて」

「関係者が来なくなったから顔を出す気になったんじゃないの」

「それはあり得るかも」里美が私の方に視線を向けた。「あなたは、神納絵里香の行動を探ってるんでしょう？」

「まあね」

「絵里香、ここで南浦に会ってるかもしれないわね」珍しく里美の方から、別れた夫を話題にした。

「監督は今でもここに来てるらしいよ」

「あの人は、女のいるところよりも、こういう静かなバーが好きだから」そこまで言って、里美は私を見つめた。大きな瞳は真剣そのものだった。「絵里香とあの人、親密な関係だったの？」

「そんな話は俺の耳には入ってないよ」私は嘘をついた。

「本当のこと言っていいのよ。私は、あの男から逃げたんだから」

「そういう話を聞いたら教えるよ」

里美はグラスを揺らしながら、正面をじっと見つめた。そして、軽く肩で笑った。「絵里香とあの人が付き合ってたら、笑っちゃうでしょうね」

「腹は立たない？」

「がっかりするわね、きっと。情けないっていう気になるでしょうね。あの人に対しても自分にも」

私は小さくうなずき、里美に微笑みかけた。

「でも、私に気を遣うことないわよ」

「そっちこそ、ふたりの噂が耳に入った……そういうことはないの？」

「ないわよ」里美がグラスを口に運んだ。

「話は違うけど、神納絵里香って裁縫、得意だったかな」

「はあ？」

「撮影所で待機してる時に、縫い物をしてた。そんなことなかった」

里美が首を横に振った。「見たことないわ。でも、それが事件と関係あるの？」

「まだはっきりしないんだけど、あるかもしれない」

里美の言う事件というのは、絵里香殺しだから、誤解があるのだが、それを解く必要はまるでない。

「縫い針にでも、毒がしみ込ませてあったのかしら」

「かもね」私は笑って誤魔化した。

カップルが立ち上がった。会計をすませた客を増田が出口まで送り出した。

「ね、教えてよ。彼女が殺されたことと裁縫にどんな関係があるの？」

「いいんだ。忘れてくれ」

「そういう話だったら、祥子さんが一番よく知ってるはず。彼女に訊いてみた？」

「まだだよ」

客を送り出しただけのはずの増田がなかなか戻ってこなかった。

私は出口の方に視線を向けた。

私の目は入ってきた男に釘付けになった。

南浦清吾が現れたのだ。

増田は南浦の背後で呆然と立ち尽くしている。私の視線を追った里美は、すぐに顔を背けた。

南浦は酔っているようで、足許が覚束ない。

私も南浦も目を合わさなかった。

「久しぶりだな」南浦が里美を見て力なく笑った。

里美は居直ったのか、顔を作って元夫に目を向けた。「お元気そうね」

「そうでもないさ」

南浦は、里美から三席ほど離れた場所のスツールを引いた。「オールドパーをストレートで」

増田は黙って酒を作り始めた。

里美がここに来ると言った時から、こういうことが起こらないかと期待していた。私は、内心にやりとした。

南浦が私に対してどんな態度を取るか。大いに興味が湧いた。私と面識があると彼の方から言ったら、それに合わせようと思った。それで里美に対する隠し事がなくなるではないか。

「出ましょう」里美が腰を浮かせた。

「ちょっと話があるんだけど」南浦が引き留めた。

「俺、〈シネフィル〉に先に行って待ってるよ」私は里美を制して立ち上がった。

「一緒に行く」里美が怒ったように言った。

南浦が覗き込むようにして私を見た。「すみません、お邪魔してしまって。話はすぐに終わりますから」

南浦は、私と初対面の振りをした。

私は里美を見た。里美は私にも南浦にも目を合わさず、険のある表情で黙っている。

「話、聞いてあげたら」私が里美の耳許で言った。

里美は口を開かない。

「里美に、いや、福森さんに僕の映画、是非、観てもらいたいんだ」

「前評判、すごくいいわね」

「そうなんだよ。だから、君に……」そこまで言って、南浦はまた私に目を向けた。「よかったら、あなたも」

声をかけられた私は南浦に近づき、挨拶をし、名刺を渡した。

「へーえ、私立探偵ですか? ハンフリー・ボガートがフィリップ・マーロウを演じた『三つ数えろ』、面白かったな。ローレン・バコールが綺麗だった。監督はハワード・ホークスだったな。脚本にウイリアム・フォークナーが参加してたのに驚きましたよ。僕も、スタイリッシュな私立探偵もの、一度撮ってみたいな」

南浦は完全に自分の世界に入っていた。それが演技なのか、そうでないのかは判断がつかなかった。

「浜崎さん、行きましょう」

南浦が里美を見た。「お相手が私立探偵。お似合いだよ」

「芸術家にはもううんざりしたのよ」里美は吐き捨てるように言い、出口に向かった。増田がコートを渡す暇もなかった。

「招待状、送るから」

南浦が里美の背中に向かって言った。それから、グラスを一気に空け、片肘をカウンターに突いた。私に目もくれなかった。

私は会計をすませ、南浦に挨拶をした。南浦はそれでもまったく反応しなかった。

里美は、エレベーターの壁に寄りかかっていた。腕を組んでいた。私はエレベーターのボタンを押した。

先にエレベーターに乗ったのは私だった。里美はその場を動かない。

「戻りたいんだったら、どうぞ」

里美は私に殴りかからんばかりの勢いで、エレベーターに乗ってきた。

外に出た私は、里美にコートを着せてやった。

珍しく空が澄んでいて、下弦の月を仰ぎ見ることができた。

私たちは外堀通りに向かって歩いた。

「何か嫌な予感がしたわ」

「彼の強い想いが、神様に通じたのかも」

「気持ち悪いこと言わないでよ」

「空を見て。ほら、月が出てる。気分直して」

里美が肩をそびやかし、火を吐く怪獣みたいな勢いで息を吐いた。「飲み明かそう」

里美は月には目もくれなかった。

私は里美の代わりにもう一度、月を見上げた。

『星と月は天の穴』という小説のタイトルを思い出した。ユニークで私好みのタイトルだったので記憶に残っていたが、本は読んでいない。

今夜の里美にとって、月はまさにただの天の穴でしかないようだ。

バー〈シネフィル〉も〈スマイル〉同様、暇だった。

里美はよく飲んだ。〈スマイル〉での出来事には触れなかった。

私は祥子に微笑みかけた。「〈スマイル〉のマスターに、俺のことを話したね」

「うん。たまにだけど、お互いに景気の話なんかをするのよ。その時、教えたの。悪かった?」

「いいや。おかげで話しやすかった」

「裁縫のこと、祥子さんに聞いてみたら」里美が口をはさんだ。

祥子が怪訝な顔をした。

私は、里美に訊いたことを繰り返した。

「あの人、裁縫なんかするわけないわ」

「俺もそう思ったよ」

「彼女、裁縫が大嫌いなのよ。それは縫製工場で働いてたことがあったからなの」

「なるほど」

祥子のその一言に、私は内心にんまりとした。

「裁縫がどうかしたの？」

私は笑って誤魔化した。

「いやね、私にぐらい、本当のことを言いなさいよ」

「その時期がきたら」

祥子が里美を見た。「どうしたのよ、元気ないわね」

「そう？」里美が一気にグラスを空けた。そして、私の膝に手を乗せた。「今から踊りに行こう」

私は黙ってうなずき、勘定を頼んだ。

近くにある〈ムゲン〉か〈ビブロス〉に行くと思ったが違った。里美は空車に手を上げた。

行き先は新宿だった。靖国通りでタクシーを降りた里美は、コマ劇場の方に歩き出した。

「赤く咲くのはけしの花、白く咲くのは百合の花……」

口ずさみながら、私の腕に腕を絡ませてきた。その時、彼女の躰が、前から歩いてきたチンピラに軽く触れた。

レイバンのサングラスが似合わない豚鼻の男が、脚を止め、顔を歪めた。

私は男に謝り、彼女を抱きかかえるようにして道を急いだ。

里美の入ったビルは、コマ劇場の手前にあるモナミビルだった。そこには〈クレージーホース〉というディスコが入っている。

私は新宿のディスコなら、ゴーゴー喫茶とかゴーゴークラブと言われていた時代から知っている。〈ジ・アザー〉〈プレイメイト〉〈チェックメイト〉……。

私自身は特にダンス好きというわけではない。知り合った女が行きたいというから付き合ったにすぎなかった。

今夜も同じことをしている。

これまでは、その後、親密な関係になったこともあった。

今夜はどうなるのか。私は仕事を忘れ、R&Bが壁を揺らしている、ほの暗い店の中に入っていった。

（二十一）

踊りにいこう。

そう言って、私を新宿のディスコに連れてきた里美だったが、酒を飲んでいるばかり。フロアーに向かう様子はまるで見せなかった。

長年連れ添った男の、ベロベロに酔った情けない姿を目の当たりにしたことで、空騒ぎがしたくなった。そう思った私は、いくらでも付き合ってやるつもりだったから、やや拍子抜けした。

女は、嫌なことがあると捌け口を求めるものである。心に溜まった垢を丸めて投げつける相手が必要なのだ。聞かされる方は、キャッチャーよろしく、荒れ球でも受け取ってやればいい。間違えても余計なアドバイスは吐かないことに限る。

私は、便利な掃除人のように思われることが多くて、これまでも、女の、取るに足らないいざこざをよく聞かされてきた。

女は勘が鋭いから、私がそういう役が務まる人間だと見抜くようだ。確かに私はキャッチャーに向いている。それを優しさの表れと誤解する女もいるが、決してそうではない。相手が心を許している証《あかし》だから不快ではないというだけの話だ。それに不満ばかり垂れ、目をつり上げて人の悪口を言う女が妙に色っぽく感じることもあるので、退屈しのぎにもってこいなのだ。

相手と距離をおいて、親身な顔をする性格が、探偵という職業には向いていると気づいたのは、ごく最近である。依頼人は自分では解決できない問題や悩みがあるから、私のところにやってくる。しかし、探偵は、その問題や悩みの外にいる。同情した目を相手に向けたとしても、その大半は演技であって、心からそう思っているわけではない。病院を出る時、看護婦たちは「お大事に」と言う。あの言葉ほど形骸化はしていないが、相手が胸の裡《うち》をさらけ出せるような環境を作るために、眉にシワを寄せてみたり、笑顔で包み込んだりしている。努力せずして、そんなことができたのは、女たちが投げ込んできた苛立ちを何度も受けてきた経験のおかげかもしれない。

里美に対しても、そういう態度で臨むつもりだったが、余計な猿芝居は必要ないらしい。

里美は今まで以上に、南浦に失望した。その失望があまりにも深いので、騒ぐ気にも愚痴をこぼす気にもなれないのだろう。

曲が、ザ・フォートップスの古いヒットナンバー『リーチ・アウト・アイル・ビー・ゼア』に変わった。

押し合いへし合いの状態で、若者たちが踊っている。

やがて、チークタイムになった。プロコル・ハルムの『青い影』が流れた。

私は、里美と同じように、重なり合う男女の影を見つめていた。この時こそ、と勇んで誘いはしなかった。この間、そうしたが、新しい展開があったわけではなかった。それに、相手の心が乱気流に巻き込まれているのに乗じるのは戦略的にもまずい。そっとしておくのも、キャッチャーの仕事だと心得ている。

しかし、里美が私を誘ってくることを期待していなかったというと嘘になる。彼女が柔らかい態度を少しは示してくると思っていた。そんなことは起こらず、チークタイムは終わってしまった。

「出ましょうか」私は、里美の心模様をまるで読めないまま、そう切り出した。

里美は小さくうなずき、煙草をバッグにしまった。

外に出た私は思い切り冷たい風を肺に送り込んだ。

「あなたの事務所に寄っていい？　コーヒーが飲みたいの。喫茶店は落ち着かないから」

私たちはコマ劇場の方に向かって歩き出した。この間、彼女の家に送った時と同じように、里美は腕に腕を絡ませてきた。

東宝新宿娯楽会館をすぎたところで右に曲がった。それからアシベ会館の角を左に折れた。

連れ込みホテルのネオンが怪しげな光を路上に投げかけている通りを、腕を組んで歩いている男女。乱れた夜を楽しむふたりにしか見えないだろう。

私にもその気はある。しかし、セックスだけが目的ではないことを、里美が信じられるかどうかが問題なのだ。とりあえず躰を合わせることからスタートさせるには、事件が絡んでいることもあって、その時期をとうにすぎている。

とりあえず、〝違いのわかる男〟のコーヒーを提供して、様子を見ることにした。

里美が暗い空を見上げた。「あなた、若いのに老けてるわね。子供の頃からひとりで生きてきた男だって実感した」

「生き急いできたって言っただろう？　だから、これからはどんどん退行して、赤ん坊まで戻りたいね」

「止めてよ」

笑って受け止めるかと思ったが、里美の眉間が険しくなった。南浦のことをまた思い出したのかもしれない。

「あなたとはいい関係を続けたい」里美がつぶやくように言った。

私はちらりと里美を見て、眉をゆるめた。「何度も聞いたよ」

「そういう言い方、嫌いだろうけど、今の私にとっては大事な一言なの」

事務所が近づいてきた。入口のところに人影がかすかに見えた。

男がマンションから出てきた。

目が合った。里美が先に立ち止まった。

南浦は路上の真ん中に立った。両腕を横に開いた。中途半端な開き方だった。セーフかアウトか迷ってしまった審判のようだ。テレマークが満足に決まらなかったジャンプの選手にも似ていた。

里美は腕を絡ませたままだった。

南浦の後ろにタクシーが近づいてきた。クラクションが鳴った。それでも、南浦は道を譲ろうとしない。また一台、そしてもう一台と車がやってきた。道路は排水の悪い下水道のようになった。怒りのクラクションが連鎖反応を起こし、鳴り響いた。

「うるせえよ！」

怒鳴ったのは南浦ではなかった。私の事務所のあるマンションの窓から男が顔を出したのだ。住人の中で一番ヤクザ臭くて、一番歯が抜けている男だった。

里美から離れた私は南浦に近づくと、腕を引っ張り、路肩に連れていった。

下水が流れを取り戻した。

「今日、日本にパンダが到着したようですが、パンダを見るよりも、俺は驚いてる」私は監督に言った。

「……」

「ロケハンですか？」

南浦は私を見ていなかった。視線の先には電柱が立っていた。その横に里美がいた。

「俺が映画監督だったら、今のシーン、使いますね。アートシアター向きの実験映画みたいなものになりそうだけど」

南浦は私の言葉を無視して、里美に歩み寄った。私は後を追い、監督の行く手を塞いだ。

「そういう関係だったのか」南浦の顔が歪んだ。

「ここに何しにきたのよ」里美が声を殺して言った。「私の素行調査でも頼みにきたわけ？」

「里美、ちょっと話がある。付き合ってくれないか」

「彼女は、俺の〝最高の人〟なんだよ。頼み事があるんだったら、素面《しらふ》の時に聞きますよ」

「公私を混同するのは、監督や俳優だけかと思ったら、探偵も同じだな。里美、僕は……」

「寒いわ」里美はそう言い残して、私のマンションに向かった。

里美の姿が消えた途端、私の顔つきが一変した。今まで見せていた女を守るナイトの表情は立ちどころに消え、探偵の目つきで南浦を睨んだ。

「あんたにはいろいろ訊きたいことがある」

「お前、僕を絵里香殺しの犯人にしたいんだろう」

「笑わせるな。俺が、福森里美のことで、あんたに焼き餅を焼いてるとでも言いたいのか。あんたは敵じゃない。思い込みは映画を作る時だけにしとけ。それより、俺は、映画の資金の出所を知りたい。包み隠さず話さないと、大事な映画、公開寸前でお蔵入りになるぜ」

「何だと！」南浦が私の胸倉を摑んだ。「そんなことさせるもんか」

私は南浦の手を払いのけた。「明日、家に電話する。出なかったら、梶商工のことを世間にぶちまける」

そう言い残して、私は急いでマンションに入っていった。

里美は、事務所のドアに躰を預けていた。

「遅かったわね。あいつと何を話してたの？」

「中に入ろう」私は鍵を開け、里美を先に通した。

部屋はひんやりとしていた。私は、湯を沸かしてから、マンションの入口の見える窓から外を覗き見た。だが南浦の姿は確認できなかった。

里美はソファーに座り、煙草を吸っていた。

「君に近づくなって釘を刺しておいたよ」

「あの人、ぐずぐず言ったのね」

「うん。寒くないか」

「大丈夫。血圧が倍ぐらいに上がったから」

湯が沸いた。コーヒーを淹れ、私は里美の前に腰を下ろした。

しばし沈黙が流れた。

「あの人、どうしてここに来たのかしら」里美が力の抜けた声で言った。

「君のことを知りたくて来たんだろうよ」

「そんなことしたって何にもならないのに」

「君のことを話してるだけで気持ちが落ち着く。未練のある人間が取るお決まりの行動さ」私はコーヒーを少し口に含んだ。

「それだけかしら。しつこいようだけど、あの人のこと、あなた調べてるんじゃないの。本当のこと言いなさいよ。あなたが何かにつけ、私に南浦のことを訊くのは、男としてじゃなくて、探偵としてでしょう？　あの人、絵里香と深い仲だったんじゃないの？　答えなくてもいいけど、何となく分かるのよ。私の勘が当たってたとしても、私、これっぽっちも焼かないわよ」

「〈スマイル〉でもそんなこと言ってたね」

「あの人にがっかりするって言ったわよね」

「うん」

「でも、それすらもうなくなった。今夜の態度を見たら笑うしかないって感じよ。正直に言って消耗したわ」

「悪かったな。あのバーに呼び出して」

「あなたのせいじゃないわ。懐かしくなったから行ったのよ」

私は飲み残したコーヒーをそのままにしてキッチンに行き、バヤリースオレンジを取ってきた。

里美が目を白黒させた。

「俺の大好きな飲み物なんだよ。いい気分になるんだ。君も飲む？」

「いらない。びっくりだけど、似合うね、案外。浜崎さん、可愛いよ」里美がくくっと笑った。

「これを飲むと生き急がなくてすむ気分になるんだ」私も笑い返した。

里美の頬から笑みが消えた。「あの人、絵里香殺しの容疑者なの？」

「警察は今のところはノーマークだ」

「じゃ、あなただけが疑ってるってこと？」

「はっきりしたことは分からない」

「水くさいわね。何で言えないの？　ああ、そうか。私のことも疑ってるから……」

「まさか。それはない」私は言下に否定した。

しかし、里美が百パーセント、シロだと思っているわけではなかった。南浦を取られて嫉妬したという単純な動機で殺したとは思わないのに、頭の中で作り上げた容疑者リストから外せない。理由はよく分からないのだが。

「私、南浦が犯人でも平気よ。結婚したままだったら、すごく困っただろうけど。マスコミがうるさくなるのはしかたない。でも、あの気の弱い男に、人殺しができるかしら」里美が首を傾げた。

「神納絵里香の周りには怪しげな連中が輪を作って、フォークダンスを踊ってる。だから監督のことは頭の隅にあるだけさ」

「麻薬以外にも絵里香、後ろ暗いことをやってたってこと?」

「もっと大きな事件に深く関わっていた可能性がある」

「それってどんな事件?」

「それは言えない。いろいろな人間が関わってるようだから」

「教えてよ。私も祥子さんと同じくらいに、あなたが追ってる事件に興味を持ってるのよ。だって南浦や絵里香って、好き嫌いは別にして、日新映画の最盛期を一緒に過ごした〝戦友〟だからね。映画界って開けてるように見えて、本当は小さな村みたいなものなの。だから、日新映画の出身者だっていうだけで、何かあると気になるもんなの」

「斉田重蔵もそうだけど、君も映画が好きなんだよね」

「私、カムバックしたいとは全然、思ってないわよ。でも、映画は大好き。あの現場を体験したら中毒になる。だから、もしも南浦が犯人だったとしても、今度の映画が日の目を見てもらいたい。前にも言った通り、あの人は監督としては才能があるの。それだけは信じてるから、きっといい映画を撮ったと思う」

「殺人犯が撮ったとしても、作品評価は別だものね」

「あなたもそう考える人でよかった」

「安手のモラルは性に合わないよ。新聞で読んだけど、戦時中を生きた将校夫婦の物語で、脚本も彼が手がけたそうだね」

「らしいわね。飯田《いいだ》俊次《しゅんじ》って知ってる?」

「映画監督だよね。新宿文化人で、一度、ゴールデン街の飲み屋で見たよ」

「〈桜子〉って店じゃなかった?」

「そんな名前だったな」

「酒癖は悪いけど、すごい人よ。私はちゃんとしゃべったことないけど」

「そこのところは南浦監督と似てるね」

「全然違う。南浦は両親が学校の先生で、大学出だけど、飯田俊次は、九州の炭坑夫の息子で、学校もろくに出てないのよ。あなたとひょっとしたら気が合うかも。かなりヤンチャしてて、子供の頃逮捕されたこともあるそうだから」

「『新宿・旭町ブルース』って映画だけ観てる」

「あれはいい映画よ」

旭町は元はドヤ街。そこに住むニコヨンと全共闘の闘士が主人公の、かなりハードな映画で、私の好きな女優が、ヤク中のストリッパー役で出ていた。

「飯田俊次が、南浦の映画に関係してるのか？」

「彼、プロデュースもやるの。南浦の映画のプロデューサーで、脚本にも参加したって雑誌で読んだわ」

「日新映画とは関係ないの？」

「斉田重蔵と喧嘩したらしい」

「今度の映画の資金はどこから出たのかなあ。何か耳に入ってない？」

里美は首を横に振った。「飯田俊次が集めたんじゃないの。何か気になることでも？」

「いや。映画製作のことが全然分からないから聞いてみただけ」私は笑って誤魔化した。

里美がまた煙草に火をつけた。細くて長いミスター・スリムは、何度見ても里美に似合っていた。煙草を吸いだした彼女の顔には表情がなかった。しかし、冷たい感じはまるでしない。石膏の彫像の持つ暖かみが感じられた。

「何でそんなに見つめるの？」

「綺麗だからだよ」

里美がくすりと笑った。「そういう言い方、バヤリースが好きな男には似合わない」

私は、大きなため息をついた。

「疲れた？」

「いや」

南浦がやってこなかったら、会話の流れが変わり、ふたりの間に流れる空気も違っていたかもしれない、そう思った瞬間、ため息をついてしまった。

ふたりきりで自宅にいて、ベッドまでは数歩しかないのに、話は事件のことばかり。今更、方向を変えるのは至難の業だ。

里美はくわえ煙草のまま腕時計に目を落とした。「もうこんな時間。帰るわ」

私は小さくうなずいた。「タクシーを拾ってあげよう。まだ、名監督がロケハンしてるかもしれないから」

私は里美と共に、マンションを出た。近くの連れ込みホテルから男女が出てきた。中年男と若い女だった。商売女と客ではなさそうだ。男は家庭持ちで外泊できないのだろう。そのカップルに先にタクシーを拾われた。

男が、窓越しに私に目を向けた。自分の行動を調査している興信所の人間かもしれない、と警戒心を募らせている目つきだった。

周りには人影はなかった。念のためにコマ劇場の方に向かうゆるやかな坂を一緒に下りた。表通りに出たところで空車に手を上げた。里美は去っていった。ちょっと引きつったような笑みを残して。

周りの連れ込みホテルの部屋では、何人の女が男を相手に髪を振り乱しているだろうか。気抜けした私の脳裏に、そんな馬鹿げた想像がかすめていった。

簡単な朝食を摂りながら、まず社会面に目を通したが、渡貞夫殺しの記事は見当たらなかった。

巨人・阪急の日本シリーズが昨日終わり、巨人が、四勝一敗で圧勝した。王手のかかった試合では、王、長島、黒江、森がホームランを打ち、V8に花を添えた。最優秀選手は堀内投手だった。

来期から西鉄ライオンズは太平洋クラブ・ライオンズに球団名が変わり、監督に稲尾和久元投手が就任することになったという。五八年の巨人との日本シリーズで、西鉄は三連敗し後がなくなった。巨人が優勝すると誰しもが思っていた。しかし、西鉄は、残りの試合で四連勝し逆転勝ちした。その立役者が稲尾だった。彼は、七試合中、六試合に登板。五連投という離れ業で、チームを勝利に導いた。〝神様、仏様、稲尾様〟。どこぞの新聞が書いたその言葉が一躍有名になった。そんな名門チームも経営難に陥り、譲渡せざるを得なくなった結果、球団名も変わったらしい。

生あくびをかみ殺しながら、新聞を閉じた。二度寝したこともあり、起きたのは午後二時すぎだった。

日曜日だから、仕事を休みにしたわけではない。南浦の家に電話を入れた。しかし、応答はなかった。酒で決壊した脳は、私の言ったことはおろか、ここに来たことすら、覚えていないのかもしれない。

南浦のことよりも、馬場幸作の動きや『最高の人』の製作委員会の実態を知ることが先である。古谷野は会社にも自宅にもいないようで連絡が取れなかった。

パンツ一丁になって、腕立て伏せをやった。探偵になる前は、躰を鍛えることはほとんどしなかった。悪ガキだった頃から、生きることが躰を鍛えることになっていたので、改めてやる必要はなかった。

服を着直してから、いつものように鉛筆の芯を削り、所在ない時をやりすごした。

古谷野から連絡が入ったのは、午後五時すぎだった。三十分ほどで事務所に来るというので、シャワーを浴びた。それからまた南浦に電話をしたが結果は同じだった。

やってきた古谷野を私はじっと見つめた。喪服姿だった。ヤクザの会合に紛れても、誰も違和感を持たない。それぐらい喪服の古谷野は迫力があった。

「似合いますね、喪服」

「喪服が似合う男なんて様んなんないよ。喪服の未亡人と訳が違う」

そうは言ったが、満更でもない顔をしていた。

世話になった先輩がガンで死んで、今日が本葬だったという。

古谷野はネクタイを取った。そして勝手にキッチンに入り、勝手に缶ビールを取り出し、勝手に仕事用の回転椅子に腰を下ろした。

「一度座ってみたかったんだ」

「何も喪服の時に座ることはないでしょうが」

「神聖な椅子だから、正装してないと恐れ多くて座れない」

「俺が早死にしたら、跡を継いでくださいよ」そう言いながら、私はソファーに寝転がった。「で、収穫は？」

「馬場は家に戻ってない。警察の事情聴取には素直に応じてるから逃亡したわけじゃないだろう。マスコミを避けてるのか、お前がうるさいからか、ともかく、雲隠れしてる。この分だと会社にも出ないだろう」

私は煙草に火をつけ、津島副頭取との話から、バー〈スマイル〉での出来事までを古谷野に教えた。

古谷野は勝手に私のメモ帳と先ほど尖らせたばかりの鉛筆を使って、私の言ったことを書き留めた。途中で鉛筆の芯が折れた。

古谷野は舌打ちして、新しいのに替えた。どれだけ芯を折られてもかまわなかった。芯を尖らせるのが趣味なのだから。

「梶商工の社長、梶源一が馬場だったとはな」古谷野が言った。

私は天井に向けて、煙草の煙りを吐き出した。「すぐにバレてしまう危険性があるのに、よくやったな」

「仲間が少ないってことだろう。ひとりが二役ぐらいはこなさないといけなかったのさ」

「さすがですね、その通りかもしれない」

「物事はシンプルに考えるに限る。梶商工はまったく実態のない会社だったよ。登記もされてないいんだから」

「ビルのオーナーって百瀬って名前の人間ですか？」

「いや、百瀬は前の持ち主だ。今は、八重洲にある畑山ファイナンスって金融屋の手に渡ってる。社長の畑山忠彦《はたけやまただひこ》の兄はだな、帝都灯心会系の組の参与だ。取材には一切、応じなかったそうだ。若い記者を行かせたんだが、びびってたよ」

私は畑山ファイナンスの住所と電話番号を訊いた。

「粋がるのもいい加減にしろよ。喪服を洗濯に出す前に、また着ることになるかもしれないから」

「いいから教えてください」

古谷野は渋々手帳を開き、メモ用紙に書き写した。

「で、『最高の人』の資金の出所は探れました？」

「その筋に詳しい記者が映画関係者に訊き回ったが、何も摑めなかった。まあ、出資者が表に出てくることは滅多にないから不思議じゃないんだけどな」

「あの映画のプロデューサーなら分かってますよね。きちんとした契約書を交わしてるはずですから」

「うん」

私は躰を起こし、煙草を消した。「契約書さえ手に入れば、架空の会社が映画の資金を出していることがはっきりし、金の出所を馬場に問いただせるんですがね」

「飯田俊次が、お前に契約書を見せるなんてことは考えられん。警察が入れば、協力するかもしれんがな。飯田ってのは反権力志向の強い男だ。一筋縄じゃいかんぞ」

だとすると南浦に圧力をかける方が早いか。私は南浦に連絡がつかないことを教え、明日の彼のスケジュールを探り出せないかと訊いた。

「映画担当の芸能記者の話だと今度の映画の配給会社のテレビ部が、南浦に単発のサスペンス・ドラマの仕事を依頼したらしい。だから、スケジュールは簡単に分かるかもな。しかし、お前、頼み事が多いな」

「見返りがあるじゃないですか」

「まあな。斉田の息子と和美のインタビューの反響が出てる。それに、うちだけが、絵里香の過去に遡って、あの事件を報じてる。問題は、いつ絵里香と現金輸送車襲撃事件をくっつけて記事にできるかだ。『最高の人』の金の出所に繋がれば申し分ないんだがな」

もしも映画が封切られる前に、現金輸送車襲撃事件で得た金が資金として使われていたことが公になったら、映画はどうなるのだろうか。里美は、南浦の映画のことを気にしていた。

これから、古谷野に伏せておかなければならないことが出てきそうである。

「どうした？　何考えてるんだ」

「別に」

電話が鳴った。

「古谷野さん、出て。機嫌良くね」

古谷野が受話器を取った。「浜崎探偵事務所でございます」

キャバレーの呼び込みみたいなしゃべり方に苦笑した。

「……ああ、夕子さん、お久しぶり、古谷野です……浜崎、今、トイレです」

古谷野は電話機を手にして立ち上がり、コードを目一杯引っ張った。そして、落ち着きなく動き回り始めた。

何がトイレだ。尿意を我慢している女がトイレの前で行列している時のような動きをしているくせに。

「……。私は元気そのものですよ。今どちらに？　……浅草ですか。ああ、なるほど……それはもう喜んで……。あ、浜崎が戻ってきましたから代わりますね」

古谷野が私に受話器を渡した。「昨日、連絡したんだけど」

「待ってられないって言ったでしょう。今、古谷野さんに言ったんだけど、浅草で友達が飲み屋やってるの。古谷野さんと一緒に来ない？」

「行くよ。この間の失礼を詫びたいし」

「私の正体、教えてないでしょうね」沈んだ声が訊いてきた。

「もちろん」

「場所、教えるね」

椅子の方に回り込んでメモを取ろうとした。その際、コードが足に絡まりそうになった。古谷野を睨んだが、彼は私の方に目を向けず、煙草を吸っていた。

電話を切った私は、コードを軽く束ねて、部屋の隅に置いた。それからダイヤルを回した。南浦は相変わらず電話に出ない。どこにかけたか、と古谷野に訊かれたので、正直に答えた。

「運が悪いな」古谷野が力なく言った。

「何が？」

「喪服だぜ、こんな時に」

「ネクタイしてた方がいいですよ」

「鬱陶しいよ」

「浅草のヤクザに絡まれたくないんですよ」

「馬鹿」

台東区の住宅地図で場所を確認してから事務所を出た。

南浦が電話に出ず、馬場幸作の行方も不明。今夜は動きが取れない。夕子に借りを返すいいチャンスである。

タクシーで浅草に向かった。

「あの女に、男はいないよな」古谷野に訊かれた。

「いないと思いますけど」

「今度、兄貴の経営する雀荘に行ってみようぜ。うちの若いのをふたり誘って」

「時間ができたらね」

「今夜は福森里美と会わないのか」

私は古谷野をちらりと見て、にっと笑った。「適当なところで消えろってことですか」

古谷野は黙ってうなずき、煙草に火をつけた。

タクシーを降りたのは、古くからある映画館、〈大勝館〉の前だった。その手前が〈カジノ座〉。地下がストリップ劇場である。〈フランス座〉〈ロック座〉〈浅草座〉よりも小さいと聞いたことがあるが、私は入ったことはない。

浅草寺境内の方に向かって歩いた。思ったよりも人出があった。宝塚劇場と伝法院通りの間の道を進む。理髪店の並びに、夕子の友達の家族が経営している一杯飲み屋、〈池山〉はあった。

カウンターだけの小さな店だった。夕子の他に客はいなかった。

夕子は、裾が若干短いベージュのスラックスに赤いVネックのセーター姿だった。

喪服姿にちょっとびっくりした夕子に、古谷野は言い訳するかのように葬儀に出ていたことを告げた。

〈池山〉は、夫婦ものがふたりでやっていて、女将が夕子の小中学校の先輩だという。

「浜崎さんは私立探偵で、古谷野さんは《東京日々タイムス》の記者なのよ」

女将が夕子に目を馳せた。それはほんの一瞬のことだったが、私は見逃さなかった。女将は、夕子の裏稼業のことを知っているのかもしれない。

ビールで乾杯した。私は、銀座の件を謝った。興味津々の古谷野には、馬場を見つけたことで、銀座に彼女をひとり残してしまったとだけ伝えた。事情が事情だから、古谷野が茶々を入れることはなかった。

刺身は主人に任せた。しめ鯖がすこぶるうまかった。

「夕子さんのお母さん、レビューのダンサーだったそうですよ」私が言った。

「へえ、夕子さんが綺麗なのは、お母さん譲りなんだね」頬を上気させて古谷野が言った。

「私、父に似てるとしか言われません」

「美男美女のカップルなんだね、ご両親は」古谷野が肩を揺らして笑った。「学生時代、浅草にはよく来てたよ」

「ストリップを観に？」私が口をはさんだ。

「まあ、そうだけど、俺、浅草芸人が好きでね」

「誰のファンだったんです？」主人が訊いた。

「誰ってわけじゃないですけど、〈フランス座〉に出てた〈スリーポケッツ〉のファンでした」

「渥美清、関敬六、谷幹一ね」主人が懐かしそうな顔をした。

「渥美清が抜けて海野かつをが入ったんだよね」と古谷野。

夕子はヒラメを口に運んだ。「海野かつをはね、浅草っ子なのよ」

「私、宮城出身ですから、同郷の由利徹のファンなんですよ」主人が言った。

「〈脱線トリオ〉もいいよね」そう言った古谷野が、夫婦に酒を勧めた。

それからも、彼は浅草について話し続けた。地元の話。夕子も愉しそうだった。

古谷野がトイレに立った。

私は夕子に躰を寄せ、耳許で言った。「例の男のことは、今のところは放っておく。何かあったらまた頼むけど」

「何で？」

「その男、警察に目をつけられてるんだ」

夕子が大きくうなずいた。

「古谷野さん、君にぽっとなっちまったらしい」

「いい人ね。私も好きよ」

照れる気配も見せず、夕子は軽い調子で言った。恋が芽生える雰囲気はまるでしない。しかし、女はほだされるのに弱い。古谷野の態度ひとつで、夕子の気持ちが分かれる可能性は大いにある。

「例のこと、俺から古谷野さんに話すことはないから」

「そうして。話すときは私が話す」

水が流される音がした。私は夕子の方に寄っていた躰を元に戻した。

古谷野が戻ってきた。私は、朝が早いので、と嘘をついて腰を上げた。

「じゃな」古谷野は、引き留める振りすらみせず、私に目を向けず、軽く手を上げた。

「お願いしたこと、よろしく」

夕子にはまた連絡すると言って、店を出た……。

翌日の昼頃、古谷野が南浦のスケジュールを伝えてきた。迅速である。夕子に対するときめいた気持ちが、仕事にもいい効果を現しているのかもしれない。

「調布にある関大映画の撮影所にいるそうだ。その後のスケジュールは分からない」

調布まで足を延ばすしかないだろう。

「ところで、昨日はあれから……」

「愉しく飲んで、彼女の家に送っただけだよ。あの子、秘密があるようなことをぽつりと言ってた。それをお前から聞いて欲しいって言われた。お前、あの子と……」

「それはないですよ」

「じゃ秘密って何だ」

「今度、会った時に話します」

「気になるから、今話せ」

「仕事優先」私は陽気な口調で言って電話を切った。

夕子は自分で話すと言ったくせに気が変わったらしい。女の気まぐれ。受けてやるしかない。


薄青い空に刷毛《はけ》で引いたような筋雲が走っている秋日和だった。

私は甲州街道を飛ばして調布に向かった。調布駅前を左に曲がり品川道を越え、南に下った。

東京とは言え、この辺までくると、大きな工場が点在してはいるものの、農地や空き地が目立ち、視界は開けていた。路肩にススキの穂が揺れている。

同じような家が、整列した兵隊のようにきちんと並んだ都営住宅が左手に見えてきた。

関大映画の撮影所は、その先の右手にあった。

ゲートの前に車を停めた。守衛室から制服を着た男が出てきた。

年はかなりいっているようだが、がっしりとした躰つきの、苦み走ったいい男だった。

裏方をやっていたが、監督の目に留まり、俳優に転業した者もいると聞く。この男はスカウトされなかったのだろうか。それとも逆に、未来の大スターを夢見て、大部屋役者に甘んじていたが、ついに断念し、転職したのかもしれない。

車を降りた私は守衛に近づいた。苦み走ったいい男には違いないが、よく見ると、まるで魅力がなかった。

三船敏郎と田宮二郎と丹波哲郎の特徴を組み合わせた結果、ただの凡庸な美男になってしまった感じの男だった。

私は、まずいミックスジュースみたいな顔の守衛に軽く手を上げ、中に入ろうとした。

「関係者以外は入れませんが、あなたは」

「南浦清吾監督と約束があるんだ」

「お名前は」

「浜崎順一郎」

守衛室に戻った男は、バインダーに挟んだ紙を、指先を舐めながら調べ始めた。

「そんな約束、ありませんよ」戻ってきた守衛が言った。

「きっと伝えるのを忘れたんだろうよ。重要な約束なんだ。監督に連絡を取ってくれないか」

「私は、監督がどこにいるか知りません」

「じゃ分かる人間に訊いてくれないか。監督は私を待ってる」

男はふうと息を吐いてまた守衛室に引き返した。

私は煙草を吸って待っていた。

ベンツのハードトップがやってきた。ドアに肘を載せて、ハンドルを握っているのは有名な男優だった。サングラスをかけ、煙草をくわえていた。黄色いジャケットに、黒いシャツ姿だった。水がないと生きていけない魚みたいに、誰かにいつも見られていないと、窒息死してしまいそうな男である。男優も大半はナルシストに決まっている。この男も、日に何度も女みたいに鏡を見ている気がした。

俳優は、姿を現した守衛に大仰な仕草で、手を上げた。守衛が頭を下げた。ベンツが撮影所内に消えた。

「南浦監督は、今、打ち合わせ中だそうです。終わったら、私に連絡がくるはずです」

「中で待てないのか」

守衛は首を横に振った。

私は車に戻った。そしてラジオをつけた。

NHK第一では、女医が胃潰瘍について話していた。胃潰瘍になりそうな嫌な声の女だった。第二は英会話。他の放送局はどれも歌謡曲を流していた。

辺見マリの『経験』、五木ひろしの『よこはま・たそがれ』、小柳ルミ子の『瀬戸の花嫁』……聴くともなしにここ一・二年のヒット曲を聴いていた。

里美は歌が上手だ。しかし、なぜかキャバレー回りで終わりそうな気がした。彼女は芸能界の端っこにくっついて口を糊しているだけで、野心はなさそうだから。

灰皿が吸い殻でいっぱいになり、審査員に成れるほど歌謡曲を聴き、サイドミラーに止まりにきたトンボを眺めていた。

一旦、姿を消したトンボが戻ってきた。しかし、守衛は呼びにこない。

外に出て、トンボに向かって指を立てた。トンボは止まらず、広い空き地に向かって飛び去った。

その間に車が数台、撮影所のゲートを出入りし、タクシーもやってきた。撮影所から歩いて出てくる者もいた。

煙草のパッケージが空になった時、やっと守衛が呼びにきた。入って右側の建物の二階の二番会議室に南浦監督はいるという。

ゲートを潜り、車を駐車場に入れた。駐車場の横にプールと倉庫があった。倉庫の隣の建物には営《えい》繕《ぜん》室と記した札がかかっていた。他の建物はすべてステージだった。ステージの前に芝生が敷かれ、そこに若い女優がふたり座っていた。テレビで視たことのある女優だが、名前は覚えていない。

会議室のある建物は、アフレコ室の隣にあり、企画部、制作部も入っていた。

撮影所は隔離された空間である。こういうところに長い間いると、世間の尺度が分からなくなりそうだ。もっとも、娑婆《しゃば》にいても、常識が身につくわけではないが。

階段で二階に上がった。そして、二番会議室のドアを開けた。ノックはしなかった。南浦は長机の前に座り、書類のようなものを読んでいた。

「新しい仕事をもう始めてたんですか？」私は、自分でも嘘くさく思える笑みを浮かべてみせた。

「まだ企画の段階です。テレビの仕事ですがね」ぞんざいな言い方である。

南浦がテレビを映画より低くみているのは明らかだった。

「監督業はなかなか金にならないんですよ、特別な人を除いて」

「女優と一緒になるのがてっとり早い方法ですかね」

その発言に、南浦は目つきを変えた。

「失礼。忘れてました。あなたは女優と結婚してましたよね」

「そんな嫌味を言いにここまで来たんですか？」

「昨日、何度もお電話したんですがね。俺の事務所にきたこと覚えてます？」

「ぼんやりとはね。里美のことだが、彼女はもう僕の女房じゃない。だから君に何か言う権利は僕にはないよ。君に失礼なことを言ったんだったら、謝るよ」

南浦は梶商工のことまで忘れてしまったのか。それともとぼけているのか。よく分からない。

私は窓辺に立った。録音課と書かれた建物の隣が雑貨屋だった。煙草の看板が見えた。

私は南浦に断り、煙草を買いに行った。戻ってきた時、今度は彼の方が窓から外を見ていた。

私は煙草に火をつけてから、彼の隣に立った。「監督は『最高の人』に巡り会ったようですね」

頬を刺す視線を感じた。

「今度の映画には、あしながおじさんがいて、そいつが金を出したようですが、どこから出てきた金なんですかね」

南浦は黙ったままだった。目の端で彼を見た。出番を編集の際にカットされてしまった俳優のような悲しげな顔をしていた。

「梶商工以外にどんな会社、あるいは人物が資金提供したんですか？」

「そんなこと私は知らない。金集めは監督の仕事じゃない」

「飯田プロデューサーが集めた？」

「……」

「物事には例外はいくらでもある。俺に本当のことを言った方がいいですよ。じゃないと、徹底的に調べて公表します」

「脅しか」

「あなたは、薄々気づいてたんじゃないんですか？　金の出所が怪しいって」

「私に何を言わせたいんだ」

「映画がお蔵入りになるかどうかは分からないが、正直に言わないと『最高の人』が汚れますよ。俺は個人的には、犯罪で得た金で作られた映画でも、作品の価値には変わりないと思ってます。だから、評判のいい映画にミソをつけるようなことはしたくない」

南浦が私をじっと見つめた。

私は薄く微笑んだ。「梶源一って男をあなたに紹介したのは、神納絵里香ですよね。俺に無駄足を践《ふ》ませないでくださいよ」

南浦は観念したのか、小さくうなずいた。「彼女に紹介された。だけど僕は絵里香を殺しちゃいない。それだけは……」

突然、ドアが開いた。

「南浦さん、ここで打ち合わせですか？」男が怪訝な顔で訊いた。「我々もここで……」

「いや、ちょっと使わせてもらっただけだ。すぐに出るよ」

男がほっとしたような顔をした。

「お送りしましょう」

私はそう言って、先に会議室を出た。

ドアを開けた男の後ろに若い男女が書類を持って立っていた。三人に同時に頭を下げられたので、私は、俳優になった気分でもったいつけて会釈を返した。

「僕はまだ帰れない」

「じゃドライブしましょう」

「あまり時間がないんだけど……」

私は南浦の言葉を無視してさっさと駐車場に向かった。南浦は黙ってついてきた。すれ違った女優らしい女が監督に挨拶をした。

南浦を車に乗せると撮影所を出た。先ほどの守衛がじっと私を見ていた。

「絵里香殺しのことは置いておいて、梶源一が、あんたの映画に金を出すことになった経緯を話してください」

「僕は『最高の人』の構想を絵里香に話し、脚本を見せた。絵里香は褒めてくれた。それからしばらくして、一度会ったことのある梶さんが脚本を見せてほしいと絵里香に言い、それを読んだ彼が、出資してもいいと言い出したんだ」

私の車はさらに南に下っていた。そのまま行けば多摩川にぶつかる。

「変だなって思わなかったんですか」

「思ったよ」南浦が短く笑った。「だから、当然、理由を訊きました」

梶源一と名乗った馬場幸作は、映画が大好きで、いずれは自分でもプロデュースしてみたいと言ったそうだ。アメリカで暮らしたことがあり、その時に映画関係者と知り合った。その影響もあるとも付け加え、南浦の脚本を彼も褒めちぎり、絶対に当たると自信たっぷりだったという。

「パトロンを気取る気はない。必ず儲かると確信しているから金を出すとも言ってました」

「他に出資した会社はないんですか？」

「あります」

「そっちは飯田プロデューサーが声をかけた?」

南浦が落ち着きを失った。

「監督、すべて話してください」

「何社かは、飯田さんの声かけで出資した」

「梶が紹介した会社は何社あるんです?」

「三社ですが、僕が紹介されたのは、親会社の社長だけです」

「何ていう会社で、何ていう人物に会ったんです?」

「それは口外しないと約束して、金を出させたんです。だから、言えません」

「隠したい理由は訊きました?」

「ええ。でも、はっきりとは答えてくれませんでした。税金逃れのニオイがしましたね」

いつしか車は、京王遊園(現在の京王テニスクラブ)の脇に出ていた。私は路肩に車を停めた。

「遊園地、なくなったんですね」

「去年、閉園しました。プールだけは残ってますがね。よくロケで使った場所がなくなるのは寂しいもんです。小さな動物園もあったんですよ」

私は近くにある京王閣競輪場には足を運んだことがあるが、遊園地には入ったことはなかった。

煙草に火をつけた私は南浦に目を向けた。「梶商工なんて会社、存在してない。あなたもそれを知ってたんでしょう?」

「いや」南浦は何度も首を横に振った。

「会社に行ったことは?」

「ありません」

「銀座にあるんですよ。バー〈スマイル〉からもすぐのところです。ちょっと覗いてみる気にもならなかった?」

「知りたくなかった」南浦が消え入るような声で言った。「分かるでしょう？　僕が『最高の人』の脚本を書き上げたのは、ずっと前のことです。その時も関大映画に売り込んだんですが、相手にされなかった。他のところにも持ち込みましたが、いい返事はもらえなかった。それが日の目を見るチャンスがきた。映画は金がないと作れないことぐらい、知ってるでしょう？」

「梶源一は偽名。本名は馬場幸作というんですがね」

「馬場幸作？　聞いたこともない名前だ。何者なんです？」

嘘をついているとは思えなかったが、私は鼻で笑ってみせた。

「ゴルフ会員権屋の社長で、絵里香が使っていた男ですよ」

「絵里香が使っていた男？」

「本当の出資者はおそらく神納絵里香でしょう」

「まさか。そうだったらそうだと言えばいいじゃないですか？」

「問題は金の出所。犯罪絡みの金だったら、言えるはずないじゃないですか」私は煙草の煙りを勢いよく吐き出した。

南浦は口を半開きにしたまま微動だにしない。

「彼女、あなたにぞっこんだったようですね」

「絵里香はやっぱり、麻薬の密輸に深く関係してたんだね」南浦がつぶやくように言った。

「あなたの映画、いくらかかったんです？」

「一億弱です」

「梶源一とその知り合いはいくら出しました？」

南浦は金魚のようにパクパクと口を動かしてから、か細い声で言った。「八千万です。梶さんが五千万、もうひとりが三千万」

現金輸送車襲撃事件で奪われた金は、二億一千万。そこから八千万を引くと、残りは一億三千万である。

分け前の配分は知る由もないが、絵里香が相当取ったはずだ。そして、馬場も大いに潤い、残りの仲間も満足する金を手にした。

それでも分からないことがある。絵里香が馬場を使って八千万もの金を南浦のために使ったことだ。南浦が私に目を向けた。「絵里香が裏で糸を引いてたなんて考えられない」

「あの女がワルだって知ってたでしょう？」

南浦の頬にチックが走った。

「あなたに惚れていたとしても、なぜそこまで支援したのかな」

「絵里香が犯罪で手に入れた金が映画に使われたという証拠はないんでしょう？」

「まあね。でも、梶源一は彼女の仲間ですよ」

「だとしても、そこまでする女じゃない。僕のことが好きだったとしても」

「彼女は一度しか会ってないが、俺もそんな気がします」

南浦が突然、私の肩を鷲づかみにした。「浜崎さん、麻薬絡みの金があの映画に注ぎ込まれたとしての話ですが、お願いです。公表しないでください」

私は南浦を真っ直ぐに見つめた。「言ったでしょう。俺は映画が大好きだって」

「ありがとう」南浦が私の肩を揺らした。「あの映画は僕の命なんです」

私は彼の腕を軽く押しやった。

「失礼。つい興奮してしまって」

またトンボが飛んできて、サイドミラーに止まった。トンボの顔、仮面ライダーに似ている。

「ところで、絵里香の家にミシンありました？」

「ミシンってあのミシンですか？」

「そうです。ジャノメでもブラザーでもいいんですけど」

「ありましたよ。押入の奥に仕舞ってあるのを見たことがあります」

「裁縫してたことは？」

「ないですよ。あんなに裁縫の似合わない女はいませんよ」

「あんたは、絵里香殺しの第一発見者だ。何か気づいたことはなかったですか？」

「ありません。動転してしまって、観察なんかできなかった」

「だけど、死んでることだけは確かめたんでしょう？」

「脈は取りました。脈があったら救急車を呼んでます」

「本当ですかね。自分と絵里香の関係を世間に知られたくないだけじゃなくて、元の奥さんにもバレたくなかった。本当は脈なんか取ってないんじゃないんですか？」

南浦の口が半開きになり、唇の両端が下がった。

「まあ、いい。あんたの自己保身を責めても時間の無駄ですから」

「……」

「絵里香が殺された日、あなたは、わらが置いてある場所に行ったとか、荷造りにわらヒモを使ったとか、そういうことはなかった？」

南浦が目を瞬かせた。「わらですか。僕の家にはないし、荷造りもしてないですよ。わらが重要な証拠なんですか？」

「現場に落ちてた。だからと言って、犯人の遺留品とは限らないですけどね」

「なぜ、僕のことを警察に言わないんです？」

「なぜでしょうね」私はまた煙草に火をつけた。

「浜崎さん、里美のことが本気で好きなんですね」

「俺は年上の女には相手にされないようです」

「里美は、俺の映画のこと何か言ってました？」

「映画が公開されないような事態にならないことを願ってる。そんなことを言ってました」

「なるほど。君は彼女のために、僕の味方をしてるんですね」南浦は不機嫌そうに言った。

私は信じられなかった。あれだけ嫌われているのに、執着心を捨てられない。絵里香と関係を持ったのも、里美に対する腹いせだったのかもしれない。そうだとしたら幼稚である。しかし、世の中に流布されている通念に汚染され、心の動脈硬化を起こしている〝大人〟と呼ばれている人種だったら、上質な映画など作れないだろう。未熟さが芸術家にとっての栄養分だと思えば、南浦の態度を簡単には馬鹿にできない。

「なぜ、〈スマイル〉で会った後、俺のところに突然来たんですか？」

南浦は難しい顔をして、ダッシュボードに目を向けた。

「酔ってたから、何を考えてたか、自分でもよく分かりません。何となく、としか言いようがない」

「何となく事件のことを話したくなった？」

「里美はもう僕にまったく興味がないことはよく分かったよ。君と里美が腕を組んで歩いてたのは覚えてます」

答えになっていないが、もうそれ以上、訊くのは野暮だ。里美のことしか考えていなかったことは間違いなさそうだから。

南浦は手の甲で口を拭った。唇が酒を求めているようだった。

アメリカの探偵映画だったら、ここでダッシュボードからスキットルが出てきてもおかしくないが、あいにく、私の車には酒は積んでいない。

「でも、僕は……」

「福森里美が忘れられない」

「君には悪いが、僕は彼女とよりを戻したい」

「絵里香のオッパイを吸ってた時は、そこまでは思ってなかったんでしょう？」

「自分の弱さに辟易します」

「馬場いや、梶源一の知り合いの名前を教えてください」

「できないって言ったでしょう」

「隠しても意味がないじゃないですか？　俺は、あなたの味方でもあるんですよ。あなたが絵里香殺しの第一発見者だということも、新作の金の出所についても警察に話してない」

南浦は髪を撫で上げ、また唇を拭い、苦しそうに息を吐いた。「土田興産の土田《つちだ》光男《みつお》と名乗ってました」

「彼の名刺を持ってません？」

南浦は首を横に振った。「会社は渋谷区桜丘のビルにあるはずです。関連会社も同じ場所にあります」

どうせ梶商工同様、幽霊会社だろう。問題は土田光男と名乗った男が誰かということだ。

私は車をスタートさせ、撮影所まで南浦を送った。ゲートの前で降りた南浦は、小さく頭を下げ、肩を落として去っていった。先ほどの守衛の姿はなく、眼鏡をかけた小柄な男に代わっていた。

日が沈み始めていて、撮影所の建物に灯《ひ》が入り、トンボは姿を消していた。


飯田俊次から電話がかかってきたのは、午後七時すぎだった。

痰のからんだようながさがさした声だった。会いたいという。むろん、即座に承知した。

ちょうど食事に出ようとしていたところだったので、外で会うことにした。

飯田俊次が待ち合わせの場所に指定したのは、ゴールデン街にある〈佐知子〉という店だった。簡単に場所を教えてくれた。

一旦、事務所を出たが、すぐに部屋に戻り、馬場、大林、渡の写真を上着の懐に入れた。

歌舞伎町で働く人たちがよく利用する食堂で、塩鮭や納豆、おひたし、生卵、ワカメの味噌汁を食べた。

ゴールデン街に入ったのは午後八時少し前だった。

〈プーさん〉という文化人御用達のバーをすぎ、看板を見ながら奥に進んだ。〈モナコ〉〈ハル〉〈ベル〉〈ロバ〉……。〈佐知子〉は駐車場の斜め前にあった。その先はT字路で、右に行けば靖国通りに出る。

ドアの貼り紙に目が留まった。

八時半まで貸し切り。赤いマジックペンでそう書かれてあったのだ。

ドアを引いた。建て付けの悪いドアだった。客はひとりしかいなかった。黒いタートルネックのセーターに黒い綿パン。ジージャンを羽織っている。軽いウェーブのかかった髪が首の辺りで外側に跳ねている。濃い口ひげ。狭い額にはシワが走っていた。歳は私よりも一回りは上だろう。しかし、まだ四十代である。以前、〈桜子〉という店で見かけた時よりも、頬が膨れ、顎が丸く突き出ていた。そのせいだろうか、随分、老けた感じがした。

和服のママは痩せた女……いやオカマだった。顔は角張っていて、細く引いた眉は、ほつれた黒い毛糸のようだった。

ママは「いらっしゃいませ」とも言わなかった。客ではないと知っているから、無駄な挨拶をしなかったのだろう。

「お待たせしました」私は飯田俊次に頭を下げた。

度入りのサングラスの奥の腫れぼったい目が、ねめるように私を見た。新人の俳優の値打ちを見極めようとしているみたいな目つきだった。

私は飯田俊次の隣に座った。

飯田俊次はウォッカをストレートで飲んでいた。グラスの隣にピースの缶が置かれていた。まるで相性のいい夫婦みたいだ。

飯田に名刺を渡してから、ニッカをオンザロックで頼んだ。そして、酒がくると、その横にハイライトを置いた。このカップルも悪くない。

壁には、飯田の監督作品『新宿・旭町ブルース』と『閉め出せ！』のポスターが貼ってあった。『閉め出せ！』は、廃墟と化したアパートに籠城した人間の物語だったと記憶している。反社会的でアウトローが主人公の作品が多い飯田は、新宿の顔と言っていい男である。

視線を入口の方に振るともなしに振った。そこに『最高の人』のポスターが貼られていた。軍服姿の男と和服の女が並んで立っている。見つめ合ってもいなければ、躰を絡ませてもいない。そこが新鮮だった。

将校役は日活から独立した人気俳優だった。ヒロインを演じている女優は以前、松竹にいたはずだ。

飯田がグラスを空けた。ママが黙ってグラスをウォッカで満たし、自分のグラスにビールを手酌で注いだ。

「いろいろなことを知ってるようだけど、忘れてくれないか」飯田がぼそりと言った。「南浦があんないい脚本が書けるとは思ってもいなかった。映画の出来も最高だよ」

私はママの方に目をやった。

「佐知子のことは気にしないでいい」

「俺の映画に対する思い、南浦さんから聞いてますよね」

「俺は自分で確認しないと気がすまない質《たち》なんだ」

「こういう場合、お蔵入りになりますかね」

「何があってもさせないさ」飯田が力をこめてつぶやいた。

「それを聞いて安心しました」

飯田が私を睨んだ。「何が安心なんだ」

「俺は関わってる事件の真相を知りたい。あなたの今の一言で心おきなく動けるじゃないですか」

「お蔵入りにならなくても、作品を色眼鏡で見られないようにしたい」

「却って、映画の入りがよくなることもあるんじゃないんですか。神納絵里香が殺された後、上野で彼女の主演の映画をやってましたよ」私は飯田を目の端で見た。

「ここに入ってきた時は、探偵にしちゃ線が細いと思ったが、いい目してるな」

「映画で使ってくれませんかね」

「ヤクザ映画の端役だったら使える」飯田は笑いもせずそう答えると、またグラスを空けた。

ママは先ほどと同じように、グラスのぎりぎりまで酒を注いだ。

「俺は今のところ、この件を公表する気はありません」

「今のところか」

「事件の展開によっては、俺が話さなくても公になってしまうでしょうよ」私は煙草に火をつけた。

渋い顔をした飯田は、両切りの煙草を縦に持って、軽くカウンターで叩いた。

「飯田さんは、梶源一と土田光男に会ってますよね」

飯田が黙ってうなずいた。

「何だか変だって思いませんでした?」

「思わなかった」

今度は私の方が、眉をゆるめて笑った。

「周りに変なのが多すぎて、感覚が麻痺してるんだよ」

「土田光男の特徴を教えてくれませんか」

「中肉中背。特徴のないところが特徴の男だ」

肩をすくめてみせた時、ママの姿が目に入った。

カウンターの隅の丸椅子に座って、煙草をふかしていた。私たちの話にはまるで興味を示さない。主人から少し離れた場所でじっとしている老猫みたいだった。

私は飯田に視線を戻した。「映画の邪魔にならないように動きますから協力してくださいよ」

「してるじゃないか」

私は懐から、馬場と大林が写っている写真と渡貞夫のものを取り出し、グラスの横に置いた。

飯田は丸い顎を上げ、写真を覗き込んだ。

「この中に、土田光男はいますか？」

飯田は表情ひとつ変えず、口も開かなかった。

「いるか、いないかだけでも教えてください」

「いないよ」

「本当ですか？」

「こいつらが神納絵里香を殺したのか」

「それは分かりませんが、しつこく調査するつもりです。飯田さんが正直に答えてくれると、遠回りしなくてすむんですがね」

「こんな奴ら、知らんな」

飯田はミスを犯した。馬場幸作が梶源一だということは分かっている。

南浦は、私に会った時のことを飯田に話したようだが伝聞は伝聞である。うまく伝わらず、失態を犯してしまったのだろう。

「俺に協力した方がいいですよ。それが、満足する形に収まる最善の道です」

「脅かされると、俺は余計に話したくなくなる」

「反抗と反骨が、モットーなんですよね」

「おい。口がすぎるぞ!!」

「もう答えは大体分かりました」

そう言ってママの方に目を向けた。

ママは、飯田の怒鳴り声にも驚かず、同じ姿勢で煙草を吸っていた。

「勘定をお願いします」

ママは飯田を見た。

「座れよ」

私はにやりとした。

「佐知子、酒ないよ」飯田は苛立ちを老猫にぶつけた。

ママはまた黙って酒をグラスに注いだ。そして、ここで初めて口を開いた。

「俊次、八時半をすぎた。やばい話はお仕舞いだよ」ママがカウンターを出て、ドアに向かった。

飯田は、このオカマのイロなのか。私の驚きに飯田が反応した。

「佐知子は俺の姉貴だ。腹違いのな」そう言って、またグラスを手に取った。

貼り紙を外したママが、カウンターの中に戻った。

少し遅れて客が三人入ってきた。サラリーマン風の男たちだった。

「貸し切りだったんだってね」客のひとりが言った。

「嘘よ。調子悪いから、ズルしたの。生理が激しくてさ」

老猫が大口を開けて笑った。奥の金歯が私の目に入った。

ママの豹変振りに、私は拍手を送りたくなった。

「またくる」飯田はそう言い残して立ち上がった。

「監督、今日は早いですね」客のひとりが言った。

「これから夜回りだよ」飯田は、軽く客の肩を叩いて、建て付けの悪いドアを、蹴り開けて外に出た。

私はママに一礼して、飯田を追った。ウォッカをがぶ飲みしたのに、歩き方はしっかりしていた。

T字路の正面が花園神社。左隣が新宿区立第五小学校と幼稚園である。

飯田は右に曲がり、花園神社の階段を上がった。境内に入ると思ったが違った。階段の途中でステップに腰を下ろした。そして、手にしていたピースの缶を開けた。

「姉貴は、昔、劇団にいた。演出家に舞台の袖で後ろから、あそこをモミモミされてからゲイになった。ヒロポンをやりすぎて、あんなに痩せちまったんだ」

「飯田さんもやってるんですか？」

「俺は酒一辺倒だよ」

本当かどうかは分からないが、そんなことはどうでもよかった。

私も煙草を取り出し、火をつけた。

「俺は時々、ここに座って構想を練るんだ」

「今夜は作り話はなしですよ」

飯田がにやりとした。「君はなかなか口がうまいな。探偵になる前は何をやってた。まさか巡査じゃないだろうな」

「俺は制服ってのが嫌いなんですよ」

「俺はけっこう好きだ。ゲシュタポの軍服は格好いい。ヒットラーは嫌いだがな。『最高の人』でも、ああいう軍服を着させたかったが、それは無理だった」

酒で躰が温まっているせいか、夜風が気持ちよかった。

「以前は不動産ブローカー。出身は少年院です」

「なるほど。妙に肝が据わってるのはそのせいか」

「あの写真の中に土田がいましたね」

「誰だと思う？」

「ふたり写ってる写真の右側の男でしょう？」

「何で分かった？」

「飯田さんの顎が、その男に向いてたからです」

「馬鹿なことを」飯田が吐き捨てるように言った。「まあいいや。で、あいつを絞め上げるか」

「飯田さんの名前は出しませんよ」

「でも、映画には触れるだろう」

「相手は認めないでしょうから心配いらないですよ」

「それじゃ、絞め上げても意味がないじゃないか」

「証拠がないから揺さぶりをかける。おたおたするに決まってますから」

「あの男たち、何をやったんだ」

「麻薬密売よりも、もっとすごいこと。俺はそう睨んでます」

飯田が私を見つめた。「南浦が絵里香を殺したってことはないのか」

「飯田さんは彼を疑ってるんですね」

「金の出所なんかよりも、南浦が殺人犯だということの方が重大だからな」

「そうでないことを、俺も願ってます」

「曖昧な言い方だな」

「土田と名乗った男の会社は何をやってるって言ってました」

「食品の輸入だと言ってたよ。これから、ウナギの輸入もやりたいともな。アルジェリアのウナギを買い付けるそうだ」

大林久雄は元銀行員。いろいろな会社と付き合っていたに決まっているからまことしやかな嘘はいくらでもつけたはずだ。しかし、ウナギの輸入は本当の話かもしれない。馬場からもらった報酬で、商売を始める可能性はある。

煙草を吸い終わった私は腰を上げ、ズボンの尻を払った。

「飲みにいくか、一緒に」

「早く帰って寝ます」

飯田が肩で笑った。「もう俺には用はないか」

私は、宿無しみたいにしか見えない反骨の監督に深々と頭を下げ、階段を下りていった。

（二十二）

翌日も、私は精力的に動き回った。

午後、まずは馬場商事に向かった。馬場がいなくても、社員たちの様子を見ておきたかったのだ。ひょっとすると、営業していないかもしれないと思ったが、私の推測は外れた。

社員たちは何事もなかったかのように書類に目を通したり、電話をかけたりしている。

出入口に一番近い席にいた女性社員に社長のことを訊ねた。馬場幸作は不在だという。

「社長がいない時は、誰が代行しているんですか？」

女の目が奥の方に向けられた。他の社員とは離れた場所に、かなり広い机が置かれ、電話機が二台、並んでいた。

その席にこの間は見ていない中年男が座っている。私は内心苦笑した。

そんな大きな机を必要とせず、小学校で使っている小さなもので十分だと思えるほど、男の躰は小さく貧相だった。顔色もよくない。私を見つめている男の目は、余命三ヶ月と伝えられた不治の病の患者のようだった。

男が席を離れ、私の方にやってきた。

靴の代わりにサンダルを履いていた。靴下も脱いでいる。明日から十一月。さぞや足許が寒かろう。ひょっとすると水虫なのかもしれない。

その男をマークし、馬場幸作の所在を突き止めようかと一瞬思ったが、時間の無駄になりそうだから止めにした。

社長の側近、或いは懐刀で、社長の裏の顔を知っていたら、馬場が窮地に陥っている時に、素足にサンダル履きで仕事はしないだろう。足が疲れているのか、水虫なのかはどうでもいいが、ともかく、この男に裏の顔があるとは思えなかった。

男は、秋村《あきむら》と言い、馬場商事の専務だった。日めくりカレンダーのように、この手の小さな会社の社員の肩書きはころころ変わる。だから、専務だと言っても、権威などまるでないに決まっている。

それでも私は深刻ぶった顔をし、吹けば飛ぶような専務に名刺を渡した。

「至急、社長にお会いしたいんですが」

「私も所在が分からないんです」

「馬場さんは、これまでもよく雲隠れすることがあったんですか?」

「いえ」

「社長の判断を仰がなければならない時はどうするんです?」

「事務的なことは私がいれば何とかなります」

表の仕事は、この男に託しているのだろう。或る意味、適役かもしれない。秋村専務と相対した客は、この会社が堅実なものに違いないと勘違いするだろうから。

「まったく連絡が入らないわけじゃないんでしょう?」

「ここのところはまったくありません」専務は目を伏せた。

「あなたも警察に呼ばれました?」

「そういう話を、あなたにする必要はないと思いますが」秋村専務はか細い声で答えた。

私は小さくうなずいた。「話は違いますが、隣に梶商工って会社がありますが潰れたんですかね」

「人が出入りしているのを見たことないですが、それが何か?」

「別に」

秋村の机の電話が鳴った。秋村は、ちょこちょこと小走りに席に戻っていった。私の相手をしてくれそうな人間はひとりもいなかった。私がそこに立っていることにすら気づいていない感じである。それが却って、私を意識しているように思えた。

事務所を出た私は、練馬区石神井まで車を飛ばした。

馬場幸作の自宅は石神井公園からほど近い住宅街にある。

午後四時少し前、私は、広いグラウンドと石神井池の間にある墓地の脇に車を停めた。

陽射しが、雑木林を抜け、弱い光を辺りに投げかけていた。木々の色づきは浅かったが、風に弄ばれる木の葉は旺盛な時期の力を失い、絢爛豪華な死の舞踏に向かいつつあるのは確かだった。木立の向こうに池が見えた。女を乗せてボートを漕いでいる男の長い髪が逆立っていた。

幅の狭い曲がりくねった道を進んだ。

馬場の自宅は、申し訳程度に造られたような小さな庭のある小住宅だった。雨樋の一部が壊れていた。新築でないのは明らかである。借家の可能性もある。玄関の隣が駐車場だった。

アルファロメオのノーズが敷地の外にかなりはみ出していた。最近、人気上昇中のトミカのミニチュアカーなら、何台でも置けそうだが。

もう一度、家を眺めやった。

外車を颯爽と乗り回している人間の住まいには思えなかった。

もっとも、車好きというものは、毎日カップラーメンを胃に流し込んでいても、憧れの外車を月賦で買って乗り回すものである。日本が誇るインスタント食品で満たされた胃袋を揺らしながら、外国映画の二枚目スター気取りで外車を転がす。これぞ究極の和洋折衷なのかもしれない。

庭の向こうの部屋から、レースのカーテン越しに光が見えた。日当たりが悪いせいで、昼間でも灯りが必要らしい。

玄関に立ち、ブザーを押した。応答なし。しつこく鳴らした。ドアの向こうに人の気配がした。

「何でしょう?」緊張した女の声が応えた。

私は名前と職業を名乗った。そして、答えは分かっていたが、馬場が家にいるか訊ねた。果たして女は私の予想通りのことを口にした。

「いらっしゃらない?　あなたは奥さんですか?」

「……」

「少しお話をお伺いしたいんですが」

「話すことは何もありません」

「じゃ、馬場さんにお伝えください。息子さんの大好きな仮面ライダーの話をしたいって」

答えは返ってこなかった。私は玄関を離れた。庭の向こうの窓のカーテンを慌てて引いている女の姿がちらりと見えた。

近所で聞き込みをやったが、最近、馬場幸作を見たという人間はひとりもいなかった。車があるからといって本人が家にいるとは限らない。

馬場幸作は逃走を図ったのだろうか。それとも、マスコミを逃れようとして、どこかに隠れ潜んでいるのだろうか。

昨夜も今朝も、親戚を装って四谷署に電話をした。警察だけは居所を知っているはずだ。しかし、榊原刑事は署にはいなかった。彼と話ができれば、馬場の動向はすぐに分かるはずだが。

日没が迫っていた。西の空が橙色に染まり、風に揺れる木立が影と化している。

次に向かった先は赤坂にある、渡貞夫が殺された家だった。渡貞夫の女、山本千草も留守のようだった。

山本千草のことを教えてくれた酒屋に寄った。主人が、待ち焦がれていたような目をして私を迎えた。

「とんでもないことになったね」

「お宅にも警察が来ました？」

「来たよ」

刑事たちは、犯行当時、不審な人物を見なかったか、近所を訊き回ったらしい。

「……教会の人も、ドラマーの白木秀雄が死んだアパートの住人も何も見てないって話だよ」

「物音を聞いた人もいないのかな」

「だと思うよ」

「ここしばらく、彼女は家に戻ってないみたいだけど」

「見張ってるわけじゃないから分かんないけど、当分、戻ってこないんじゃないの。マスコミの連中らしき人間がうろついてたからね」

私は、あの家に人の気配がしたら、連絡してほしいと言い、改めて名刺を渡し、酒屋を出た。

千草が身を寄せているという弟の住まいまで足を延ばしてみることにした。

錦糸町に着いたのは、もうじき午後七時になろうかという時刻だった。

千草の弟、恭一郎《きょういちろう》の住まいは江東橋四丁目のホテル街にあった。通りの向こうに首都高が見えた。去年、開通した七号線である。

千草の弟は、そこで青果業を営んでいた。野球帽を斜めに被った男が店先にいた。その男が恭一郎だった。

「姉貴はここにはいないよ」恭一郎は喧嘩腰に言い、客の相手を始めた。

私は店の奥を覗き込んだ。

「いねえものはいねえんだよ。俺が追い出したんだから。何なら家捜ししてみるかい」

本当なのか芝居なのかは分からないが、退散する他なかった。

腹が空いた。江東橋三丁目にある洋食屋でステーキを食べた。ご飯は大盛にした。内装は汚かったが、肉は柔らかく、おいしかった。

路地駐車していた車に戻った。

「糞ったれ」

私は悪態をついた。近くを通りかかったホステス風の女に睨まれた。女は自分に浴びせられた言葉だと勘違いしたらしい。

ワイパーに挟まれた紙が、冷たい風に震えていた。エロチックな世界へ誘うビラではない。駐車違反のキップである。

日が暮れてからキップを切られるなんて、初めての経験である。虫の居所の悪い、近くの住人が通報したとしか思えない。

ここまでは東奔西走した結果、何の成果も挙げられず、手にしたのは違反キップ。

どっと疲れが出た。煙草に火をつけ、一服した。

探偵になって、これほどまでしゃかりきになって仕事をしているのは初めてのことだ。事件の大きさ、親父の遺志が背中を押しているのは確かだが、それだけではなさそうだ。

探偵が自分の天職に思えてきたようだ。単なる点として存在する問題を線で繋いでゆくことで、事件の真相が明らかになる。そこに醍醐味を感じている。しかし、線の引きようをひとつ間違えると、とんでもない結論を導いてしまうかもしれない。A地点とB地点を結ぶ線は無限にある。だから、どの線を選ぶかは決められない。しかし、とりあえず線を引いてみなければ始まらない。最短距離で結んだからといって、後々手詰まりになる場合もある。

今日はうまく線の引けない一日らしい。しかし、こんな日もある。私は気を取り直し、エンジンをかけた。

錦糸町から荻窪を目指した。

大林久雄が経営しているという喫茶店〈エスペランサ〉は駅の北口から青梅街道を渡った狭い通りにあった。

私は駅近くの駐車場に車を入れ、徒歩で喫茶店に向かった。銀行の角を曲がる。その通りは、八百屋やパチンコ屋や本屋が軒を連ねている商店街だった。

ほどなく、道が二股に分かれた。二股の角は理髪店だった。喫茶〈エスペランサ〉はその斜め前にあった。店はすでに閉まっているようだったが、別段、不都合はなかった。大林は店の二階に住んでいると津島副頭取から聞いている。

しかし、ここでも空振りを強いられた。

〝都合により、休業〟と書いた紙が木製のドアに貼ってあったのだ。店の右端にもドアがある。そこから住まいに入れるのだろう。

呼び鈴を鳴らした。しかし、誰も出ない。建物から離れ、二階を見やった。雨戸が閉まっていた。

私は大きな溜息をつき、煙草を吸いながら青梅街道の方に戻った。途中、パチンコ屋を覗いてみた。しかし、写真で見た男の姿はなかった。


徒労の日は十一月の声を聞いても続いた。

私はめげずに、問題の人物たちに接触を試みたが、成果は挙げられなかった。

古谷野とは頻繁に連絡を取り合っていたが、彼の方も、調査の駒を進めるのに役立つ情報をつかんでいなかった。

「な、島影夕子が隠してることとって何だい？」話が一段落した時、古谷野がおずおずと訊いてきた。

「親父の命日の日に、俺は彼女に会ってるんです」

「お前の親父の隠し子か」

「いや、そうじゃないんですよ。デパートでスリを見つけた。あのことがきっかけで、俺たちは大きな事件に鼻面を突っ込むようになったんでしたね」

「もったいをつけないで早く言え」

「梶商工って会社のことが分かったのは、実は、彼女に南浦のポケットから手帳を掏らせたからなんです」

「彼女が掏った？……ってことは何か、あの女がスリだって、そんなこと……」古谷野の口調は、積み木が静かに崩れるみたいに乱れていった。

「無形文化財に推薦したいぐらいの腕みたいですよ」

「……」

「古谷野さんの嫁さんには向かないかな」

「また電話する」古谷野は消え入るような声で言い、受話器を静かに置いた。

古谷野はかなり際どい取材を平気でやってきた強気の男だが、犯罪に手を染めたことはないはずだ。だから、私のような少年院上がりの人間とは違い、心を引かれた女がスリだと聞いて、かなりのショックを受けたのだろう。

好きな女が犯罪者。男にとっては踏み絵みたいなものだ。裏を知って、自分の気持ちを曲げるのも悔いが残るし、かと言って平気な顔をして付き合っても、胸には常に影がたゆたうことになるのだから。

古谷野の夕子に対する気持ちはまだ浅瀬で戯れているようなものだから、どんな結果になっても、彼が深い傷を負うようなことはなかろうが。

古谷野のことを頭から追いやり、また榊原に連絡を取った。だが、相変わらず彼は署にいなかった。音沙汰がないのが気になった。榊原は自分を避けているのだろうか。私に情報を流していることが発覚したら、彼自身がお縄になってしまう。親父にそうしていた時は、長い付き合いが、法を犯す決断をさせたのかもしれないが、息子の私とは、しがらみもなければ、情の襞を触れ合った関係でもない。しかし、私との情報交換は、法律が何であれ、捜査官としては魅力のある行為のはずだ。

そうか……。もうその必要がなくなったのか。警察は、絵里香殺害事件にしろ、現金輸送車襲撃事件にしろ、確信に迫る証拠を握り、詰めの段階を迎えている。だとしたら、私に接触するのは百害あって一利なし。榊原はそう判断したのではなかろうか。

里美から電話が入ったのは二日の夜のことだった。

「南浦監督、あれから何か言ってきた？」私が訊いた。

「何にも。あなたには？」

「右に同じ」私は言いよどむこともなく嘘をついた。

「今日の午後、私の家にまた刑事が来たわ」

「君のところに？」

「警察は、南浦と絵里香の関係を摑んだみたいよ」

警察は元夫と元ライバルの過去の関係を里美に訊いたという。

「……離婚の原因が、絵里香にあるのではって、刑事のひとりが、ほのめかしたのよ。失礼しちゃうわよね。まるで私が、嫉妬に燃えて絵里香を殺したみたいじゃない」里美は淡々とした調子で言った。

「やってきたのは警視庁の人間？　それとも四谷署の刑事？」

「四谷署の黒柳っていうのと、若い……なんて名前だったっけな、そうだ、権田《ごんだ》という刑事だったわ」

「権田は知らないが、黒柳には会ってる。嫌な質問をしたのは黒柳だろう？　金歯を剝きだしにして」

「逆よ。若い方が嫌なこと言ったのよ。黒柳は、昔、私の映画をよく観たって言ってへらへらしてた。金歯を見せながら」里美が短く笑った。

さもありなん。生意気そうな私立探偵には高圧的な態度を取るが、元女優のいい女には、やに下がる。分かりやすい奴だ。

私は里美に、黒柳について話して聞かせた。

「いかにもそんな感じの男だったわね。あなたの名前を出したら、急に顔つき変わったもの」

「俺の話が出たのか？」

南浦に最近会ったかと訊かれたので、里美はバー〈スマイル〉でのことを正直に話したという。

「言わなかった方がよかった？」

「いや、ばれるような嘘はつかない方がいい」

「絵里香が麻薬密売よりも大きな事件に関係してるみたいなこと、この間言ってたけど、その事件って何なの？　教えてくれてもいいじゃない」

「警察も、そんな話をしてたのか？」

「いいえ。で、何なのよ」里美の声に笑いが混じっていた。

「答えは同じ。まだはっきりしてないから口外できないんだ」

「その事件にも南浦が関係してるの？」

「それはない。安心して」私はきっぱりと否定した。

「安心するもしないもないわよ。でも、警察が動いてることが、映画に影響しないといいとは思ってる」

「ここしばらくは東京にいる？」

「明後日から新潟、仙台、札幌って回るの」

帰ってくるのは八日後の十日だという。

東京に戻ったら会おうと言って電話を切った。

私は煙草に火をつけ、窓辺に立った。

人通りの少ない静かな夜だった。

飯田プロデューサーにも言ったことだが、映画製作費の出元は徹底的に調査するつもりだ。だが、映画がお蔵入りになることは、できたら避けてやりたかった。

里美の話からすると、自分の予想は外れたらしい。警察は絵里香殺しの犯人を絞り切れずにいるようだ。となると、なぜ榊原は連絡を寄越さないのか。首を傾げるばかりである。

三日は文化の日。文化勲章になどまるで興味がないので、誰が受賞したのかも覚えていない。それよりも、二月にグアム島から日本に帰ってきた元日本兵、横井庄一が結婚し、その日に熱田神宮で式を挙げたというニュースの方が印象に残った。

古谷野が何か言ってくるかと思ったが、それもなく、電話も一本もならなかった。

発売されたばかりの平凡パンチを見るともなしに見ていた。

〝女の愛し方、別れ方〟という特集よりも、〝銃とナイフに生き、銃とナイフで死す、マフィア暗黒史〟の記事の方が遥かに面白かった。

玄関ブザーが鳴った。午後十時を回っていた。

てっきり古谷野だと思ったが違った。やってきたのは松浦和美だった。

ダッフルコート姿だった。寒くなったとは言え、ちょっと早すぎる気がした。新調したばかりなのかもしれない。そういう時は、暑さ寒さを度外視して、すぐに着たくなるものである。

頬がかすかに桜色で、吐く息が酒臭かった。

「ひとり？」私が訊いた。

「ええ」

ソファーに腰を降ろした和美に、飲み物は何がいいか訊いた。ビールを所望したので、私も付き合うことにした。

「飲んでなかったんですね」和美が薄く微笑んだ。

「探偵はいつも酔いどれてる方が絵になるんだけどね」

グラスを用意しようとしたら、缶のままでいいと言われた。

私は缶を和美に軽く向けてから、喉を潤した。

「《東京日々タイムス》の記事、読みました」和美が言った。

「優しい記事だったな。そう思わない？」

「私はあれでよかったけど、竜一は暗い顔してました。他の週刊誌の記者が家にやってくるし、父親は怒り狂うし、母親は入院しちゃったし」

「入院した？　どうして」

「心臓だって言ってたけど、過労とストレスが原因のようです」

「竜一君と会いにくくなったね」

和美がふうと息を吐いた。「仕方ないです。私のせいだから」

「竜一君の母親はまだ容疑者リストに載ってるらしいけど、竜一君から何か聞いてない」

「先週、お手伝いさんが、警察に呼ばれたそうよ」

斉田重蔵の妻は、夫と絵里香の関係を疑い、そのことが悩みになっていたようだ。その女のアリバイがない。絵里香殺しには、青酸カリという、いかにも女が使いそうな毒薬が使用された。入院したことも、刑事たちにとっては、彼女に対する疑いを深める要因になったかもしれない。

馬場幸作、南浦清吾、斉田の妻、綾乃……。警察は、この三人を特にマークしているようだが、いずれの人間に対しても、逮捕にいたるだけの証拠は握っていないらしい。そのことがさらにはっきりした。

「で、君は劇団を辞めたのか」

「辞めると言わなくても、退団させられると思ってたんだけど、置いてくれるというんです」

「代表は随分、寛容なんだね」

「私のことが実名で出てなかったこと、残念がってるみたいでした」和美の言い方には棘があった。

「なるほど。君が世間の注目を浴びれば、君を見たさに客が芝居を観にくる。そのことを期待してるんだね」

「近いうちにそうなるかもしれない。学校だけじゃなくて、劇団にも私のことを訊きにマスコミが来たみたいだから」

私は和美を見つめ、眉をゆるめた。「主役に抜擢されるかも」

「そんなの嫌よ」和美は顔を歪めて、首を横に振った。

知名度を上げるためなら、どんなことでも利用する役者は珍しくない。しかし、話題になるのは、ほんの一時だけで、それを足がかりに成功の階段を上っていく者はほとんどいない。

和美は役者の性格を本当は持っていないのかもしれない。それが、彼女にとっていいことなのか悪いことなのか分からないが。

「私、ちょっと気になってることがあるの」

「何？」

「代表の佐近一郎に刑事が会いにきたって、先輩の劇団員から聞いたんです」

「あの事件でまだ君に疑いの目を向けてるのか」私は首を捻った。

「話を聞いた時は、私もそう思った。けど違ってました。南浦監督について、友人の佐近さんに訊きにきたらしいんです」

警察は、南浦と絵里香の関係がどれぐらいのものだったか、ふたりは揉めていなかったか……。そういう情報を友人の佐近一郎から訊き出そうとしたようだ。

「その話を聞いたのはいつ？」

「昨日よ」

私が南浦に会った後、警察は南浦の事情聴取を行った可能性が高い。証言の裏を取ろうとして、元の妻の里美や友人の佐近一郎のところに聞き込みをしたとみて間違いないだろう。

そのことをマスコミが聞きつけたら、また一騒動ありそうだ。

「私、警察に監督を見たって話さなかった。そのことが気になって」

「今更、話したら、もっと面倒なことになる」私は淡々とした調子で言った。

「分かってるんですけど、心がモヤモヤして」

「監督は君に気づいていない。だから、その点について、警察が君に何か言ってくることは絶対にないよ」

「もしも犯人が監督だったら、別に警察に何か言われることがなくても、後味が悪い」そこまでつぶやくように言ってから、和美がちらりと私を見た。「監督が犯人の可能性はどうなの？」

「さあね。俺にもそれは答えられない。だけど、この事件に巻き込まれる原因を作ったのは君自身だよ」

「そうあっさり言わないで下さい」和美の目に怒りが波打った。

不安や反省点を怒りに変えて、相手、特に気を許した男にぶつけるのは女の常套手段。それに慣らされてきた私は、肩をすくめてみせただけだった。そういう相手の態度にも、腹を立てる場合もあるが、和美は、しゅんとなって黙ってしまった。

「ごめんなさい。私、浜崎さんに迷惑ばかりかけてますよね」

「そうだよ。その通り」私は軽く笑った。

「お詫びの印に、私、ここでただ働きしてもいいって思ってます。電話番もいないなんて、他の探偵社に客を取られてもしかたないと思います」

「ただ働きさせると、却って気を使うことになる。俺は独り者で天涯孤独。恋人もいない。ってことは、余計な人間の心配をしないですむってことだろう？」

「何が心配なんです？　私が、事件の関係者で、ひとりでいる時に秘密を探るとでも思ってるんですか」

「そうは思わないが、秘密を見られてしまうかもしれない。俺に女装趣味があったらどうするんだ。カツラとか、ワシントン靴店なんかで売ってるサイズの大きなハイヒールが出てきたら、俺はもう生きていけないよ」

私は笑って見せたが、和美の表情は硬いままだった。

「真面目に言ってるんですよ、私」

「劇団はいいにしても、学校はどうするんだ」

「今もほとんど出てないんです。この事件が解決するまでは、学校にも行きたくありません」

「留年したらお母さんに迷惑かけることになる」

「午後からここにきて、夜は、お母さんの店を手伝います。私が店に出ると繁盛するのよ。それに夜は、浜崎さん、店の電話も利用できますよ」

私は小さくうなずいた。「分かった。今度の事件が解決するまで君を一日、三千円で雇う。でも、事件が年を越すようだったら、十二月一杯で契約は破棄される。それでいいか」

「はい。明日、午後一時にきます」

「いや、正午に電話しろ。ここは俺の住まいでもある。だから、君にいられては困ることもあるから」

「恋人がいるんだったら、誤解されるかもしれないけど……。劇団にいると、男の団員の日常生活を見させられてますから、裸で歩かれても、私、平気です」

私はにやりとした。「行きずりの恋ってのもあるじゃないか。俺と女がベッドにいる時に、君に入ってこられちゃ困る」

和美は鼻で笑った。

「ともかく電話くれ」

「はい」和美は明るく答え、ビールを飲み干した。

文化の日の翌日午後二時すぎ、私は事務所を出た。

和美はその三十分ほど前にやってきた。スペアキーを彼女に渡した。大体一時間おきに事務所に電話を入れることにした。

和美は大きなバッグの中から本やノート、そして原稿用紙を取り出し、ソファーの前のテーブルに置いた。暇を見つけては戯曲を書いていたが、しばらく中断していた。電話番をしながら、再開するのだと張り切った表情を見せた。

和美のやっていることは、すべてママゴトに思えたが、余計なことは口にしなかった。

私が向かった先は山本千草の家だった。

正午すぎ、酒屋の主人から電話が入ったのだ。午前十時頃、千草の家に、一升瓶を二本、届けたという。

私はタクシーを利用した。そのまま夜を迎え、酒を飲む場合も考え、そうしたのだ。

赤坂氷川教会の前でタクシーを乗り捨て、路地の坂道を下った。

玄関ブザーを鳴らした。だが、返事はなかった。ドアノブを回してみた。開いた。

三和土を上がったところが廊下で、その先に部屋があるらしい。襖は閉じられている。廊下は右にL字形に続いていた。

「山本さん」奥に声をかけた。

結果は同じだった。嫌な予感がした。しかし、それは杞憂だった。

耳をすませると、襖の向こうで人の気配がした。

「いるのは分かってます」

「何よ！」尖った声が聞こえた。

「ちょっとお話が。マスコミじゃありませんよ」

「もうサツの相手はごめんだよ」

「私は、あなたの男に殺されかけた探偵です」

ややあって襖が乱暴に引かれた。敷居から襖が外れそうなくらいの勢いだった。

目の化粧もしておらず、ルージュも引かれていなかった。眉は剃り落とされたままである。メリハリのない顔は青白い。青磁の壺のような品《ひん》はまるでなく、ひび割れた、まがい物の陶器みたいな表情である。化粧をしている時はタヌキ顔に見えたが、その日はタヌキがキツネに化けたような感じだった。

髪は後ろで無造作にまとめられていた。そのせいかどうかは分からないが、この間、見た時よりも、耳が大きいことに気づいた。

沈んだ白色のVネックのセーターに、股引と見間違うような肌色のパンタロンを穿いていた。塗装が剝がされた、ポンコツ車。そんな感じがした。

着物姿の千草はそれなりに見られたが、眼前の彼女は目を覆いたくなるほど窶《やつ》れている。

「言いがかりをつけにきたの」千草が怒鳴った。

「俺はあんたの男を殺した奴を探してる」

「そんなことする必要ないよ。殺ったのは馬場よ」

青白い顔だが、かなり酒を食らっているらしい。呂律《ろれつ》が回っておらず、言葉を吐く度に、唾液が飛んだ。

酒屋から届けさせた日本酒は、本人が飲むためのものだったらしい。

「話を聞かせてください」

「警察で散々しゃべったよ。帰りな」

千草が踵を返した。私は靴を脱ぎかけた。

肩越しに千草が私を睨んだ。

「何する気！　警察、呼ぶよ」

私は無視して靴を脱ぎ、廊下に立った。

「どういうつもりよ！」

「犯人は馬場じゃないかもしれない」

「だったら誰よ」千草は挑むような目で私を見つめた。

「腹を割って話しましょう」

私は千草の横を擦り抜け、六畳ほどの和室に入った。座卓に置かれたグラスを見た私の頰がゆるんだ。バヤリースオレンジのマークが入っていたのだ。むろん、中身は私の愛飲しているものではなかったが。

灰皿とグラスの他には、柿が二個、ごろりと転がっていた。皿も置かれていて、そこには食べ残した柿とその種、そして果物ナイフが載っている。

私は畳に胡座《あぐら》をかいた。

後ろに立っていた千草が突然、笑い出した。

「あんた、貞さんにそっくりだよ」

貞さん？　そうか。渡貞夫のことを言ってるのか。

「俺の頭の形、あんたの男のに似てるか」

「違うよ」

「まあ、座りなさいよ」

千草は興奮が収まったらしい。大人しく私の言う通りにした。

「あんたも飲む？」

「バヤリースオレンジあるかな」

「ないよ。そんなもん」

「グラスにマークが入ってるじゃないか」

千草はそれには答えず、柿を口に運んだ。「本当に飲まないの？」

車で来ていると嘘をつき、飲み物はいらないと断った。

千草は口をもぐもぐさせながら、畳に置かれた一升瓶を手に取り、グラスに酒を注いだ。「貞さんが、私の家にきた時も、あんたみたいに図々しかった。有無を言わさない強引な男に私、弱いの」

「あんたの男は、確かにそういう感じの奴だったね。俺を有無を言わさず、片付けようとしたんだから」

いきなり千草が果物ナイフを手にした。「あんた、私に復讐にきたの?」

「まさか。あの男は殺された。報いはもう受けてる」

「信じられない。殺しはやらないって言ってたのに」そう言ってナイフをぎゅっと握りしめた。

「ナイフ、置いてくださいよ。おっかないから」私の口調は穏やかで優しかった。

千草がナイフを皿の上に投げ戻した。

「渡さんは、馬場と組んで、大きなヤマを踏んだ。俺はそう思ってるんだけど、あんた何か知ってるだろう?」

「あんた、それでも探偵。そんな話、女にベラベラしゃべる奴いるわけないでしょう」

「馬場はよくここに来てたんだろう?」

「しょっちゅうってわけじゃないけど」

私は千草の耳に目を向けた。「あんたの耳、立派だから、ひそひそ話もよく聞こえたんじゃないかと思って」

「そんなにじっと見ないでよ。子供の頃からコンプレックスだったんだから」

「福をもたらす耳に思えるけどね」私はさらりと言ってのけた。

千草が目の端で私をちらりと見た。「あんた、相当遊んでるね」

「はあ?」

「女がコンプレックスだって思ってるところを上手に褒める男って抜け目ない奴が多いんだよ」

「買いかぶりだけど、そんなことはどうでもいい。それより、馬場とあんたの男の会話を耳にしたことあるんじゃないの」

「刑事にも散々聞かれたけど、何にも知らないよ」

「あんたの男を殺ったのが馬場だって言うんだったら、俺には本当のことを話した方がいい。俺は警察じゃないいんだよ」

千草は、手にしていたグラスを宙に浮かせたまま、食い入るように私を見つめた。

「私の頼みを聞いてくれたら話してもいいよ」

「頼みって」

千草はグラスをテーブルに戻し、あらぬ方向に目を向けた。そして、抑揚のない声でこう言った。

「馬場を殺して」

「冗談がすぎるよ。俺は一介の探偵で、殺し屋じゃない」

「あんた、探偵の前は何してたの？　悪いことしてきた目をしてる。私には分かるのよ」

「見当違いもいいとこだよ。ガキの頃、隣の家の女便所を覗いたことぐらいはあったけど」

「人をおちょくるのもいい加減にしな」千草が声を荒らげた。「五百万でどう？　どうせ、いつも、金欠病なんだろう？」

「人間のタマ取るにしちゃ安すぎる。宝くじの最高賞金額が五百万になったのがいつか知ってるかい」

「知らないよ、そんなこと」

「昭和三十五年、十二年前だよ。今は一千万ぐらいだよね」

「やるのやんないの」千草が低い声で言った。

「馬場に唆《そそのか》されて悪さを働いた挙げ句、仲間に殺されたんじゃ、渡さんも浮かばれないね」

「だからさ、私、恨みを晴らしたいの。あんたを殺れって言ったのも馬場よ」

「かもしれないけど、そう言ってるのはあんただけ。俺が納得できる証拠がなきゃ……」

「あんた、私の口を割らせたいだけで、頼みを聞く気、端っからないんだろう?」

見抜かれている。だが、引き受けると答えても、相手はおいそれとは信じないだろう。五百万、払うと言ったが、本当にそれだけの大金を持っているのか。持っているとしたら、千草のものではない可能性が高い。渡貞夫の隠し金で、金の出元は、あの事件だとどうしても思いたくなってしまうのだった。

「事は殺しだよ。横町の煙草屋で、煙草買ってきてっていう感じで気軽に頼まれても、はい、とは言えないだろうが」

背後で何かが動いた。太った白黒の猫が部屋に入ってきて、私をじっと見つめた。雑種だが、毛が長かった。洋猫の血がかなり混じっているようだ。

「貞さんが可愛がってた猫よ」

「名前は?」

「ミッチーよ。貞さん、新珠三千代の大ファンだったの」

新珠三千代が聞いたら、迷惑がるかもしれない。

私は猫を見て、名前を呼んだ。

物怖じをまったくしない猫らしく、ややあって、私の膝に載ってきた。

千草はグラスを空け、一升瓶を手に取った。手許がふらつき、酒が座卓を濡らした。瓶を元に戻すと、がくりと肩を落とし、荒い息を吐いた。

「私、あいつと別れようと思ったこと何度もあったよ。だけど、死んだら、私、あいつに惚れてたんだって身に沁みて分かった。トイレで殺されるなんて、ひどい。私がひとりで、トイレから引きずり出したんだよ。そん時は生きてると思った。あいつが死ぬなんて想像したことなかったから。私、救急車を呼んでから、あいつにずっと頬ずりしてた。私……」千草がさめざめと泣き出した。

「千草さん、馬場が殺ったかどうか、俺が調べてみる。もちろん、金はいらない。でも、あんたの思い込みだけじゃ、どうにもならないよ」

千草が顔を上げた。「他に、あの人を殺る人間はいないよ。直接手を下した奴がいたとしても、命じたのはあいつに決まってる」

「気づいたことがあったら、隠さないで話して」

千草は目を細め、だらりと口を開いた。表情はびっくりするほど穏やかだった。

「馬場と電話で言い争ってるのを聞いたよ。だけど、内容は分からない。あの人が受話器に向かって〝ふざけんじゃないよ、馬場さん〟と言っただけだから」

「それはいつ頃のこと？」

「殺される前日か前々日」

「その話は警察にした？」

「したわよ」

「他には参考になりそうな話、聞いてない？」

千草は少し考えてから、薄い笑みを浮かべた。「警察に話してないことを教えてあげるよ。馬場がうちにきた時、あの人が、仮面ライダー？　って素っ頓狂な声を出したことがあった」

全身に衝撃が走ったが、興味なさそうな顔をした。

「なぜだろうね」

千草はそれには答えず、また柿を食べた。そして種を、皿の上にぺっと吐いた。

「仮面ライダーね。訳分かんないね」私は惚けた。

千草は、しっかりとした意志を感じさせる目を私に向けた。酔いどれているのが芝居だったと思わせるほど、芯の入った目つきだった。

「同信銀行の有楽町支店で、現金輸送車が襲撃されたよね。あの時の犯人、仮面ライダーのお面で顔を隠してた」

「そんな事件あったね。あんたは、渡さんが犯人のひとりだと思ったってこと？」

「さあね」千草は私から目を逸らした。

「仮面ライダーって渡さんが言ったのはいつの話？」

「いつ頃だったかしら。去年の六月頃だと思うけど」

「なるほど、で、あの事件の後、渡さんの金回りが急によくなった？」

「そんなことはないよ」

「渡さん、だいぶ借金を抱えてたらしいけど、綺麗にしたらしいね」私は、いかにも裏を知っているような口振りで言ってみた。出任せである。

「かもしれないね」

「残った金は、あんたの名義で銀行に預けたか、或いは、どこかに隠してあった」

「そんなこと知らないよ」

「さっき、馬場を殺してくれたら、五百万払うって言ったろう。その金、元々は渡さんのもんじゃないのか」

「私、そんな大金、見たこともないよ。馬場を殺したいって気持ちは本当だけど、見ず知らずのあんたに、本気でそんなこと頼むはずないでしょう？　言ってみただけ。憂さ晴らしよ、憂さ晴らし」

信じていい一言のように思えたが、しかし、本当かどうかは分からない。

私は、馬場と大林久雄の写っている写真を千草の前に置いた。

「右側の男が、ここにきたことは？」

「誰、この人？」千草の感情が動いた。

詳しいことは何も知らないが、見たことがある。そういう反応に思えた。

「馬場の仲間さ」

「この男、うちの店に来たことあるよ」

「渡さんと一緒に？」

「違う。上野のヤクザが一緒だった。紹介されなかったから名前は知らない」

大林が千草の店に来たのは、去年の春頃だという。二、三度来たが、いずれも、迫田《さこた》というヤクザと一緒だったそうだ。

「迫田って奴とあんたの男は付き合いがあったんだろう？」

「あったみたいだけど、詳しいことは知らない。あんた、迫田に会いたい？」

「場合によっては、顔を見てみたい」

千草が大口を開けて笑い出した。「迫田は死んだらしいよ。膵臓癌であっけなく死んだって、地元のヤクザから聞いたもの」

千草はまた酒をグラスに注いだ。

「なぜ、現金輸送車襲撃事件の話を俺にしたんだい？」

「馬場があの事件の主犯だったら、奴が貞さんの口を封じたんじゃないかって思ったから。さっきの頼みは冗談だけど、今から言うことは本気よ。あんただったら、あいつを脅せると思ってる。貞さん、人がいいから、大した分け前もらってないはず。一緒に暮らしてた私が言うんだから間違いない。ね、証拠を握ったら、あいつから金をせしめようよ」

「警察の方が、俺の先を行ってる。証拠を摑んだとしても脅すなんて無理だよ」私は猫を撫でながら首を横に振った。

「なーんだ。思ったより度胸ないんだね」

私は猫を撫でながら、話を変えた。「渡さんが殺された日、誰かに会うって言ってた？」

「そんな話する暇なかったよ。私、慌てて家を出たんだから」千草がまた酒をグラスに注いだ。

「いつ店を開けるつもり？」

「そろそろ開けるよ。でもやる気がなくなった」千草は消え入るような声で言い、またグラスを空けた。

「あんたに訊きたいんだが、俺はあんたの店を出たところで、拉致され、殺されそうになった。尾行されてたのかもしれないが、そうでなければ、あまりにも動きが速すぎる。あんたは、あの時、どこにも電話をかけてない。ってことは、あの店の客の中に、渡さんの息のかかった人間がいたことになる」

「貞さん、自分を嗅ぎ回ってる探偵が、店に来るかもしれないって言ってた。地元のヤクザにも、そのことを教えてたのは知ってるよ」

「俺の写真でも持ってたのか」

千草は首を横に振った。「あんたの特徴を教えてくれたよ。あんたが、店に入ってきた時、貞さんが言ってた男って、この人だと思った。あん時、たまたまひとりで飲んでた客が、貞さんが可愛がってた若い奴だったの」

「俺が入ってすぐに店を出てった工員風の男か」

「そうよ」

あの男が出ていってから一時間以上、私は店にいた。連絡を受けた時、渡貞夫がどこにいたかは分からないが、人を集め、自分も上野までくる時間は十分にあったということだ。

しかし、渡貞夫の一存で、私を殺そうとしたとは思えない。細かく指示を出した人間がいたはずだ。今のところ、馬場幸作がその人物だとしか考えられないが。

私はトイレを借りたいと言った。尿意を催したのは本当だが、膝の上の猫のする量ぐらいしか出ない気がした。

部屋の右側の襖を開け、廊下に出た。そして、左に進んだ。台所の手前がトイレだった。手前に引く扉は少し開いていた。中に入った。狭いトイレだが、左手前に、砂を敷いたプラスチックの入れ物が置かれてあった。猫のトイレである。

右上の棚が壁から外れ、ぶらぶらしている。かろうじて一本の釘で止まっている状態。渡貞夫が、刺された時に、棚に手を引っかけ、踏ん張ろうとした跡かもしれない。他に変わったところはなかった。

ズボンに猫の毛がべったりとついていた。それを払ってから、千草のところに戻った。

千草は畳に寝転がっていた。眉が描かれていない青白い顔は、絵里香の死体よりも死人のように見えた。

「千草さん」私は、口をだらしなく開き、寝息を立て始めた彼女に声をかけた。

しかし、彼女は反応しなかった。私は奥の襖に近づこうとした。その時、千草が躰を起こした。私は隣の部屋の探察を断念しなければならなくなった。

「私、眠い。もう帰って」

「戸締まりした方がいいよ」

「盗まれるもんなんか何もないよ」

「あんたが盗まれるかもしれない」

「私みたいな婆さんを盗む奴はいないよ」

そう言った千草はまた目を閉じてしまった。

猫がじっと私を見ていた。その猫に軽く手を振って、私は千草の家を後にした。

山本千草の暮らしは平和そのもので、小さな幸せを大事にして生きている。目を閉じた千草と猫のあどけない顔を見ていたら、そんな気分になった。

公衆電話から事務所に電話を入れた。

「驚いたわよ。榊原刑事から電話があったのよ」和美が興奮した声で言った。

「用件を言ってた？」

「何も言ってない。彼、友人の榊原だって正体隠してたもの。でも、私には分かった。あの刑事だって。榊原さんに訊かれたわ。君は誰って。ただの電話番だって答えておいたけど」

和美と話し終えた私は、すぐに四谷署に、親戚を装って電話を入れた。

やっと榊原が電話口に出た。

「オバさんがねえ……」榊原が演技をした。

「しばらく会ってないですよね」

「今からなら少し時間が取れる。その後は西新宿に行くんだ」

「それじゃ新宿中央公園のちびっ子広場のところの噴水（現在のジャブジャブ池）、知ってますよね」

「ああ」

「あそこで待ってます」

「公園か……まあいいだろう。すぐに行くよ」

榊原は事務所に呼ばれなかったことを怪訝に思ったらしい。

午後四時すぎに、私は新宿中央公園に入った。そして噴水の近くのベンチに腰を下ろし、煙草に火をつけた。噴水が風に煽られ、池の縁を濡らしている。

一際高いビルは去年、竣工した京王プラザホテルである。近くでは、高層ビルの建築中で、鉄骨が剝きだしになった建物の天辺には、首の長い重機が見えた。周りにはまだまだ造成中の土地が拡がっている。

ここは淀橋浄水場の跡地だった。ブローカーをやっていた頃、西新宿の開発の情報を手に入れ、仲間と組んで周りの土地を買い占めてやろうと計画したことがあった。競争相手もかなりいた。金主を見つけたが、そいつが土壇場で、我々を裏切り、他のブローカーと手を組み、結局は、接待費や交通費を持ち出しただけだった。

十五分ほど経ってから、榊原が現れた。

私は立ち上がって彼を迎えた。「お久しぶりです」

「ファイル確かに受け取った。電話をもらってたのに連絡できなくて悪かったね」

榊原は顔色が悪く、少し窶れていた。

榊原がベンチに躰を預けた。

「体調を崩されたんですか?」隣に座り直した私は、榊原の顔を覗き込んだ。

「転んで肩の骨を外したんだ。詳しいことは説明しても分からんだろうから言わないが、簡単な手術をしてね。肩にプレートが入ってる」

「仕事中の事故ですか?」

「いや、家の階段から転げ落ちたんだよ。話は違うが、電話番を雇ったんだね」

「忙しくなったものですから」

榊原は腕時計に目を落とした。「三、四十分しか時間がない。で、君の調査に進展はあったか?」

私はメモ帳を取り出し、榊原と会っていなかった間に起こったことをかいつまんで話した。しかし、南浦に関することには触れなかった。

「馬場幸作と渡貞夫が、現金輸送車襲撃事件の犯人ではないかと私は思ってます」

「もうひとりは?」

「分かりません。大林久雄の可能性はありますがね」

「仮面ライダーのお面を作ったのが神納絵里香ね」榊原が短く笑った。

「馬場と渡は、仮面ライダーについて話していたのは間違いないですよ。大の大人ふたりが、何の意味もなく、テレビドラマや漫画の話をしていたとは思えないでしょう」

「確かに。私も、今の話を聞いて、君と同じ感想を持った。しかし、馬場を追い詰める切り札にはならんよ」

「その馬場ですが、今、どこにいるんですか?」

「それは君にも言えない。奴はマスコミや蠅のようにうるさい探偵に居場所を知られたくない、と言って或るところに隠れている。我々は二十四時間、監視し、事情聴取を続けてる」

都内のホテルに泊めている可能性が高い。

「署に引っ張り、お札を取るまでにはいたっていないということですね」

「そうなんだ。警視庁だけではなくて、赤坂署とも協力体制を組んで捜査をしてるんだけどね」

「渡貞夫が殺された時の、馬場にはアリバイはあるんですか？」

「あるにはあるんだが」

「誰かと一緒だったんですね」

「さっき話に出た大林久雄と会っていたというんだな。大林もそれは認めてる」

「ふたりは何の用で会ってたって言ってるんですか」

「大林久雄は、ウナギの輸入の商売を始めるのに金がいるから、持っているゴルフ会員権を売りたいという相談だった。これは大林が言っていることだが、自分の商売に出資しないかとも持ちかけたそうだよ」

「ふたりはどこで知り合ったって言ってるんです？」

「ゴルフ会員権を馬場商事で買ったのが出会いだったそうだ」

渡貞夫が殺された頃、馬場と大林は新宿の〈滝沢〉という喫茶店で会っていたと言っているが、今のところ目撃者はいないらしい。

「渡貞夫の懐具合はどうだったんですかね」

「赤坂署の担当刑事によると、去年、借金を清算してる。現金輸送車襲撃事件が起こった二ヶ月後に」

「馬場の方は？」

「妙な金の出し入れはない」

「梶商工について何か分かりました？」

「架空の会社で、あの事務所を借りたのは、神納絵里香。木村利恵子って名前で借りてたがね」

私は小さくうなずいた。これでほぼ間違いなく、南浦監督の映画の本当の出資者は神納絵里香だったということだろう。

「そのことについて馬場は何て言ってるんですか？」

「知ってはいたが、何に使うかは聞いてなかったの一点張りなんだ。でも、さっき君から聞いた話の裏を取れば、馬場を追い詰めることができるだろう」榊原が満足げに大きくうなずいた。

「で、社長の梶源一って男はどうなんです？　見つかったんですか？」私は惚けて訊いた。

「いや。君の情報はありがたいものだが、絵里香を殺したかどうかには、それでは迫れないな」

「渡貞夫とは口論になっていたことはさっき教えましたが、やはり、金のことで仲間割れが起こったのかもしれないですね」

「証拠がないよ。証拠が」

私は少し間をおいてこう言った。

「絵里香殺しに関して、警察は南浦監督のことも調べてるようですね」

榊原の目つきが変わった。「なぜ、君がそんなことを知ってるんだ」

「福森里美から聞いたんですよ。お宅の黒柳と若いのが、会いにいったそうじゃないですか」

「君も、絵里香と南浦の関係を摑んでるんだろう」

「付き合いがあったぐらいは知ってますがね。榊原さん、俺の情報、警察の役に立ってるじゃないですか。あなたも包み隠さず話してくださいよ。他言はしませんから」

「《東京日々タイムス》が君にくっついてる。そっちからも情報を取るために、ブンヤにエサをあたえてるんだろうが」

「榊原さんに迷惑がかかるようなことはしませんよ。あなたと俺は、親父の遺志を継いで動いてるんですから」

榊原が溜息をつき、煙草をポケットから取り出した。

「聞き込みをやった結果、絵里香が殺された頃、南浦らしき男を四谷三丁目の交差点のところで目撃した人物が見つかったんだ。地下鉄の入口のほんの近くに美容院があるんだが、そこの経営者っていうか、髪結いの亭主が映画ファンで、新聞で見た監督の顔を覚えてた。声をかけようとしたが、監督はタクシーに乗って、新宿方面に消えたっていうんだ」

「監督の事情聴取、やったんですか」

「同僚が、数日前に関大映画の撮影所まで出向いたよ」

「監督は何て答えたんですか?」

榊原の目が鋭くなった。歯を剝く寸前の犬の目つきに似ている。

「君はあの撮影所までわざわざ足を運んで、南浦に会ったそうじゃないか」

「警察は大したもんだ。よくそこまで突き止めましたね。誰がしゃべったんですか。監督自身が……」

「君と話した守衛がしゃべったそうだよ」

私は苦笑した。

三船敏郎と田宮二郎と丹波哲郎をミックスしたような、魅力のない美男が話したのか。

「ふたりの関係を、君はどうやって摑んだんだ」

「映画関係者を当たってるうちに分かった。だから、会って問いただしただけです」

本来なら、こんな嘘をつく必要はない。だが、監督の映画のことを考えると、本当のことは言えなかった。いずれ真相がはっきりするとしても、少なくとも映画が封切られるまでは、自らの口からは話したくない。

親父が追っかけていた事件の解決を遅らせてまで、映画を封切らせたいと思っている自分を、私は心の中で静かに笑った。

噴水の音をぬって鳥の鳴き声が聞こえた。白髪頭の宿無しが、私たちの前を通りすぎた。

陽が翳り、さらに風が強くなった。

「私はそろそろ行くよ」榊原が言った。

「西新宿に何の用なんです？」

「事件に関係があったら、次回会った時に教えてやるよ」

そう言い残して、榊原は去っていった。

公園内の公衆電話からまた和美に電話を入れた。島影夕子から連絡が入っていたが、用件は言わなかったという。兄の経営する雀荘のダイヤルを回した。しかし、彼女の居所は分からなかった。

新宿駅から中央線に乗り、荻窪に向かった。

いまだに休業中かもしれないが、様子を見にいくことにしたのだ。

五時を回った頃に荻窪に着いた。青梅街道を渡り、大林の経営する喫茶店を目指した。

商店街は案外、人通りがあった。私の前を上等そうな紺色のスーツを着、黒い中折れ帽を被った男が歩いていた。

その男の前で、買い物籠が取り付けられた自転車が停まった。

「津島頭取ですよね」自転車の女は懐かしさで溢れ返っていた。

男は立ち止まった。棒のように動かない。

私は彼らの横をゆっくりと通りすぎた。

日本全国に銀行がいくつあるか知らないが、津島頭取と呼ばれる人間がそうそういるとは思えない。

「銀座の〈エンブレム〉にいた美由紀《みゆき》です」

「ああ、君か」

「すっかり変わっちゃったでしょう。結婚して、子供がふたりいるんです」

小さな商店街にぴったりの幸せそうな声だった。

「ああ、そうなの」男は心ここにあらずといった体で答えた。

私は書店の前に立ち、店先に並んでいた週刊誌の一誌を手に取った。

銀縁の眼鏡をかけた押し出しのいい男だった。顔が艶やかである。切れ長の目が津島副頭取に似ていた。

頭取がひとりで、荻窪にある小さな商店街を歩いている。商店街の裏にはアパートがいくつもあるし、近くにはキャバレーもある。

頭取の女が近所に住んでいる？　そんな馬鹿な。行き先は決まっている。

津島頭取と呼ばれた男は女と別れると、帽子を被りなおした。理髪店に用のなさそうな立派な禿頭だった。

男が周りに目をやってから歩き出した。

私は週刊誌を元に戻すと、距離をおいて男の後を追った。

喫茶店〈エスペランサ〉の前に人だかりがしていた。住まいに通じているドアが開いていて、警察官の姿が見られた。通りの向こうにパトカーや地味な色のセダンが停まっていた。

男は肩をそびやかして立ち止まった。そして、踵を返した。しかし、三歩も進まないうちに再び、〈エスペランサ〉に近づいた。

男は野次馬に混じり、開いたドアの方に目を向けた。私は彼の真後ろに立った。

理髪店の主人らしい白い上っ張りをきた爺さんが、刑事と思える男と話していた。

「何があったんです？」私は隣にいた中年女に訊いた。

「喫茶店のご主人が首を吊って自殺したんですって」

その声に津島頭取と呼ばれた男の躰が反応した。

「へーえ、首吊りね。あの喫茶店には、私も一度、入ったことがあります。遺体は家族の人が見つけて」

「いやね、私の親戚もだいぶ前ですが、首吊り自殺したもんですから、当時のことを思い出してしまって」

中年女が、質問を浴びせかけてばかりいる私を不思議そうな目で見た。

「誰が発見したんですかね」

「ご主人はひとり暮らしだったんですよ。だから、しばらく遺体は見つからなかったみたいたのかな」

「変な男が家から出てくるのを、理髪店のご主人が見つけたんですって。空き巣は逃げてしまったんですけど、心配して近所の人が中に入ったら……。自殺なんかするような感じの人じゃなかったんですけどね」

自殺かどうかは分からないが、首吊りに見せかけるのは、かなり至難の業である。鑑識及び法医学の専門医が調べたら、自殺か否かはすぐにはっきりするだろう。

津島頭取と呼ばれた男は、その場を離れ、表通りに向かった。私も野次馬から離れた。

パチンコ屋の前で、私は男の横に並んだ。

男が私を見た。怯えきった顔をしている。

「同信銀行の津島頭取ですよね」

「いや」

男の足が速まった。

「誤魔化すところを見ると、疚《やま》しいところがあるってことですね」

男が立ち止まった。男の手が軽く震えていた。

「警察の方ですか?」

「いえ。私立探偵です。少しお話をお伺いしたいんですが」

「探偵になんか話すことは何もない」

津島頭取は急に強気になった。

「大林久雄さんにどんな用があったんです?」

「……」

「使い込みをやってクビになった元行員を頭取が密かに訪ねる。不思議なことですよね」

頭取はそう言っても、私を無視した。

「明日、銀行にお伺いします。何時頃にお邪魔すればよろしいでしょうか」

頭取が私を肩越しに見、肩を落としてその場に立ち止まった。

「だいぶ冷えてきましたね。お茶でも飲みましょう」

私は通り沿いにあった喫茶店に入った。

「ここじゃ、君……」津島頭取は不機嫌そうに言った。

私は黙ってうなずき、一旦開けたドアを閉め、駅に向かった。その喫茶店は狭くて、客が多かったのだ。

比較的大きな喫茶店を見つけた。奥まった席が空いていた。周りには客はいない。

私も頭取もブレンドを注文した。煙草を取り出し、頭取に勧めた。

頭取は黙って首を横に振った。コートは脱がず、帽子も被ったままだった。

私は煙草に火をつけ、背もたれに躰を預け、頭取を見下すような姿勢を取った。

私の銀行の預金などたかが知れている。そんな私の前で、一流銀行の頭取が小さくなっている。ほんの少し愉快な気分になった。

コーヒーがくるまで、私は口を開かなかった。頭取は何度か大きく息を吸い込んだが、彼も黙っている。

コーヒーがテーブルに置かれた。私は一口、飲んだ。それから名刺を彼の前に置いた。

津島副頭取が秘密裏に行なっていることが、頭取の耳に入っているかどうかは、頭取の反応で分かるだろう。私は頭取を注視した。

「君は大林とどんな関係なんだ」

頭取は呆然としている。弟のやっていることをまったく知らないらしい。

「一面識もありませんよ」

頭取が顔を上げた。「じゃどうして……」

「私が調査してる事件に、彼が関係している可能性があるので、会いにきたんです」

「事件って……」

私はぐいと躰を頭取に寄せ、小声で言った。「殺しです。神納絵里香って元女優が自宅で殺された」

頭取が口を半開きにして、うなずいた。「新聞に出てたね。探偵が第一発見者だったが……それが君か……」

「よく覚えてますね。頭取ともなると、新聞を隅から隅まで読むってことですかね」

「そんなことはない。映画は観てないが、神納絵里香は有名だったからね」

「彼女、お宅の銀行を使ってたようですよ」

「そんなこと、私が知るはずないだろう」頭取は食ってかかるような口調で言った。

「コーヒー、冷めてしまいますよ」

頭取は私を睨みつけてから、カップを手に取った。もう手は震えていなかった。

「大林久雄に何の用だったんです？」

頭取は答えない。

私は煙草をふかして、頭取が口を開くのを待った。

（二十三）

津島頭取は黙ったままである。駅前の庶民的な喫茶店にいるのも、他人に指図されるのも気に食わない。そんな顔をしていた。

快適な部屋で座り心地のいい椅子に尻を収め、雑事のすべてどころか、自分のオナラすら使用人にやらせるような暮らし振りが窺い知れる男だった。

「弁護士立ち会いのもとじゃないと話さない」

津島頭取がやっと口を開いた。

「野球チームが作れるくらいの数の弁護士を呼んでもかまいませんが、大袈裟ですね。後ろ暗いところがあるってことですね」私は高飛車に出た。

頭取の目が憤怒の色に染まった。

「調子に乗るな。何様のつもりだ。私立探偵は警察じゃない。他人のゴミ箱を漁って飯のタネにしてるだけの野良犬じゃないか」

「野良犬に噛まれると狂犬病にかかるかもしれませんよ」

プライドを傷つけられることに慣れていない頭取は、殺したいような表情で私を睨みつけた。

「頭取、自分の立場を理解してないようですね。頭取ともあろう人間が、客の金に手をつけクビになった元行員に会いにいこうとした。よほどの事情がないと、そんなことをする銀行のトップはいませんよ。大林に何らかの不正をやらせていた。そう思われてもしかたないでしょう」

頭取は乾いた唇を水で潤した。「いくらほしい」

「あなたの金融資産の十分の一」

「馬鹿な」唾の飛沫が、照明の光を受けて光った。

「大林は自殺したらしいが、本当のところはどうか分かりませんよ。自殺に見せかけて殺されたのかもしれない。となると、今日の頭取の行動はさらに問題視される。犯人は犯行現場に戻る、そう言われてるのはご存じでしょう？」

「だから、いくらだ。現実的な金額を言え」

「金で買えないものも世の中にはある。家族の愛情、定期預金を下ろして買ったわけじゃないでしょう？」

「……」

「頭取の家族構成は知りませんが、蟻村さんに嫁いだ娘さんがいることは分かってます。蟻村さんが銀行に残っていられるのは、頭取の後ろ盾があるからだっていう噂ですよ」

「君は我が銀行を調べてるのか」

「質問は俺がします。あなたは答えるだけでいい」私は声色を変えてそう言い、煙草に火をつけた。

「君は何を知ってる」

「質問はなし。津島さん、きちんと話さないと命取りになりますよ」

頭取の息が荒くなった。水を飲み干したが、収まる気配はまったくなかった。

喫茶店には音楽が流れていた。多分、有線放送だろう。耳慣れたちあきなおみの『喝采』を聴くともなしに聴きながら、私は頭取の言葉を待った。

「娘は夫の蟻村のことで悩んでいた。君がどこまで知ってるかは分からんが、蟻村には私も手を焼いてるんだ」

「大林のところを訪ねようとしたのは、蟻村さんと関係があるんですね」

「ちょっと気になることがあって」

私は右眉を吊り上げ、訳知り顔を作った。「義理の息子が、大林と組んで何か企んでた？」

「そんな話じゃない。蟻村は死んだ神納絵里香と関係を持っていたらしい。その辺のことは君の方がよく知ってるんじゃないのかね」

「いや、初耳です」

「本当かどうかは分からないが、ともかく、娘はそう信じ切ってる」

「何か証拠があるんですね」

「蟻村が、絵里香と電話で話しているのを娘が聞いてしまったんだ」

蟻村は、神納絵里香を口説いていたという。彼女の主演した映画を褒め、ロケ地となった伊豆高原に一緒に旅行に行こうと言っていたそうだ。

「それだけでは深い関係だったとは言えないじゃないですか」

「まだ続きがある。娘は、誰にも相談せず密かに探偵を雇った。蟻村は絵里香をドライブに誘い、横浜や葉山でナイトクラブに行ったり、食事をしていたそうだ。ホテルに泊まっていたという証拠は上がらなかったが、女問題で、これまでも泣かされてきた娘にとっては、それだけ知れば、もう十分だった」

「探偵を雇ったのはいつ頃のことですか？」

「正確には覚えてないが、去年の二月の終わり。二ヶ月半か三ヶ月ほど調査させたようだ」

現金輸送車襲撃事件は去年の六月二十五日に起こっている。絵里香が事件に深く関与していたとしたら、その段階で蟻村に接近したと考えてもおかしくはない。

親父は蟻村の事件前のことを探り、成果を上げていたが、絵里香とのドライブについては突き止められなかったようだ。

「お嬢さんは密かに調査をさせていたということですが、頭取はどうやって、そのことを知ったんですか？」

「私が知ったのは三日ほど前のことだ。神納絵里香が殺されたものだから、娘は不安になった。私に話そうかどうか随分迷ったようだが、結局我慢し切れずに、私に打ち明けた」

「絵里香を殺したのが夫ではないかという疑いを、お嬢さんは持ったんですね」

頭取が力なくうなずいた。

「探偵の報告書を、頭取も読んでますよね」

「もちろん」

「報告書に大林久雄の名前があり、写真にも写っていた。そういうことですか」

「察しがいいね、君は」頭取の態度がほんの少し和らいだ。「義理の息子の浮気よりも、クビにした大林久雄との関係の方が私は気になった」

「蟻村副支店長も顧客の金に手をつけたことがあったが、頭取が強引に揉み消したと聞いてますが」

「人聞きの悪いことを言うな。きちんとした証拠が上がらなかっただけだ」

「大林久雄と蟻村さんは、お互いの横領について知ってた。或いは共犯関係にあった。そういう仲だったってことは、頭取は薄々気づいてたんじゃないんですか？」

「そんなこと知るもんか！」頭取の語気が強まった。

「蟻村さんの身辺調査は、使い込み問題が発生した時やったんでしょう？」

頭取がそっぽを向いた。「何も出なかった。だが、ふたりの関係に嫌なものを感じた」

「お嬢さんが探偵に調査させた少し後に、お宅の銀行の現金輸送車が襲われたんでしたよね」私は天井に目を向け、つぶやくように言った。

「……」

「今日、大林に会いにきたのは、そのことと関係があるんでしょう？」

「数年前にクビにした大林のことを、行内で調べた人間がいたっていう話を耳にした。だから、大林に会って、奴がどんな態度を取るか見たかった。こういうことは、他の人間にはやらせられんだろうが。蟻村は一応、身内だからね」

「蟻村さんがあの事件に関係していたら、頭取は辞任せざるを得ない」

「君は、私の弟の哲治郎と付き合いがあるんじゃないのか」

「弟さんって副頭取ですよね」

頭取の唇の右端が歪んだ。「やっぱり君は……」

「そのぐらいの情報は持ってます。兄弟の間で確執があることも知ってます。いや、それ以上の情報も入ってきてますよ。だけど、副支店長とは会ったこともない」

「行内に君のスパイがいるってことか」

「スパイなんて大袈裟です。仲良くしてくれる人がいるだけです」

「君は大学出か」

「中退です。正確に言うと、授業料未納だったから除籍ですがね」

「どこの大学だ」

私は大学名を教えた。歳も訊かれたので答えた。頭取は、私の同窓生に行員がいないか調べたいらしい。

これで、頭取の疑いの矛先がずれた。

「そうか……」頭取が大きくうなずいた。「君みたいな不良っぽい男に、女の行員は引っかかりやすい。そっちの方か」

「そんな話はどうでもいい。現金輸送車襲撃事件に、大林久雄は関係していたと私は見ています。実行犯のひとりだった可能性もある」

「何だと」頭取は啞然として、背もたれに躰を倒した。

「立証できるだけの証拠は持ってません。おそらく、警察も同じでしょう。お嬢さんから見せられた探偵の報告書、写真があればそれも一緒に、お借りしたいんですが」

「娘が持って帰ったから、手許にはない」

「原本はそうでしょうが、コピーを取ったでしょう？」

「君に見せてどうなるものでもない」

「何で蟻村さんのような人間を雇い続けてるんですか？」

「あんな男でも、孫にとっては父親だ。今のところ娘は離婚する気はない」

「孫って可愛いもんだそうですね」

「私の一番の弱味だ」

「だとしても、彼を銀行においておくことはないでしょうが。頭取の力をもってすれば、大蔵省にだって就職させることができるでしょう？　孫の他に、頭取には弱味がある。その弱味を蟻村さんが握ってる。頭取が彼を庇いすぎると、そう思われてもしかたないですよ」

「何てことを言うんだ。勝手な想像をするな」

「個人的なことではなくて、銀行に弱味があるかもしれない。どこでもやってることですが、顧客の要望に応え、架空口座ぐらいは作ってるでしょう。手の込んだやり方で、銀行が税金逃れに一役買ってるのは周知の事実です。私が、お宅の女子行員をたらし込んで聞いた話によると、頭取は蟻村さんのために有力支店の支店長のポストを用意してるそうじゃないですか」

「どこからそんな情報を……。女子行員が知ってるはずはない」

「頭取、幹部と寝てる女子行員がいるって考えたことありません？」

私はこともなげにそう言って、日本ビクターのトレードマークになっている犬みたいに可愛く首を傾げてみせた。

「ともかくだ、探偵からの報告書は君には見せない。娘にも処分させる」

「頭取がそう言っていたと、警察に伝えておきますよ」

「好きにしろ」

同信銀行の頭取ともなれば、政治家や官僚にも親しい人間がいくらでもいる。その方面から圧力がかかったら、今の段階では、警察は動かないだろう。

「頭取、お孫さんが可愛かったら、蟻村さんに肩入れしない方がいい。蟻村さんが内部情報を現金輪送車襲撃事件の犯人に流していたら、頭取も一緒に沈没してしまいますよ」

「どこにそんな証拠があるんだ」

「死んだ大林久雄のところから、事件に繋がる証拠が出てくるかもしれませんね」

「……」

「さっき、野次馬の女が言ってたことを聞いたでしょう。変な男が、大林さんのとこから飛び出してきたって。単なる空き巣じゃないかもしれない。ひょっとすると蟻村さんが……」

「君のは調査とは言えんな。思い込みを口にしてるだけだ。私は、君の言いなりにはならん！」

声を荒らげた頭取に、周りの人間の視線が一斉に向けられた。

頭取は忙しげに、ネクタイを締め直し、腰を上げた。

「ちょっと待ってください」

私は名刺に、和美の母親の店の番号を記してから、彼に渡した。

「今夜、私に連絡を取りたくなっても、事務所にいないこともあります。その場合は、この番号にかけ、松浦和美という女に用件を伝えてください」

名刺をコートのポケットに押し込んだ頭取は、銀行の立派な建物を出てゆくような堂々とした態度で去っていった。

しばらくして私も喫茶店を後にした。津島頭取の姿はもうどこにもなかった。

駅前の公衆電話から事務所にかけた。和美はまだ事務所にいた。古谷野から電話があっただけだという。

今度は《東京日々タイムス》のダイヤルを回した。古谷野は社にいた。大林久雄の自殺の件はまだ知らなかった。私は詳しく経緯を話した。

「……頭取直々にお出ましとはね。現場に記者を送るよ」

「蟻村の写真を理髪店の親父に見せてください」

「あの写真、鮮明じゃないから役に立たんかもしれんぜ」

「まあ、やってみてください」

「話は違うが、その……」

「夕子さんのことですか」

「まあね」

「腰が退けてもしかたないですよ」

「俺の力で改心させたい」

「できるかな。あのクセはそう簡単に直らないですよ」

「お前、もう彼女を利用するな。利用したら絶交する」

「ほっほっ。すごい熱の入れようですね」

「茶化すな」古谷野は受話器が割れそうなくらいの大声を出した。

「周りに聞こえますよ。彼女から俺に電話があったらしい」

「俺の話がしたいのかもな」

「列島改造論についての俺の意見が聞きたい気もしますね」

「お前って奴は……」

私がそんな冗談を言ったのは、古谷野が夕子に対して真っ直ぐに走りすぎていると思ったからだ。

十円玉が切れた。近くの煙草屋に行き、煙草を買い、その隣の赤電話から、夕子の兄の雀荘にかけた。

試験的に百円玉の使用できる公衆電話が先々月から導入されたようだが、まだ普及にはいたっていない。

夕子は雀荘にいた。荻窪から上野にいくのはしんどい。赤坂見附で待ち合わせをし、バー〈シネフィル〉で飲むことにした。

もう一度和美に連絡を取り、居場所を伝えてから、タクシーで赤坂見附に向かった。道が混んでいたせいもあって少し遅れた。夕子はすでに地下鉄の入口に立って私を待っていた。

「待たせて申し訳ない」

「私も今、着いたところよ」

田町通りを歩いてバー〈シネフィル〉に向かった。どこからともなく現れたふたりの男が夕子に近づいてきた。

夕子が立ち止まった。「あーら、お久しぶり」

「元気か？」ずんぐりとした男が笑いかけた。

「まあ、何とか」

「悪いクセ出してないだろうな」そう言いながら、男はちらりと私に目を向けた。

「すっかり足を洗いましたよ」

「ならいいけど」

男たちが赤坂見附の方に去っていった。

「昔、世話になったデカよ」

「鼻薬をきかせた相手かい？」

「さあね」

バー〈シネフィル〉は満席だったが、ちょうど奥の席のカップルが立ち上がったところだった。

祥子が興味津々の顔で私を見ていた。

店内にはバド・パウエルのギターが流れている。

「落ち着けるバーね。こんな店、上野にはないわ」

「君が知らないだけじゃないかな」

私はオールドパーのロック、夕子はマティーニを頼んだ。祥子に夕子を紹介した。仕事で世話になった人だと言い、夕子がトイレに立った隙に、古谷野がホの字なのだと教えた。

「綺麗な人だけどね……」祥子がつぶやくように言った。

「脈なし、って決めるのは早すぎますよ」

「そうだけど」

夕子が席に戻った。グラスを軽く合わせる。

「おいしいね。本当のことを言うとマティーニを飲むのは生まれて初めてなの」

「飲みすぎると悪酔いするよ」私は煙草に火をつけた。

「聞いてると思うけど、古谷野さんが……」

「更生させたいそうだな。いい機会じゃないかあ」

夕子は軽く唇を歪め、目の端で私を見た。

私は薄く微笑んだ。「治療薬がないもんな。考えようによってはヤク中よりタチが悪い」

「浜崎さんの役に立てることがまだあるかな」

「古谷野さんに二度と利用するなって言われた。使ったら、俺と絶交するそうだ」

「あの人に、とやかく言われる筋合いはないわ」夕子が冷たく言い放った。

「俺は古谷野さんを失いたくない。調査がやりにくくなるから」

夕子はグラスを空け、お替わりを頼んだ。そして、自分の右手の指をじっと見つめた。

「旋盤工場をやってる同級生がいるの。彼に頼んで切り落としてもらおうかしら」

「あんたが古谷野さんのことをどう思ってるかは別にして、あいつの言ってることは正しい。受けてやったら」

「愛してる人に言われたら考えるけどさ」

恋とは何と不条理なものなのだろうか。私は、里美のことを脳裏に浮かべながら、改めてそう思った。

「あんた、福森里美にいかれてるんだってね」

古谷野が余計なことを言ったようだ。

「口説きにくい女に燃えるタチでね」

「で、どうなの？」

「討ち死にしそうだよ」

「でもまだ期待してるのね」

「いや」私は首を横に振った。

他の客の相手をしている祥子と目が合った。私は地声が大きい。きっと祥子は、左耳で客の話を聞き、右耳で私の発言をキャッチしているに違いない。

「うまくいかないもんね」夕子が正面を向いたままつぶやくように言った。

「そうだな」私も酒棚を見つめた。

バド・パウエルのボサノバが心地よかった。

「私、あんたのためにもっと働いてもいいのよ。もちろん、金はもらうけどさ」

「さっきも言ったろう？　古谷野さんを怒らせるわけにはいかないって」

「指を使わなくても仕事はできるわ。私、暇なの。暇だと悪い病気が出るから、何かやってたいのよ」

「他に特技は？」

「あるわけないでしょう？」

ひとり親方は気分がいいが、手足は四本よりも八本の方が仕事は捗《はかど》る。

「車の免許持ってる？」

「全然、運転してないけどね」

私は、手伝ってほしいことを夕子に伝えた。夕子はふたつ返事で承知した。

「日当は一万円。それ以上は払わない」

夕子は小さくうなずいた。

祥子が私たちのところにやってきた。夕子が店を褒めた。祥子は、夕子が綺麗だと、声を裏返しにして言った。

話題の中心は古谷野だったが、夕子はあまり話に乗ってこなかった。

店の電話が鳴り出した。受話器を取った祥子が私のところにやってきた。

「浜崎さん、電話よ」

私は席を離れ電話口に向かった。てっきり和美だと思ったが違った。

「津島頭取の顧問弁護士をしております阿東《あとう》と申します。こんな時間に申し訳ないが、至急、お会いしたいんですが」

「用件をおっしゃってください」

「それはお会いしてから。今は赤坂にいらっしゃるんですよね。私の事務所は日本橋にあります。バーで話すわけにはいかない。ご足労願えませんかね」

「分かりました」

私は詳しい場所と電話番号を書き留め、夕子に事情を説明し、一緒に店を後にした。

夕子をタクシーに乗せ、日本橋を経由して上野に行ってくれ、と頼んだ。

阿東弁護士の事務所は、東京駅八重洲の正面からまっすぐに伸びた広い通り、ブリヂストンの本社ビルの斜め前にあるという。

夕子が煙草に火をつけた。「忙しいのね」

「こんなことは珍しいんだ。いつもは、猫みたいに寝てばかりいる」

「そう言えば、最近、電話番を雇ったのね」

「受け応えはどうだった？」

「芝居がかった気取ったしゃべり方をする女ね」

「俺の事務所が、西新宿の高層ビルにあるように思えた？」

「どうだかね。私にやらせてくれればよかったのに」

「家のものがなくなる心配をしたくない」

「何てひどいこと言うの。私はね……」夕子は本気で怒った。

「ごめんごめん。言いすぎた。ともかく、明日、頼むね」

私は金を夕子に握らせ、ブリヂストンのビルが通りの向こうに見えるところでタクシーを降りた。オフィス街である。昼間の賑わいが想像もできないぐらい静かだった。

自分の影と共に歩道を進んだ。阿東弁護士の事務所の入っているビルはすぐに見つかった。

迎えてくれた男は金縁眼鏡をかけた太鼓腹の男だった。髪はかなり薄くなっている。津島頭取と同年配に見えた。ハウンド・チェック、日本風に言うなら弁慶柄のジャケットに芥子色のズボンを穿き、黒いタートルネックのセーターを着ていた。

「さあ、どうぞどうぞ。お呼び立てして本当に申し訳ありません」

どんな屁理屈でも飛び出てきそうな薄い唇から、ちり紙一枚の重さも感じられない詫びの言葉が発された。目尻には笑みが溜まっていたが、狡猾そうな瞳を隠すことはできなかった。

立派な応接間に通された。壁際の棚には専門書がずらりと並び、ゴルフ大会で優勝した時のカップがいくつも飾ってあった。

名刺交換をした。

「おもてなしはできませんからあしからず」そう言いながら、私の前に座った阿東はパイプに火をつけた。

「頭取が、今度の件を大変気になさっておられまして」

「そうなんですか？　私にはそうは見えませんでしたが」

「時間の無駄はお互いにとってよくない。ざっくばらんに申し上げます。あそこで頭取を目撃したことを黙っていてもらいたいんです」

「交換条件は？」

「お金で解決することをお望みではないようですから、不定期ですが、うちから仕事を回します。弁護士にとって信用のできる探偵は大事な裏方なんですよ」

「あなたがペリイ・メイスンぐらいの正義感の持ち主だったら、俺は喜んで、ポール・ドレイク（メイスンの右腕の探偵）になりますがね」

「なかなか言いますね。お望みのものは、お嬢さんが雇った探偵の報告書ですか？」

「それと引き替えなら、口に貞操帯を嵌めますよ」

阿東弁護士は足許に置いてあったビジネスバッグを膝に乗せ、中から茶封筒を取り出した。

「差し上げるわけにはいきません。ここで読んでください」

私は茶封筒に手を伸ばした。その手に阿東弁護士の掌が載った。ぶよぶよの気持ちの悪い感触が伝わってきた。

「頭取とは会ったこともないし、しゃべったこともない。そうですね」冷たい光を宿した阿東の目が私を見つめた。「もしも約束を反故にするようなことがあったら、あなたのことを徹底的に調べ上げます。どうせひとつやふたつ、法に引っかかることをやってるはずですよね」

私は眉をゆるめ、阿東を見返した。「辣腕弁護士ほどでは」

阿東は、いかにも人の悪そうな笑みを浮かべ、手を離した。

報告書を読む前に、写真を見た。

神納絵里香と蟻村副支店長が食事をしたり、ナイトクラブで踊っている写真が数枚出てきた。撮られたのは、去年の三月から四月中旬にかけてである。大林久雄と蟻村が喫茶店で会っている写真も四枚あった。そのうちの一枚に馬場幸作が写っていた。すべて四月下旬から、五月の初めにかけて撮影されたものだった。男たちの集まりに絵里香の姿はない。

報告書を開いた。調査したのは新橋にある塚本探偵事務所の塚本忠夫《つかもとただお》という探偵だった。真面目な探偵のようで、几帳面な字で、調査結果を克明に記していた。

当然、蟻村副支店長の素行調査だから、馬場や大林については何も書かれていなかった。

調査は五月半ばで終わっていた。

四月半ば、ナイトクラブでデートしたのを最後に、絵里香と蟻村は会っていないらしい。絵里香が蟻村と会わなくなってしばらくしてから、大林が蟻村と接触した。馬場が登場したのはその後のことだ。馬場、大林、蟻村が六本木の喫茶店で会っていたのは五月二日だった。

絵里香が、同信銀行の金を奪う目的で、蟻村に近づいたのか、蟻村が絵里香に目をつけたことがきっかけで、犯行を思いついたのかは分からない。だが、馬場と大林が蟻村に会った時点では、有楽町支店から出てくる現金輸送車を襲う計画はほぼ固まっていたに違いない。

馬場と大林は、馬場の言った通り、ゴルフ会員権の売買を通じて知り合ったのかもしれない。絵里香の計画を聞いた馬場は、同信銀行の行員だった大林のことを思い出し、探りを入れた。蟻村の不正を知っていた大林が、馬場に話した。その情報を元に、絵里香が蟻村を仲間に引きずり込んだ。

いくつか事実に反することがあるとしても、ともかく、神納絵里香、馬場幸作、大林久雄は、蟻村から得た情報を元にして、計画を練り上げた。警備員を襲うにはふたりでは心許ない。そこで、渡貞夫を仲間に入れた。私は自分の推測にさらに自信を持った。

彼らが会っていた場所と日時等々、要点をメモし、報告書を閉じた。

「参考になったかね」

「大いに」

「頭取は、膿を出す気になったとおっしゃってた。君が頭取に言ったことはどれぐらい信憑性があるのかね」

「現金輸送車襲撃事件は内部情報が得られないと出来なかったに決まってます。阿東さん、大林久雄が死んだ件で知ってることあります？」

「あれは自殺だと警察は断定したよ」

「阿東さんの前職は検事ですか？」

阿東が黙ってうなずいた。〝先生〟と呼ばれなかったことに、ちょっと気分を害したのか、眉間にかすかにシワが寄った。

検事だった弁護士が、この程度の事件の情報を取るのはいともたやすいはずだ。

「遺書は？」

「見つかってないと聞いてる」

「拳銃とか、現金輸送車襲撃事件に繋がる証拠品が出てくるといいんですがね」

「事件が解決されることは私も頭取も望むところだが、正直言って時間がほしいね」

「頭取のお嬢さんと蟻村副支店長の離婚、銀行の退職がすんでからという意味ですか？」

「いずれにしても頭取職は辞するしかないだろうとご本人が言ってた。だけど、家族のことを考えると、離婚後の方に事件が明るみに出るに越したことはないだろう」

「阿東さんは蟻村副支店長に会ってますか？」

「何度かね」

「自殺する可能性はどうでしょう？」

阿東が鼻で笑った。「あの男にはないね。人を五人殺して、死刑を宣告されたとしても、無期懲役を望む。そんな男だよ」

「頭取に伝えてください。余計なことは一切言わないと」

「報告書を作った塚本という探偵に会っても無駄だよ。塚本さんのところにある関係書類は、すでに私の方で処分した」

「迅速ですね」

阿東は、当然だろうと言わんばかりの顔をしてうなずいた。

「俺が頭取を、あの商店街で発見できたのは、元ホステスが頭取に声をかけたからですよ」

「そっちの方が問題だな。こちらから取引を申し出たらやぶ蛇だからね。でも何とかなるもんだよ」

阿東は自信たっぷりだった。

「ご健闘をお祈りします」

私はそう言い残して、事務所を後にした。


翌日の午後二時少し前、私は再び、馬場幸作の自宅の近くにいた。夕子が一緒だった。

この間よりも風が強い曇り空の日だった。

日曜日だが、和美は出勤してきた。私は和美に演技力を試す場をあたえた。

和美が午後二時に、馬場の妻に電話を入れることになっている。自分の勘を信じてホテルのフロント係を装わせ、ご主人の具合が悪いからすぐに来てほしいと言わせることにしたのだ。

私は車も姿も見られたくないので、夕子に散歩をしている振りをさせ、馬場の家の周りをうろつかせた。

二十五分ほど経った時だった。夕子が車に向かって走ってきた。そして、助手席に飛び込むとこう言った。

「奥さん、アルファロメオで表通りに向かったわよ」

私は慌てて車をスタートさせた。馬場の家の前をすぎた。細い未舗装の道を進むと早稲田通りに出るが、赤いアルファロメオの姿は見えない。

早稲田通りに出た。右に行けば上石神井方面、左に曲がれば、石神井公園駅に向かう。

私は勘をつけてハンドルを左に切った。石神井から都心に向かう方法はいくつかあるが、いずれにせよ、笹目通りに出るはずだ。日曜日とあって道は空いていた。おかげで、右折するアルファロメオのテールを目で捉えることができた。

馬場の妻は運転が上手な上に、細かな道もよく知っていた。何度か見失いかけたが、結局、予測した通り、笹目通りを左折した。

それから右に左に曲がり、目白通りに達した。そして、またしばらく走り、結局、北池袋から首都高五号線に乗って都心を目指した。

私はそこでやっと一息ついた。

「あの奥さん、飛ばすわね」

「女は男よりも、いざとなると大胆だから」

アルファロメオは首都高四号線から都心環状線に入り、六本木通りに出た。

目指すは銀座か。いや違うようだ。日比谷通りを内幸町で右折。そして、西新橋の交差点を左折した。

アルファロメオが停まったのは、小さな観光ホテルの前だった。私のベレGは、ホテルの並びに建つ、白くて古いビルの前に停車した。

石神井から約五十分かかった。

「様子見てくるね」夕子が車のドアを開けた。

「気取られないようにな」

ホテルの中に姿を消した夕子は、十分足らずで、車に戻ってきた。

「馬場は、四一一号室に泊まってる」

「カミさんはどうした？」

「フロント係に噛みついてた。ロビーに刑事がふたりいた。今は奥さんから事情を聞いてる。四谷署だって聞こえたよ」

私は舌打ちした。四谷署の刑事だと、自分の面が割れている可能性がある。のこのこホテルに入ってはいけない。

「これからどうするの？」

「スリリングな時間はおしまい。ただ待つだけさ」

「何を？」

「さあね」私は煙草に火をつけた。「君は《東京日々タイムス》に電話してくれ」

私は古谷野に訊いてほしいことを夕子に教えた。夕子は近くの公衆電話に向かった。

馬場も妻もホテルから出てこない。

夕子が戻ってきた。「散髪屋の親父さんの話だと、逃げた男は蟻村って男に風貌が似てたそうよ」

「ありがとう」

「古谷野さんに、今夜食事をしようって誘われたわ」

「で、あんたは何て返事した？」

「浜崎さんの助手をやってるから、どうなるか分からないって答えた」

「あいつ怒ってたろう」

「仕事はスリじゃなくて見張りだって強く言ったら納得してくれたよ」夕子は窓を開け、ビルに目を向けた。「この建物、かなり古いね」

「飛行機館（現在は航空会館）っていうんだ。戦前から飛行機関係の団体が入ってるビルで、戦争中、撃墜したB29の本物だか模型だかを飾ってあったそうだ。俺は見てないけど」

「このビル、空襲に遭わなかったのね。この一帯も焼け野原だったはずなのに」

「第一ホテルと同じように運良く残ったんだろうな」

一時間ほど経った時、馬場の妻がホテルから出てきた。ひとりだった。彼女はアルファロメオに乗って去っていった。

それから二十分ほど後に動きがあった。馬場が姿を現したのだ。ふたりの刑事が付き添っている。そのひとりは黒柳だった。

「やばい。こっちにくる。あんたが運転席に」

私は素早く後部座席に移動した。運転席に移った夕子が、車道の方に顔を向けた。

ややあって、リアウインドー越しに様子を窺った。馬場は茶色いズボンに革ジャンを羽織っていた。彼らは外堀通りを渡った。

「後を尾けてくれ」夕子に頼んだ。

「あんたは？」

「タクシーを拾う感じはしない。俺は奴の会社に先回りして待ってみる。俺の勘が外れたら、古谷野に馬場の行動を知らせてくれ」

「うん」

夕子が小走りに線路の方に走っていった。私は車をUターンさせ、馬場商事の入っている百瀬ビルを目指した。車をコリドー街で停め、裏道に入った。

百瀬ビルに入ると、馬場商事のひとつ上の階でエレベーターを降り、階段のところで息を潜めた。私の勘が当たっていたとしても、刑事たちがビルの中にまでついてきたら何もできない。だが、馬場は逮捕されているわけではない。刑事たちは馬場の承諾を得て、一緒に行動しているはずだから、馬場が断れば、同行してくることはないだろう。

エレベーターが上がってきた。そして四階で停まった。人が降りてきた。蹲るようにして、階下の様子を窺った。茶色いズボンが目に入った。馬場はひとりだった。

鍵を回す音がした。馬場商事でも梶商工でもなく、空き室の鍵を開けたようだ。これまで、私の知る限り、空き室には鍵はかかっていなかった。

馬場はここで何かやらかす気なのだろうか。

何にせよ、ここで馬場と対決しなければ、私が奴を締め上げるチャンスはもう巡ってこないだろう。

私は階段を降り、空き室をノックした。

返事がない。

「黒柳だ」私は声帯模写はできないから、低い声でそう囁いた。

ドアが開いた。

名前の彫られていない判子のような顔が歪んだ。私は馬場の胸ぐらを摑み、部屋の中に押し戻した。

「声を出しても通りまでは聞こえない。俺はお前と話がしたいだけだ」

「話すことなんか何もない。下に刑事たちがいる。俺に何かあったらすぐに捕まるぞ」

私は馬場の言葉を無視し、胸ぐらをさらに強く摑んだ。「大林が自殺したのは知ってんだろうが」

「……」

「お前が蟻村と大林と、去年の五月二日、六本木の喫茶店で会ってる写真を見た。梶商工の社長、梶源一と名乗って映画に出資したのも分かってる。俺にしゃべらなかったら、下にいる刑事に話すしかないぜ」

馬場の躰から次第に力が抜けていくのが感じ取れた。

変だ。こいつはここで何をしようとしていたのだろうか。

ふと見ると、流しの下の扉がかすかに開いていることに気づいた。

私は馬場の胸ぐらから手を離し、流しに向かった。馬場は向かってこなかった。部屋から出てゆくこともせず、呆然として立ち尽くしていた。

扉を大きく開いた。何も入っていなかった。戸棚の天井をまさぐった。ビニール袋に入った硬い物が粘着テープで留められていた。触った感じで、それが何だかすぐに分かった。

拳銃に違いなかった。

いきなり、馬場が窓に向かって走り出した。飛び降りる気らしい。私は後を追った。窓が勢いよく開いた。馬場の右足がレールの部分にかかった。

私は、彼の胴体に両腕を回し、思い切り引きずり倒した。

馬場の躰が埃っぽい床で半回転した。

「お願いだ。死なせてくれ」

私は馬乗りになって、馬場の首を絞めた。「言え。お前が神納絵里香を殺したのか」

「違う。俺じゃない」

「じゃ誰だ。お前に心当たりがあるだろうが」

「知らん。でも、絵里香を操ってたやつがいるらしい」

「なぜ、そんなことが分かったんだ。しゃべったら自殺させてやる」

「本当か」

「ああ。お前を警察に突き出しても、俺には一文の得にもなりゃしない」

「誰だかは知らない。酔った時に言ってた。〝私ばっかり、危ない橋を渡ってさ〟って」

「南浦に唆されたとは言わなかったか？」

「言ってないが、俺の勘じゃあいつだ。絵里香は派手な暮らしをしてたが、すってんてんだった。それに麻薬密売の件で、脅されてたらしい。だから、あいつの誘いに乗ったんだろうよ」

「お前も借金があったんだな」

「絵里香が綺麗にしてくれた」

「すってんてんの女がか？」

「誰かが彼女に金を渡したんだよ」

「誰か、誰かじゃ、分かんねえよ」私はもう一度馬場の首を締め上げた。

「これ以上のことは俺は知らない」

「渡貞夫をなぜ殺った？　口封じか」

「俺は誰も殺してない」

「俺が渡の家に連れていけと言った時、お前は躊躇わなかった。奴がもう死んでることを知ってたからじゃないのか」

「お前が渡に会ったって、別に俺が困ることはなかった。お前は渡とその舎弟に殺されかけたらしいが、俺はそんなこと奴に命じてない。あの件についちゃ、俺だって、奴から話を聞きたかったよ」

「同信銀行の現金輸送車をやったのは、お前と大林と渡だな」

「……」

「言え！」

「ああ、俺たちでやった」馬場が力なく答えた。

「俺の事務所を荒らさせたのが敗因だったな。あれで俺は、親父が調査してた現金輸送車襲撃事件の調査ファイルを見つけたんだから。俺が初めてここにきた時、お前はぶるったらしいが、あの時、俺は神納絵里香を探してただけだよ」

「あんな話、信じられなかった」

「親父が生きてた時も事務所を荒らしたな」

「やってない」

「嘘つけ！　親父の去年の手帳がどこを探しても見つからない。お前が盗ませたに決まってる」私は指で、馬場の喉仏を押した。

馬場は呻き暴れ出した。ものすごい力を出したが、私に勝ることはできなかった。気絶されては困るので、私は手をゆるめた。

馬場は喘ぎ、激しく咳き込んだ。「手帳には大したことは書かれてなかった。とっくに処分した。嘘じゃない」

「他にも盗んだものがあるんじゃないのか」

「ないよ」馬場の目が泳いだ。

「嘘だな。死なせてやるって言ってんだろうが。汚いものを全部吐き出した方が成仏できるぜ」

「あれは偶然だ。ああなるなんて思わなかった」馬場が力なくそう言った。

この男、何を言ってるのだ。私の筋肉が一瞬、ゆるんだ。その隙を馬場は見逃さなかった。私の髪を鷲づかみにし、ズボンのベルトに手をかけ、私をひっくり返した。そして、私の頬に拳を沈めると、這うようにして窓に向かった。

立ち上がった私は馬場を追った。もう一度胴に腕を回し、馬場が窓から飛び降りるのを妨げた。

「いいから、死なせてくれ」

甲高い声が上擦り、涙声に変わった。

〝あれは偶然だ。ああなるなんて思わなかった〟

ハンマーで叩かれたような衝撃が胸に走った。ひょっとすると親父が心臓マヒを起こしたことを言っているのではないのか。

「お前、親父に何かしたな。去年の九月の終わりに事務所で」

「だから、偶然だって言ってるだろうが。話し合いをしてた時、突然、胸を押さえてひっくり返ったんだ」

憤怒が一瞬にして全身に駆け巡った。

「病人を放置したまま逃げたんだな」

「……」

私は知らぬ間に馬場を担ぎ上げていた。マットレスを持ち上げるよりも軽かった。

「止めてくれ！」

自殺したがっていたのに、馬場は抵抗した。

サイレンの音がした。

はっとして我に返った。担ぎ上げた馬場を床に叩きつけた。

重なり合うようにして、寒空に響き渡っていたのは消防車のサイレンだった。

私は馬場を本気で窓から落とそうとしていたのだ。

馬場は仰向けに倒れ、喘いでいた。

私はその場に座り込んでしまった。夜が迫ってきた。窓から吹き込む風が、汗で濡れた首筋を撫でていった。

私は腰を上げ、寝転がったままの馬場の真後ろに立った。「起きろ」

馬場にはもう向かってくる余力はないようだった。私は馬場の肩を押さえ、ベルトの後ろをしっかりと掴んで、流しに向かった。

「隠したものを自分で取れ」

「どうするんだ」

「いいからそうしろ」

馬場が戸棚の中に頭を入れた。粘着テープで留められていたものが姿を現した。拳銃は黒いビニール袋に入っていた。それを持たせ一緒に部屋を出た。

一階に降りた。出入り口に立っていた黒柳の眼《まなこ》が飛び出さんばかりに大きく開いた。「きさま、ここで何を」

「馬場を待ってたら、偶然、やってきた。自殺するつもりだったらしい。こいつが持ってるのは拳銃だよ」

黒柳が、呆然として立っている馬場の手からビニール袋を奪い取った。そして腹を減らした宿無しが、エサを探すみたいに慌てて袋を開けた。姿を現したのは自動拳銃だった。おそらく三十八口径のブローニングだろう。

「お前のものか」黒柳が馬場に訊いた。

馬場はかすかに首を縦に振ったが、口は開かなかった。

「窓から飛び降りそうだったが、何とか食い止めた。その拳銃で死のうとしてここにきたんだろうね」

「銃刀法違反で現行犯逮捕する」黒柳が馬場の手首に手錠をかけた。

もうひとりの刑事が署に連絡を取りに駆け出した。

「現金輸送車襲撃事件の犯人だって認めましたよ。そうだな、馬場さん」

馬場は俯いたまま口を開かない。

「お前、無理やり口を割らせたんじゃないのか」

あんたじゃあるまいし。その言葉が喉まで出かかったが自重した。取り調べの際、馬場が何を言い出すか分からない。ここで黒柳を敵に回すのは得策ではないと判断したのだ。私は、一連の事件が起こる前よりも少しは賢くなったようだ。

サイレンの音が近づいてきた。あっと言う間に路地は警察車輛で塞がれた。馬場はやってきた刑事と共にパトカーに乗せられ、去っていった。私は実況見分に付き合わされた。

黒柳に事情をしつこく訊かれた。ボロが出ないように答えたつもりだ。馬場の自殺を食い止め、拳銃を発見したことを強調した。

「奴に殴られたか」黒柳が、嬉しそうな顔をした。

「でも、俺は馬場を殴ってない」

「どうやってゲロを吐かせたんだい？」

「言葉の魔術ってやつだよ」

「言葉の魔術って何だ？」

「詐欺師が使う言葉のことだ」

黒柳の顔が歪み、金歯を覗かせた。

私も署に赴くことになった。しかし、行き先は四谷署ではなく、現金輸送車襲撃事件の捜査本部のある丸の内署だった。馬場が現行犯逮捕された場所は築地署の管轄。警視庁が、馬場の身柄をどこに運ぶか決めたのかもしれない。

パトカーに乗ろうとした時、夕子の姿が目に入った。刑事たちを待たせ、ベレGの停めてある場所を教え、鍵を渡した。

「捕まったの？」夕子が訊いた。

「違うよ。感謝状をもらいにいくんだ」

私は夕子にウインクして、パトカーまで戻った。

警視庁の捜査一課の刑事がふたり、私の事情聴取に当たった。どちらも黒柳のような横柄な態度は取らなかった。犯人逮捕に協力してくれた人物だから丁重に扱われた。しかし、聴取はかなり長い時間続いた。馬場が、私に殺されかけたと証言したという。

「まさか。あいつが窓から身を乗り出したのを必死で抑えたのは私ですよ」

「お父さんのことを話したら、あなたの態度が変わった。馬場はそう言ってるんですがね」四十代と思える刑事の怜悧な目が私をじっと見つめた。

「殺してやりたい気持ちにはなりました。だけど殺そうとはしていない。怯えた馬場がそう感じただけですよ」

「自殺したい人間が、殺されそうになって怯えますかね」もうひとりの若いのが口を開いた。

「そういう矛盾を抱えているのが人間というものですよ。自殺しようとして橋の欄干に立った人間が、自分にトラックが突っ込んでくるのに気づいた。その人間はどうしますかね。ちょうどいいから、突っ立ってるなんて考えられない。頭で死にたいって考えても、自己防衛本能が働き、避けようとするのが自然です。馬場も私の怒りを感じ取って恐怖を覚えた。で、自己防衛本能が働き、勘違いをした」

「自殺させてやる、とは言ったんでしょう?」若いのが続けた。

私は鼻で笑った。「そうでも言わなきゃ、口を割らないでしょうが。自供させたのが誰か忘れないでくださいよ」

ふたりの刑事は顔を見合わせた。横柄な探偵に先を越されたのが気に入らないらしいが、文句を言えるはずもなかった。

帰宅したのは午前零時を回っていた。

和美のメモが残っていた。午後十一時まで事務所にいたが、電話はなかったと記されていた。

私はウイスキーを用意し、デスクの前に座った。

目を閉じた。親父は、ここに座って、馬場たちの相手をしていたのだろう。刑事だった親父は、脅しに怯むことはなかったろう。しかし、緊張感をもって応対していたはずだ。

それが心臓に負担をあたえ、不本意にも、床に倒れてしまった。

馬場たちは、それに驚き、逃げ出した。その時点では、親父は生きていた。馬場たちが見殺しにしなかったら助かったかもしれない。

涙は出てこなかった。やりきれない怒りが、尖らせた鉛筆の芯を次々と折らせていった。

折れた鋭い芯が床まで飛んだ。

芯を折りきると、今度は鉛筆そのものをへし折った。馬場の首の骨を折っているような気分で。

それで溜飲が下がるなんてことはなかったが、小さな破壊でも破壊には違いなかった。気分が少し落ち着いた。

馬場の所持していた拳銃が、現金輸送車を襲った際に馬場が手にしていたものかどうかは立証できないかもしれない。警察は、馬場と事件を関連づけることのできる物的証拠を見つけ出せるだろうか。神納絵里香、渡貞夫、そして大林久雄の家のガサ入れで、動かぬ証拠が見つかることを期待するしかない。しかし、それが難しくても、犯人しか知り得ない秘密を馬場が話せば立件できるはずだ。

一介の探偵にすぎない私には、これ以上のことは何もできない。それが歯痒くて、今度は拳でデスクを何度も叩いた。

しかし、探偵の調査に限界があるとしても、警察官になろうという気にはまったくならない。現実的にも今更なれるわけはないが、たとえなれたとしても、組織に入る気持ちはまったくない。警察だろうが暴力団だろうが新聞社だろうが銀行だろうが商社だろうが学校だろうがキャバレーだろうが勤めるのは御免だ。我が儘な生き方が治るわけがないのだから。

現金輸送車襲撃事件はさておき、絵里香を殺したのは誰なのか。渡貞夫の件も含め、馬場が殺した。だが、死刑の可能性もあるから、殺しのことだけは否認しているのかもしれない。

もしも馬場でないとしたら。南浦監督に裏の顔があるのか？　ピンとこない。しかし、間違いなく、馬場の証言によって、南浦はかなり厳しい取り調べを受けることになるだろう。自分の映画を世に送り出すために金が必要だった。しかも大金が。動機は十分である。

南浦が逮捕されたら、映画は公開中止になるに決まっている。それを食い止める術はあるのだろうか。

そんなことを考えながら、私は明け方までひとりで飲んでいた。

午前中に、和美の電話で起こされた。私は、馬場の妻を家から引っ張り出してくれた礼を言った。

「私も役者の端くれよ。〝こちらホテルのフロント係の山田と申します……〟」

和美は、演技の触りを披露してくれた。普段よりも嘘臭い話し方で、声も少し高かった。確かに上手である。一頻り褒めてから、今日は来なくていいと告げた。

「どうして？」

「俺のやることがなくなってしまったんだよ」

「現金輸送車襲撃事件のことニュースでやってたけど、扱いは小さかったよ」

「へーえ。俺、今、起きたばかりで何も知らないんだ」

「日航機のハイジャックがあったから、テレビは、そればっかり流してる」

「また過激派が？」

「まだよく分かってないみたい」

電話を切ると、さっそくテレビを点けた。旅客機が停まっている映像が流れていた。羽田空港のC滑走路だということは分かったが、事態はのみ込めなかった。

洗面をすませ、自動的に跳ね上がらなくなったトースターに食パンを入れ、目玉焼きを作った。

正午のニュースでやっと何が起こったのか把握できた。

午前八時頃、名古屋上空で日航機がハイジャックされた。犯人は二百万ドル（約六億円）とキューバまで飛行可能な長距離機を要求した。日航はそれを呑み、金と代替機DC‐8を用意したという。代替機がハイジャックされたボーイング727機に接近するところが生中継されていた。

同日の未明、北陸トンネルで列車が炎上し、多数の死者を出すという大事故が起こっていた。

その日は、現金輸送車襲撃事件の犯人逮捕のニュースが短くなるのは当たり前の〝厄日〟だった。

緊迫した映像が、その日はずっと流れていた。日本人の大半がテレビに釘付けになっているだろう、浅間山荘事件の時のように。

その間、夕子から電話があった。

「帰ってるね。で、本当に感謝状もらったの？」

「警察に騙された」

私は笑うと、夕子の声も崩れた。

夕子は、あれから短い時間だが古谷野に会ったという。古谷野は、仕事を放り出して夕子といたかったに決まっているが、そうはいかなかったらしい。その古谷野からは何も言ってこない。事件事故が多すぎて、てんやわんやしているのだろう。

ハイジャック犯が三人の人質と共にタラップを降りてきたのは午後四時頃だった。犯人はお面を被り、人質のひとりに拳銃を突きつけていた。

幕切れはあっけないものだった。代替機のタラップを上がった犯人を、搭乗員を装った刑事たちが取り押さえたのである。人質は全員無事。警察の圧勝だった。

お面に拳銃。現金輸送車襲撃事件と共通点を感じた。

夕刊に同信銀行有楽町支店で起こった現金輸送車襲撃事件のことが報じられていた。ハイジャック事件、列車事故に押し出されてやはり扱いは小さかったが、馬場幸作は現金輸送車襲撃事件に関しては素直に犯行を認めたようだ。しかし、共犯者を含め、詳しいことは記されていなかった。

津島副頭取からも電話が入った。

「いやあ、君のおかげで、あの事件のことが解決しそうだ。心から礼を申し上げたい」

「蟻村はどうしてます?」

「警察に呼ばれたらしい。うちの銀行の評判がガタ落ちになる。うちとしては、名誉回復に努力せんといかん」

由々しき問題が起こったというのに、津島副頭取の声はすこぶる明るかった。すでに頭取の椅子の座り心地を試したかもしれない。副頭取にとって、今日は〝厄日〟ではないようだ。

報告書と請求書を自宅に送ると言って、私は電話を切った。

辺りが暗くなってから、私は食事に出かけた。帰ってきてすぐに古谷野から電話が入った。

「聞いたぞ、お前が馬場を警察に引き渡したんだってな」

「事件事故が多すぎて身動きが取れなかったんですね」

「その通りだ。だが、取材させた若いのによると、蟻村が警察に呼ばれたそうだ」

「副頭取からそのことは聞きました」

「今からお前のインタビューを取りたい。いいか?」

「待ってます」

私は受話器をおかず、フックを一度押さえてから四谷署に電話を入れた。榊原は署にいた。

「お忙しいでしょうが、そうですね……午前零時すぎに事務所に来られませんか？」

「約束はできん」

「寝ずに待ってます」

榊原は何も言わず電話を切ってしまった。

午後八時すぎに古谷野がやってきた。一通りのことを教えた。

「南浦が裏で糸を引いていたねえ」古谷野は首を傾げた。

「絵里香殺しに関して、新たな情報は？」

「何もない」

「バンプ女優、神納絵里香が絡んでいるし、蟻村副支店長が聴取を受けたから同信銀行は大慌てだし……。これからは、この事件も大きく取り上げられるよ」

蟻村が自白し、裏が取れたら、物的証拠が不十分でも、公判は維持できるだろう。

古谷野は、私が話している間、メモを取っていた。そして、写真も撮った。

八時四十分頃、建物がぐらりと揺れた。

古谷野の動きが止まった。「おう、地震だな」

「かなり大きいですね」

「今日はいろいろ起こる日だな」

「まったくですね」

地震が収まると、古谷野が本題に話を戻した。

「明後日の朝刊に載せる。お前、依頼が増えるぜ」

「そうなるといいですけどね」

「お前、絵里香殺しを自分の力で暴きたいんだろう？」

私は肩をすくめてみせた。「絵里香を殺したのも、彼女を操ったのも南浦じゃないという線で、事件を洗い直したいんだが、どこから手をつけたらいいのか分からない。お手上げですよ」

古谷野が煙草に火をつけた。「絵里香が麻薬密売に加担したことで脅されたというのがよく分からん。それが事実だとしても、南浦がやったとは思えん。奴に、そんなことを知る機会はないよ。生きてる世界が違うから」

「絵里香を使ってたと思われる帝都灯心会に乗り込んでも、話が聞けるわけもない。絵里香の夫、木村は死んでる。絵里香の人間関係を洗うだけでも相当時間がかかる」

「絵里香の家のガサ入れで何か出たかもしれんぞ」

「だといいですけどね」

古谷野が神妙な顔をして私を見た。「親父さんのこともちらっと聞いたよ」

「もうその件は忘れたい」

「そうか」

古谷野は小さくうなずき、社に戻ると言って腰を上げた。

榊原が、電話もしないでやってきたのは午前一時を回った頃だった。酒を勧めても彼は飲まなかった。署に泊まり込みだという。私は缶ビールを開けた。

「してやったりだね」榊原が目を細めて私を見つめた。

「親父の調査してたことを明らかにできて喜んでます」

「あの事件の解決に君を導いたのは、親父さんの執念だな。でも、まさか、馬場が、親父さんの倒れた現場にいたとはね」

絵里香殺しを担当している捜査本部の刑事が丸の内署に赴き、馬場の尋問をしたという。親父が倒れた時にここにいたのは、馬場と渡貞夫のふたりだけだったと榊原が教えてくれた。

「馬場からどの程度の自供が得られたんです？」

「全面自供には至ってないが時間の問題だよ」

馬場幸作は、現金輸送車襲撃事件の模様を事細かに自供したという。それに基づき、今日の午前中、馬場を立ち会わせて犯行の模様を現場で再度、詳しく見分するという。

「警備員に拳銃を突きつけた際、馬場は警備員と小競り合いになった。その際、糸くずのようなものが警備員の嵌めていた時計の金属バンドに引っかかったらしい。それと同じ糸くずが、絵里香のところのミシンから出てきた。仮面ライダーのお面を作ったのは絵里香で、それを被ることを提案したのも彼女だったと馬場は話している。目撃者が仮面に気を取られることを意図したらしい。いかにも映画人らしい発想だね。まあ何であれ、現金輸送車襲撃事件のおおよそのことはこれではっきりした。金の流れなどについては、これからの調べを待つしかないがね」

「で、神納絵里香の殺し方はどうなってます？」

「南浦監督の事情聴取をやった。彼は否認しているが、あの部屋に入り、絵里香が倒れているのを見たことは認めた。南浦が殺ったというのが大方の捜査員の見方だよ」

「毒薬の入手経路は分かってないんでしょう？」

「一時、南浦は東京を離れ、福森里美の親戚を頼って長野県下伊那郡M町に半年ほど住んでたことがある。福森里美の親戚は花農家を経営してるんだが、奴が向こうで仲良くしてたのがメッキ工場の社長だった」

「それはいつ頃の話です？」

「四年ほど前のことだ。奥さんは花農家で働いていたが、監督は酒浸りで、しょっちゅう夫婦喧嘩してたそうだ」

その頃から、里美は離婚を考えていたのかもしれない。

「そのメッキ工場から青酸カリが紛失したことは？」

「それがだね」榊原が顔を歪めた。「はっきりしないんだよ。田舎のメッキ工場の毒物の管理はずさんでね。減ってるかどうか分からないって言うんだな。だけど、その社長の話だと、南浦は当時、酔うと自殺をほのめかしてたそうだ。自殺目的で盗んだ青酸カリを、絵里香殺しに利用した可能性はある」

「それを立証するのは難しいですね」

「地方巡業に出てる福森里美と捜査員が電話で話した。だが、南浦が青酸カリを持っていたなんて知らないと言われたそうだ」

たとえ知っていても、里美は話さないだろう。

「榊原さん自身はどう思ってるんです？」

「捜査本部は絵里香殺しの犯人を南浦監督に搾ったんですね」

「斉田重蔵の妻の線が消えたわけじゃないがね」

榊原は腕を組み、唸った。「まだまだ証拠が足りんが、南浦が青酸カリを手に入れられる環境にいたことが気になる。馬場の話だと、奴を絵里香が犯行に誘った時、すでに同信銀行の現金輸送車を狙いたいとはっきり言ったそうだ。どうしてそんな大胆な発想を思いついたのかは分からんが、蟻村と知り合ってから考えついたんだろうね」

「絵里香と蟻村はどこで知り合ったんですかね」

「同信銀行の有楽町支店に口座を持っていた絵里香が銀行にやってきた際、彼女に気づいた蟻村が声をかけたらしい。絵里香が計画を立て、好きな男の映画の費用に、強奪した金の一部を当てた。そういう見方をする捜査員が多い」

「南浦が、何も知らなかったとしたら、絵里香を殺す動機は何だったんでしょう」私は独り言めいた口調で言った。

「絵里香を操っていたのが南浦だと馬場は言っているが、それはあいつの誤解に思える。あくまで絵里香が主犯だった。しかし、南浦は、金の出所を疑ってたんじゃないかな。突然、降って湧いたような話だから。南浦に追及されて、絵里香が本当のことを話した可能性は大いにある。監督の脚本が気に入って、金を回したとしたら、しゃべりたくならないわけがないだろうが」そこまで言って、榊原は意味ありげな目をして私を見た。「君が突然、絵里香の前に現れたことが引き金になったのかもしれんよ。君は、絵里香の娘に成りすました女子大生に乗せられて、絵里香に会いにいった。それで絵里香と馬場は慌てた。絵里香が事件のことを南浦に話していたら、当然、親父さんが調査してることも教えてたはずだ。その息子が、事件が起きて一年以上経った時に、馬場と絵里香に会いにきた。絵里香が、南浦のことを、一切馬場に話していなかったとしたら、南浦としては、絵里香さえ消してしまえば、自分とあの事件の繋がりは発覚しないと踏んだんだろうよ」

「渡貞夫殺しについても、馬場は否認してるんですね」

「ああ。南浦が絵里香をやったことを知っていたとしたら、渡を使って君を殺そうとしたのも奴で、成功しても失敗しても、渡は消される運命にあった。南浦にとって君は邪魔な存在だったはずだから」

私はくわえ煙草のまま黙ってしまった。

「君は、あの気弱そうな男に、そんな大胆なことができるはずはないと思ってるんだろう？」

「ええ」

「それは間違いだよ。私は長年、警察官をやってきたから分かるんだが、どんな人間も魔のトンネルに入ってしまうと、どんなことでもやらかすもんだよ」

「それは言われなくても分かります。しかし、絵里香が、どんなにあの男が好きだったとしても、そこまでやって製作費の面倒をみますかね」

「映画も当たれば、かなりの儲けになるそうじゃないか。あの映画は当たる。絵里香はそう本気で思ったんだろうよ。署の若いのが、一応、斉田重蔵の妻の方のことも洗っていて、昨日、斉田社長にも会った。斉田は試写会であの映画を観て、あれは当たるし、作品の出来もいいとベタ褒めだったそうだ」

「でも、彼が逮捕されたら公開は中止になりますね」

「自業自得だよ。どんないい映画でも、人を殺した人間の作ったものを観る気にはならんよ」

生真面目な榊原が、そう考えるのは極めて自然である。芸術について榊原と話しても時間の無駄なので、私は自分の思いを述べるのを控えた。

「しかしだな」榊原がそこまで言ってふうと息を吐いた。「南浦を逮捕することは今のところ無理だ。私の話したことはすべて仮説にすぎん。証拠がなきゃどうにもならん」

「マスコミは、監督が重要参考人だということをすでに嗅ぎつけてます？」

「さあ、それは私に訊かれても分からないが、南浦も知名度のある人間だから、警察はまだ詳しい発表はしていない。でも、なぜ、君はそんなことを気にするんだ？」

「別に」私はそう言って曖昧に微笑んだ。

榊原が腕時計に目を落とし、腰を上げた。

電話が鳴った。里美からだった。

「来客中なんだ。十分ぐらい経ったらかけ直してくれ」

「分かったわ」

電話を切ると、私は榊原を玄関まで見送った。

「順一郎君、まだ積み残したことは多々あるが、君のおかげで馬場の自供が取れた。しかしだな、あまり危ない真似はするな。私が、君を逮捕するような立場になりたくない」

「俺は、ずっとすれすれのところを生きてきました。だから、時折、ドブに落ちることもあるかも。そういう時は救ってください」私は軽い調子で言った。

「事件のことで協力するのは今回限りだ。それをしっかり頭に叩き込んでおけ」

きっぱりとそう言いおいて、榊原は事務所を出ていった。

煙草に火をつけ、新しい缶ビールを冷蔵庫から出した時、電話が鳴った。里美からだった。

「今は、どこ？」

「新潟よ。南浦のこと聞いた？」

「少しだけ」

里美は、電話をかけてきた刑事がどんな話をし、親戚の経営する花農家で働いていたことも口にした。

「……あの人が殺したなんて、そんなことあり得ない」

「俺もそう思ってる」

「絵里香の死体を最初に見つけたのはあの人だったそうね」

「らしいな。で、君は、本当に、彼が青酸カリを持っていたかどうか知らないんだね」

「知ってるわけないでしょう？　あの人が一時、死にたがってたのは分かってたけど、勇気がないから自殺もできない男よ。南浦、逮捕されるかしら」

「現状ではあり得ない。何の証拠もないから」

「映画どうなるのかしらね」里美が沈んだ声で言った。

現金輸送車襲撃事件の主犯格の女と深い関係にあり、製作費の大半が、盗まれた金で賄われていたということになると、監督のイメージダウンは免れない。関大映画は『最高の人』の公開を中止することは大いに考えられる。飯田プロデューサーでもどうしようもないかもしれない。

そう思ったが、里美には言わなかった。

「警察から電話があった後、仕事に身が入らなくて」

「分かるよ。今は赤の他人でも、長年、同じ屋根の下で暮らしてきた相手が、そういうことになれば気持ちも塞ぐのが普通だよ」

「早く東京に戻りたい」

「戻ってきたら、すぐに会おう」

「帰ったその日、久しぶりに六本木のジャズクラブで歌うの。観に来られるんだったら招待するわ」

「何があってもいくよ」

「そんな安請け合いしてもいいの」

「俺のやれることは今のところ何もない」

「絵里香殺しの犯人の調査をしてるんじゃないの」

「続けたいが、俺の依頼人が望んでいたことはほぼ解決した。後は警察がやることだ」そこで私は一瞬黙り、優しくこう言った。「できることと言えば、不安を抱えた君を慰めることぐらいかな」

里美が鼻で笑った。「調子のいい男ね」

「本気だよ」

「じゃ帰ったら、慰めてもらおうかしら」

冗談口調で、私の言葉を受けた里美は、少し元気を取り戻したようだった。

（二十四）

十一月七日、火曜日の新聞の一面トップはやはり、ハイジャック事件だった。

犯人はアメリカ在住の四十七歳の男で、政治的な背景はまったくなかった。所持していた拳銃は三十八口径のブローニング。顔を隠すために使用されたお面はゴム製だった。

馬場幸作の持っていた拳銃もブローニング。三十八口径に違いなかった。そして、犯行時、お面を被っていた。

ハイジャック犯は元陸軍飛行少尉で、新聞には〝ヤマ師の夢追う戦中派〟だと書かれていた。

馬場は敗戦の年に十七歳。少年兵でもない限り戦争には行っていないはずだ。しかし、彼も戦中派と言っていいだろう。彼もまたハイジャック犯同様、夢を追って渡米し、挫折して日本に戻ってきたに違いない。

この手の事件が起こると、有識者たちは、安易に戦争と結びつけたがるものだ。そういう風潮を私は好まないが、一抹の真実があることは否めない。時代や歴史が、人間に影響を及ぼさないなんてことはあり得ないからである。私たちの多くは二十世紀の日本で生まれ育った。自分で物事を判断できるようになるずっと前に、時代と環境が作り出したものに浸食されている。その枠から飛び出して、新たな思想や技術を生み出せるのは天才だけである。

私はその日から、二日間、何の行動も取らなかった。取りたくても取れなかった。和美には、事務所に顔を出さなくてもいい、と告げた。彼女は、用がなくても来たがったが断った。

電話がよく鳴った。古谷野が私のことを新聞に書いてくれたおかげで、探偵、浜崎順一郎に注目が集まったのだ。

茨城に住む男から電話があった。茨城訛りが長閑《のどか》な風を耳に流し込んでくれた。依頼内容は野菜泥棒を見つけてほしいというものだった。

妻がレズビアンかどうか探ってほしいと言ってきた夫もいた。同じ日に、夫がゲイだと言いきり、証拠を掴んでほしいとヒステリックな声で訴えてきた婦人もいた。喉仏を通ってきたような声だったから、何か裏がありそうな気がした。

しかし、いずれにせよ、依頼はすべて断った。

今回の一連の事件がすべて解決したとは言えない。少なくとも絵里香殺しの件がはっきりするまでは時間を空けておきたかった。

津島副頭取に提出する報告書と請求書を作った。

蟻村貢逮捕のニュースが流れたのは水曜日の夜だった。

ハイジャック事件の記事は少なくなり、頭取の娘婿が現金輸送車襲撃事件に関与していたことで、にわかに同信銀行に注目が集まった。蟻村は否認しているという。

神納絵里香こと木村利恵子が被疑者死亡で書類送検されることが決まると、元バンプ女優のことが再び話題になった。

彼女が主演した映画に『女ボス　色と欲の挽歌』というのがあったそうだ。現金輸送車を襲う話だという。映画を地でいった犯行か。ある新聞は、そう書いていた。その映画は再び脚光を浴びるに違いない。

映画の中の女ボスが殺されたかどうかは知る由もないが、主役の神納絵里香は殺害された。そして、渡貞夫殺害事件同様、いまだ犯人は明らかになっていない。

警察に新たな動きはないようだし、古谷野と電話で話したが、彼も何も摑んでいなかった。

「南浦はどうなってるか分かります？」私が古谷野に訊いた。

「捜査本部は、南浦を執拗に聴取してるが、物的証拠はないから、立件できないかもしれんな。だけど、監督のダメージは大きい」

「関大映画、『最高の人』の公開を見送るんですかね」

「さっき入ってきた情報によると公開中止にするらしい。南浦が絵里香を殺したかどうかも問題だが、資金の出所が、あの派手な事件で得たものだとはっきりしたからね。どこの会社もそうだが、上層部の連中ってのは保身しか考えてない。だから、早めに手を打ったようだ」

「そうですか、やっぱり、お蔵入りですか」私はつぶやくように言った。

脳裏には里美の顔が浮かんでいた。

「どういう契約になってるか分からんから、はっきりとは言えんが、製作者の飯田プロデューサーに関大映画は損害賠償を求めるかもしれないね。うちだけ、その件を載せないってわけにはいかんが、試写を観てる映画担当の記者が作品を褒めてたから、その点には触れさせる。〝日の目を見ない不運な名作〟ぐらいの小見出しをつけて」

「ありがとう」

「はあ？　何でお前が礼を言うんだい？　そうかあ、福森里美の影響で、芸術派になったってことか」

それには答えず、私は電話を切った。

芸術派なんて、背筋が寒くなる言葉である。だが、つまらない社会通念の外側で生きている自分は、関大映画の判断にはがっかりした。

夫として男としての南浦に里美は逆三行半《みくだりはん》を突きつけた。だが、感情に流されず、彼の作品が日の目をみることを願っていた。そこに、里美の凛とした姿を見た。

しかし、私が〝ありがとう〟というのは変である。私は苦笑するしかなかった。

このニュースは、里美が帰ってくるまでに、彼女の耳にも入るだろう。里美がどんな態度で接してきても、私はすべて受けてやるつもりでいる。

津島副頭取から銀行に振込があったのは翌日、木曜日のことだった。

久しぶりに転がり込んできた大金である。サバンナに雨期が訪れ、ほっとしている野生動物のような気分がした。

振込を確認した後、私は斉田重蔵の家に電話を入れた。受話器を取ったのは竜一だった。

「君か。どうしてる？」私は明るい声で訊いた。

「何とか生きてます」

竜一に、その言葉はまるで似合っていない。大変なことになっているのは事実だが、声もしゃべり方も幼いから、鼻白むしかなかった。

「僕に何か？」

「親父さんとしゃべりたいんだ」

「今日は会社に行ってますけど、親父に何か？」竜一が不安げに訊いてきた。

「事件には関係ないことで会いたいんだ」

「そんなの誰が信じます？」

「嘘じゃない。後で親父に訊いてみたらいい」

竜一と話し終えた私は、日新観光のダイヤルを回した。重蔵は日新観光の入っている自社ビルの中にいた。

「……今から私に会いたい？　用はなんだ。女房のことなら会わんぞ」

「奥様の話は一切しません。極々個人的な用です」

「探偵の個人的な用？　胡散臭いな」重蔵はそう言って短く笑った。「まあ、いい。借金以外のことなら何でも聞いてやる」

私はタクシーで渋谷区神南一丁目を目指した。

日新ビルは国立代々木競技場の南側、デザイナー養成で実績のある桑沢デザイン研究所の並びにあった。

東京オリンピックの頃に建てられたと思える古いビルだった。日新観光の他に日新土地開発、日新産業などなどの会社が入っていた。

受付嬢が重蔵に電話を入れた。重蔵は九階建てのビルの最上階にある会長室にいた。

会長室のドアをノックすると、若い女が中に通してくれた。

重蔵は大きな窓を背にして、デスクの前に座っていた。仕事をしている様子はなく、葉巻をふかしていた。

窓の向こうに国立代々木競技場が見え、視線を左に振ればＮＨＫ放送センターが望めた。

この一帯は敗戦後、アメリカに接収され、ワシントンハイツと呼ばれていて、空軍の兵士とその家族の住まいとして使われていた。知り合いの母親が、ワシントンハイツのメイドをやっていて、ご主人の兵士と関係を持った。それを知った私の知り合いは、母親を殴り、母親の顎が骨折したそうだ。しかし、その頃の面影はまったくない。

「いい眺めですね」私が言った。

「何がいい眺めなものか。私は国立代々木競技場のデザインが好みじゃないんだ」

「斬新な建物じゃないですか」

「そもそも私は設計士というものが嫌いでな、あいつらは人の金で身勝手なものを建てる奴らだ」

「芸術家だからしかたないでしょう」

「銭のことしか考えてないのに、芸術家を気取ってる奴らばかりだ」

重蔵は、よほど建築家に嫌な思いをさせられたのだろう。

「しかし、そんなことはどうでもいい。東京見物に来たんじゃないんだろう。そこに座れ」

私は勧められたソファーに腰を下ろした。先ほどの若い女が茶を運んできた。

女が引き下がると重蔵が私の前に座った。光沢のある焦げ茶色のスーツを着、紺地に水玉模様があしらわれたネクタイを締めていた。

「個人的な頼みとは何だ？」

「南浦監督の映画が公開中止になったのはご存じですよね」

「もちろん。でも、それが君と……」

私は右手を上げて、重蔵の言葉を制した。「何の関係もありませんが、斉田さんが、あの映画を買い取ることはできませんか？」

重蔵が躰を大きく揺すって笑い出した。葉巻の灰がズボンに落ちても笑いは止まらなかった。

腑に落ちなかった。それほど笑う話ではない。

「君は本当に胡散臭い男だな」重蔵はズボンを汚した灰を叩き払った。「映画のブローカーにでも宗旨替えしたか」

「斉田さんが、あの映画を観て、大いに気に入ったと言っているのを小耳にはさんだものですから」

「あの映画は作品の出来もいいし、絶対に当たる。だが、残念なことに、君の出る幕はない。昨日、飯田プロデューサーがここに来た。私を嫌ってる、新宿のアウトロー気取りのあいつが、私に頭を下げにきたんだよ。実に愉快だった」重蔵はまた声にして笑った。

「それで、斉田さんは？」

「もちろん、私が買い取ることにした。関大映画と話し合いも昨日、すませたよ」

「そうですか。じゃ、私がここまで来ることはなかったですね」私はほっとして茶を啜った。

「ちっとも残念そうな顔をしておらんな」

「私は、そのことで金にしようなんて思ってませんから。あの映画が上映されればいいんです」

「無料奉仕か。南浦と男の友情で結ばれでもしたのか」重蔵が小馬鹿にした口調で言った。

私は首を横に振り、自分の考えを口にした。

「なるほど。愚にもつかない社会常識に反抗したい。いいね、君のことがさらに気に入ったよ」

「今言ったことは本当ですが、福森里美も、同じ考えを持ってます」

「はあ」重蔵が背もたれに躰を倒し、天井を見つめた。「あの女がねえ。信じられん。噂でしか聞いてないが、あのふたり、別れる時にすったもんだしたそうだよ。里美が、あの男に愛想を尽かして逃げ出した。南浦は未練たらたらで、酔って里美が出てるキャバレーにまで押しかけ、えらい問題になったそうだ」

「南浦が今でも、彼女のことを想ってることは、私自身が目の当たりにしてます」

「女優、福森里美を駄目にしたのは、あの男だと言ってもいい。あの子が、そんな奴の映画を応援してるなんて」

「確かに変わってますが、彼女の映画に対する想いに、私は感じるものがあった」私は煙草に火をつけた。

「綺麗事を言うな。君が里美に興味を持ってるのは、最初に会った時から分かってた。しかし、火遊びがしたいだけだと思ってたが、違うようだな」

私は苦笑した。「火遊びもへったくれもないですよ。まったく相手にされてないんですから」

「そうか。それで尽力して、点数を稼ごうとしてるんだな」

「そういう気持ちがないと言ったら嘘になりますが、それだけじゃないですよ」

斉田は灰皿に葉巻を置き、ぐっと躰を前に倒した。「遊んできた男にしては、情けない発言だな。確かにあの女はガードが堅い。だけど、親しい間柄なんだから、押し倒す機会ぐらいあるだろうが」

「斉田さんとは流儀が違います」

斉田が湯飲みを手にしたまま、眉をゆるめた。「何が流儀だ。君はクールすぎる。どすこい、どすこい……真っ直ぐ押しきれば落ちるさ」

「斉田さんが、理由は別にしても、脱がせることができなかった女ですよ。そうか。斉田さん、プライベートで、押し倒そうとしたことがあったんですね」

斉田が目を細めて、私を見た。「あいつがそう言ったのか」

「いいえ。斉田さんなら、やりそうだと思っただけですよ」

「いや、私はあの子には手を出してない」

「斉田さんの手も通じないし、私のやり方にも限界がある。男が入り込む余地がないってことですよ」

「あの女に関してはそうかもしれんが、君のクールで、下手に出る戦法は気に食わんな。手籠めにするくらいの豪腕ぶりのない奴は男としても成功せんよ。君のやり方は現代風なのかもしれんが、そういうやり方が女をつけあがらせるんだよ。息子の情けなさをみろ。和美とかいう女優のタマゴに言いようにされてるじゃないか」

「ふたりがよければ、それでいいんじゃないんですか」

「フェミニズムに毒された男みたいなことを言うな。女は潜在的に男に強引に振り回されたいもんなんだよ」

「でも、自由でもありたい。斉田さんの戦法は、金がかかりそうですね。貧乏な探偵は、そういう手は使えない」

「甲斐性のない男が、女とうまくいくようになったのは、女の社会進出のおかげだな。よく考えてみると、里美には、君のやり方の方が合ってるかもしれんな。金もなく、気難しい上に女々しい南浦と一緒に暮らせた女だから」

「相撲取りにもレスラーにも女々しいのはいますよ」

「それは間違ってるよ、君。肉体を誇示する男は、大概女々しいと相場が決まってる」

「なるほど。さすがに斉田さんは私の上を行ってる」

「君は生意気だな。私と比較するなんて十年早い」

「失礼しました」

里美の話が出たものだから、本筋から脱線してしまった。私は煙草を消し、また茶を口に運んだ。

「斉田さん、南浦監督が絵里香を殺していたとしても、映画は中止しないんですね」

「愚問だ。殺人者の作った名画の配給ができるなんて、二度とないだろう。私はね、あいつが犯人であってもらいたい。南浦に警察の目が行くようになってくれてほっとしてる。女房が少し立ち直ってきたところなんだよ」

「旦那が、南浦の映画の権利を買ったって分かったら、奥さん、また変になるんじゃないんですか？金を作ったのは神納絵里香ですよ」

斉田が小さくうなずいた。「たっぷり嫌味を言われるだろうが、あの映画は儲かる。ビジネスには口出しはさせん。私も映画が心底好きなんだよ」

「小屋は確保できるんですか？」

「関大映画みたいなわけにはいかんが、小さな小屋は、私の力で確保できる。その目処もついてる。難色を示した小屋主もいるが、話題を呼べば、全国ロードも可能だ。会長職っていうのは暇でね。私自身が宣伝係を務める気でいる」

斉田の自信を裏打ちする情報もデータもないが、私は、斉田の言うことを信じた。

「もうひとつ訊いていいですか？」

「何だ」

「関大映画はどうするんです？　正月向けの映画を今更、作れないじゃないですか？」

「あのぐらいの会社になると、ヒット作をいくつも持ってる。旧作で当たったものを流すだろう。まだテレビで放映されてないやつをやれば、そこそこ入る。ともかく、関大映画としては赤字にならなきゃそれでいいとするしかないんだから」

「ここまで来た甲斐がありました」

「里美に今のことを話すんだろう？」

「ええ」

斉田が首を軽く捻った。

「どうかしたんですか？」

「資金を作ったのが絵里香だと知っても喜ぶのかな」

「気にしないでしょう。南浦監督が絵里香と付き合っていたことに気づいてるようでしたから」

「里美が絵里香を殺したとは、ちょっと前までは考えもしなかったが、絵里香が資金提供までしていたということになると、里美が嫉妬したとは考えられんかな。男女のことで嫉妬したんじゃない。絵里香は犯罪まで犯して、あの映画の資金を作った。元ライバルのそういう行動に、しがないキャバレー回りで食ってる里美が修羅を燃やした。あり得んことじゃない気がするけどな」

「さあ、どうなんでしょうね」

「歯切れが悪いな。惚れた女を疑うなんてできんか」

「斉田さんの言った通り、私はクールな男ですよ」私は薄く微笑んで、重蔵をまっすぐに見つめた。

「里美が犯人じゃないことを祈ってるよ」

「奥さんが殺ってないことを、私は祈ってます」

斉田が渋面を作った。私は、それを無視して、頭を深く下げ、会長室を後にした。

事務所に戻るタクシーの中で、斉田の言ったことを考えた。

里美と別れた南浦が絵里香と関係を持った。それぐらいでは絵里香に殺意を抱くことはあるまい。女のプライドが許さなかったとしても、計画的に毒殺したとは思えない。

しかし、南浦の映画の資金を出したのが絵里香で、その金が現金輸送車襲撃事件で得たものだと分かったら、どうだろうか。絵里香を亡き者にすれば、資金の出所が分からなくなると考えて殺ったとは考えられないだろうか。いや、それも飛躍がありすぎる。いくら脚本がよかったからと言って、絵里香を殺してまで映画を守ろうとしたということには実感が持てなかった。仮にそうだったとしたら、馬場幸作も殺そうとしていたはずである。

自分は里美に疑いの目を向けている。人を疑いながら、他人と渡り合ってきた癖はいつまで経っても治らないようだ。悪い習性に、私はうんざりした。

（二十五）

里美の出演しているジャズクラブはしゃぶしゃぶで有名な〈瀬里奈〉近くのビルの五階にあった。

ドアを開けると、星の形をした厚いガラスに青い文字で店名が書かれていた。

BLUE STAR

そのガラスの仕切りの向こうがステージと客席だった。さして広くはない。壁の色も深い青で、アメリカのジャズシンガーのモノクロ写真が飾ってあった。知っている顔もあれば知らない顔もあった。

私が、店に入ったのは午後九時半頃だった。

午後二時すぎ、東京に戻った里美から電話が入った。ステージに立つのは八時と十時だという。二回目のステージを観てから、ふたりで飲みにいくことにした。電話では、お互い、南浦のことも映画のことも話さなかった。

店の人間に名前を告げると、一番奥の端の席に案内された。一回目のステージだけを観て帰った客もいたのか、二十ほどあるテーブル席の三割ほどが空いていた。

里美の姿はなかった。私はウイスキーを頼み、煙草を吸いながら里美の登場を待った。

十時少し前、紺色のダブルのスーツを着た小太りの男が入ってきた。そして、ステージの真ん中の席に腰を下ろした。千鳥格子のシャツに赤いネクタイ。ポケットチーフが控え目に顔を覗かせている。一九《いちきゅう》に分けられた髪に整髪料をつけすぎたのか、ベタベタに光っていた。歳は四十ぐらい。色白でふっくらとした頬の持ち主だった。細い目をさらに細くして、従業員と話していた。子豚顔。そこが却って、相手をほっとさせる。そんな人物だった。

なぜ、その男にだけ目がいったのか。他の客がすべてカップルかグループだったからである。

店内が暗くなった。ステージに演奏者たちが上がった。ドラマーがカウントを取った。前奏が始まった。客席の間をぬって里美が現れた。拍手が起こった。

「オール・オブ・ミー……」

里美が歌いながらステージに上がった。

里美はラメ入りの臙脂色のタイトなドレスを着ていた。キャバレーで歌っている時よりも溌剌としている。

一曲目が終わった。

「みなさん、今晩は。福森里美です。今、聴いていただいた曲は、ビリー・ホリディをはじめ、多くの歌手に歌われてきたお馴染みの『オール・オブ・ミー』でした。〝私のすべてを、どうして奪ってくれないの。あなたに奪われない唇なんていらないわ〟なんて内容の熱いラブソングです。なかなかそういう男が現れてくれない、と寂しい思いをしている女性は日本にもたくさんいると思いますが、この歌詞みたいに、ストレートに言える人は少ないでしょうね。日本の男性は無口で、高倉健さんみたいに〝自分は……〟なんてぼそりというのが美学の国ですから、こんな風に女に言われたら、日本男児は引いちゃうかもしれませんね」

客席から笑いが起こった。

「でも、おしゃべりは大事です。愉しい会話だったら特に。というわけで、二曲目はリチャード・ロジャースの書いた『ハッピー・トーク』をおおくりします」

『ハッピー・トーク』はおそらくミュージカル曲だろうと私は思った。

ピアノとベース、ドラムが伴奏をしていた。ピアニストの横顔に見覚えがあった。以前、衣袋益三のコミックバンド〈ベンピーズ〉にいた男だった。

コミックバンドのプレイヤーは三流だというのは間違いである。『クレージーキャッツ』の谷啓はトロンボーン奏者としても一流だと聞いている。

なぜ、ピアニストが〈ベンピーズ〉を抜けたのかは知らないが、初期のメンバーだったはずだ。リーダーの衣袋益三は、絵里香が映画界を去った後も付き合いがあったらしい。あのピアニストが、その頃のことを知っているかもしれない。

私は、里美の歌を聴きながら、そんなことを考えた。

里美の歌とおしゃべりは一時間以上続いた。

『フライ・ミー・トゥ・ザ・ムーン』『ユード・ビー・ソー・ナイス・トゥ・カム・ホーム・トゥ』などポピュラーなスタンダードナンバーが歌われた。

『スターダスト』のイントロが流れると、子豚顔の男が、前のめりになって大きな拍手を送った。

この曲が多くの人間に、知られるようになったのは、『シャボン玉ホリデー』のエンディングで、ザ・ピーナッツが歌うようになってからだろう。作曲者はホーギー・カーマイケル。お茶の間で大変に人気のあった西部劇『ララミー牧場』に出ていたと聞いた時はちょっと驚いた。

里美が最後の曲に選んだのは『マイ・フーリッシュ・ハート』（愚かなり我が心）だった。

映画の主題歌らしいが詳しいことは知らない。

里美は歌い終わり、大きな拍手の中、ステージ脇に消えた。ほどなく伴奏者たちもステージを離れた。

女の従業員が、私のところにやってきた。「福森さんからの伝言で、〈シネフィル〉で待っていてほしいとのことです」

「こっちもひとつお願いしていいかな。ピアノを弾いてたのは、以前、〈ベンピーズ〉にいた……」

「式近司《しきちかし》さんですけど」

私は大きくうなずいてみせた。「そうだったね。彼とちょっと一杯やりたいんだけど。少し時間がほしいと伝えてください」

ふざけた芸名の男は生き残り、早くに死んでしまったのはリーダーの方だった。

ほどなく式近司がやってきた。

「素晴らしい演奏でした」私が先に声をかけた。

「ありがとうございます」

「どうぞおかけ下さい」

「今から他の仕事が入ってるので、すぐに出なきゃならないんです。何か私に？」

私は彼に名刺を渡し、神納絵里香について知っていることがあれば教えてほしいと言った。

「大したことは知りませんけど、ともかく、今は無理です」

「じゃ連絡先を教えてください」

式近司は少し躊躇ったが、自宅の電話番号を教えてくれた。

私と式近司が話している間に、里美が現れ、子豚顔の男の前に腰を下ろした。

男は目を細めて、里美をじっと見つめ、何か言ったが、私の耳には聞こえなかった。

私はその場で支払いをすませ、残った酒を一気に空けて立ち上がった。

里美がちらりと私を見た。私は軽く会釈して出口に向かった。

バー〈シネフィル〉は金曜日にもかかわらず空いていた。

カウンター席の端に若いカップルが飲んでいるだけだった。話が弾んでいる様子はなかった。男の方はAラインの三揃えのスーツ、女は緑色のパンタロンに赤いタートルネックのセーター姿だった。女はさておき、男の方は、背伸びをして大人の集まるバーに女を誘った。そんなぎこちなさが感じられた。スーツは丸井の月賦で買ったものかもしれない。そんな若者を馬鹿にする気はまるでない。むしろ、応援したくなる。女のために無理をして報われないことの方が圧倒的に多い。だが、めげずにやるしかない。

私はオールドパーをロックで頼んだ。

「あら、ひとりなの」祥子が怪訝な顔をした。

「里美さん、後でくる」

「夕方、電話で話した時は、一緒に来るって言ってたのに」

「ファンが来ていたから抜けられないみたい」

「ファンって、子豚ちゃんみたいな色白の男？」

「そんな感じの男だったけど、彼もここのお客さん？」

「里美さんが一度連れてきたことがあったの。上野で日本人形店をやってる人よ」

私は大きくうなずいた。「あの男がそうなのか」

「地方公演にまで店をほっぽらかしてついていく人なの」

「聞いてるよ。彼女と結婚したがってる男だよね」

「そうよ。感じのいい人だけど、それだけじゃねえ」

私はいつものように祥子に酒を勧め、祥子はいつものようにビールを所望した。

祥子は自分の飲み物を用意すると、再び私の前に立った。「すごいことになってるわね」

「ハイジャックの話？」私は惚けた。

「そうじゃないわよ。絵里香があんなことをするなんて」

「映画でも同じような女を演じてたそうじゃないか」

「あの映画のことを思い出したのかもしれないわね。それにしても大胆なことを考えついたものね。信じられない」

「映画界を去ってから悪い連中と付き合ってたらしいが、気持ちはまだ女優だった気がするな。仮面ライダーのお面まで作り、奪った金の一部を南浦監督の映画に回す。ヒロインを演じてた頃の昂揚感に浸ってたのかもね」

祥子がうなずいた。「絵里香だったら、そういうことがあってもおかしくないわね」

私はウイスキーで喉を潤した。「ところで、以前、〈ベンピーズ〉にいたピアニストのこと覚えてる？」

「式近司のこと？」

「うん。彼が里美さんのバックでピアノを弾いてたよ」

「時々、一緒になるって里美さんが言ってたけど、彼がどうかしたの？」

「彼って〈ベンピーズ〉の創設メンバーだったよね」

「そうよ」

「衣袋益三と親しかったろうから、映画界を辞めた後の神納絵里香のことを少しは知ってるかもしれないって思ってね。里美さんを待ってる間、話を聞いてみようとしたんだけど、相手に時間がなくて」

「彼なら衣袋益三から絵里香の話を聞いてた可能性はあるわね。仲が良かったから」

「でも、脱退したんだろう？」

「衣袋益三がクビにしたらしい」

「何で？」

祥子が、通夜の客のように静かなカップルをちらりと見てから、躰を軽く私の方に倒した。「ヤクが止められなかったからって話よ。衣袋益三は真面目な男だったから」

「なるほど。だとすると、式近司は絵里香とは別口で繋がってたかもしれないね」

「あり得るわね。あの人、ピアニストとしては一流なんだけど、トラブルメーカーだったらしいわ。だから、一緒に組んでくれるミュージシャンが少ないとも聞いてた。きっと麻薬のせいだと思うけど」

「里美さんも仲良くしてたのかな」

「仕事を一緒にするだけの関係だと思う。ね、やっぱり、南浦監督が……」

「分からない。俺は違うと思いたいけど」

「私もよ。映画、観たかったなあ」祥子がしんみりとした口調で言った。

私はにやりとした。「観られる可能性あると思う」

「え？」

「その話は里美さんがきた時に話すよ」

私は静かなバラードを聴きながら里美を待った。若いカップルの会話は相変わらず弾んでいなかったが、店を出る様子はなかった。ドアを開ける者もいない。静夫は、客を待つピカピカに磨かれたグラス同様、きちんとした姿勢を崩さず立っている。

里美が最後に歌った『愚かなり我が心』が耳の奥から、煙りが立ち上るように聞こえてきた。

里美が姿を現したのは、一時間以上後のことだった。その間に、若いカップルは帰っていった。

「お待たせしちゃって」

里美は私の隣に座るなり、長い溜息をついた。

「日本人形屋の旦那が来てたんですって？」

祥子の言葉に里美が驚いた。「誰から聞いたの。浜崎さんは彼のこと知らないし……」

「子豚ちゃんみたいなファンが三人もいたら『ブーフーウー』（NHKで放映された三匹の子豚の人形劇）になっちゃうじゃない」

里美が肩をゆすって笑った。そして、私と同じ酒を同じ作り方で頼んだ。

「かなり入ってるね」私が言った。

「ワインを飲まされたの。私、ワインって苦手なの」眉を顰めたが、突然、祥子を見てがらりと調子を変えてこう言った。「そうだ。明日の午後、祥子さん、暇ある？」

「明日は駄目。横須賀に住んでる父の顔を見にいくことになってるから。何か特別な用でもあるの？」

「明日、山瀬さんに会社まで来てほしいって言われたの。ひとりで行くのが嫌だから、一緒に来てもらおうかと思ったんだけど」

「また結婚話？」

「だったら行かないわよ。彼の会社もテレビ・コマーシャルをやるつもりらしいの。それに出演しろって言うのよ」

「いい話じゃない」と祥子。

「嫌よ」里美がグラスを一気に空けた。「相手の魂胆、見えてるもの」

「じゃ、行かなきゃいいじゃない」

「ところが、うちの事務所の社長にもう話してあるっていうの。社長に電話で確かめたら、ともかく顔だけ出してやれって言われた。だから、しかたなく行くことにしたの。今夜だって、彼は来る予定なかったのよ。社長から聞いて、用事を途中で切り上げて、飛んできたのよ」

祥子が私に目を向けた。「浜崎さん、付き合ってあげたら」

「馬鹿な。わざわざ嫌な顔をされになんかいきたくないね」私は軽く退けた。

「祥子さん、いいこと言うわね。友だちが日本人形に興味あるから見学に連れてきたって言うだけで、山瀬さん、苛立つと思う。私に男の影すらないのが問題なんだから、年下の男がボーイフレンドだって見せつけてやろう」里美は淡々とした調子で言って煙草に火をつけた。

「CMの話、お流れになるよ」そう言い返した私も、煙草を指にはさんだ。

「そうなってほしいのよ」

「事務所の社長が激怒して、俺のところに怒鳴り込んでくるんじゃないのか」

「そんなことさせないわよ」きっぱりとそう言い切ってから、里美はお替わりを頼んだ。

この間、ここで飲んだ時よりもピッチが速い。

山瀬という男の提案が鬱陶しいのだろうが、そのことで酒量が増えているとは思えなかった。何を話していても、南浦の映画のこと、いや、南浦が絵里香を殺したかもしれないということが、彼女の心を不安定なものにしているに違いなかった。

里美が私を目の端で見た。「ね、浜崎さん、私に付き合って」

「考えておきましょう」

「何なの、それ。煮え切らない言い方ね」そう言ったのは祥子だった。「付き合ってあげるべきよ、こんな時なんだから」

私は、祥子をじっと見つめた。里美は目を伏せた。

「祥子、おしゃべりがすぎるぞ」滅多に口をはさまない静夫が妻を叱った。

「ごめんなさい、里美さん」

「いいのよ。その通りだもの」

店内が静まり返った。

先ほど里美が歌った『愚かなり我が心』が店内に流れた。しかし、歌はない。ピアノ演奏だけだった。

祥子は灰皿を替えてから、私たちの前を離れた。そして、グラスを拭き始めた。拭かずともグラスは綺麗そうなグラスだった。

「あの人の映画、駄目になったわね」里美がぽつりと言った。

「いや、映画は上映される」私は淡々とした調子で答えた。

里美が食い入るように私を見つめた。

「斉田さんに感謝すべきだな」私は里美を見てにっと笑った。

里美は目を瞬かせた。指にはさんだ煙草から煙りがゆるゆると立ち上っている。

私は、事の次第を詳しく教えた。

「あなた、そこまでやってくれたの」

「誤解しないでくれよ。今も言ったけど、俺は頼みには行ったが、すでに話は決まってた。飯田プロデューサーもよほど今度の映画を評価してたんだね」

里美の大きな瞳がじわじわと潤んできた。「でも、私のために、あなたは……」

「作品は作品。そう話したことがあったじゃないか。俺は自分の主義を通しただけだ」

里美がうなだれた。溢れた涙が、すべすべのカウンターの上に、朝露のように光っていた。

「おセンチは、あんたには似合わない」

里美はそれでも顔を上げようとしなかった。

私は祥子と静夫に目を向け、肩をすくめてみせた。静夫は小さくうなずき、祥子はもらい泣きしていた。

私はお替わりを頼んだ。

「私も」里美が掠れた声で言った。

「飲みすぎだよ」

「もう一杯飲んだら出ましょう」そう言い残して、里美は洗面所に向かった。

祥子が何かしゃべりたそうな顔をしていた。

「マスターが許可すれば、しゃべってもいいですよ」私は軽い調子で言った。

静夫の頬がかすかに緩んだ。

「許可された。何が言いたいんです？」

「あなたのこと見直した。里美さんが頼りにできる男はあなたしかいない」

「褒めるんだったら斉田さんを褒めて」

「社長ってとんでもない山師だけど、こういう時には力を発揮する男なのよね。南浦監督が殺人犯だったとしても、かまわず上映するっていうのはすごい」

「余程、作品の出来がいいんだろうね。それに話題性もあるから金になると踏んだんだよ」

祥子の表情が曇った。「でも、里美さん、またマスコミの餌食になるわね」

「とっくに別れてるんだから、一時の嵐で終わるよ」

「そうね。しかし、里美さん、事情を知っていても、あの映画を応援するなんて、彼女もえらいわね」

「本当は今でも、彼に想いがあるんじゃないの」私はさりげなくつぶやいた。

「浜崎さん、その心配は絶対にない。彼女、ノイローゼ気味だったこともあったのよ。家から逃げ出してきた里美さんを、何度か家に泊めてあげたもの、ね、そうだったわよね」

静夫が小さくうなずいた。

「修羅場を繰り返していた時だったら、監督がどんなにいい映画を撮ったとしても応援する気にはならなかったでしょうね。でも、時が経ち、距離ができ、彼に対して、何の思いも抱かなくなったから冷静な判断ができるようになったんだと思う」

洗面所のドアが開いた。祥子が口を閉じた。

里美が戻ってきた。

私は何事もなかったような顔をして煙草を吸っていた。

「ごめんなさい。泣くなんて私らしくないわね」里美は呷《あお》るように酒を飲み干した。「出ましょう。夜風に当たりたい」

私は煙草を消し、勘定を払った。

見送りに出てきた祥子が、私を見て意味ありげな目をして、大きくうなずいた。

私たちは田町通りを赤坂見附の方に向かって歩いた。どちらからともなく、そちら方面に歩を進めただけである。里美は私の腕に腕を回してきた。『愚かなり我が心』を口ずさみながら。

青山通りに出て、渋谷方面に向かった。

「ね、明日、私に付き合ってくれるでしょう」

「悪役は苦手だな」

「さんざん悪いことしてきたくせに」

「会社には何時に行くの？」

「午後四時よ」

「分かった。付き合うよ」

私たちは待ち合わせの場所を決めた。

「さっき店で式近司と話してたけど、どうして？」里美が訊いてきた。

私は訳を教えた。「……あの人、ヤク中らしいね」

「そうだったけど、今はどうなのかな。私も久しぶりに今夜、彼に会ったの。本当は違うピアニストが伴奏する予定だったんだけど、今朝、大麻所持の現行犯で逮捕されちゃったの」

「ジャズメンは麻薬がお好きだね」

「浜崎さんだって大麻ぐらいはやったことあるでしょう？」

「やったことないんだな、それが。俺は自分をハイにしなきゃならないようなことやってないから」

「そういうものに頼らなくても、浜崎さん、いつもハイだもんね」

「元気を装うのも探偵の仕事さ」

「しかし、ちょっと寂しいね」

「どうして？」

「私の歌を聴きながら、事件のことを考えたなんて」

「ちらりと頭をよぎっただけだよ」

「嘘。私の歌についての感想、一言も言ってないわよ」

「うっとりしすぎて言葉も出てこなかったんだ」

「よくもいけしゃあしゃあと、まったくもう」里美が天を仰いだ。

色づき始めている街路樹のプラタナスを冷たい風が渡っていった。

赤坂署の前を通った。渡貞夫殺害事件の捜査本部の立て看板が目に入った。

〝氷川町殺人事件〟と墨文字で書かれていた。

「戒名、あっさりしてるなあ」私が言った。

「戒名？」

「捜査本部が置かれると、その看板にあるように名前をつける。それを隠語で戒名っていうんだ」

「死体のこと仏さんって言うからぴったりね」

青山一丁目に到着した。

なかった。

「今夜もあなたのところに寄っていい?」

「もちろん」

私は交差点を渡ったところでタクシーを拾った。慶応病院の手前を左に曲がったので、四谷署の前は通らなかった。しかし、渡貞夫、神納絵里香の両方の事件が解決していないことを意識せざるを得なかった。


事務所に入った私はストーブに火を入れた。

「コーヒーだね」

「ううん、今日はお酒がいい」

「飲みすぎだってさっき言ったろう」

「いいの。飲む前にシャワーを浴びていいかしら」里美は事もなげに言った。

「いいけど、掃除してないよ」

内心、驚いたが顔には出さず、そっけなくそう言い返した。

「気にしない」

「ビールを用意しておくよ」

里美は黙ってうなずき、部屋を出ていった。私は、洗い立てのパジャマを押入から出し、洗面所の前に置いた。白地に青い縦縞の入ったパジャマだった。

戻ってきた里美が照れくさそうに笑った。「このパジャマ、囚人服みたいね」

「日本の囚人服は、そんなにセンスよくないよ」

「でしょうね」

私たちはビールを飲んだ。乾杯はしなかった。私は、彼女の隣に移動した。そして、里美の手からグラスを取り、テーブルの上に置いた。

里美をじっと見つめた。里美も見つめ返してきた。

すっと躊躇いが消えていった。里美を抱き寄せ、唇に唇を落とした。里美の反応は鈍かった。気にせず執拗に舌を絡ませた。すると、突然、堰を切ったように、積極的になった。長い抱擁だった。唇を離し、里美を見つめた。里美も熱い眼差しを返してきた。

私は彼女を抱き上げ、足でドアを開け、隣の部屋に入り、赤ん坊を扱うように優しくベッドの上に寝かせた。私から先に裸になった。

「あんたは今日で釈放。自由の身だよ」私はそう言いながら、囚人服を連想させるパジャマのボタンを外していった。

躰を求めているというよりも、私にすがってきている。里美のセックスはそのようなものだった。

「愛してる」私が耳元で囁いた。

「私も」

事果てた後も、私は里美をしばし抱いていた。そうやって、里美の硬く閉ざされていたドアが開いたのだった。

私が、斉田重蔵に映画のことで会いにいったことで、里美はほだされたのだろう。出会い頭にぶつかるような激しい恋の始まりではなかったが、そんなことはまるで気にならなかった。

里美は私よりも年上だが、躰は引き締まっていて、年の差を感じさせるところはどこにもなかった。しかし、よしんば躰が年相応のものだったとしても、何の不都合もなかった。

事件のことも映画のことも何も話さなかった。とりとめもないことをぽつりぽつりと話し、冗談を言い、酒を飲み、躰を合わせた。

外が明るくなってきた。

「あ、カラスが鳴いてる」里美が言った。

「ゴミを漁りにきてるんだよ」

「うちの近くでも、明け方、鳴くけど、こっちのカラスの声の方がドスがきいてる」

「歌舞伎町だから、カラスも鍛えられてる」

「うちの方はお寺が近いせいで、お経を上げてるみたいに鳴くわね」

「お経を上げてるみたいな鳴き方ってどんなんだい？　ナンマンダブツ、ナンマンダブツって鳴くのか。嘘だろう？」

里美が高らかに笑ってから、私の胸に顔を埋めてきた。

私は姿勢を崩さず、彼女をいつまでも抱いていた。

（二十六）

午後三時、私と里美は赤坂見附の銀座線のホームで待ち合わせをした。

私とベッドを共にした里美は、朝方、一旦家に戻ったのだ。

里美に結婚を迫っている男が経営している〈山瀬人形店〉は銀座線の稲荷町駅近くにあった。

人形の街と言えば浅草橋。稲荷町近辺は仏壇仏具屋が表通りにずらりと並んでいるところだ。そういうところにある人形店で、雛人形を買うのを嫌う人間もいそうだが、里美の話によると、埼玉県に大量生産を目的とした工場を持っているのだという。そこでは年中、雛人形を作っているそうだ。彼のところで作っているのは江戸衣裳着人形というものらしい。

〈山瀬人形店〉は五階建ての建物だが、間口はそれほど広くなかった。一階にある店舗に入った。飾られているのは大半、雛人形だった。

若い女性店員に迎えられた。里美が、社長と待ち合わせをしていると告げた。

店員が内線電話で社長に連絡を取った。

「社長がすぐに参ります」

ほどなくエレベーターのドアが開き、昨夜、〈ブルー・スター〉で見た男が現れた。和服姿だった。

山瀬は、私を見て驚いた顔をした。

「社長、こちら、新宿で探偵事務所をやっている浜崎さんです」

「はあ……」山瀬は息が抜けたような声を発した。

私はにこやかに微笑み、山瀬に名刺を渡した。

「山瀬民雄《たみお》です。私、今、名刺を持ってませんので」山瀬は心ここにあらずといった体でそう言った。

「そんなこと気にしないでください」

「昨夜、〈ブルー・スター〉でお見かけした気がしますが」

「私も、社長のことを覚えてます」

山瀬が里美に視線を向けた。

「浜崎さんに、この店のことを話したら、是非、見学したいと言うもんですから、お連れしたんです。今日は教室が開かれている日ですよね。社長と私が話している間、浜崎さんに教室を見学させてあげてほしいんですけど。いいでしょう？」里美が甘い声で頼んだ。

「かまわないけど、浜崎さん、人形作りに興味があるんですか」

「私、日本の伝統工芸品が大好きなんです。特に好きなのは焼き物でして、子供の頃、しばらく瀬戸市にいたんですが、その時、瀬戸焼の絵付けを勉強したこともあります。これまで、江戸つまみ簪、藍染めの浴衣、風鈴、などの工房を訪ねて、江戸の粋を見せてもらってきました。ですから、江戸衣裳着人形が作られるところも見てみたくなったんです」

私のおしゃべりに圧倒され、山瀬は口を開かない。本当のことを言っているか否かも考えていないようだった。

「それじゃ、二階にご案内しましょう」

山瀬はそう言って、エレベーターに向かった。

二階のフロアーに降り立つと、山瀬は「ちょっとここで待っていてください」と言い残して、工房と書かれた部屋に入っていった。

「瀬戸焼の絵付けね」里美がくくくっと笑った。

「本当の話じゃないか」

山瀬が戻ってきた。「中に遠藤良枝《えんどうよしえ》という講師がおります。話は彼女から聞いてください。生徒さんに話しかけたりしないでください。みんな集中して作業してますから」

「心得ました」

里美と山瀬がエレベーターに戻った。

「じゃ、後ほど」里美が屈託のない笑みを浮かべた。

山瀬がちらりと里美に目を馳せた。話が終わった後、里美をどこかに誘いたかったのだろう。当てが外れた失望感が表情に表れていた。

私はドアをノックしてから部屋に入った。

真ん中に通路があり、左右が畳敷きの作業場になっている。奥に材料をしまってあるらしい棚が並んでいた。

生徒は六人。いずれも女で、三人ずつに分かれ、人形作りに励んでいた。雛人形の制作をしているらしい。

遠藤良枝は眼鏡を掛けた痩せた女だった。とっつきにくい感じがする。めでたい人形の作り方を教えるには不向きな顔つきの講師に思えた。

私は江戸衣裳着人形について彼女に質問した。遠藤良枝はすらすらと答えた。

五代将軍綱吉の時代に作られ始めた人形で、着物をきちんと縫って作るものだという。雛人形、五月人形、市松人形などがあるそうだ。

「……人形作りはひとりでやるものではなくて、頭を作る人は頭師、着付けは着付師というふうに分かれてますが、ここでは雛人形の着付けを主に教えています」

遠藤良枝の話を聞きながら、左側の畳で行われている作業に目を向けた。

「あれは何を？」

「わら胴を作ってます。わら胴は人形の芯になる部分です。そこに頭の部分を刺し、着付けをしてゆくんです」

生徒たちは幅のある包丁で、丸いわら束の先端を斜めに切っていた。

膝に載せた布や、座卓の上はわらだらけだった。

私は、作業中の生徒たちに近づいた。

「失礼します」講師は、私に断ってからスリッパを脱ぎ、ある生徒に近づいた。「そんなに切らなくていいんですよ。その半分くらいで」

「つい力が入ってしまって」若い生徒が照れ笑いを浮かべた。

遠藤良枝は、隣の生徒の作ったわら胴を手に取った。「まだ角があるわね。楕円を作らないと」

神納絵里香のマンションの三和土にわらが落ちていた。

目の前で作業をしている生徒たちが切り落としているわらの長さはまちまち。中にはわら屑と言った方がいいほど細かなものもあった。

「雛人形の胴にわらが使われてるなんて知りませんでした」私が言った。

「木胴というものもございます。わらを使っているときいて嫌がる方もいらっしゃいますが、特に男雛女雛には、昔からわらが使われてきたそうです」

右側にいる生徒三人は、わら胴に衣裳を着させていた。講師が工程を説明してくれた。

「簡単そうに見えますが、これがなかなか難しいんです」

「でしょうね。でも、わら胴を削るのも大変そうですよ」

「やってみます？」

「是非」

私は靴を脱ぎ、わら胴削りに挑戦した。

束ねられ紐でしっかりと縛られたわら胴を、まさに鉛筆を削るような感じで斜めに切り落としてゆく。しかし、鉛筆のように先を尖らせるわけではない。頭を刺す部分は平らな楕円に仕上げなければならない。

やってみると、これが思った以上に難しい。左手できちんと固定していないとうまく削れなかった。隣にいた生徒もその日初めてだという。彼女の周りもわらだらけで、切り落とされたわらの中には五センチ程度あるものも混じっていた。

十本ほどわら胴を削ると、少しコツが分かってきた。

講師が私から離れた時、手が止まった。

掌に汗がじっとりと滲んできて、胸苦しくなってきた。私は自動車泥棒をやっていた時よりも緊張した。だが、私は躊躇わずに、膝にわざと落とした五十五センチほどのわらをズボンのポケットに忍ばせた。

瞬間、躰が軽く震えた。隣の生徒の視線を感じた。

さらに息苦しくなってきた。この人形教室で使用されているわらをポケットに入れた理由は明らかだった。

神納絵里香が殺された翌日、私は里美のアパートで飲んだ。私が瀬戸の少年院で窯業実習をやった話をした。その際、里美は物作りは気持ちを落ち着かせると言い、前日、上野にある人形店の工房を見学したと何気なく口にした。そして、大阪にいた彼女と電話で話した際、同じ日に人形作りを体験したとも言っていた。

昼間というのが何時頃なのかは分からないが、そのまま絵里香のマンションを訪ねたとしたら……。着ているものにわらが付着していたこともあり得るだろう。

わら胴削りを止めた私は、ぼんやりと立ち上がった。ズボンにわらがくっついていた。私は自分の考えたことを否定した。絵里香に嫉妬し、殺したなんてあまりにも動機が単純すぎるではないか。他に理由があるのか。そんなものはありはしない。

「どうかなさいました？」

畳の上に立ち尽くしている私に遠藤良枝が訊いてきた。

私は微笑んでみせた。しかし、顔が引きつっただけかもしれない。

「昨日、飲みすぎたらしいです」そう言ってから靴を履いた。

遠藤良枝は、人形作りが好きらしく、本当の着付師になるにはどれだけ修業が必要かとうとうと語った。私は相づちを打っていたが、何も聞いていないに等しかった。

講義が終わると、私は遠藤良枝に礼を言い、工房を出た。

すぐには一階には降りず、廊下の端の窓を開け、思い切り深呼吸をした。目の前に見えるのは仏壇屋ばかりだった。すでに陽は沈み、街の灯りが歩道を照らしていた。

エレベーターが開く音がした。

「何してるの？」里美の明るい声が聞こえた。

「別に」

私は笑顔を作って、里美に近づいた。遠藤良枝に対した時よりも、上手に仮面をつけることができた。それは里美の存在が、私の疑いを圧倒するほど大きかったからである。

〈山瀬人形店〉を出た私たちは真っ直ぐに里美のアパートに向かった。

タクシーに乗ると、私は煙草に火をつけた。里美もミスター・スリムをバッグから取り出した。

「山瀬さん、不機嫌だったろう？」

「うん。でも、文句を言われる筋合いはないわ」

「ＣＭの話は？」

「私は芸能界でもう一度脚光を浴びたいなんて思ってないとだけ言っておいたわ。そしたら、彼が何をしたと思う？」

「いきなり抱きついてきたの？」

「違う。財産目録を私の前に拡げたのよ。巻紙に墨文字で書かれてた。預貯金だけでもすごい金額だったわ」

「少しは気持ちが動いたんじゃないの」

「当たり。でも、私は誰とも結婚しない。誰とも……」そう言いながら、里美は私の手をそっと握った。

「人形作りをちょっとだけ体験してきたよ」

「なかなか難しいもんでしょう」

「わら胴削りだけやったけど、結構大変だった」

「単調な作業だものね。でも、無心になれるから、それはそれで愉しいものよ。そう思わなかった？」

「まあね」私は窓の外に目を向けた。

首都高を走っていたタクシーがトンネルに入ったところだった。出口が見えているのに長いトンネルに思えた。

その夜、私はずっと里美の部屋にいた。鮨の出前を頼み、ふたりでだらだらとすごした。

絵里香を殺したのが里美だったとしても、私の彼女に対する気持ちは変わらないだろう。しかし、私は居たたまれない気分になった。わら一本で里美を疑うなど笑止千万だが、気になるのだった。

胸の奥の奥にたゆたっている疑いが浮上してこないように、一切、事件のことは話さなかった。その日は調度品の中で、日本人形だけが異彩を放っていて、目を逸らしたくなった。

里美は、日新映画時代のことを愉しそうに話し、祥子のことを話題にした。

祥子の昔の彼氏は若い俳優だったが、ギャンブル好きで、競輪場と麻雀屋にいりびたり、次第に仕事をなくしていった。彼女はそのことで苦しんでいたという。それを救ったのが今の夫、静夫だったそうだ。

私たちはその夜もよく飲んだ。そして、また躰を合わせた。

高鳴りが鎮まった後も私は里美の上から離れず、彼女の躰を跨ぐようにして、両肘をベッドについた。そして、彼女の髪を両手で優しく掻き上げた。

「そんなにじっと見つめないで」里美が照れくさそうに笑った。

私はそれに答えず、髪を愛撫し、里美を見続けた。

里美が起き上がった。そして、洗面所から戻ると、裸のままレコードに針を落とした。

初めてここにきた時にかかったエルヴィス・プレスリーの曲が聞こえてきた。

私はその曲を聴きながら、ベッドに仰向けに寝転がった。

レコードを替えてほしいと喉まで出かかった。

LPの最初の曲のタイトルは『君を信じたい』。

余計なお世話だ。私は、プレスリーに八つ当たりしたくなった。

(二十七)

私と里美は、週に一度は会うようになった。私の事務所ですごすこともあれば、彼女のアパートに私が泊まる夜もあった。

現金輸送車襲撃事件の記事が新聞から消え、南浦逮捕のニュースも入ってこなかった。

蟻村の件で、津島頭取が辞任し、弟の副頭取が昇格したことをテレビのニュースで知ったのは十一月二十日のことだった。哲治郎は神妙な顔をして謝り、同信銀行の信用回復のために大胆な刷新に乗り出すと言った。

榊原とは電話で秘密裏に話したが、絵里香殺害事件の捜査は頓挫しているとのことだった。南浦を逮捕できるだけの証拠が揃わず、捜査員たちは苛々しているという。

里美に疑いの目を向けていることは誰にも話していない。古谷野にも黙っていた。里美と関係を持ったことだけは話したが。

机の引き出しに仕舞ってあるわらを見る気はしなかった。

田中首相の列島改造論ブームで、都市部の地価が高騰したと新聞に出ていた。しかし、私には何の関係もないことだ。

日本人は何事においてもブームが好きである。それは熱しやすく冷めやすい国民性の証だと言えないこともない。

《東京日々タイムス》が私のことを書いてくれたおかげで、一時はよく事務所の電話が鳴ったが、すぐに元の状態に戻ってしまった。暇になっても、和美は電話番を続けたいと言った。しかし、里美が泊まることもあるので断った。

和美は、南浦監督の『最高の人』が斉田重蔵のおかげで上映される運びになったことを竜一から聞いていた。初日は十二月二十三日の土曜日。まずは新橋にある小さな映画館のみで公開されるという。

「斉田重蔵さんって気骨あるね……」和美がしきりと感心していた。

「そういう男に、女遊びの激しい奴が多いんだよ」

「そうなのよね。竜一の立場に立ってみれば、貶《けな》すのも分かるけど、パーフェクトな人間なんかいないもんね。で、どうなんです？　事件の方は全然進展がないんですか？」

「そうらしい。俺はもう手を引こうかと思ってる。君の、成りすましのおかげで金になったし」

「そういう言い方、止めてください。私、本当に子供だったと反省してるんです」

「あまり早く大人になってもつまらない。ほどほどガキでいろよ」

「そんなこと言ってくれる大人、浜崎さんだけです」

「俺はまだ三十二歳。俺もガキだってことさ」

そんな会話を交わした直後、事務所に島影夕子がやってきた。かなり酒が入っていた。

「どうしたの？」私が訊いた。

「別に。ふらりと寄ってみただけよ」夕子は、ソファーに躰を投げ出した。

「古谷野さんとは会ってないのか」

「正式に付き合ってほしいって言われた」

「いつ？」

「さっきよ」

「古谷野さんを地獄に突き落としてきたって顔だな」

「だってしかたないでしょう？　いい人だけど、付き合えないものは付き合えないのよ」

「バヤリースオレンジ飲む？」

「何もいらない」夕子が私をちらりと見た。

「考えようによっては、あんたの悪い癖が出ないうちに、縁を切った方が古谷野さんのためだから、それでよかったかも」

「よく言うわね。命拾いしたのは誰のおかげよ。大きな証拠だって、私がいなかったら摑めなかったのよ」

「恩は一生忘れないよ」

「言うはやすし」夕子が私を睨みつけた。「来るんじゃなかった」

「そう怒るな」

「聞いたわよ」夕子の声色ががらりと変わった。「ついに福森里美を落としたんだってね」

「落としたわけじゃない。自然解凍した結果だよ」

「何でもいいけど、あんたの顔つき、変わったよ。事件が解決してもいないのに溌剌としちゃってさ。損した。本当に来るんじゃなかった」

私は彼女の前に腰を下ろした。「他に話があるんじゃないのか」

夕子が私から目を逸らした。「あったけどもういい」

「言えよ」

「煙草ちょうだい」

私は言われた通りにした。

夕子が煙草をぷかっと吸った。「ここしばらく、酔っ払いの財布だって狙ったことないんだよ。狙う気がしない自分にびっくりしてる」

「ほう。あの病気も治るもんなんだな」

「なぜだろうって考えたら分かったの。あんたに頼まれて、南浦とかいう監督の手帳を掏ってから、人の財布を狙う気がしなくなったの」

私は眉をゆるめた。「世のため、人のために役立ったことが影響したか」

夕子が私をじっと見つめた。「あんた、私の腕を買ってくれない？　悪いクセがあんたの役に立ち、ひいては依頼人の利益につながる。そして、私には金が入る」

「そうしてやりたいけど、ああいうことは一、二度はうまくいっても、いつかは失敗し、捕まる」

「大丈夫よ。たとえ捕まっても、私、口堅いよ」

「信用はしてるけど、俺は雇ってやれない。この間みたいに、助手が必要な時は頼むけど。それに今回は特別だ。俺が普段やってる調査に、あんたの名人芸が必要なことはまずない」

「残念ね」夕子がゆっくりと腰を上げた。

「もう帰るのか」

夕子はそれには答えず、部屋を後にした。

私は夕子を追い、彼女の肩に手をかけた。「過信するなよ」

「お休み」夕子は振り向きもせず、事務所を出ていった。

部屋に戻った私は、バヤリースオレンジの栓を抜いた。

本気で指の一本でもいいから潰さないと、あのクセは治らないだろう。

それから一時間ほどして、古谷野から電話があった。

「駄目だったよ」古谷野が、空気が抜けるような声で言った。

「夕子のことですか」

「なぜ知ってる?」

私は経緯を話した。

「あの子、本当はお前が好きなんだよ」

「俺と組みたいだけさ」

「むかっ腹が立つから、しばらくお前の顔、見たくない」

「ちょっと古谷野さん……」

古谷野は、私の話を聞かずに電話を切ってしまった。

日航機がまたマスコミを賑わせたのは、十一月二十九日のことだった。前日の午後七時五十分、日本時間で二十九日の午前一時五十分、コペンハーゲンを発ち、モスクワ経由で東京に到着する予定だったDC−8が、モスクワで墜落したのだ。生存者はいるようだが、六十人ほどの死者が出たらしい。

私はそのテレビニュースを里美のベッドの中で視た。里美は化粧中だった。

今年、日航機が事故を起こしたのは、これで六件目だそうだ。二ヶ月に一度、問題を起こしていることになる。ハイジャック事件の対応は見事だったが、飛行機には支える棒がないとはいえ、こう何度も落ちたら、他社の飛行機を利用したくなる客が増えて当たり前だ。

支度のできた里美と一緒に外に出た。溜池にあるスタジオで、新しい曲の音合わせをやるというので、自分の車で来ていた私は送ることにした。

溜池に近づいた時、里美が車を停めてと言った。新宿のキャバレーの楽屋で、絵里香のことを教えてくれたギタリストの菅山が、盲腸で入院していたが、その日から復帰するそうだ。

「ちょっと彼のためにお花を買いたいの」

「いいよ」

「あなたの事務所、殺風景よね。何か飾ったら」

「仕事が入ったら、水やりが滞る。枯れさせるのは可哀想だ」

「案外、可愛いこと言うのね。世話ができない時は、私が事務所に行ってあげるわよ。一緒に来て」

私は路上に車を停め、ハザードランプを点滅させた。

小さな花屋だった。エプロンをかけた二十代に思える女の店員が里美を見て、相好を崩した。

「里美さん、お久しぶりです」

「ああ、清子《きよこ》さんじゃない。東京に出てきてたの？」里美の声も興奮していた。

「二ヶ月前に結婚して、主人がこっちの家電メーカーに勤めてるものですから」

「結婚したの。よかったね。おめでとう」

「お知らせしたかったんですけど、住所が分からなくて」

私は路上駐車している車が気になり、冬の陽射しが目映い外ばかり見ていた。

里美の視線を頬に感じた。「私の親戚が長野県の下伊那郡M町で花農家を経営していて、一時、そこで働いてたって話したわよね」

「うん」

「清子さんには、その時お世話になったの」

「お世話になったなんて」

「花農家の仕事のこと何も知らなかった私に、いろいろ教えてくれたのはあなたじゃない」

清子は曖昧に笑っただけだった。

私と清子を引き合わせてから、里美は快気祝いの花を、清子と一緒に選び始めた。赤いバラに黄色いフリージアなどを清子が選び、小さなアレンジメントを作った。

「あなたの事務所にはシクラメンがいいと思うけど」

「任せるよ」

清子は着ていたトレーナーの袖口を捲っていた。私の視線が、清子の右手の甲に釘付けになった。清子が私の視線に気づいた。「花の仕事をしてるとよくかぶれるんです。里美さんもよくかぶれましたよね」

私は里美に目を向けた。「先月、会った時、君の手にもかぶれがあったよね」

「そうだったわね」

「子供の頃、ウルシでかぶれたことはあったけど、どんな花でもかぶれるんですか?」清子に訊いた。

「ウルシ科の他にはキク科の花がかぶれやすいですね。マーガレットとかひまわり、それからダリア、ヨモギなんかが」

「シクラメンは?」

「サクラソウ科ですけど、葉や茎の汁でかぶれることがありますよ。その人の体質による場合もあるみたいですけど」

「あなたは大丈夫よ。そんなヤワじゃないから」支払いをしながら里美が軽い調子で言った。

私は赤いシクラメンの鉢植えを手にして、花屋を出た。

スタジオの入っているビルは、衆議院議員宿舎の近くにあった。

里美は明後日、十二月一日から一週間、また地方のキャバレー回りに出るという。

「帰ってきたら連絡するわね」

「そうして」

私は、里美がビルの中に消えるまで見ていた。里美が振り返り、手を振った。

車をスタートさせた。激しくクラクションを鳴らされた。気持ちが散漫になっていて、後方を確認するのを忘れていて、危うく、路地に入ってきた車に接触しそうになったのだ。

事務所に戻った私はシクラメンをテーブルの上に置いてから手帳を開いた。

神納絵里香の死体を発見したのは十月二十一日だった。絵里香の殺された部屋は乱れていて、活けようとしていたダリアも散乱していた。里美とバー〈シネフィル〉で待ち合わせをしたのは二十四日。その時、手の甲のかぶれを見た。事件が起こって三日経っている。おそらく、かぶれたのは事件後だろう。

私は引き出しから、〈山瀬人形店〉から持ってきたわらを取り出した。

このわらのことがなければ、手のかぶれに興味を持つことはなかったろう。

いずれにせよ、証拠と呼べるような代物ではない。だが気になる。

私は電話帳で皮膚科を探した。大きな病院は待たされるので避け、大久保通り近くにある医院に行ってみることにした。

そこは皮膚科の他に泌尿器科もやっていた。連れ込み宿の近くの薄暗い路地で開業しているところをみると、性病を主に扱っている医院らしい。私の前にふたりの患者が待っていた。四十分ほど待たされ、診察室に入った。

脂の浮いた、でかい鼻に丸眼鏡を載せた白髪の医者が、だぶだぶに緩んだ顎を引いて私を見た。

「また悪さをしたんだね」

「はあ？」

医者が眼鏡のツルに手をやり、目を細めて私をもう一度見直した。「前に来たことなかったかな」

「初診です」

「これは失礼。よく似た患者が梅毒で苦しんでいてね」

「実は私は……」

「尿道炎？　それとも毛ジラミ？　トリコモナスの場合はだね……まあ、いいや、診てみよう」

こんな失礼なことを言う医者に会ったのは初めてだ。しかし、不思議と腹は立たなかった。何が起こっても驚かないような老人が言うと、却って温かみを感じるものである。女の患者はひとりも寄りつかないだろうが。

「どうした？　早く見せなさい。小さくても気にせんでいい。大きけりゃいいってもんじゃないから」

「あのう、そうじゃないんです」

「隠すな、隠すな」

「私は尿道炎でもないし、毛ジラミもいません。実は私、患者ではないんです。先生にお訊きしたいことがありまして」私は医者に名刺を渡した。

「探偵ね。で、何を知りたいんだ」

「花によるかぶれについてです」

「漠然としてるね。アレルギー性かそれとも刺激性か」

「ダリアのかぶれについてお伺いしたいんです」

「ダリアにアレルギーのある人が触るとかゆみや腫れが出るね」

「すぐに出ます？」

「いや、一日か二日後が普通だな」

「三日後ということはないんですね」

「ダリアは触れた箇所に日光が当たることで発症する場合がある。腫れはすぐには引かんから、三、四日残っていても不思議じゃないよ。腫れとかかゆみが何かの事件に関係があるのか？」

「まあ」

「その人物は花農家にいたりしたことないのか」

「あります」私は力なく答えた。

「大量に扱ってる業者にかぶれが出ることがよくある。ダリアにも当てはまる」

私は天を仰いでしまった。

「あ、あ、あ」医者が頓狂な声を出した。「君を見たことあると思ったのは、スポーツ新聞に写真が出とったからだ」

私は医者の言葉に反応できなかった。

「どうした？　私の言ったこと、君の推理に役に立たんのか」

「ありがとうございました」

私は一礼すると診察室を出た。

事務所に戻り、わらを引き出しから取り出した。

小さな偶然の一致が、もう見逃せなくなった。里美が、神納絵里香が死ぬ時に、あの部屋にいた可能性を無視するわけにはいかない。

花農家で里美が働いていた時、夫の南浦は近所のメッキ工場の社長と仲が良かった。

毒物の出元がそこだったとしたら……。

里美と絵里香は犬猿の仲だった。だから、里美と絵里香が結託して何かするということは誰も考えない。

〝私ばっかり、危ない橋を渡ってさ〟

絵里香は馬場にぽろりとそう言ったらしい。

陰に隠れていたのが里美だったのか。しかし、絵里香はそれでよかったのだろうか。弱味を握られていた？　だとしたら、麻薬密輪の件が里美の切り札になったに違いない。しかし、里美に、そのことを詳しく知るチャンスはあったのだろうか。

　小さな手がかりが里美に目を向かせたが、南浦が犯人だという線が消えたわけではない。南浦と絵里香は関係を持っていたのだから。どちらの発案かは分からないが、ふたりが手を結んで現金輸送車襲撃事件を画策した。南浦が陰に隠れていられたのは、絵里香の計らいだった。私でも、南浦を実行犯には使わないだろう。ドジを踏みそうだから。

　私は舌打ちした。南浦犯人説もしっくりこない。

　映画界を引退した後の神納絵里香は、結婚した木村と共に、麻薬の密輸に拘《かかわ》っていた。元締めは帝都灯心会らしい。

　絵里香が悪い世界に身を落としたことは間違いない。整形をしたのは若さを保つためもあったのかもしれないが、闇の世界で生きていくためには、女優で売った顔を消したかったのだろう。整形し、髪型を変える、或いはカツラを使い、化粧方法に工夫をこらし、サングラスをかけていたら、女は別人に成れる。

　しかし……。私は腕を組んで唸った。

　絵里香の生活実態が見えてこない。斉田重蔵には会っていたし、馬場とも付き合っていたから、まったく人付き合いがなかったわけではなさそうだ。

〈ベンピーズ〉のリーダー、衣袋益三はその辺のことをよく知っていた人物のようだが、死人に訊くことは不可能だ。

　私は、〈ベンピーズ〉の創設メンバーだったピアニスト、式近司の自宅に電話を入れた。

　電話を取ったのは女だった。

「式近司さんのご自宅ですね」

「主人はもうその名前を使ってません」女が冷たい調子で言った。「本名は陣内政謙《じんないまさかね》です」

　あまりにも言い方がきつかったせいだろう、〝陣痛?〟〝まさかね〟なんて駄ジャレが頭に浮かんでしまった。むろん、口にはしなかったけれど。

陣痛……いや、陣内は地方回りに出かけていて、十二月三日、日曜日にならないと戻ってこないという。帰ってきたら電話をほしいと言い残して受話器を置いた。

事務所が寒々しい。霊安室にいるような気分だ。赤いシクラメンが妙に生々しい。

古谷野を誘って久しぶりに麻雀をやることにした。新宿の雀荘に集まったのは午後十一時すぎだった。古谷野は若い記者を連れてやってきた。

明け方までやった。私は一人勝ちした。こんなにツクのは久しぶりのことだった。大勝利を喜んでいる振りをしたが、無駄なところで運を使っているようにしか思えなかった。

牌をつまみながらも、時々、事件のことが話題になった。

「お前はもう、事件には興味をなくしたのか」古谷野が満貫を私に振り込んだ後、そう訊いてきた。

「神納絵里香事件の調査の依頼は誰からも受けてない」

「そうかもしれんが、ここまできたら、自分で真相を暴きたくなるもんじゃないのか」

「犯人は、俺たちが考えてるような人物じゃなくて、案外、暴力団関係者かもしれないよ」

「ヤクザが、青酸カリを使って人を殺す。ちょっと馴染まないなあ。渡貞夫をやったのは、そういう連中かもしれないがね。あの事件は、馬場がその筋の人間にやらせたんだろうよ。渡貞夫の顔見知りのヤクザなら、渡も安心して会ったはずだから」

渡貞夫殺しにまで、私は気が回らなかった。馬場幸作が本当のことを言っていたとしたら、渡貞夫は、誰に頼まれて、私の口を封じようとしたのだろうか。

渡貞夫の事件に気を取られていたら、当たり牌を見逃してしまった。

日曜日になっても、陣内政謙から電話はなかった。翌日、もう一度自宅にかけた。

陣内は家に戻っていた。

「神納絵里香のことですね」

「ええ」

「話すことなんか大してないですけど」

「それでも是非、お会いしてお話を伺いたいんですが」

「じゃ、午後四時頃に、有楽町の交通会館に来てくれます？」

「分かりました」

「最上階に回転レストランがありますよね。あそこで会いましょう」

私は時間を見計らって、交通会館を目指した。自分の車は使わずに電車で向かった。

選挙カーがうるさかった。次の日曜日は衆議院選挙の投票日なのだ。

回転レストランは、以前、デートで使ったことがあった。

コーヒーを飲みながら、ゆっくりと変わってゆく風景をぼんやりと見ていた。日比谷公園の樹木が色づいていた。有楽町の駅を新幹線が通りすぎてゆく。現金輸送車襲撃事件が起こった同信銀行の入っているビルも目にすることができた。

待ち合わせの時間を少しすぎてから、式近司、いや陣内政謙が現れた。

私は立ち上がって陣内を迎えた。

「すみません。お待たせしてしまって」

コーヒーを頼んだ陣内が煙草に火をつけた。「ここにはパスポートの申請にきたんですよ」

「どちらに行かれるんですか？」

「年末、ニューヨークに」

「仕事で？」

「ジャズシンガーのバックバンドとして何度か来日してるギタリストと向こうのクラブで共演することになったんです」

「それはすごいですね」

「ちっともすごくないですよ。ギャラとホテル代は払ってくれますが、飛行機代はこっち持ち。持ち出しですよ」

それでも、ニューヨークのジャズクラブで演奏したいのだろう。

「陣内さんは、映画界を引退した後の神納絵里香とお付き合いはありました？」

「少しだけね。衣袋益三と関係がよかった頃は、彼に付き合って、絵里香とよく会ってましたよ」

「当時から、神納絵里香は麻薬に手を染めてたんですかね」

「らしいです。旦那の影響でしょうけどね」そう言った陣内の目が落ち着きを失った。

「衣袋益三さん、旦那の木村と縁を切れって言ってたと聞いてますが」

陣内が窓の外に目を向けた。「あの人は堅い人だったし、絵里香の女優としての才能を買ってましたから」

「衣袋益三の他に、神納絵里香が親しかった人間を知ってます？」

「それは、斉田重蔵さんでしょうね」

「他には？」

「捕まった馬場幸作とはそれなりの付き合いをしてたのは知ってますよ」

「麻薬繋がり？」

「さあ、その辺のことは私には分かりません」

「神納さん、殺された時は四谷三丁目近くに住んでましたが、その前はどこに？」

「赤坂でした。今から二年ほど前に引っ越したばかりだったのに、死んでた場所は違ってた。ちょっとびっくりしました。新築の素敵なマンションに住んでたんですけどね……。きっと金に困って家賃が払えなくなったんでしょう。彼女、その前も赤坂に住んでて、赤坂から離れたくないって言ってた。だから、安いマンションに引っ越すにしても、どうして赤坂で探さなかったのかなって、彼女が殺された記事を読んだ時に思いました」

小さなことだが、その発言が気になった。殺されたマンションに引っ越したのは去年と聞いている。赤坂のマンションには一年ほどしか住まなかったことになる。好きだった赤坂を離れたのには理由があったのかもしれない。

絵里香を操っていた人間が、彼女に引っ越すように命じた。絵里香にはそうせざるを得ない事情があったということか。

「話は違いますが、福森里美さんとはよく仕事をしてるんですか？」

「よくってわけじゃないですけど、彼女が女優をやってた時よりも、頻繁に会うようになりましたね」

「神納絵里香と福森里美は犬猿の仲だった。両方と付き合いがあったんだったら、どちらからも嫌味の一言ぐらい言われたでしょう？」

「里美と地方巡業に出てるって言ったら、絵里香が〝付き合いにくい人と旅するのは大変ね〟って笑ってました」

「里美さんは何も言わなかった？」

「あの子は、女にしては珍しく、人の悪口を言わないんですよ。軍人の娘だから厳格に育てられたらしいですが、こう言っちゃなんだけど、色気はないね。しかし、歌は本物ですよ。キャバレー回りをしているなんてもったいない。仲間はみんなそう思ってます」

「旦那の悪口も言ってなかった？」

「愚痴を聞いたこともないですね。でも、南浦監督が、別れた後、彼女のステージが跳ねるのを外で待ってたことがありました。その時は、里美の顔が歪んでましたよ。あんな鬼のような表情をする里美を見たのは初めてでした。一時、酒の量が異様に増えてたことがありました。後で分かったんですが、旦那とすったもんだやってた時期だったんですよ」

「里美さん、絵里香さんが麻薬密売に拘っていたことを知ってました？」

「いや、知らないと思いますよ」陣内の目が泳いだ。

私は少しだけ躰を前に突き出した。「あなた、神納絵里香から麻薬を買ったことは？」

「ありませんよ」陣内が即座に否定した。

「ヤクをやってないジャズメンなんているんですかね」

「ここはアメリカじゃないですよ」

「衣袋益三が、創設メンバーであるあなたをクビにしたのは、あなたがヤクを断てなかったからだというもっぱらの噂ですがね」

陣内の目に怒りの色が波打った。「不愉快だな。俺のことを調べるために会いにきたんですか」

「そうじゃないんですよ」

「帰らせてもらいます」

陣内が腰を上げそうになった。その時、回転していた床が、それまでよりも大きく揺れた。陣内の足がふらついた。彼の手がテーブルに突かれた。瞬間、私は躰を伸ばし、その手首を押さえた。

近くを通ったカップルが、私たちに視線を向けた。

「座ってください。あなたのことを調べてるんじゃないし、あなたがヤクをやろうがやるまいが知ったことじゃない。このまま帰ると、きっと気分が悪くなりますよ」

陣内はそっぽを向いたまま、立ち尽くしていた。

「最後まで俺の話を聞いてください。神納絵里香を誰が殺したか、暴くための質問ですから」

陣内が私に目を向けた。「福森里美を疑ってるのか」

「まさか」

陣内が大きく息を吐いてから、ゆっくりと座り直した。

「お酒にしますか？」

陣内は首を横に振った。

「俺は一介の探偵にすぎないし、若い頃は悪さもやってきた。だから、ジャズメンがヤクをやったくらいで驚きもしない。だから、正直に答えてください。あなたは、絵里香から麻薬を買ったことがあったんでしょう？」

陣内は小さくうなずいた。「安く分けてもらったことはあったよ」

「その話を福森里美にしたことは？」

「あるわけないだろう。彼女も衣袋益三と同じように、俺にヤクを止めるように言ってた。そんな人間に入手先を教えませんよ」

ウェートレスがテーブルの横を通った。

私の勧めを断ったくせに、陣内は水割りを注文した。私も付き合うことにした。

「しかし、なぜ、里美のことばかり訊くんです？」

私は薄く微笑んだ。「実は俺、里美と付き合ってるんですよ」

一瞬、きょとんとした陣内だったが、急に表情が息づいた。「そうか。なるほどね。調査の途中で関係者と出来たってことか。しかし、よく落とせたね。あんな堅い子を」

酒がきた。グラスを合わせることもなく、陣内がウイスキーを喉に流し込んだ。私はちょっと口をつけただけだった。

「南浦監督の映画の資金が問題になってるよね」陣内がつぶやくように言った。

「監督が絵里香と付き合ってたこと知ってました？」

「全然。だって絵里香が引っ越したことすら俺は知らなかったんだから」

「絵里香さん、急に連絡を絶ったってことですね」

「うん」そこまで言って、陣内は真っ直ぐに私を見た。「南浦監督が絵里香を殺ったのかな」

「そのことを調べてる最中です。だから、いろいろ周辺のことも知りたくて。絵里香さんと里美さんが会ってたようなことはないですよね」

「あるわけないでしょう」陣内は小馬鹿にしたような目をして、またグラスに口を運んだ。「繰り返しになるけど、俺は里美に、絵里香からヤクを買ってたことは言ってない。でも、ひょっとすると里美は知ってたかもしれないな」

「どうやって知ったんですか」

「はっきりはしないよ。でも、帝都灯心会の下部組織の若い幹部が里美にいかれてたことがあるんだよ。そいつは、絵里香とは仕事上、つながってた。そいつが里美に話をしたかもしれない」

「何て奴ですか？」

「関尾《せきお》って奴だ」

有力な情報をひとつ手に入れることができた。

「死んだ渡貞夫のことは知ってます？」

「ああ。元帝都灯心会のヤクザね。名前だけは知ってるけど、会ったことはないね」

「里美さんが、渡貞夫を知ってた可能性は？」

「さあね。そんな話をしたことないから何とも言えないな」

私はぐいとグラスを空け、二杯目を頼んだ。

「関尾がどこに住んでるか知ってます？」

「住まいは知らないが、出身は浅草だ。親父はテキ屋だったって聞いてる」

下の名前を訊いてみたが、陣内は知らなかった。

私は二杯目のウイスキーもすぐに飲み干してしまった。心が真っ二つに引き裂かれている。里美が愛おしいにも拘らず、里美が犯人だという想定で、質問をしているのだから。

「俺はそろそろ行ってもいいかな」グラスを空けた陣内が言った。

「また付き合ってもらうことがあるかもしれません。その時はよろしく」

陣内は黙ってうなずいた。

「今の話、里美さんにしないでくれますか?」

陣内がじっと私を見つめた。「俺は里美の音楽仲間だぜ」

「俺は里美の恋人です」

「あんた、自分の恋人を密かに調査してるのか」陣内の顔が歪んだ。「あんたって男は最低だな」

私の吐く息が荒くなった。「話す時は、絶対に俺の口から言いたいんです」

陣内の引きつった顔が、雪が解けてゆくように静かにゆるんだ。

「分かったよ。俺は何も言わない。あんた、必死なんだよな、きっと」

私はその言葉にはまったく反応しなかった。

「俺も絵里香を殺った奴を知りたい。あんたの調査の邪魔はしないよ。ごちそうさん」そう言い残して、回転する床を逆行する方向に陣内は去っていった。

ひとり残った私は、またウイスキーを頼んだ。今度はストレートにした。

それを一気に飲み干してから、電話に向かった。夕子の兄の雀荘にかけた。

夕子はいなかった。私は回転レストランの電話番号を教え、連絡がほしいと言い、受話器を元に戻した。

午後六時すぎだった。バーが開くには早すぎる。事務所に戻る気はしない。

床がゆっくりと回っている。銀座のネオンが目に飛び込んできた。

私は簡単なツマミを頼み、飲み続けた。

昔から私は物事を曖昧にしておくことが苦手だった。どんなに辛くても、自分の欠点をも含めて、目を逸らさずにしっかりと見つめると心が落ち着くのだ。

日本人は物事をはっきりさせずに争い事を回避する術に長けている。曖昧にしておく方がいいことが世の中にはいっぱいあることは承知している。日本史を見れば、執政者がころころ変わった時代もあった。そういう激動の時期に、大方の庶民は旗色をはっきりさせないようにして生きていた。どちらかに付いてしまうと政変が起こった時、首を撥ねられかねないからだ。いつでも玉虫色で人と接するのが、平穏に生きる賢い生き方ということだ。

しかし、それができない人間もいる。好きな女に、自分が深く関わっている事件の犯人かもしれないという疑惑を持たざるを得なくなった。見て見ぬ振りをすべきなのかもしれない。だが、それはできない。不安だし苛立ちもする。だが、事実を直視したいのだ。

私に調査されていることが分かったら、里美が犯人だろうがなかろうが、関係は終わってしまうだろう。また犯人だと知った時、自分は新たな決断を下さなければならなくなる。自分で自分の首を絞めているようなものだ。

しかし、事の次第を明らかにすることをやめることはできない。それは探偵という職業に忠実だからではない。人を殺したことが人間の道に反するから暴こうとしているのでもない。

曖昧なまま、里美との付き合いを続けてはいられない。殺人犯かもしれないという疑いを腹に収めて、平気でいられるほど私は懐が深い人間ではないのだ。

一時間以上、回転レストランで暇をつぶした。周りの席が次第に若い男女で埋まっていった。夜景を見る、幸せそうな女の顔がぼんやりとガラス窓に映っていた。

フロントにいた従業員が私を呼びにきた。

席を離れ電話機に向かった。

「私の手が借りたいのね」夕子が言った。

「ちょっと聞きたいことがあるんだ」

私は浅草出身の関尾というヤクザを知ってるかと訊いた。

「関尾敏和《としかず》のことね。たまにだけど、うちに麻雀を打ちにくるよ」

「親しいのか」

「道で会えば、挨拶するぐらいの関係。でも、この間行った浅草の〈池山〉の旦那は、彼のことをよく知ってるよ。あんた、どうして関尾のことを……」

「それは会った時に話す。で、関尾とあの旦那とはどういう関係なんだ」

「家が近所だったの。関尾のこと、ガキの頃から知ってるの」

「あんたは今、雀荘にいるのか」

「そうよ」

「迎えにいくから待っててくれ」


兄の経営する雀荘のドアを開けると、少し背中の曲がった痩せた男がじろりと私を見た。夕子が、兄の吉之助を紹介した。

瞬きを忘れてしまったような目をした男だった。

「お噂は聞いてます」吉之助の表情は硬い。

名刺を渡したが、ちらりと見ただけで、毛玉の目立つカーディガンのポケットにしまってしまった。

「ちょっと妹さんをお借りします」

「夕子に探偵の助手なんて務まるんですかね」

「立派な女探偵ですよ」

「無茶なことはさせないでくださいよ」吉之助はぼそりと言って、私から離れていった。

雀荘を出た瞬間、夕子が訊いてきた。

「関尾が、あんたの調査してる事件に関係してるの？」

「〈池山〉に行く前に、話しておきたいことがある。この近くに喫茶店ないかな」

「人に聞かれたくない話でしょう？」

「うん」

「じゃうちで話せばいいじゃない」

異論はなかった。

夕子が住まいの鍵を開け、私を中に通した。

私と夕子は炬燵に入った。

「ミカン食べる？」

「いらない」

「で、話って何なのよ」

「関尾って男は、一時、福森里美に入れあげてたらしい。その頃のことを関尾に訊きたいんだ」

「どういうこと？」夕子が目を瞬かせた。「昔、彼女と関係があったかどうか、知りたいわけ」

「まさか。福森里美が絵里香殺しの鍵を握ってるかもしれないんだ」

「それって、彼女のことを犯人だって疑ってるってこと？」

「違うよ。鍵を握ってるというにすぎない」

「そんなこと直接、本人に訊けばいいじゃない」

私は眉をゆるめ、肩をすくめてみせた。

「あんた、恋人のことを調査してるのね」

「そうせざるを得ないこともある」

「見損なったよ」夕子がそっぽを向いた。「好きな女のことを裏で調べるなんて、最低」

「さっき、或る人間に同じことを言われた。だから、説教はいい。〈池山〉の主人が口をきいてくれたら、関尾は俺に会うかな」

「大丈夫だとは思うけど、旦那に理由を訊かれるわよ」

「神納絵里香事件のことで調査してるって言えばいいだろう。本当のことだから。あんたが俺の助手になったことにしよう」

「それも嘘ではないもんね」夕子が片頬をゆるめたが、目は笑ってなかった。「旦那に電話するよ。

店では話しにくいでしょう?」

「それは助かる」

私たちはすぐに夕子の家を出た。夕子が表通りの公衆電話から〈池山〉に電話を入れた。私もボックスに入った。

「夕子です。今、ちょっと時間がほしいんですけど……それはよかった。実は、私、この間、店に連れていった浜崎さんの助手になったんです……。そういうこと。真面目な仕事だから。それでね、ご主人、関尾さんにすぐに連絡を取ってほしいの。神納絵里香殺しのことで、浜崎さん、関尾さんに会って訊きたいことがあるんですって……。いえ、彼は無関係よ。絵里香さんの関係者に会って回ってるの。お願いします。関尾さんに迷惑がかかるようなことじゃないですから。……。じゃ、今から店に寄りますね」

私たちは電話ボックスを出た。主人はすぐに関尾に連絡を取ってくれるそうだが、直に夕子が電話で話をした方がいいだろうと言われたので、店に行くことにしたのだ。

〈池山〉に入ったのは八時半すぎだった。

三人連れの客がカウンターで飲み食いし、衆議院選挙を話題にして盛り上がっていた。

「面倒なことをお願いしまして」私は主人に頭を下げた。

「面倒なことは何もないけど、夕子ちゃんが言ったこと本当だろうね」

「彼は何の関係もありません」

関尾は家にも事務所にもおらず連絡が取れないという。言付けを残しておいたから、聞けば店に電話が入るそうだ。

ビールをちびりちびりやり、主人に勧められた酒の肴を食べながら、関尾からの電話を待った。電話は二度鳴ったが、いずれも関尾からのものではなかった。

三度目の電話を受けた主人は、電話機を持って厨房に消えた。かなり長い時間話していた。

電話を切らずに主人が戻ってきて、夕子に受話器を渡した。

「お久しぶり、ご主人から話は聞いたでしょう？……そうなの、助手をやってるの。いつ潰れるか分からない事務所だから、これから先のことは分からないけど」

私は苦笑するしかなかった。

「……福森里美さんって覚えてます……。そう、あの人のことを訊きたいの……。ありがとう。……もちろん、私も行きますよ……ああ、あの辺ね……。それじゃ今すぐ出ます」

私は主人と女将に礼を言い、金を払って店を後にした。

「歩きましょう。すぐだから」

私は夕子について、国際通りの方を目指して歩き出した。そして、場外馬券売場のある通りを右に曲がった。

夕子が目の端で私を見た。「関尾ってけっこう怖いよ」

「殺しをやったことがあるのか」

「半殺しが大好きな男なの。あいつが気に入らない質問をすると暴れるかもしれない」

「そういう時は、あんたが、よしよしって宥《なだ》めてくれるんだろう？」

「いくらくれるの？」

「三万」

「少ないね」

「潰れそうな事務所だって言ってたろうが」

その場で、私は夕子に金を渡した。

花屋敷の裏通りに入った。その先は言問通りである。

言問通りに出ると、夕子は左右に目をやった。斜め前が雷おこしの本社である。

「あった、あった。そこよ」

アルサロの隣のスマートボール屋の前で夕子は立ち止まった。ガラス戸にカーテンが引かれていた。中に灯りが見えた。夕子がガラス戸を引いた。古い石油ストーブに火が入っている。

通路を挟んでスマートボールの台が数台並んでいた。右奥の台のところに男が座っていた。彼の後ろに、角刈りの男がふたり立っていた。まるで水戸黄門と助さん格さんみたいである。

男はサングラスを掛けていた。頬や額が、月面みたいだった。

「よう、夕子、ちょっと見ないうちにいい女になったな」関尾らしき男の口許に笑みがこぼれた。

「関尾さんに褒められるなんて嬉しいわ」

関尾がスマートボールの玉を弾いた。

どこかの穴に入ったらしく、台の上のガラスの上に白い玉が数個、転がり下りてきた。

夕子が私を関尾に紹介した。私は関尾に名刺を渡した。

「まあ、座れ」

私と夕子は、台の前に置かれている椅子を引き出し、そこに腰を下ろした。

「あんた、最近、顔を売ってるよな」関尾が言った。

「新聞、ご覧になりましたか」私は嬉しそうに笑って見せた。

「で、何だって？　福森里美について訊きたいんだって」

「福森里美と付き合ってたという噂を耳にしたものですから」

「付き合っちゃいないよ。あの女は見た目とは大違いで、堅くてつまんない女だよ。あれはきっと、イッたことねえな。不感症かもしれねえ」

そうではない。そう言いたかったが、むろん口にはしなかった。

「でも、一時は親しかったんでしょう？」

「まあな」

「福森里美が神納絵里香の話をしたことがあったでしょう？」

関尾がサングラスを外した。右目が極端に小さい。ここまで人相の悪い男を見たのは、悪さを働いていた頃にもなかった気がする。このご面相が生かされるのは、ヤクザの世界しかないだろう。

「里美が絵里香を殺ったのか」

「まさか。俺は旦那だった監督を調べてるんです」

「なるほど」

「福森里美は絵里香の何を訊いてたんですか？」

「それは言えねえな」

「麻薬密売の件ですね」

「何だ、お前。俺が麻薬密売に関係してるって言いたいのか！」

「そうは言ってません。でも、任侠の世界で生きてれば、絵里香がやってたことぐらい、関尾さんぐらいの大物になると知ってるんじゃないかって思っただけですよ」

「お前、生意気だな。俺を、大物扱いすれば、何でもしゃべくるって舐めてんだな」

関尾が目の前の玉を手に取り、私を目がけて投げつけた。一個目は避けたが、二個目は顎に命中した。

玉が床で跳ね、隅の方に転がっていった。

私は玉の当たった顎に手も触れず、こう言った。「関尾さんは、絵里香とも親しかったでしょう？犯人を挙げるために協力してほしいんですが」

「お前、警察の手先じゃねえのか」

「警官で、探偵が好きな奴なんかいませんよ。四谷署に黒柳って金歯の刑事がいますが、そいつなんか、俺を目の敵にしてますよ。何なら、今から俺が黒柳に電話してみましょうか」

あばた面が歪んだ。「金歯の黒柳か」

「知ってるんだったら話は早い」

「以前、奴はマルボウだった。すぐに暴力振るういかれたデカだ」

かっとしてスマートボールを投げつける凶暴な男がそう言ったものだから、つい笑いそうになった。

「何がおかしいんだよ。え？」

「黒柳に関する印象が同じだから、関尾さんに親しみを感じたんですよ」

「またお世辞か」

「ともかく、俺が知りたいのは、関尾さんが福森里美に教えたことではなくて、彼女が関尾さんにどんなことを訊いたかです」

「里美も金に困ってたのかもしれんな。絵里香がやってるようなことに興味がありそうなことを口にしてた。だがな、俺はよく分からんから話しようがなかったよ」

白を切っているのは明らかである。

「お宅の組を出た渡貞夫がしゃべったんですかね」

「あいつは、自分から杯を返したんじゃねえよ。奴は正確に言えば、構成員じゃねえ。あいつは、元帝都灯心会の幹部みたいなことを外で言ってるらしいが、ただの三下だ。昔から組と関係を持ってて、それなりに働いてくれてたから、上の連中も大目に見てるんだよ」

「関尾さんが渡貞夫を福森里美に紹介したことは？」

関尾が首を傾げた。「覚えてねえな」

「一緒に、福森里美の出ているキャバレーに行ったことはあったんでしょう」

「探偵、お前の口のきき方、何か気にいらねえな。デカに、お前みたいなしゃべり方するのがいた。それを思い出しちまう」

「声の質を変えたいけど、浅草の芸人みたいにいかないから我慢してください」

「関尾さん、浜崎さんの質問に答えてあげて」夕子が口をはさんだ。

関尾が夕子をねめるように見た。「こいつ、お前の男か」

「違います。私、年下趣味じゃないもの」

関尾がまた玉を弾いた。「渡を飲み屋に連れていってやったことはねえよ」

里美が関尾に近づき、絵里香の情報を取ったことがあったらしい。そのことが分かればもう関尾に用はない。

私は夕子に目で合図を送り、立ち上がった。

「夕子、あっちの方、すっかり足を洗ったのかい？」

「何の話かしら」夕子が惚けた。

関尾の顔がまた歪んだ。「まあ、しっかりやんな」

私たちはスマートボール屋を出た。私は玉の当たった顎をさすった。

「痛むの？」

痛んでいるのは顎ではなくて、別の場所だった。


調査を進めれば進めるほど、自分のクビが自然に絞まっていくような圧迫感を感じた。

里美が絵里香殺しに深く関与している。この疑惑が揺るぎないものになりつつある。

里美が関尾に近づいたのは、私が考えた通り、絵里香の弱味を握るためだったようだ。

しかし、何のために？

南浦が絵里香と付き合っていることを知り、別れさせるために弱味を利用したのか。だったら、それは不成功に終わったことになる。絵里香が殺されるまで、関係は続いていたのだから。

すっきりしない。

頭を柔らかくして、荒唐無稽と思えることにも目を向ける必要がありそうだ。

ひょっとすると、里美と南浦の離婚は偽装で、仲の悪さを周りに印象づけるために演技をしていたのか。

里美が絵里香を強請《ゆす》り、現金輸送車襲撃事件の主犯に仕立て上げる。そういう大胆な計画を立て、南浦を絵里香に近づかせた。

目的は映画の資金を得るため。里美は南浦との関係については否定的なことばかり口にしていたが、『最高の人』についてはそうではなかった。映画が完成し上映される運びになったことを心から喜んでいた。

そうだとしても疑問はいくつかある。

同信銀行有楽町支店の現金をターゲットに選んだのは誰なのか。本当に絵里香だったのだろうか。里美と南浦が、絵里香を動かすことを決めたとしたら、その時、すでに何をやらせるか決めていないとおかしい。

里美か南浦の知り合いに同信銀行の関係者がいたのか。南浦のことは警察が徹底的に調べているから、そういう人間がいたとしたら、とっくに名前が浮上しているはずだ。

だが里美の場合はノーケア。彼女の知り合い、或いは客に、銀行の内部事情を話した者がいたのかもしれない。何らかの意図を持って、しゃべったのではなくて、口が軽くなった時につい話してしまった。ちょっとした秘密は、警戒せずにすむ相手にだったら、酒が入っていたりすると得意げに話したくなるのが人間というものだ。〝うちの銀行じゃねえ、毎月一回、給料を現金輸送車で会社まで運ぶんだよ〟〝警備が厳しいんでしょう？〟〝そうでもない。警備員が拳銃を持ってるわけじゃないから、武装した強盗に襲われたら、為す術がない〟。

こんな会話が案外ヒントになる場合もあるはずだ。

私はまた陣内の自宅のダイヤルを回した。

陣内自身が出た。

「またあなたですか」陣内が露骨に嫌な声を出した。

「ほんの二、三分付き合ってください」

「知ってることは全部話したよ」

「福森里美の客に同信銀行の人間がいるって話を聞いたことないですか？」

「聞いたことないけど……。あなた、話題になってる現金輸送車襲撃事件のことも調べてるの？」

「死んだ神納絵里香が関係してた事件ですからね」

「そう言えば、里美とあの事件について話したことがあったね」

「どうしてです？」

「あの現金輸送は、第一東京運送が担当してたよね。あそこの総務部長が里美の大ファンでね。時々、一緒に食事をしてたよ。だから、あの事件が起こった時、第一東京運送も大変だろうなって、里美と話したんだ」

また一歩、私の調査は進展し、私の心は二歩も三歩も地獄の階段を降りていった。

冷静な判断が求められる時だ。

電話を切った私は目を閉じ、里美と南浦の行動をできる限り思い出そうと試みた。

夕子が南浦の後を尾けた時、南浦は里美のアパートの前にぼんやりと立っていたという。バー〈スマイル〉で、ふたりが鉢合わせた時の態度、この事務所にやってきた時の南浦の様子、そして、撮影所で私に問い詰められた時の南浦の狼狽した姿……。

どれを取っても、あのふたりが結託し、演技をしていたとはとても思えない。もっとも里美は女優で、南浦は役者を指導する監督である。ふたりが綿密に計画し、芝居を打ったとも考えられるが。

悶々とした日々がすぎていった。

十二月七日、巡業から帰ってきた里美から電話が入った。

「お疲れさん」

私は普段通りの声でそう言った。しかし、内心、穏やかではなかった。

「今夜、会える?」

「もちろん」

「よかった。私、あなたといると、嫌なこと全部、忘れられるの」

「何か気分が悪くなることでもあったの?」

「ないけど、何となくね」里美が力なく笑った。

「里美の家に行っていい?」

「私も、あなたに来てもらおうと思ってた。巡業から帰った後は、でかけるのが億劫だから」

電話を切った後、私はノートを拡げ、そこに、里美に言うべきことをもらさず記した。頭の中を整理したかったのだ。いや、それだけではない。日記をつけると、胸に支《つか》えているものが多少は楽になる。それと同じような効果を期待したのだ。ノートに吐き出してしまえば、里美に言わずにすむかもしれない。

途中でペンが止まった。

渡貞夫殺害事件のことが脳裏をよぎったのだ。

里美が現金輸送車襲撃事件の本当の主犯だったとしたら、彼女が渡貞夫を使って、私を亡き者にしようとしたという仮説も成り立つ。渡貞夫は、私を殺し損なったが、いずれにせよ、彼は〝主犯〟に殺されることになっていて、現にそうなった。

里美が私を殺そうとした。考えるだけで身震いがした。

しかし、それはあり得ないだろう。渡貞夫が殺された日、名古屋にいて、その日の夜は大阪のキャバレーに出演していたではないか。

それでも……。

〈山瀬人形店〉の主人が名古屋まで追いかけてきて、同じホテルに泊まった。朝、彼の顔を見るのが嫌だから、早朝にホテルを出た。里美はそう言っていた。

名古屋から東京まで〝ひかり〟を使えばおよそ二時間で戻れる。手許に時刻表がないので、仮に八時に〝ひかり〟に乗ったら、十時すぎには東京に着く。そこから赤坂の渡貞夫の家に赴き、一時間ほどの間に、渡を殺害したとしても、東京から大阪間までは三時間強で着く。キャバレーが開くのは午後八時頃だろう。東京で犯行を犯し、リハーサルに間に合わせることは、それほど困難なことではない。女だから、カツラや化粧などで変装することはいとも簡単だから、車中、ずっと窓に顔を寄せて寝た振りでもしていれば、隣に客がいたとしても、相手が元バンプ女優だと気づかれることはないだろう。吉永小百合クラスの女優だったら、いくらそうしても見破られてしまう可能性はあるが、日新映画で一時売れた女優のことなど覚えている人間は少ないだろう。

私は渡貞夫の件に関してはノートに認めなかった。

気分が癒やされると思ったが、再び、底知れない穴に向かって落ちてゆく気分に苛まれることになった。

私は決断した。その夜、疑問を彼女に素直にぶつけようと。

午後九時少し前、私は彼女のアパートに着いた。ドアの前で、頬を二度両手で叩いた。それでもって顔が作れるわけもないが、自然に手が動いていたのだった。

ブザーを鳴らそうとした時、ドアが開いた。

予想していなかったことなので、私は驚いた。

「どうしたの？　変な顔して」

「急にドアが開いたから」

「そんなことで？　探偵らしくないわね」

里美は萌葱《もえぎ》色のベルボトムに黒いタートルネックのセーターを着ていた。

彼女が酒の用意をしている間に、私はレコードを選んだ。かなり時間をかけてロバータ・フラックの『クワイエット・ファイヤー』というLPを手に取った。それを選んだ理由はなかった。何かやってないと落ち着かなかっただけである。

里美は巡業先であったことを、酒を飲みながら愉しそうに話した。

「客同士が喧嘩して警察が入ったのよ」

「君を巡っての喧嘩？」

「まさか。地元の敵対する暴力団が鉢合わせして、ちょっとしたことで乱闘になったの。乱闘を見るのって結構愉しいね」

「少年に夢をあたえるプロ野球で、一番盛り上がるのは乱闘。それと同じだな」

「言えてるね。私、野球に興味ないけど、乱闘が始まるとつい視ちゃうもの」

いくら酒を飲んでも、酔わなかった。胸の奥に重く澱んでいるものは、しつこくこびりついたタールのように流れてはいかない。

「だいぶ疲れてるみたいね」里美が私を覗き込むようにして言った。

「うん」

「もう絵里香事件の調査はやってないんでしょう？」

「そうなんだけどねえ」私はグラスを空けた。

「歯切れ悪いね」

私は自分でも予期しなかった行動に出た。里美に近づくと、いきなり、彼女をその場に押し倒した。そして、唇に唇を合わせようとした。

「どうしたの？　こんなの嫌よ」里美が抵抗した。

全身から力が抜け、私はその場に仰向けに寝転がった。里美は真隣で同じように天井を見つめている。

私はすべての感情を殺し、いきなり核心をついた。「里美、俺を殺そうとしたことなかったか」

「え？」里美が躰を起こし、真っ直ぐに私を見つめた。凍り付いたような眼差しである。

「私があなたを殺す？　何を根拠にそんなことを言うの？　信じられない。何があったの？」

私はすぐには答えられなかった。沈黙が流れた。しかし、それほど長いものではなかった。

私は煙草に火をつけ、椅子に躰を投げ出した。里美は床に腰を下ろしたままである。

「里美、神納絵里香の住まいに行ったことがあるよね」

「絵里香を殺したのが私だって言いたいの」

「そう思える事実がいくつか出てきた」

「へーえ、何よ、それ。言ってみてよ」

私は上着の内ポケットから、ビニール袋に入れたわらを取り出した。「これは、この間、〈山瀬人形店〉から持ってきたものだけど、これに似たものが、俺が神納絵里香の死体を発見した時、三和土に落ちてた。あの日、君は〈山瀬人形店〉に行き、雛人形のわら胴削りをやったと、俺に言ってたよな」

「そんなわら屑なんてどこにでもあるわよ」

「バー〈シネフィル〉で会った時、手の甲にかぶれがあった。この間、一緒に花を買った時、君の知り合いの手がかぶれてた。俺は、あの後、皮膚科にいって医者に訊いてみた。ダリアでかぶれる人間がいるそうじゃないか。絵里香が殺された時、彼女はダリアを活けようとしてた。そこに思わぬ人間が現れた」

「それが私だったって言うの。手の甲にかぶれ、あれは公園に行った時に草花に触れたからそうなったんでしょうよ。絵里香が殺されて何日か経ってからよ、あなたが私のかぶれた手を見たのは」

「かぶれはすぐには出ないそうだ。陽に当たってから出る場合もあるらしい。公園で陽に当たったのが原因かもしれない」

「そんな小さなことで、私に疑いを向けるなんて。絵里香を殺す理由が私にはない。南浦が絵里香と付き合っているのを知って嫉妬に燃えたなんて考えてるんだったら、あなたは余程の間抜けよ」そこまで一気に話し、里美は呼吸を整えた。「私、南浦には愛想を尽かした。私って男運が本当に悪いのね。やっと心を開けた相手が、私を殺人犯だと疑ってるなんて」

私は里美を見ていられなくなった。彼女の瞳が次第に潤んできたからだ。

「関尾に絵里香の麻薬密売に関していろいろ訊いたそうじゃないか。自分も売人をやってもいいようなことを口にして。何か意図がなければ犬猿の仲だった絵里香のことにそこまで興味を持つはずはない」

里美は呆れ顔を天井に向け、首を何度も横に振った。「あなたが私を口説いたのは、犯人だと思ったからだったのね。よくまあ、あんな演技ができたものね。恐ろしい人ね、あなたって」

「本当のこと言ってほしい。俺は何があっても君の味方だ」

「馬鹿なこと言わないで。二度と私の前に姿を現さないで。帰って。すぐに出てけ！」里美が大声でわめいた。

しかし、私はその場を動かなかった。「今回のキーワードは〝犬猿の仲〟だ。映画の資金を捻出するために、夫婦で知恵をしぼって、すったもんだして別れたように見せかけ、里美が絶対に組むはずのない絵里香を、麻薬密売の件で脅し、仲間に引きずり込んだ。そして現金輸送車を襲わせ、金を作った。彼女も金に困っていたから渡りに船だったんだろうよ。南浦は俺が到着する前に、あそこに入った。あの時間に近くにいたことを目撃されたから認めたが、本当はふたりで絵里香をお払い箱にしたんじゃないのか。南浦は自分だけじゃなく君も守ってるのかもしれない」

「南浦は絵里香といい関係になってたのよ。私とあの人が結託してたんだったら、南浦は絵里香の誘いに乗ったりしなかったでしょうよ。あなたの立てた筋書通りだったら、そんなことしなくても、計画は実行に移されたでしょうから」

「そこに君が絵里香を殺す動機があったんじゃないのか」

「さっきも言ったでしょう。私、あの男には愛想を尽かしたの。だから、絵里香と付き合っても何も思わないわよ」

確かに、里美の言う通り、私の立てた仮説は、その点をうまく説明できるものではなかった。

私は話を変えた。

「里美のファンに第一東京運送の総務部長がいた。彼が何かの拍子に現金輸送車のことを口にした。それがヒントになって、現金輸送車を襲うことを思いついた。同信銀行を選んだのも総務部長のしゃべった内容が関係していたかもしれない。君は自分のことも南浦のことも絶対に表に出さないように絵里香に命じた。弱味を握られている絵里香は従うしかなかった。絵里香は同信銀行の有楽町支店に口座を持ってた。それを知って、巧みに蟻村に近づかせ、詳しい情報を取った。絵里香と親しかった馬場と渡貞夫を彼女が仲間に誘い込み、人数が足りないから馬場が大林に話を持ちかけた」

里美は口を開かない。ロバータ・フラックの歌はいつの間にか終わり、レコード針も元に戻っていた。アンプのノイズが部屋をかすかに被っていた。

「俺は、パズルのいくつかのピースを拾っただけにすぎない。それでも、完成図は想像がついた。しかし、自分の言ってることに矛盾があることも分かってる。里美、俺の言ったことを覆すような一言がほしい。俺は……」胸が詰まって次の言葉が出てこなかった。

「浜崎順一郎は立派よ。立派すぎる」里美が吐き捨てるように言った。「私のことを好きだということに嘘はなかったと思う。男嫌いの私でも、いや、そうだからこそ、相手の気持ちが読めるの。でも、好きな女でも、一旦、疑ったら冷徹になり、ひどいことを言っても平気なんだからね」

「俺は物事をはっきりさせたいだけだ。探偵だから犯人をこの手で挙げたいってわけじゃないし、正義のためにやってるわけでもない」

「じゃ、私が犯人ですって認めたら、あなたどうするの。警察には言わず、墓場までこの秘密を持っていくつもり？」

「分からない。俺もどうしたらいいか……」私は喘ぎながら目を伏せた。

「あなたは、私と南浦が結託したなんて勝手な想像をして、一杯食わされたと怒ったんでしょう？私があなたと関係を持ったのも、情報を取るのが目的だったと考えたのよね。口が腐るほど言ったけど、私、南浦に、これっぽっちも思いはない。ひとりになって清々してるの。あんな男と組んで猿芝居を打つなんてあり得ない」

私は里美を見つめたまま口を開かなかった。里美が嘘を言っているとはとても思えなかった。

「もう一度訊く。絵里香が殺された日、彼女のマンションに行ってないのか」

「行ってないわよ」

「俺は渡貞夫とその仲間に、木場で殺されかけた。理由は、俺が絵里香に会い、彼女や馬場の周辺を嗅ぎ回るようになったからだろう。俺の親父は、あの襲撃事件の調査をやっていた。馬場たちがそれに気づき事務所にやってきて、親父を脅した。その緊張感のせいだろう、その場で心臓マヒを起こし、死んだ。馬場とその仲間はまだ死んでなかったはずの親父を放置して逃げた。馬場の背後には絵里香がいた。さらに絵里香を操っていた人間がいた。誰が親父を脅せと命じたかは知らないが、本当の首謀者が間接的には親父を殺したようなものだ。死んだ親父の積み残した仕事に〝完〟という文字を書き入れるためには、首謀者を暴く必要がある。渡が俺を殺そうとした時、絵里香はすでに死んでいた。となると馬場が指示したことになるが、馬場は否認し続けている。それが本当だとすると、首謀者が直接、渡を動かしたことになる。俺との取引がうまくいこうがいくまいが、殺せと首謀者は命じたと俺は思ってる。そして、最初から首謀者は、渡の口を封じるつもりだったんだろう」

「それが私だと言いたいのね」里美が鼻で笑った。

「二度と訊かない。里美、君が首謀者ではないんだな」

里美が口を開こうとした時、ブザーが鳴った。

里美は動かない。またブザーが鳴る。

やっと腰を上げた里美がドアに向かった。私はそのまま椅子に座り続けていた。

「あなた、一体……」

「あの探偵がいるのか」

私は弾かれるように立ち上がった。声の主は南浦だった。

「何しにきたの。帰って！」里美が声を荒らげた。

「監督、入って」

そう言った私を、里美が肩越しに睨んだ。

南浦が靴を脱ぎ始めた。里美は壁に寄りかかり、あらぬ方向を見つめていた。

「浜崎さん、悪いが帰ってくれないか。里美に話があるんだ」

「今日は素面だな」

「いいから帰ってくれ」

私は鋭い視線を南浦に向けた。「別れた女房にどんな用があるんだい」

「そんなこと君に話す必要はない」

私は里美に目を向け、口許に笑みを垂らした。「〝終わったはず〟のふたりにここで会うとはね」

「出てって」壁際に立っていた里美は、潤んだ目をかっと見開き、低く呻くような声で私に言った。

私は里美をじっと見つめた。目を逸らせてはならない、という思いがそうさせたのだ。本当は里美の顔を見たくなかった。男として里美を幸せにしてやるのが私の役目なのに、私の推理が当たっていようがいまいが、彼女を地獄に突き落としたことになる。そして、自分自身も谷底に落ちてゆく。しかも、一緒に落ちるのではない。お互い、別の方向を見て落ちてゆくのだ。

私は一礼すると、里美の部屋を出た。


それからの私は死人同然だった。外出を控え、電話が鳴っても無視した。玄関のドアの横には出前の食器が毎日並んだ。昼間から飲んだので、ゴミ箱は酒瓶で一杯になった。

そんな日が数日続いた。

里美が絵里香と渡を殺し、私をも狙った。その疑惑が消えたわけではない。しかしこれ以上、彼女を追い詰める手段も証拠もないし、気持ちの上でもそうはしたくなかった。

私は、寝室の押入を開けた。そこに小さな仏壇がある。

「親父、事件が解決しそうだけど困ってる。何かいい方法はないかな」私は父の遺影に向かってそう言い、笑いかけた。

新聞には必ず目を通した。衆院選で社共が議席を増やしたが、そんなことはどうでもよかった。脳裏をよぎったのは里美の自殺のことだった。

里美と会って十日ほど経った。いい加減に、本来の生活に戻ろうと、その夜は酒を控え、バヤリースオレンジを飲んだ。

玄関ブザーが鳴ったのは午後十時すぎだった。

ドアの前に立っていたのはフードつきの茶色いコートを着た女だった。サングラスをかけ、顔を隠すようにしていたが、里美だと一目で分かった。

私はドアを開けた。

「入れてくれる？」

私は黙ってうなずき、彼女を部屋に通した。

彼女はコートも脱がずに、ソファーに座った。

「何か飲む？」

里美は首を横に振った。

「バヤリースオレンジもいらない？」

「……」

私は彼女の正面に腰を下ろした。

「何か用かい？」

里美がフードを頭から外し、サングラスも取った。ノーメイクだった。私と目を合わさない。

「あなたのお父さんにお線香を上げにきたの」

私は目を閉じた。その一言が私の胸に重くのしかかった。

「こっちだ」

私は寝室に向かった。そして、押入の襖を開けた。里美は線香に火をつけると、ポケットから数珠を取り出した。鈴が寂しく響いた。里美は長い間、手を合わせていた。

私は、拝んでいる里美の後ろ姿を見ていられなくなり、先にソファーに戻った。

仏壇を離れた彼女がベッドに腰を下ろし、脚を組んだ。堂々とした姿だった。

長い沈黙が部屋に流れた。

「いつかあなたに見破られるんじゃないかって不安だった」里美がぽつりと言った。

「俺は何も見破っちゃいない。分からないことだらけだ」

「南浦と結託なんかしてないわよ。すべて私ひとりで考え、時間をかけて行動したの。〝犬猿の仲〟だった神納絵里香と組むことを考えついた時から、私の計画は次第に具体的なものになっていったわ」

私は煙草に火をつけた。「何が狙いだったんだ。夫としては失格だが、南浦の監督としての才能は買ってたよな」

「そうよ」

「信じられない。そんなことで現金輸送車を襲わせたのか」

「あの映画は、あの人にしか撮れない。脚本を読んだ時そう思ったの」

「それにしても……」

「黙って聞いて。ともかく、絵里香の弱点を摑み、当時赤坂に暮らしていた絵里香に会いにいった。

彼女、びっくりしてたわ」

「そこで関尾から聞き出したことを教え、脅したんだな」

「そうだけど、彼女にかなりの借金があることも摑んでた。だから、私の言う通りにしてくれたら、それをすべて清算し、麻薬密売なんていう仕事から足が洗えると言ったの。もちろん、すぐに話に乗ってきたわけじゃないわよ。何かの罠じゃないかって警戒してた。でも、たとえ話として、現金輸送車の襲撃ぐらいの大きな仕事で、金を作りたいと言ったら、絵里香は目を白黒させながらも、私の話に興味を示した。〝昔、そんな役をやったわねえ〟なんて笑ってもいた」

「その時点じゃ、まだ同信銀行の有楽町支店を狙うなんて話は出てなかったんだろう」

「もちろんよ。彼女は彼女なりに情報を集め、私はファンの第一東京運送の部長と会うようにしたりしてたの。でも、具体的になったのは、絵里香が蟻村副支店長と仲良くなってからよ」

「引っ越しをさせたのは、絵里香を悪い仲間から切り離したかったからだな」

「それもあったけど、彼女、私が会った時にすでに家賃をかなり滞納してた。引っ越しさせたのは支払いの問題もあったの。大金を摑むまでの彼女の生活費の面倒を見てたのは私だから」

「よくそんな金があったな」

「あれだけ地方回りをしてたら、それぐらいの金、簡単に作れるのよ。私、これでもキャバレー歌手としては一流だから」

里美は妙に明るい。悩み抜いた末に覚悟をもってここにきたのだろう。

「恐れいったな」私は力なく笑った。「絵里香に南浦と接触させ、関係を持たせたのも君か」

里美は薄く微笑んだ。「関係を持てとは言わなかった。あれは、絵里香が勝手にやったこと。寂しがり屋の南浦がころりと落ちただけ。あの人は女がほしいんじゃなくて、母親を求めてるだけなの。私、あなたから南浦の話を聞いているうちに、前にも言ったけど、ひょっとしたらって思ったのよ」

南浦の取った態度を思い返してみると、彼は途中で変だと気づいたが、何も知らなかったのだろう。

ゆく。

そして、絵里香と関係を持った後も里美に対する未練を断ち切れずにいたのだ。そう考えると納得が

「接触させたのは、銀座のバー〈スマイル〉でか」

里美がうなずいた。「南浦があそこに出入りしているのは知ってたから、絵里香を通わせたの。そ

れがきっかけで、南浦は絵里香と親交ができ、絵里香には彼の書いた脚本を読ませた。私の指示通り

に褒めろと言っておいたけど、その必要はなかった。絵里香も、南浦の脚本を本気で褒めてた。これ

を撮れるのは南浦しかいないと太鼓判を押してもいた」

私の考えた通り、絵里香と馬場幸作は渡貞夫を仲間に引き込み、馬場が大林に声をかけたのだった。

「計画は思い通りに運び、絵里香も実行犯の連中も潤った。そして、映画の資金も作れた。監督自身

が金集めをし、あれだけの脚本があったから、飯田プロデューサーが乗り、彼も金を集め、関大映画

に売り込んだの」

「仮面ライダーのお面を被ることも、君が考えたのか」

「あれは絵里香が言い出したことよ。馬場の子供が仮面ライダーに夢中だと聞いたのがきっかけだっ

たらしい」

「すべて順調だったのに、なぜ絵里香を殺したんだ」

「私が矢面に立たないことに不満を感じ始めてたの。馬場も渡も大林も、私の存在などまったく知ら

なかった。だけど、このままでいくと、絵里香は口を滑らせそうだと不安になった。特に南浦には話

してしまいそうだから、何とかしなければって思ってた。でも、犯行を決断させたのは、あなたが馬

場と絵里香に会いに行ったからよ」

「あの時点じゃ、俺は、絵里香の娘の成りすましのために奔走してただけだったのにな」

「でも、そんなこと信じる者はひとりもいなかった。だって、絵里香には娘がいないんだから。絵里

香はあなたがやってきたことに動揺してた。それでふんぎりがついたの」

私は大きくうなずき、バヤリースを飲んだ。

「父親の跡を息子が継いだと勘違いした私は、これは何か新たな証拠をあなたが握ってると思った」

「俺が絵里香のことを嗅ぎ回り、絵里香が追い詰められ、口でも割ろうものなら、映画もへったくれもなくなってしまうもんな」

「私は焦った。あなたが彼女に再び会う前に、始末をしてしまうのが一番だと思って、絵里香の家を訪ねたのよ」

「〈山瀬人形店〉の帰りにね」

里美が小さくうなずいた。

「青酸カリは、やはり、南浦が持ってたものなのか」

「そうよ。私が取り上げ、隠していたの」

「そのことを南浦は忘れてたのかな」

「覚えてた。でも、警察には言わなかったの。この間、あなたがいた時に、うちにきたのは、そのことを確かめにきたの」

「それをネタに復縁を迫った？」

「一言もそんな話は出なかった。自分が絵里香と付き合ったことで、絵里香を殺したのかなんて、トンチンカンな質問はしてたけど。私は青酸カリなんか、とっくの昔に捨てたと嘘をついたもの」

「渡貞夫にはどうやって接触したんだ」

「絵里香にはすべて報告させていたから、住んでる場所もどんな男かも知ってた。馬場は使えないから、渡貞夫に白羽の矢を立てたの。金さえ払えば何でもやると思ったから」

「奴には会ったんだよな。どうせ奴を殺すつもりでいたから」

「そうよ」

「名古屋から東京に戻り、赤坂の渡の家で奴を刺し殺した。そして、その足で大阪に行った。時刻表で調べてはいないが、犯行が可能なことは概算しただけで分かったよ」

「キャバレーでのリハなんて、大したものじゃないから、余裕をもってキャバレーに入れたわ。山瀬が追っかけてきてくれたおかげで、早くホテルを出た理由を考えずにすんだ」

「俺が余程邪魔だったんだな」

「お父さん、馬場に会ってるの。調べられていることが分かったものだから、彼らは不安がってた。だけど、お父さんが亡くなった。それで安心した。ところが、一年後に、突然、息子のあなたが現れたから、さっきも言ったけど、核心に迫ってるって誤解したのよ。今考えると馬鹿みたい。あなたが成りすましに引っかかり、馬場に会いにいっただけだったなんて。皮肉ね、その女が斉田の息子の恋人だったんだからね」

「俺の殺しに失敗した後は、俺に近づくやり方に方針を変えたってことか」

里美の表情が曇り、うなだれた。「もうその話はしないで」

「俺と何度もベッドを共にしたよな。その間に、殺意を持たなかったのか。いつでも殺せたはずだぜ」

「信じてもらえないかもしれないけど、渡に依頼した時とは、私の気持ちが変わってしまってた」

「信じるよ。じゃないと俺もやりきれないから。しかし、やっぱり分からない。監督の映画のために、そこまでするなんて。他に理由があるんだったら教えてほしい。ここまで話したんだから」

「こっちにきて」

私は煙草を消し、里美の隣に腰を下ろした。

「南浦の書いた脚本は、私の両親のことが元になってでき上がったものなの」

「そうかあ。映画は軍人の夫妻の物語で、君の親父は職業軍人だったもんね」

「陸軍中佐だった」

「どんな話なのか教えてくれるか」

里美は柔和な笑みを浮かべ、うなずいた。

里美は昭和八年（一九三三年）、向島で生まれた。

父親の徳治郎《とくじろう》は明治三十九年（一九〇六年）に生まれ、長野県諏訪郡の出身だという。豪農だった家の次男だった徳治郎は、彼の父親の不二夫《ふじお》の希望で職業軍人になった。陸大を出て軍の参謀などの職を経て、戦争末期、フィリピンに渡り、ルバング島で戦死した。その時の位が中佐だったという。

母親の茂斗子《もとこ》は岡谷の料理屋で仲居をしていた。中尉時代、徳治郎が岡谷に赴くことがあり、そこで出会った。家が貧乏な上に、彼女の父親、大作《だいさく》は窃盗の常習犯。そして、売れない絵描きだった茂斗子の兄は、アカのレッテルを貼られ、特高に目を付けられていた。

茂斗子は結婚したら、将来のある将校に迷惑がかかると、徳治郎の求婚を頑なに断った。だが、徳治郎は怯むことなく、茂斗子を妻に迎えた。前途洋々の徳治郎だったが、茂斗子は兄が逮捕されたことや、問題ばかり起こす父、大作のせいで、かなり肩身の狭い思いをしていたという。

「私の父は、お国のために命を投げ出すことを厭わない根っからの軍人だったけど、自由な考えの持ち主でもあって、ジャズも本当は大好きだったの。絵心もあったから、アカだと言われていた母の兄、つまり伯父とも実は気が合ってた。伯父の絵の批評もしてたのよ。伯父は革命家でも何でもなかった。ただリベラルな人というだけのことだった。でも、特高にはそんなこと通じなかった。伯父が治安維持法に引っかかって獄中の人になった時は、伯父が付き合ってた女の面倒は父が見てた。優しい人でね、心から母を愛していたのは、子供心にもよく分かった。私のこともとても可愛がってくれたわ。戦地に赴いた時は、何通もの葉書を母と私宛に送ってきたのよ。そこにはいつも絵が描かれていて、私の似顔絵もあったわ。母も父に尽くしてた。だけど、母の親族が迷惑ばかりかけるから姑には意地悪をされていたし……。ともかくすごく辛かったんだと思う。愚痴ひとつこぼさずに私の前では明るく振る舞ってたけど、こっそりと泣いている母を私は見てるの。それに……」里美が口ごもった。

私は訊き返すことはせずに、里美の言葉を待った。

「母は、父の情熱に負けて一緒になったけど、父と知り合う前、密かに思いを抱いていた人がいたの。相手は母の兄と親しかった画学生で、彼もまた戦死してる」

「なぜ、そのことが分かったの？」

「私が十五歳の時に、母は結核をこじらせて死んだんだけど、遺品の中から日記が出てきた。それを読むまでは全然知らなかった。父も、そういう人がいたことは知ってたみたい。そのことも母の日記に書かれてた。でも、若い時の片想いをずっと忘れずにいたわけじゃないのよ。母にとって一番大事な人は父だった。父が戦死したと知ったのは、昭和二十年の二月よ。その頃、さっき話に出た伯父は、霧ヶ峰高原から近いS村に結婚した相手と住んでたんだけど、私と母はしばらくそこに疎開してたの。そこで父が戦死した通知を受け取った母は涙ひとつ見せずにいたけど、或る日、姿が見えなくなった。伯父夫婦は出かけてたから、私は置き手紙を残してひとりで探しにいったの」

「行き先に当てがあったの？」

「はっきりとは分からなかったけど、疎開してから、天気のいい日に、母は私を連れて、近くの山の雑木林の散歩に出かけた。父と母が出会った頃、束の間の逢瀬を愉しんだ場所だったの。だから、私は、母が向かった先はそっちだって思って後を追ったのよ」

「お母さん、後追い自殺を考えたの？」

「何か嫌な予感がした」里美は遠くを見るような目をした。「雪が深かったけど、長靴の跡を見つけた。でも、途中で雪が激しくなってきて、私自身がどこにいるか分からなくなってしまった。雪を被った枝がしなって道を塞いでいたところもあったし、風に煽られた雪で全身が冷えてしまったし……。私、〝お母さん〟って何度も大声で呼びかけた。鹿の群れが、じっと私を見てたの。白い膜の向こうで何かの気配を感じた。母かなって思ったら違った。そしたら、〝里美〟って声が聞こえたの。私、〝お母さん〟って呼び続けながら雪の中をさらに進んだ。でも、どの方向から聞こえてきたか分からなかった。私、母の声を聞いた途端、泣き出しちゃって……」

結局、母の方が里美を見つけ、一緒に山を下りたのだという。

「お母さん、どこで何をしてたの？」

「母は、雑木林の道祖神までお詣りに行ったって言ってた。だけど、よく分からない。確かに道祖神があって、父とそこに来たことも知ってた。でも、お詣りにいっただけだったのかどうかは怪しいわね」

「つまり、そこで死ぬ気だったんじゃないかって里美は思ってるんだね」

「うん。私の声を聞いて我に返ったって気がしないでもないの。着ているものの上から、手首の辺りを押さえてた。血は見てないけど、何だか変だった」

母が死んだ後、里美は伯父夫婦に面倒を見てもらっていた。高校の時に、撮影に来ていた映画監督に目をつけられた。女優の道に進む気はなかったが、いつまでも貧乏な伯父夫婦の世話になっているわけにはいかないと、思いきって上京し、芸能界の道に入ったのだという。

聞き終わった私は、里美を抱き寄せた。

「直接命じたわけではないけど、あなたのお父さんを不幸な目に遭わせたのは私よ。取り返しがつかないことになったと思ってる。何て詫びたらいいか……」里美が泣き出した。年端もいかない少女のような泣き方だった。

私はしばし、口を開かず彼女を抱きしめていた。

「ごめんなさい。私が泣いてどうするのよね」里美が無理に笑みを作った。

「自分の実話が基になってるってことを公表するつもりはなかったのか」

「南浦の脚本は、本当によくできてた。それは、私の言ったことを忠実になぞったっていう意味じゃないの。少女だった私の心の動き、そして、両親、伯父、そして、死んだ画学生のことも実によく描かれてた。私が今、あなたに話したことは事実だけど、南浦の脚本は、彼の想像、彼の人生観が反映されてることで、事実を超えた真実を伝えてると思う。南浦の書いた脚本が、事実に基づいているかどうかなんてどうでもいいこと。事実に裏打ちされてないと映画や小説が愉しめないというのはよくない。嘘話であるフィクションの方が、告白記よりも深いものを伝えてることってあると思う。だから、南浦の脚本を読んだ時、もしも映画にできることがあったとしても、私のことは一切話さなくてもいいって私の方から彼に言った」

「彼はどんな反応をしたの？」

「それでいいのかって訊かれたから、今、あなたに話したことを伝えた。彼は納得したわ」

里美に後押しされた南浦は、自信を持って脚本を売り込みに映画会社を回ったり、プロデューサーに会いにいったりしたようだが、斜陽産業となりつつあった映画界は、脚本を褒めながらも二の足を踏んだのだという。

「南浦は打たれ強くないから、だんだん自棄《やけ》になり、精神のバランスを崩し、〝俺は、人の告白がなければ脚本も書けない男だ〟なんて八つ当たりをするようになった。最初は我慢したけど、食えなくなって下伊那郡M村の親戚の家に世話になった頃から、私、あの人に耐えられなくなった。だから離婚したのよ」

「だけど、南浦の書いた脚本だけは映画にしたかった」

「そうよ。両親の生き様が映画になれば、戦場で死んだ父も喜ぶだろうし、ずっと苦労続きだった母も浮かばれる。私、性格的に芸能界には向いてない。そんな私が、裸を売り物にさせられても、金がないから辞められなかった。それはそれでしかたないと思ってるわよ。だけど、せっかく映画の世界にいたんだから、ひとつぐらい気持ちのいいものを残したかった。南浦との出会いも運命だと思ってる。彼と別れた後、あの脚本のことばかりが気になり、どうしても、あの人にあの映画を撮らせたかった。何が何でもって妄執のような思いから逃れられなくなった。父と母が映像の中で甦る。両親への愛情の証ではあるかもしれないけど、それよりも自分の気持ちをすっきりさせたかったというのが本音ね。私は、脚本を書くこともできないし、メガホンを取れるわけもないし、役者としても、母の役がこなせるはずもないから、裏のプロデューサーに徹することにした。だから、どうしても金がほしかった」里美の話し方には異様な力が籠もっていた。

「里美の軍歌、一度しか聴いてないけど迫力があった」

「軍歌を歌う時は、いつも父のことを思い出してた」

「南浦以外の監督だって撮れたんじゃないのか」

「いいえ。あの脚本を私の満足できるような映画にできるのは、南浦しかいない。あの人は独特の感性を持って風景を撮るし、ともかく、あのエピソードを映像化できるのは、あの人しかいないの。私と修羅場を経験したあの人しか」

私は溜息をつき、何度もうなずいた。

「あの男には金集めなんてできそうもないもんな」

「あなたが見抜いた通り、第一東京運送の総務部長の話がヒントになった。そして、絵里香が現金輸送車を襲撃する女ボスの映画を撮っていたのを思い出したのよ」

私は小さく笑った。「犬猿の仲のふたりが組むはずはないと考えるのが普通だから、絵里香さえ乗ってくれれば、この計画は成功する。そう思ったんだね」

里美が私から躰を離した。口許に薄い笑みが浮かんでいた。「まるでスクリーンの中で演技してる気分で、絵里香のことを調べ、彼女に近づいたの。後は大体、あなたが推理した通りよ」

事件の全容が見えた。非情に徹して、そうなることを望んだのは自分だ。しかし、心は赤剝けたようにひりひりしていた。覚悟はしていたが、現実になってみると、やはり、耐えきれないほど打ちのめされた。

私はもう口がきけなかった。

里美がふうと息を吐いた。「私、捕まるんだったら、あなたに捕まえてもらいたくて、今日、ここにきたの」

「……」

「でも、ひとつだけお願いがある。完成した映画を観たい、二十三日の初日に、あなたと一緒に。それから、どこかのバーでふたりきりでお酒を飲みたい。四谷署に出頭するのはその後でもいいでしょう」

里美が立ち上がり、寝室を出ていった。そして、事務所のソファーの端で立ち止まり、私に背中を向けたままこう言った。

「初日の第一回目は午前十一時四十分から。映画が始まる前、裏口から入って。斉田さんに話してあるから」

「ちょっと待って」

「逃げたりはしないわよ。あの映画を観なければ、私、報われないでしょう?」

里美が遠ざかってゆく。

私は里美を追いかけ、廊下の壁に彼女の躰を押しつけた。

「俺は墓場まで秘密を持っていってもいいぜ」

「馬鹿なこと言わないで。あなたは私よりも若い。その歳で、そんな重い荷物を背負い込ませることになったら、私がおかしくなってしまう」

私は彼女を抱きしめた。そして、唇を吸った。しかし、里美には反応がなかった。

里美は私を軽く押しやると、玄関に向かって走り出した。

『最高の人』の初日まではまだ一週間ほどあった。落ち着かない日々を送ることになるだろうと覚悟を決めた。

しかし、そうならずにすんだ。

或るご婦人から夫の素行調査の依頼が入ったのだ。浮気調査ではなかった。夫がノイローゼ気味で様子がおかしいというのだ。私は、その依頼を即座に引き受けた。四日間の調査。『最高の人』が封切られる前日に報告することにした。

私は、夫が朝、家を出てからの行動を探った。会社に行っているはずの夫は図書館で暇を潰したり、三本立ての映画館に入ったりしていた。どうやら、会社を辞めたかクビになったかしたことを家族に伝えられないでいるらしい。

その間、和美から電話があった。第一回目が上映される前に舞台挨拶があるので、それを竜一と観にいくと言った。舞台挨拶は誰がやるのか訊いたが、和美は知らなかった。私も行くと告げたが、里美が一緒だとは言わなかった。

古谷野からも連絡が入った。彼もまた初日の同じ時間に映画館に行くという。

二十一日、調査対象の夫は後楽園球場に向かった。プロ野球が開催されているはずはない。すごい人出で、球場を取り巻くように行列ができていた。

その日、ジャンボ宝くじが売り出されたのだ。混乱を避けるために、有楽町日劇前での販売を中止し、後楽園球場に売場を特設したのだった。

一等賞金は去年同様、一千万だが、二本に増えた。二等の八百万も二本、そして百万は百本。職を失った彼は、夢を買いに十度を下回る寒い日に行列しにきたらしい。

翌日、新宿の喫茶店で、私は妻にこれまでの夫の行動を報告し、余計なことだが、夫に上手に本当のことを彼自身から話せる雰囲気を作った方がいいだろうと言って席を立った。

その日の夕刊に、明日、二十三日に封切られる映画の広告が掲載されていた。フランソワ・トリュフォー監督の『恋のエチュード』、カーク・ダグラスとジュリアーノ・ジェンマが共演している『ザ・ビッグマン』そして『エルビス・オン・ツアー』の広告。初めて里美の部屋を訪れた時、プレスリーのレコードを聴いた。その際に流れていた曲のひとつを思い出した。

『君を信じたい』

自分の顔が歪んでいるのか、笑っているのか。本人ですら分からなかった。

『エルビス・オン・ツアー』の隣に『最高の人』が小さく載っていた。謳い文句が目に飛び込んできた。

〝これは現実か幻か。話題の人間ドラマが人の心を熱くする〟

（終章）

『最高の人』の初日がやってきた。

冬晴れの清々しい日だったが、気温は五度を切っていて、すこぶる寒かった。

映画館の入口に長蛇の列ができていた。私は里美の指示された通り、裏口に回った。

マスコミの人間らしい者たちがうろついている。私にカメラを向ける者もいた。

守衛に話すと連絡を受けた斉田の会社の従業員が迎えにきてくれた。里美はまだ来てないという。

通路に置かれたソファーで煙草を吸っていると、斉田重蔵がやってきた。斉田はタキシード姿だった。その後ろに南浦監督がいた。彼は地味なコーデュロイの上着に黒いズボンを穿いている。

個室に通された。

「舞台挨拶は、私と監督でやる。俳優は呼ばなかった」

私は南浦監督に目を向けた。「裏口にマスコミらしい人間がいましたよ」

「記者会見はやらんよ」そう言ったのは斉田だった。「本当は私ひとりで挨拶をしようと思ったが、監督が自ら舞台に立ちたいと言ったんだ」

「何があっても、それだけは僕のやるべきことだと思って」南浦は硬い表情のままそう言った。

斉田が部屋を出ていった。

南浦がぽつりと言った。「里美も来るそうですね」

「うん」

「あいつがいなければ、この映画はできなかった。話は聞いてるでしょう」

私は黙って首を横に振った。そして話題を変えた。「この映画が成功したら仕事が増えるね」

「いや。僕は逮捕されてないが、世間的には殺人犯扱いされてる。この映画が当たっても、僕を使う映画会社はないでしょう。エロ映画を撮るぐらいはできるだろうけど。僕は『最高の人』と心中するようなものです。ですから言うことありません」

「エロ映画にも名作と駄作がありますよ」

「そうですね。後世に残る名作を撮りますよ」

里美はなかなか現れない。どんどん舞台挨拶の時間が迫ってきた。逃げたとはまったく思わなかった。

私と南浦は一緒に部屋を出た。その時、里美がやってきた。ミリタリー調の黒いコートを着て颯爽と現れたのだ。

「おめでとう」里美が南浦に微笑みかけた。

「里美、僕は……」

里美は南浦を無視した。「浜崎さん、そろそろ行きましょう」

私は監督に一礼し、里美の後を追った。

前列に近い中央の席が用意されていた。私の斜め前に飯田プロデューサーがいた。

小さな劇場である。和美と竜一の姿が見えた。古谷野は夕子を誘ったらしい。

今度の事件に拘るきっかけとなった和美、監督の手帳を掏った夕子、そして、真相を摑んだ私が一堂に会している。ひょっとすると刑事たちも来ているかもしれない。

ふと見ると、祥子夫妻の姿もあった。祥子は私と目が合うと頭を下げた。

異例ずくめの初日である。

ブザーが鳴り、客席が暗くなった。

斉田重蔵がひとりで舞台に姿を現した。

「お寒い中、足を運んでいただき、深く感謝しています。私は、悪名高き斉田重蔵であります」

客席から笑いが起こった。

「ご存じのように、この『最高の人』は本来なら関大映画が新春ロードショーとして大々的に宣伝をし、全国に網羅されている関大映画の映画館で上映される予定でしたが、関大映画のまさに〝寛大な〟心遣いのおかげで、私が手がけることになりました。皆さんの邪念が吹き飛ぶ素晴らしい作品です。この映画が闇に葬りさられるようなことがあったら日本の映画界に汚点を残すことになる。私はそう確信し、この作品の上映を手がけることにしました。では、この名作の脚本を手がけ、自らメガホンを取った南浦清吾監督に一言をいただきましょう。盛大な拍手をもってお迎えください」

南浦監督が姿を現した。

立ち見が出ている観客席から拍手が起こった。里美は真っ直ぐに舞台を見つめていたが手は叩かなかった。

「監督の南浦清吾です。この映画が日の目をみるに至ったのは、斉田重蔵さんと関大映画の関係者の方々のおかげです。多くの問題を抱えている私ですが、この映画が初日を迎えられたことを心から喜んでいます。この作品が作れたのは、或る方のおかげであります。私はその人こそ〝最高の人〟だと思っています。ご堪能ください」

南浦は、それだけの短い挨拶を残し、斉田と共に舞台から姿を消した。

南浦は、一連の事件の本当の首謀者が里美だとは知らないだろう。まさに〝最高の人〟がいなかったら、この映画は作れなかったのだ。

映画が始まった。主人公の視点以外も細かく描かれていて、時にユーモラスな面もあった。戦地から届いた、絵の描かれた葉書を読む娘の姿も描かれていた。里美から大筋のことを聞いていた私だが夢中で観た。里美が言った通り、フィクションの真実がここにあると感じ入った。

映画が大団円を迎えつつあった時だ。里美が私の耳元で囁いた。

「私の思ってた通りの素晴らしい映画になってるわ」

「予想してたよりも、ずっといい映画だよ」

「私、ロビーにいます」

「え？」

「最後のシーン、やっぱり観てられない」

潤んだ声でそう言った里美が立ち上がろうとした。

私は彼女の腕を押さえ、彼女を睨んだ。

里美は柔和に微笑んだ。「心配しないで、最後までちゃんと観てて。お願い」

私は手を放した。里美がドアから出てゆくのを見届けると、画面に視線を戻した。

吹雪の中、母親役の女優が道祖神の前で泣き崩れている。そこに遠くから母を呼ぶ、娘の声が聞こえてきた。母ははっとして、腰を上げた。娘の名前を呼ぼうとするが声が出ない。手にはカミソリが握られていた。娘の声が近づいてくる。モミの木が雪煙を上げ、裸木の枝先に鋭く垂れた氷柱が揺れている。その向こうに鹿の群れがいて、じっと母を見つめていた。母はやっとそこで娘の名前を呼んだ。カミソリが雪の上に落ちた。ほんの少し血がついていた。一滴の血が雪の上に落ちた。まるで日の丸の旗のようだ。しかし、吹雪がその赤い点をあっと言う間に消し去った。と同時に娘の姿が雪のベールの向こうに浮かび上がってくる。母親は手首の血を拭き取り、娘に向かっていく。娘は母に駆け寄ろうとするが、雪に足を取られ思うように近づけない。

次第次第にふたりが雪の中で接近してゆく。映画はそこで終わっていた。

拍手が鳴り止まない。満場の喝采が映画館を満たした。里美のことを忘れてしまうほど、心を打たれた私も、すぐには立ち上がれなかった。

我に返った私は帰ろうとする客たちの間を縫ってドアに向かった。

里美の姿はロビーのどこにもなかった。

舞台の裏に戻ったが、誰も見ていないという。

鼓動が激しくなり、掌にじわりと汗が滲んできた。

古谷野に声をかけられたが無視して、入口にいた映画館の従業員に、里美の服装を告げ、見なかったかと訊いた。

「福森里美さんのことですよね」

「そうです」

「だったら、映画が終わった時に出られましたよ」

私はその足で、彼女のアパートに向かった。不在だった。彼女の行き先は映画の舞台となったS村に違いない。しかし、私は詳しい場所は聞いていなかった。

私は重い心を引きずり、四谷署に赴き、榊原を呼び出した。運良く彼は署にいた。

取調室で、榊原に私の集めた情報と彼女の告白を事細かに話した。途中で捜査本部長である署長も加わった。

「彼女は死ぬ気でしょう。行った先はおそらく諏訪郡のS村だと思いますが、詳しい場所は分からない」

告白を聞いてすぐに署に連れてこなかったことを榊原に激しく非難された。

「映画を観た後、私に付き添われて自首したいと言ってた。さっきも話しましたが、彼女が言ったことが本当だとしたら、あの映画のために犯行を犯したことになる。ムショじゃ、あの映画を観ることはできない」

「君が逃がしたんじゃないのか」榊原は人が変わったように私を責めた。「逮捕状が出てるわけではないし、指名手配されているわけでもない。だから、猶予をあたえたんです。それがこんな結果を招いてしまった」

榊原が冷たい視線を私に向けた。「犯人隠匿にも隠避にもならんが、君は、彼女に逃亡の機会をあたえてやったんじゃないのか」

「いや、彼女は逃亡する気はなかった。俺はそう信じてます」

「君の言う通り、自殺するかもな。そうなったら、君がその道を選ばせてやったことになるね」

私は机に肘をつき、手で頭を支えた。

自分の心ともまっすぐ向き合うことをモットーにしてきた私だが、この件に関しては深く考えないように逃げていた気がする。ラストシーンを観ずにロビーに向かった里美の背中を見た時、脳裏をよぎったことがなかったのか。私はしばし、躰を動かすことができなかった。

聴取は長い時間続き、途中で榊原ともうひとりの刑事と共に、唯一の証拠品であるわらを取りに戻った。

日が変わる寸前まで、私の事情聴取は続いた。事務所に戻った私は放心状態だった。深夜、電話が鳴った。里美かもしれないと思って取ったが、相手は古谷野だった。

「今は話したくない。時期を見て俺から電話します」そう言い残して受話器を置いた。

その三日後、榊原がやってきた。私が提出したわらが、〈山瀬人形店〉のわら胴作りに使用されているものと同一のものだと判明したが、特別なものではないから、証拠品としては弱いという。

南浦や里美の親戚から情報を得て、今は茅野市に合併されているS村の山林の捜索をやったが、里美は見つかっていないという。

帰り際、榊原が私の肩を軽く叩いた。「福森里美のことはしかたない。君はよくやったよ。親父さんが積み残した仕事を見事に解決に導いたんだから」

私は榊原に目も向けず、口も開かなかった。

翌日、福森里美の失踪が記事になった。『最高の人』が連日大入りで、新宿、池袋での上映も決まったと書かれ、作品を褒め称える評論家の文章が文化面に載っていた。

私は事務所にいることができなくなった。

特急あずさに乗り、茅野市を目指した。そして、S村からほど近い温泉宿を取り、毎日タクシーを貸し切って、独自の聞き込みをやったが、里美の姿を見たという人間には会えなかった。古谷野にだけはどこにいるか知らせておいた。

大晦日を迎えた。日が落ちた頃、私は旅館に戻り、湯に浸かり、ひとりで酒を飲んだ。疲れ切っていた私は、いつしか眠ってしまった。

十一時すぎに目が覚めた。やることがないのでテレビを点けた。

紅白歌合戦をやっていた。フランク永井が『君恋し』を歌っている。白組の司会はお馴染みの宮田輝アナウンサーだった。紅組は佐良直美。おそらく、初めての司会だろう。

応援合戦の後、ちあきなおみが登場した。黒いドレス姿だった。レコード大賞を獲った『喝采』を歌い始めた時、内線電話が鳴った。

古谷野からだった。

「浜崎、福森里美の死体が見つかった」

「どこで？」

「S村近くの山の中だ。その山に入って迷ってしまった初心者の登山好きのカップルを捜索している時に、偶然見つけたらしい。死因はまだ分かってないが自殺に間違いないな。分厚い遺書が見つかったそうだから」

私はテレビを消そうとしたが途中で伸ばした手を止めた。

「ありがとう。後で電話します」

ちあきなおみが歌い続けている。私は目を閉じ、彼女の歌を聴いた。そして、歌が終わったと同時にテレビを消した。

部屋が静まり返った。

私は窓のカーテンを開いた。雪が激しく降っていて、窓の桟も白く縁取りされていた。

思い切り窓を開けた。

漆黒の闇の中から雪礫《つぶて》が次から次へと現れ、頬を激しく攻め立てた。それでもその場を離れない。

風が強まり、雪の勢いがさらに増した。

私は雪礫が湧き出てくる闇に向かって叫んだ。

「里美、映画館での喝采、聞いたよな」

（完）

本書は《ミステリマガジン》二〇一三年四月号から二〇一四年六月号にかけて全十五回にわたり連載された小説を加筆修正し、まとめたものです。

〈ハヤカワ・ミステリワールド〉
喝《かっ》采《さい》

二〇一四年七月二十日　初版印刷
二〇一四年七月二十五日　初版発行

著　者　藤田《ふじた》宜永《よしなが》
発行者　早川　浩
発行所　株式会社　早川書房
郵便番号　一〇一 - 〇〇四六　東京都千代田区神田多町二 - 二
電話　〇三 - 三二五二 - 三一一一（大代表）
振替　〇〇一六〇 - 三 - 四七七九九
http://www.hayakawa-online.co.jp
印刷所　三松堂株式会社
製本所　大口製本印刷株式会社

ISBN978-4-15-209461-2　C0093